Kayla, Noël 2022

DU MÊME AUTEUR

Aux Éditions Gallimard

Romans

INTRODUCTION À LA MORT FRANÇAISE, coll. « L'Infini », 2001.
ÉVOLUER PARMI LES AVALANCHES, coll. « L'Infini », 2003.
CERCLE, coll. « L'Infini », 2007 (« Folio » n° 4857). Prix Décembre.
JAN KARSKI, coll. « L'Infini », 2009 (« Folio » n° 5178). Prix Interallié.
LES RENARDS PÂLES, coll. « L'Infini », 2013 (« Folio » n° 5889).
JE CHERCHE L'ITALIE, coll. « L'Infini », 2015 (« Folio » n° 6218).
TIENS FERME TA COURONNE, coll. « L'Infini », 2017 (« Folio » n° 6601). Prix Médicis.
PAPILLON NOIR *suivi de* LONGER À PAS DE LOUP, coll. « L'Infini », 2020.

Essais

PRÉLUDE À LA DÉLIVRANCE, de Yannick Haenel et François Meyronnis, coll. « L'Infini », 2009.

Collectifs

LIGNE DE RISQUE, 1997-2005, sous la direction de Yannick Haenel et François Meyronnis, coll. « L'Infini », 2005.

Entretiens

Philippe Sollers, POKER, entretiens avec la revue *Ligne de risque*, avec la collaboration de François Meyronnis, coll. « L'Infini », 2005.

Chez d'autres éditeurs

À MON SEUL DÉSIR, Éditions Argol / Réunion des Musées nationaux, 2005 ; 2019.
LES PETITS SOLDATS, Éditions de La Table Ronde, 1996 (« La Petite Vermillon », 2004).
LE SENS DU CALME, Mercure de France, coll. « Traits et portraits », 2011 (« Folio » n° 5508).

Suite des œuvres de Yannick Haenel en fin de volume

L'Infini

Collection dirigée
par Philippe Sollers

YANNICK HAENEL

Le Trésorier-payeur

roman

GALLIMARD

© *Yannick Haenel et Éditions Gallimard, 2022.*

Je veux caresser le temps.

Vladimir NABOKOV,
Ada ou l'Ardeur

I

En avril 2015, Léa Bismuth m'invita à participer à une exposition consacrée à l'influence de Georges Bataille sur l'art contemporain. Cette exposition, dont elle était la commissaire, aurait lieu à Béthune, dans les locaux de l'ancienne Banque de France.

Léa Bismuth envisageait un dispositif sur trois années, autour de la notion de dépense ; elle rêvait de mêler littérature, art et pensée, et de proposer, dans une ancienne banque, une réflexion sur l'argent, la crise et le capitalisme ; cette ambition me passionna.

Dans le train qui nous conduisait vers le nord de la France, Léa nous expliqua, aux artistes et à moi, que le centre d'art était en travaux : nous allions voir un chantier, et cette idée d'inachèvement nous séduisait, comme si quelque chose s'y montrait qui n'apparaît jamais dans les objets finis.

Les jours précédant ce voyage, j'avais relu *La Part maudite*, le livre de Georges Bataille qui était à l'origine du projet de Léa – celui qui, en quelque sorte, avait déclenché son désir. Sous les dehors d'un traité d'économie, ce livre est des plus fous : il s'élève contre l'ensemble des actes humains ; non seulement il en dresse la critique la plus cinglante, mais il tente de leur substituer un déchaînement rigoureux.

Je voudrais en dire deux mots, car la personnalité du Trésorier-payeur n'est pas étrangère à la singularité d'un tel ouvrage. Sans doute manque-t-il à *La Part maudite* le charme féroce et pervers qui anime les autres publications de Georges Bataille : celui-ci se veut sérieux, et son caractère implacable exige des raisonnements plutôt que des éclats ; il paraît ainsi un peu fastidieux, mais j'ai rarement lu un livre qui échappe à ce point à l'ordinaire : il envisage la dépense, voire la ruine, comme la vérité de l'économie et considère que les richesses appartiennent moins à l'épargne qu'au rite qui les consume.

On concédera qu'une telle lecture est pour le moins paradoxale, et que monter une exposition dans une banque sous la bannière d'une telle philosophie relève d'un certain esprit de contradiction : cet esprit, cette contradiction, c'était précisément ce qui nous animait, Léa Bismuth, les artistes et moi.

Une phrase en particulier, parmi toutes celles de *La Part maudite* qui combattent l'avidité, attira mon attention : « Rien de plus logique que d'assigner des fins splendides à l'activité économique. » Je peux dire, sans dévoiler la substance de ce récit, que c'est le Trésorier-payeur qui me fit comprendre le sens d'une telle phrase, lui qui, personnellement, voulut *assigner des fins splendides à l'économie* – et qui, en un sens, y parvint.

Béthune est une sous-préfecture du nord de la France, située dans le département du Pas-de-Calais, à une quarantaine de kilomètres de Lille ; il faut à peu près une heure et demie pour y arriver en train depuis Paris. Lorsque nous débarquâmes ce matin-là, les artistes, Léa Bismuth et moi, il nous sembla que les abords de la gare avaient l'allure d'une ville fantôme : les façades des commerces étaient murées, le chômage avait littéralement vidé ces rues dont ne subsistaient que des enseignes vieillies, parmi lesquelles je notai avec amusement celles des bars de nuit qui, il y a vingt ans encore, offraient des plaisirs interlopes, peut-être même une liberté qui n'existe plus.

En arrivant dans le centre d'art, j'ignorais ce que les artistes choisis par Léa avaient en tête ; nous avions un peu échangé dans le train, et s'ils ne paraissaient pas tellement au fait des théories économiques de Georges Bataille, de mon côté je n'avais pas non plus envie de jouer avec eux au spécialiste, et encore moins de signer pour le catalogue une énième étude sur la dépense selon Georges Bataille : je devais trouver un biais.

Le directeur du centre d'art, Philippe Massardier, nous fit visiter les lieux. Il y a, je l'ai dit, une joie à traverser des ruines, des friches, des chantiers : l'espace semble naître, il respire encore pour quelque temps l'étrangeté du vide, et même saturé de gravats, encombré de parpaings, de vieux plâtres et de panneaux d'outillage, il garde en lui la vérité de la désaffection, celle du désert qui court entre les silhouettes, et qui déjà, tandis que nous croyons vivre, nous indique combien l'effacement nous guette : les murs nous regarderont disparaître.

Ainsi le plaisir que nous avions en passant d'étage en étage, en traversant les merveilleux espaces de l'ancienne Banque de France, la salle des coffres, la salle des archives aux immenses classeurs muraux, la serre des monnaies avec sa coursive, ses pupitres à roulettes et son monte-charge, et tous les espaces glacés où l'on stockait naguère les billets usagés – ce plaisir nous ouvrait-il à la fois à cette chance des géométries inoccupées, à cette espèce d'oisiveté sauvage des lieux qui répond à notre mélancolie, mais aussi au verdict plus cru de la perdition : à une époque, il n'y avait rien, et un jour, de nouveau, il n'y aura plus rien.

Philippe Massardier déambulait dans les étages en s'appuyant sur une canne qui lui donnait un air à la fois goguenard et shakespearien : il avait la souveraineté malicieuse de *celui qui a les clefs du château* ; non seulement il jouait pour nous à merveille le rôle de guide, voire de pilote, et tout en ouvrant les portes, nous racontait les histoires, petites et grandes, de ce lieu, mais il nous introduisait dans l'épaisseur du temps : toute architecture est d'abord spectrale, et je me disais, en marchant sagement derrière le maître des lieux, qu'il me fallait écouter les fantômes. À un moment ou un autre, l'un d'eux me ferait signe, et je le suivrais, comme je suivais Philippe Massardier.

En toute occasion, j'attends ce trouble qui déclenche les romans. Je fus servi : en sortant dans le jardin pour fumer une cigarette, je découvris, juste derrière la banque et pour ainsi dire tournée vers elle, comme si elle n'existait que pour la contempler, pour en être à chaque instant rattachée, comme une extension maladive, une belle maison de briques rouges à deux étages qui semblait abandonnée.

Philippe Massardier m'apprit qu'elle avait appartenu à quelqu'un qu'il appelait le « Trésorier-payeur » ; il ajouta que cette maison était reliée à la banque par un souterrain aujourd'hui bouché.

Au moment où il me révéla ce détail, il se tourna brusquement vers moi, un éclat ironique passa sur son visage ; il vit que j'avais vu – je compris que son objectif était atteint : il avait déclenché ma curiosité, un roman scintillait, j'étais pris.

Cet éclat sur le visage du directeur m'avait paru louche, autant que cette histoire de tunnel, trop belle pour être vraie ; pourtant, elle me fascina. Tout le reste de la journée, je ne pensai qu'à ça, au tunnel, aux trous, à l'obsession qui nous les fait creuser. Non seulement je pensais à cet invraisemblable trou creusé sous la Banque de France, mais déjà moi-même, en y pensant, je ne cessais de creuser. Le tunnel, je le voyais, je m'y engouffrais, je le continuais.

On pourrait considérer que tout ce qui va suivre – le récit entier que je vous destine – a été calculé par le directeur du centre d'art : en me livrant cette information, il savait quel effet elle peut produire sur l'esprit d'un romancier. On pourrait même considérer que Philippe Massardier ne m'a lancé sur cette piste qu'afin d'en savoir plus : que je mène à sa place une enquête dont il était curieux, et que peut-être il avait menée lui-même quelque temps avant de la laisser tomber – chacun son travail, devait-il songer, l'un dirige le centre d'art, et l'autre des fantômes.

En rentrant à Paris, l'obsession se mit à grandir : je ne pensais qu'au tunnel du Trésorier-payeur. J'en rêvais, même : je ne cessais la nuit d'arpenter ce long trou qui reliait dans mon imagination la salle des coffres à la chambre à coucher du Trésorier. Je le voyais, je *me* voyais descendre dans les arcanes humides de la Banque de France, et à travers les couches d'argile et de craie qui composent la terre des bassins miniers, je passais sans cesse de la vie à la mort. Chaque matin, en me réveillant, j'avais la sensation d'avoir fait le casse du siècle, mais aussi de revenir du pays des morts.

J'écrivis à Léa Bismuth que j'avais trouvé le biais – le fameux biais qui me permettrait de participer à son exposition. Je lui proposai, sur le ton de la blague – et ce ton me permettait pudiquement de tester le sérieux de mon projet –, d'écrire le monologue du Trésorier-payeur en fantôme venant hanter la nuit les sous-sols de la banque.

Dans mon esprit, la silhouette et le visage de Philippe Massardier se mêlaient au personnage du spectre dans *Hamlet*, le père assassiné qui enjoint à son fils de régler ses comptes. Si Philippe Massardier était le Trésorier-payeur, si le Trésorier-payeur était mon père, et si mon père était celui d'Hamlet, j'étais donc Hamlet. Ça commençait fort.

Je préférai taire la partie psychanalytique de ce micmac : Léa Bismuth aurait déjà fort à faire avec la personnalité des artistes, je n'allais pas la déranger avec mes histoires de trous.

Je me contentai de lui dire que ce monologue serait enregistré et diffusé, pourquoi pas continuellement, dans ce sous-sol de la banque où débouchait le tunnel du Trésorier ; j'allai jusqu'à lui proposer de dire ce monologue, de le prononcer certains soirs dans la pénombre, de le murmurer comme une bête tapie dans l'obscurité : j'imaginai une performance ténébreuse, une sorte de rituel artistico-ésotérique, où à travers mes paroles la voix souterraine du Trésorier-payeur reviendrait parcourir les couloirs et faire communiquer entre elles les chambres secrètes de cette banque qui, dis-je à Léa, n'était jamais que le masque de l'immémorial château d'Elseneur où Hamlet cherche la différence entre l'être et le non-être.

Léa, qui en avait vu d'autres, se contenta de m'encourager. Après tout, chacun son tunnel, devait-elle penser avec raison.

Justement, en matière de tunnel, j'enquêtai. Il y a des tunnels d'évasion et des tunnels d'obsession ; celui du Trésorier-payeur relevait du second cas de figure : ce genre de tunnel, on passe sa vie à le creuser. Celui qui s'est mis dans la tête de creuser un tunnel n'en finit plus de se creuser la tête, il n'en finit pas d'explorer les galeries qui font des trous dans sa tête, il cherche inlassablement une grotte. Sans doute le Trésorier-payeur n'avait-il cherché qu'à établir dans sa vie (dans sa tête) la grotte où loger son désir perdu.

Mais, honnêtement, je le voyais mal creusant la nuit en bleu de travail à coups de piolet dans la roche de Béthune :

le tunnel, forcément, existait avant lui. C'est précisément parce qu'il avait découvert l'existence de ce tunnel qu'il avait commencé à en être obsédé, et à vouloir le rouvrir.

Quelques mois plus tard, je fis une découverte. En me documentant sur cette étrange institution qu'est la Banque de France, je compris que le personnage qui avait travaillé à Béthune ne pouvait, contrairement à ce que Philippe Massardier s'était plu à affirmer, avoir été « Trésorier-payeur » : un tel titre est en France d'une importance capitale, presque aussi cruciale que celle d'un ministre ; ainsi est-il dévolu, par l'entremise des Finances publiques, à quelqu'un qui administre non pas les banques, mais la comptabilité publique. L'homme du tunnel pouvait avoir été Trésorier de la Banque de France de Béthune, mais pas Trésorier-payeur.

Je décidai pourtant de continuer à l'appeler le Trésorier-payeur, avec cette épithète presque énigmatique, parce que d'une part c'est ainsi qu'on me l'avait présenté, et d'autre part parce qu'il prenait sous cette dénomination figure de personnage. Un simple « trésorier », même si le mot qui le désigne éclate comme un soleil, n'est jamais qu'un employé, alors qu'on peut très bien imaginer, sous l'étrange dénomination de « Trésorier-payeur », des compétences occultes : les rayons du soleil sont ici plus abondants et touchent à l'inconnu.

Au gré des échanges téléphoniques avec Philippe Massardier et ses collaborateurs du centre d'art – j'allais dire de la banque, car précisément, et pour embrouiller plus encore mon esprit, on avait choisi d'appeler ce centre d'art « LaBanque », en un seul mot –, je me rendis compte que le personnage du Trésorier-payeur était devenu, au fur et à mesure que j'y projetais mes interrogations, un sujet de blague collective, à la fois une mascotte et un monstre dont chacun se plaisait à imaginer que j'allais le sortir des placards ; il arrivait même qu'on m'aidât à l'attraper en me confiant telle anecdote ou en m'indiquant une adresse ; il me semble que quelques-uns se prêtèrent au jeu, et, comme des romanciers, lui inventèrent des traits qu'ils firent passer pour vrais.

Et puis un jour, Lara Vallet, qui allait bientôt être nommée à la direction du centre à la place de Philippe Massardier, et m'avait déjà procuré plusieurs informations capitales concernant le Trésorier-payeur, m'apprit que celui-ci se nommait Georges Bataille.

Sur le coup, je n'en crus rien. Je pensais à une blague, je pensais qu'elle avait fait une confusion. Mais non, elle était surprise que je ne sois pas au courant : elle pensait même que la référence à Georges Bataille était venue de là, et que Léa Bismuth avait précisément choisi l'ancienne Banque de France parce qu'elle savait pour Bataille.

J'eus vite fait, sur Internet, d'accéder aux organigrammes de la Banque de France : Lara Vallet avait raison, celui qui occupait le poste de Trésorier de la Banque de France à Béthune entre 1999 et 2007 s'appelait bel et bien Georges Bataille.

Lors d'un rendez-vous de travail que nous eûmes à Paris, au café de la Cité de la Musique, je fis part de cette découverte à Léa Bismuth, elle éclata de rire : elle non plus ne savait pas. Mais tout de suite, elle se souvint qu'Édouard Levé avait photographié une série d'homonymes d'artistes et d'écrivains célèbres, qu'il avait trouvés dans l'annuaire. Parmi eux, il y avait par exemple un André Breton, un Eugène Delacroix, un Fernand Léger, un Henri Michaux, et puis un certain Georges Bataille y figurait.

Quand on regardait ces photographies, me dit Léa, l'identité du visage se brouillait à la lecture du nom et du prénom apposés au-dessous du portrait.

Léa se souvenait bien du portrait de Georges Bataille, elle avait même pensé utiliser ce portrait pour l'exposition, puis y avait renoncé, n'y voyant aucune nécessité ; mais là, il devenait évident qu'il *fallait* exposer le portrait : avec un peu de chance, le Georges Bataille d'Édouard Levé *était* le Georges Bataille de la banque de Béthune – il *était* le Trésorier-payeur.

Dans la journée, elle me confirma l'information et me joignit par mail la photographie de ce Georges Bataille par Édouard Levé ; sur le cartel figuraient les mots « Béthune, 2007 ».

Il s'agissait bel et bien de lui : non seulement nous étions pris dans un tourbillon d'homonymes qui suffisait à réjouir notre goût du jeu, mais nous étions sans doute tombés sur *le bon Georges Bataille*.

J'ai toujours aimé Édouard Levé. Sans même que je ne m'en rende compte, j'ai lu tous ses livres. Il y en a quatre, qui en l'espace de cinq ans refondent à eux seuls les genres littéraires en les subvertissant avec une ironie qui s'entend déjà dans les titres : *Œuvres*, *Journal*, *Autoportrait*, *Suicide*.

Je ne connaissais pas son œuvre d'artiste, sauf quelques photographies qu'il avait publiées dans un de ces numéros « spécial Sexe » que le magazine *Les Inrockuptibles* sort chaque été. Ces images étaient étranges, et suscitaient chez moi un malaise : elles représentaient des hommes et des femmes photographiés dans des positions explicitement sexuelles, mais les uns et les autres étant entièrement habillés, et leurs parties génitales ainsi recouvertes, les positions sexuelles adoptées semblaient l'œuvre de mutants. Quand nous baisons, nous avons l'air de fous et de robots, voilà ce que disaient ces images.

Quant au portrait du Trésorier-payeur, j'hésite à en parler. Je voudrais que mon récit se substitue, en un sens, au visage de Georges Bataille ; je voudrais qu'il le suscite par le simple pouvoir des mots ; je voudrais que son image se lève en vous.

Sachez simplement que cet homme avait, comme me l'a dit tout de suite Léa Bismuth, un air effaré. Le front dégarni, une couronne de cheveux gris, un regard fuyant. Impeccablement mis, veston, cravate. Il ne sourit pas, il préférerait ne pas être là.

J'aurais aimé me lancer à la poursuite de cette photographie, mais Édouard Levé est mort, il s'est tué il y a quelques années, et mes tentatives pour approcher sa famille et son cercle d'amis se sont révélées inefficaces. D'ailleurs, qu'aurais-je obtenu ? Une adresse ? Elle aurait forcément été celle de la Banque de France, ou du domicile du Trésorier-payeur, rue Émile-Zola, où sans doute Édouard Levé s'est rendu, en 2007, pour prendre la photographie : je n'aurais rien appris de plus.

En écrivant ces lignes, je me rends compte que 2007 est précisément l'année où Édouard Levé s'est suicidé : sa rencontre avec Georges Bataille a donc précédé de peu sa mort, et lorsque l'on sait qu'à son tour le Trésorier-payeur s'est volatilisé à peine deux ans plus tard, au plus fort de la crise des *subprimes*, il devient flagrant que le lien entre les deux hommes débordait les évidences : l'un comme l'autre avaient ce qu'on appelle un destin.

Léa Bismuth décida donc de montrer la photographie de Georges Bataille dans l'exposition ; elle me proposa, en souriant, de faire « œuvre d'artiste » : on pouvait prévoir une salle consacrée au Trésorier-payeur, elle la mettait à ma disposition, à moi d'imaginer ce qu'il y aurait dedans.

Je revins à Béthune six mois plus tard afin de préparer l'exposition. Les travaux dans la banque étaient terminés, il y avait maintenant de larges pièces vides, très lumineuses, où le régisseur de l'exposition fixait les cimaises. Je parcourus les étages du nouveau centre d'art en compagnie de la photographe Anne-Lise Broyer, dont le travail se focalisait sur les lieux de Georges Bataille – plus précisément sur ces foyers d'incandescence où, pour un écrivain, la vie et l'œuvre se confondent au point de fonder une géographie qui ne se trouve sur aucune carte, et brûle l'idée même de frontière.

Elle me montra des échantillons de ces photographies

sur son téléphone ; celle d'un hibou provoqua en moi un appel de fiction semblable à celui qu'avait allumé Philippe Massardier en parlant du tunnel. Dès l'instant où, penché sur le téléphone d'Anne-Lise, je découvris cette image, un univers se déplia. Je m'en souviens encore, une lumière d'automne étincelante traversait le couloir du deuxième étage de LaBanque : le hibou et le tunnel se mirent à scintiller ensemble dans ma tête.

Cette photographie en noir et blanc, dont un tirage surplombe aujourd'hui le petit bureau sur lequel j'écris ce livre, donne à voir, en une légère plongée, un hibou dressé sur un perchoir, dont le plumage immaculé, semblable au manteau d'hermine d'un roi, suscita en moi une idée de souveraineté.

Anne-Lise Broyer me corrigea aussitôt : ce n'était pas un hibou mais une chouette, plus précisément une dame blanche. Si cette précision devint vite une blague entre nous, et que nous ne cessions de répéter à tout bout de champ *un hibou, ou plutôt une chouette, plus précisément une dame blanche*, c'est justement grâce à cette phrase que j'eus la révélation d'un certain visage qui va jouer un rôle éminent dans ce récit.

J'interrogeai Anne-Lise sur l'instant qui avait rendu possible une image dont la clarté nous ouvrait aussi violemment à l'énigme ; car il me semblait qu'à travers la blancheur si désirable de cet oiseau, présence et disparition coïncidaient parfaitement : sa blancheur en témoignait, et plus encore cet adorable duvet qui appelle les caresses.

Elle avait pris cette photographie lors d'un séjour à

l'abbaye de Piedra, non loin de Saragosse, tandis qu'elle sillonnait l'Espagne à la recherche de traces que Georges Bataille y avait laissées ; et dans le parc de cette abbaye, qui se déploie au bord d'une ligne de falaises où déferlent des cascades, elle avait assisté à une démonstration de vols de rapaces, et photographié l'un d'eux : ce hibou, cette chouette, cette dame blanche.

J'insiste sur cette photographie car, au-delà de Georges Bataille, elle lançait son présage vers ma recherche à moi. Nous cherchons tous un objet qui s'absente ; peut-être même nous inventons-nous grâce à lui un désir : le voici en tout cas qui appelle des romans entiers, et nous les vivons jusqu'à ce que le feu s'éteigne. Un monde composé de foudre et d'aurore ne raconte que la soif qui le rend possible : à regarder cette chouette, j'entrai en ébullition.

Je me souvins que Georges Bataille appelait la philosophie le « principe du hibou ». Son ironie faisait bien sûr référence à la chouette de Minerve dont parle Hegel, qui ne prend son envol qu'à la tombée de la nuit : qu'une chouette, qui plus est une chouette *en retard*, décidât de l'histoire de la pensée, cela faisait sans doute rire Bataille, cela nous fit rire aussi.

Je dis alors à Anne-Lise que personne n'était plus *là* que cette chouette, et qu'en même temps elle s'absentait devant nous, à l'image de certaines femmes. Car oui, dans cet ovale de lumière blanche, c'est un visage de femme que j'aperçus – et avec lui l'éclat, les détails, les inflexions d'une vie entière.

Anne-Lise me proposa généreusement d'accrocher l'image dans la pièce qui serait consacrée au Trésorier-payeur, plutôt que dans l'une de celles où seraient montrées ses photos. Ainsi, dans cette chambre dont je n'avais pour le moment aucune idée, figuraient déjà aux murs le portrait de Georges Bataille par Édouard Levé et face à lui, condensés en une seule image, le hibou, la chouette de Minerve, la dame blanche.

C'est à partir de ce portrait imaginaire de la femme du Trésorier-payeur en oiseau, virtuellement accroché au mur de la pièce dont Léa Bismuth m'avait attribué l'usage, que je conçus en un éclair le dispositif qui ferait renaître le Trésorier. Le regard des hiboux traverse la nuit ; de même, un bureau allait surgir de cette pièce mansardée au plancher grinçant, et avec ce bureau, des épaisseurs de temps allaient fleurir, des journées entières allaient revivre, et le Trésorier-payeur lui-même apparaîtrait, comme un roi qui, en ressuscitant, revient s'asseoir sur son trône, immobile entre les deux photographies qui ordonnent son royaume.

Je parle de résurrection, mais le Trésorier-payeur était-il mort ? Et d'ailleurs, avait-il *réellement* existé ? L'effervescence qui m'animait relevait peut-être d'un excès : les figures muettes vous incitent à parler à leur place. Et s'il m'est parfois arrivé, parcourant les allées d'un cimetière, d'imaginer la vie entière d'un homme ou d'une femme en lisant simplement leur nom sur une tombe, l'incitation goguenarde de Philippe Massardier m'avait peut-être embrouillé l'esprit.

Mais non, c'était très simple : j'allais me mettre à la place du Trésorier-payeur. En réinventant son bureau, j'allais m'asseoir dans son fauteuil, fermer les yeux, retrouver ses gestes, ses pensées, jouir de ses secrets – *pour vous les raconter.*

J'empruntai une voiture et nous prîmes, Anne-Lise, Léa et moi, la direction de Bruay-la-Buissière. En pleine campagne, à une quinzaine de kilomètres après la sortie de Béthune, se trouvaient les hangars du dépôt-vente d'Emmaüs. Nous avions lu sur Internet que cet Emmaüs était le plus vaste de France : il proposait sa « braderie solidaire » sur plus de 6 500 m². Anne-Lise était à la recherche d'objets qui nourrissent son œuvre, et l'amplifient vers des contrées toujours plus rêveuses.

Quant à moi, je désirais peupler le bureau du Trésorier-payeur : y loger un mobilier aussi crédible qu'ambigu. Mon projet, que je détaillais à Léa et Anne-Lise tout en conduisant – projet qu'en réalité *j'inventais* en leur parlant –, consistait à installer une impression d'intériorité bourgeoise, laquelle suggérerait l'image vraisemblable d'un banquier au travail (si tant est qu'un tel travail pût se représenter) ; mais il s'agissait en même temps de provoquer cette séduction qui s'allume au contact du gouffre : chaque jour davantage, en pensant aux activités du Trésorier-payeur, j'en pressentais le caractère ténébreux.

Ainsi, dans mon esprit, ce bureau devait-il refléter la rigueur d'un homme voué au secret bancaire, à l'idée impérieuse de stabilité, à des codes de confiance qui, peut-être, sont aujourd'hui révolus ; mais il devait aussi témoigner des méandres de l'obsession et de l'excès d'une conduite radicale : a-t-on jamais vu un banquier creuser un tunnel dans sa propre banque ?

Car je ne perdais pas de vue qu'il était question de

ruine : l'exposition s'appelait d'ailleurs « Dépenses ». Et si je voyais d'infinis attraits dans cette notion qui renverse tous les principes, à commencer par celui qui gouverne la conservation de l'espèce, il me plaisait d'en imaginer le vertige bien au-delà de l'économie : la ruine que je voulais faire sentir était celle qui affecte l'esprit lui-même.

On imagine combien mon souhait dépassait la simple décoration ; et aussi comme il était difficile de trouver tout simplement à *meubler* cette pièce. Philippe Massardier m'avait assuré que le centre d'art mettrait à ma disposition le bureau de l'ancien directeur de la banque. Je l'avais aperçu, stocké dans les combles du bâtiment, et son format presque monstrueux m'avait convaincu : sur une telle surface, un monde pouvait tenir en équilibre – ou s'écrouler. Mais il me fallait plus qu'un solide assemblage d'acajou : quel est ce lieu intérieur où flambent les richesses ?

Je garai la voiture sous une allée de noisetiers. Des papillons voltigeaient dans l'après-midi d'été ; des corbeaux se dandinaient sur le gravier en croassant. Cet Emmaüs était effectivement immense : il y avait dix chapiteaux surmontés chaque fois d'une photographie de tel compagnon de l'abbé Pierre, et d'une enseigne qui en renseignait le contenu : « Meubles », « Vaisselle », « Bibelots », etc.

C'est en circulant parmi l'encombrement de vieilles armoires, d'abat-jour boiteux et de canapés jaunis, en nous faufilant entre des pyramides de chaises et de fauteuils amochés, de tables, d'étagères, de vitrines, de buffets, de guéridons, de pupitres, de consoles, de crédences, en découvrant les rogatons de mille vide-greniers où des collections de vaissellerie approximatives proclamaient une tristesse des objets, de la soupière ébréchée aux cuvettes entières de salières en passant par des reliefs de chaînes stéréo et de tourne-disques usagés où je reconnus, comme chacun en fait l'expérience en ce genre d'occasion, un peu de mon enfance, que je pris conscience de l'épaisseur du temps : nos vies forment des tas ; la mémoire n'est qu'un empilement ; les souvenirs sont moches.

Je ne sais quelle vision terrible jeta soudain une ombre sur ce lieu voué à l'entraide : mon esprit s'égare toujours, sans que je puisse l'en empêcher, vers les horreurs que le monde invisible recèle, comme si un trou au creux de la présence appelait le réel à glisser jusqu'à lui.

Je pensais à Georges Bataille – l'écrivain –, à son œil sur ces choses : lorsqu'on chasse les réalités furtives, dit-il à peu près, apparaît dans l'angoisse *ce qui est là* – et *ce qui est là* est entièrement à la mesure de l'effroi.

Mais n'exagérons rien : une féerie régnait en même temps à l'intérieur de ce bric-à-brac, celle qu'allument, au détour d'une allée de jouets qui ont vieilli, un merveilleux lustre vénitien, une robe de mariée qui scintille, des escarpins qui appellent un bal princier, et des volumes abandonnés d'Alexandre Dumas reliés pleine peau – toute la trilogie des *Mousquetaires* –, sur lesquels je jetai mon dévolu comme sur un trésor ignoré de tous.

Essayant de repousser l'emprise sur nous de la mélancolie, Anne-Lise, Léa et moi, munis d'un maigre butin (chacun de nous, arrêtant de chercher ce qui pouvait nous être utile ou nous attirer, avait glané quelque objet dont la solitude insoutenable appelait des réminiscences personnelles ou rallumait un chagrin ; ainsi, par compassion, nous étions-nous chargés chacun d'un carton entier de rebuts qui, désormais, nous appartiendraient) ; bref, un peu secoués par cette rencontre avec un monde qui clamait avec tant de pauvreté son engloutissement, et dépensant chacun quelques euros dérisoires afin de récupérer l'irrécupérable, nous nous accordâmes, à la sortie du hangar des livres, une pause sous les châtaigniers de la buvette, dont l'auvent protégeait une volée de tables munies de bancs, comme on en voit dans les salles des fêtes à la campagne. Et bien que la lumière de septembre fût douce, et pleinement chaleureuse, nous commandâmes sans nous concerter du vin chaud qu'on nous servit dans de larges gobelets à bière, et dont l'odeur d'orange et de cannelle nous apporta une consolation.

Il y eut, durant ces quelques minutes silencieuses sous l'abri des châtaigniers, une pensée commune qui nous rendit à la nudité de toute vie humaine, et à l'humilité de nos projets ; nous adoptâmes, dès lors, un autre ton pour parler de Georges Bataille, de la dépense et de la part maudite, comme si nous en avions rencontré la vérité : la seule vraie dépense, c'est la disparition.

Et son paradoxe, bien visible, étalé sous nos yeux à travers les dix hangars d'Emmaüs, nous clamait qu'aucune disparition n'est complète, mais qu'elle laisse toujours derrière elle les poubelles d'une vie ; qu'il y a un reste, comme dans le sacrifice ; et que peut-être c'est ce reste, ce sacrifice, qui nous unit.

Nous restâmes ainsi plus d'une heure à savourer notre

vin épicé, dont nous reprîmes plusieurs gobelets. Derrière la ligne des châtaigniers qui formaient un petit bois, un couple de chevaux, dont les têtes penchaient par-dessus la barrière, nous contemplait. Avec l'ivresse, une sorte d'amour se diffusait autour de nous, dans les sourires, les arbres, dans le hennissement des chevaux.

Anne-Lise avait fait l'acquisition d'une pelle en cuivre au manche très court, sur laquelle étaient gravées des lettres à moitié effacées, qui paraissaient former le mot « FANTÔME », et une somptueuse queue de paon sur laquelle la poussière avait déposé un camaïeu de grisaille qui conférait à ses plumes l'éclat des choses éteintes.

— C'est l'œil du diable, nous dit Anne-Lise en montrant fièrement les ocelles.

Elle avait déniché aussi un renard naturalisé dont la fourrure violemment rousse semblait surgir d'un rêve ; elle avait également trouvé une série de bois de cerf, qu'elle voulait me confier afin d'en orner le bureau du Trésorier.

Quant à moi, outre les belles éditions d'Alexandre Dumas, j'avais rempli plusieurs cartons de volumes défraîchis de romans policiers, pour la plupart des Simenon, que je destinais aux étagères du bureau de mon Trésorier-payeur, sans trop savoir pourquoi je lui supposais cet univers de lecture ; et pour supporter ces kilos de livres, j'avais pris soin d'acquérir l'un de ces meubles d'appoint sans style, une sorte de table de chevet trapue, sur laquelle j'empilerais sa cargaison de polars.

Alors que la fin d'après-midi rougeoyait à travers les frondaisons, et que le vin chaud nous tournait joyeusement la tête, un homme s'approcha, avec une allure de vieux cow-boy, tout maigre, barbe et catogan. Son regard était clair, il s'appelait Jean, et sur sa gourmette, le mot CARITAS était gravé. Je pensai : *la charité est cette clef.*

Il nous demanda très poliment s'il pouvait replier les chaises et enlever la table : un véhicule allait arriver qui stationnerait ici, il fallait lui faire de la place.

Nous regagnâmes le parking et je chargeai nos cartons dans le coffre de la voiture ; en nous retournant, nous assistâmes à une scène qui me hante encore : six hommes descendirent d'une camionnette, vêtus à l'identique d'un mantelet noir et portant une étrange coiffe, un bicorne, noir lui aussi, aux bords aigus comme des ailes de corbeau.

Le soir tombait. Le vieux cow-boy et d'autres compagnons accueillirent en silence les hommes en noir ; ils les accompagnèrent jusqu'à l'entrée du centre d'hébergement, où ils s'engouffrèrent. Il y eut dans l'air un flottement d'angoisse : cette coulée de silhouettes sombres avait glacé notre escapade.

Léa et Anne-Lise s'étaient figées, la pâleur de leur visage se perdait dans la lumière du crépuscule. Des éclats fauves miroitaient à travers le feuillage des noisetiers. Je pensais aux étoiles qui s'effacent dans la nuit ; au vide qui s'ouvre sous nos pieds tandis que nous dévorons les nuances du ciel. Nous fixions tous la porte par laquelle les hommes en noir étaient entrés ; seul le chant d'un oiseau brisa le silence, comme une giclée de bonheur qui s'affirme sans raison.

Quelques minutes plus tard, les six hommes en noir ressortirent en portant un cercueil qu'ils déposèrent sur une charrette ; ils poussaient maintenant la charrette avec lenteur, accompagnant son avancée d'un pas solennel jusqu'à la camionnette. Leurs bicornes taillaient dans l'air des formes aiguës jusqu'au malaise. Chacun d'eux portait des gants ; celui qui ouvrait la marche brandissait une baguette ornée de buis ; et l'on distinguait mal leurs visages mangés par la nuit. Un bourdonnement enveloppait la procession : des phrases en latin, je crois, qui donnaient à cette scène la cadence d'un sale rêve.

Le soir, nous rejoignîmes Philippe Massardier au Potin de Casseroles, un restaurant qui proposait des plats du Nord, dont il nous vanta la carbonnade de bœuf à la flamande et le welsh au maroilles. Depuis Emmaüs, notre ivresse avait pris une tournure plus apaisée ; et sans me méfier, je commandai des vins lourds : une joie plus ancienne que la mélancolie transperce les ombres et fait glisser les soirs vers une confiance qui parfois me joue des tours.
Philippe Massardier nous confia qu'une fois réglés les détails de l'exposition « Dépenses », il s'éclipserait : d'ailleurs sa succession était prête. Ce n'était pas un départ à la retraite, il était encore jeune, mais il lui tardait de se consacrer à autre chose qu'à « gérer des problèmes », comme il disait. Le centre d'art était un projet qu'il avait porté pendant une dizaine d'années, et à présent qu'on allait l'inaugurer en grande pompe, il lui semblait que non seulement on n'avait plus besoin de lui, mais que la vie s'ouvrait ailleurs.

Où s'ouvrait-elle ? Malgré nos questions, Philippe Massardier n'en dit rien. J'insistai maladroitement, avec une familiarité peut-être grossière (mon affection pour cet homme bousculait les convenances) ; il se contenta de sourire, comme le premier jour lorsqu'il avait prononcé le mot « tunnel », et derrière ses lunettes à la monture un brin désuète, derrière le miroitement des verres qui protégeaient son regard, je devinais un labyrinthe malicieux. Celui qui se retire d'une tâche longtemps exercée nous fascine parce qu'il semble que son influence imprègne encore l'air que nous respirons ; il y a une séduction dans les choix radicaux ; le renoncement paraît alors plus glorieux que la continuation : s'arrêter prend figure de vérité.

Quel genre de savoir était donc le sien ? J'ai parfois reconnu, chez des gens qui, comme Philippe Massardier, voulaient en finir avec leur poste, une connaissance du vide qui confirmait leur décision ; et le vide est ici une promesse : celle d'ajuster son existence à la profondeur d'un espace qui ne se mesure plus.

Nous lui racontâmes ce que nous avions vu chez Emmaüs : le cortège, les hommes en noir. Son œil brillait, il savourait notre trouble : il nous expliqua que ces hommes faisaient partie de la confrérie des Charitables de saint Éloi qui, depuis le Moyen Âge et encore aujourd'hui, s'occupe d'enterrer les morts.

La peste s'était déclarée ici, vers le début du XIIe siècle, comme dans toute la Flandre, où les sols marécageux favorisaient l'épidémie. Les morts s'amoncelaient dans les rues, ils n'étaient pas enterrés. Une légende raconte – et Philippe

Massardier nous la raconta en insistant plaisamment sur les corps putréfiés, sur la trame renouvelée des massacres qui ponctuent l'histoire humaine aussi bien que celle de Béthune – qu'au comble de l'épidémie, alors même que la moitié de la ville agonisait sous les bubons, saint Éloi apparut à deux maréchaux-ferrants nommés Germon de Beuvry et Gauthier de Béthune ; il leur demanda de se réunir afin de fonder ce qu'on nomme *une charité*.

Ce qu'ils firent, réunis au Quinty, devenu un parc où l'on peut voir aujourd'hui la grotte de saint Éloi ; un moine, nommé Rogon, de l'ordre de Cluny de Saint-Pierre d'Abbeville, prieur au monastère de Saint-Pry, recommanda alors aux deux maréchaux-ferrants de faire une chandelle de cire vierge et de la partager ; ils créèrent ainsi la confrérie des Charitables de saint Éloi, chargée de donner du pain aux pauvres et des soins aux malades, de consoler les mourants, d'ensevelir les morts et de leur donner une sépulture, d'autres choses encore. Il y a sept œuvres de miséricorde, rapportées par saint Matthieu, précisa Philippe Massardier, et chacune d'elles nous engage, bien au-delà de ce qu'il en est de vivre avec les autres.

Voilà, cette confrérie existait encore aujourd'hui, et Philippe Massardier, en riant, nous dit qu'il en faisait partie – il ajouta, en tournant son regard vers moi :

— Votre Trésorier-payeur aussi.

Je jubilais. Il y a ce moment, dans une recherche, où les détails convergent : le mystère s'illumine, on se met à y croire ; c'est tout un peuple, alors, qu'on forme par son esprit.

J'aurais voulu poser des rafales de questions à Philippe Massardier, mais avec un homme aussi prompt au silence, il valait mieux s'abstenir. D'ailleurs, que m'importaient de nouvelles confidences, n'avais-je pas tout ce qu'il fallait pour écrire un roman : un personnage énigmatique, un lieu captivant, des temporalités qui vacillent ? Sans compter le magnétisme d'un nom glorieux – celui de Georges Bataille –, et l'image pleine d'avenir d'un hibou (d'une chouette, d'une dame blanche).

Voici qu'à cette matière idéale s'ajoutaient encore la figure de la mort et celle de la charité – c'est-à-dire, plus forte encore que tout ce qui existe, celle de l'amour. C'était parfait ; trop, peut-être.

Nous bûmes comme des insensés ce soir-là, le vin du restaurant était grisant, et nous ne cessâmes de lever notre verre à notre ami Georges Bataille – l'écrivain, mais aussi le banquier – qui faisait bouillir dans ses veines le sang de Dionysos, dont il nous semblait entendre le halètement de ses courses nocturnes tandis qu'il traverse sa forêt de tunnels en déchaînant les désirs.

Philippe Massardier nous proposa d'aller boire un verre dans un des rares bars de nuit qui avaient survécu à la crise : Le Cercle rouge. Il y avait un peu de monde, des amis en virée, des couples qui s'amusaient, des buveurs solitaires. Quelques femmes étaient assises au bar, juchées sur les tabourets, leur sac à main sur les genoux ; d'autres, plus jeunes, se trémoussaient sur une minuscule piste de danse entourée de plantes vertes ; et à notre arrivée, l'une d'entre elles se dirigea vers notre table en nous proposant une bouteille de champagne, puis revint plusieurs fois remplir nos coupes.

Un des artistes, Laurent Pernot, nous rejoignit ; il était épuisé car il avait passé la journée à badigeonner les murs du centre d'art avec du sang humain : le sien, et celui qu'il avait obtenu des autres artistes. Il décrivait son travail avec une étrange douceur, et si l'acte de plonger des brosses et des rouleaux dans une cuvette remplie de sang suscitait chez moi des visions de boucherie ou de tueur en série, il y voyait au contraire un geste lustral, apaisé – « moins du côté de la mort que de celui d'une fertilité nouvelle », dit-il.

J'étais ivre, je m'emportai :

— Il y a pourtant bien quelqu'un ici qui tient le couteau !

À la table voisine, un homme gris qu'une des danseuses enlaçait se retourna. Les yeux de cet homme étaient vitreux. Le brouhaha de la musique empêcha que la conversation se poursuive. Léa parlait avec Anne-Lise d'une image où celle-ci s'était photographiée pleurant des larmes de sperme. Laurent Pernot regardait son téléphone ; Philippe Massardier me fixait sans un mot, trempant ses lèvres dans un grand verre de vodka : on sentait en lui une passion silencieuse qui jetait sur ses moindres actions la silhouette d'un combat inconnu.

Les filles qui dansaient là-bas sur des talons hauts riaient à gorge déployée et je mêlai bientôt mon rire à leur joie. Lorsque le sang coule, des étoiles se noient en suffoquant dans nos gorges. Des chevreaux immolés, des biches égorgées, des béliers dévorés de charogne étincellent au soleil :

on peut faire semblant de ne pas les voir, on peut très bien ignorer qu'une hécatombe hurle en filigrane derrière l'histoire des hommes. Qu'on le veuille ou non, un immense acte sacrificiel organise nos vies, et ceux que l'avidité ou l'aveuglement empêchent de partager l'ivresse des mondes retrouvent de toute façon accès à cette ivresse, fût-ce avec écœurement, dans le sacrifice. Il faudrait ne jamais cesser de dire ce que chacun de nous découvre d'éblouissant quand il rit : le monde a tant d'éclat qu'il crie lui-même de joie en nous effaçant.

Ainsi l'exposition était-elle en train de prendre la forme d'une aire sacrificielle. Je ne sais si Léa l'avait conçue de la sorte, ou si c'est notre petite communauté qui la métamorphosait peu à peu : les proies grasses emplissent l'univers, et celui-ci les engloutit, afin que jamais le ciel ne se referme. Il y a forcément dans le silence qu'une commissaire d'exposition orchestre entre des œuvres d'art l'écho de fêtes divines. Ces fêtes sont un tabou. Cette nuit, tandis que la sono martelait des tubes de variétés françaises des années 80 sur fond de lumières fluo jaune et rose, j'en reconnaissais l'exubérance : j'étais très loin dans la nuit, traversé par les époques, accroupi dans le désert du Sinaï près d'un fagot de bois ou contemplant l'aurore au bord d'une mer grecque, allongé à l'intérieur d'un temple, mais toujours guidé par l'éclat d'une lame de couteau.

Philippe Massardier nous présenta un ancien flic chauve et trapu, dont j'ai oublié le nom ; je me souviens en tout cas qu'il parlait à toute vitesse et voulait savoir si l'exposition serait « sulfureuse » ; il ne cessait de prononcer ce mot : « sulfureuse », et chaque fois, il clignait de l'œil.

Tandis que des femmes de plus en plus décolletées et de plus en plus pressantes se succédaient à notre table pour nous encourager à consommer, et que certaines se joignaient à nous pour rire et boire, nous eûmes, Léa, Anne-Lise, Laurent Pernot, Philippe Massardier, le flic et moi, une conversation aussi folle que décousue sur l'étroitesse des vies réduites à l'épargne, sur l'argent qui, en manquant, astreint nos rêves à une comptabilité dérisoire, sur ce rabougrissement qui partout frappe nos désirs, sur la pesanteur d'un monde qui à la fin nous assigne à ne plus rien vouloir que notre intégration.

Ce qu'il y a de beau, c'est que toujours, à force de parler – et même si l'on parle du pire –, la douceur est en vue : soit elle est là ; soit elle viendra. L'horizon lui appartient : c'est un point lumineux où se mêlent la joie, le vin, l'humour.

Et que se passe-t-il *réellement* lorsque l'on titube en riant dans les toilettes d'un bouge avec une dame un peu trop fardée ? Vers 3 heures du matin, l'ivresse atteint son point d'oubli. C'est le bonheur ; ou le néant. On ne sait pas. Même le lendemain matin, en se réveillant, on l'ignore. L'oubli couvre des étendues d'existence qui se destinaient peut-être à être mémorables, et resteront égarées, comme un parapluie, comme le vent. Où vont ces instants dilapidés ? Y a-t-il un refuge pour les moments d'ivresse ? Une bibliothèque où les discussions perdues sont stockées, en attendant qu'on les retrouve ? Peut-être écrit-on des romans pour faire entendre cet oubli, pour le conjurer.

Dans une telle hébétude passe en tout cas un amour pudique, qui relève à la fois de la fatigue où l'on se vautre, et de la certitude que rien d'affreux ne pourra nous arriver ; une certaine aberration nous maintient collés aux banquettes devant lesquelles passent des alcools, des camarades rieurs, des tentatrices : c'est la vie vécue pour raconter des histoires.

Cette nuit-là au Cercle rouge, et plus tard encore, notre joie en appelait à une chose plus intense qui n'a pas d'autre nom que la ruine : dans l'ivresse, nous savons que nos forces, en se dissolvant, en appellent de nouvelles, plus folles encore, qui exigent de l'existence qu'elle se donne tout entière en se dénudant jusqu'au silence.

En dévalant dans la nuit tous les cinq, nous réalisions à notre manière le programme de l'exposition : l'ivresse n'est-elle pas, comme la ruine économique, une opération glorieuse ? En elle, un excédent se consume, comme si l'on mettait le feu à sa propre joie – comme si, enfin, chacun de nous se hissait à la mesure de la vérité.

Ainsi notre petite communauté fut-elle en proie, le temps d'une soirée heureuse, au démon dont s'organisait le retour à la faveur d'une exposition : la dépense. On n'arrêtait pas de prononcer ce mot, je crois même qu'on se la jouait un peu : qui s'expose dans sa vie à de telles extrémités ? Bataille l'a écrit, l'a répété, et pourtant chacun se contente d'en répéter à son tour le constat séduisant sans jamais se l'appliquer, ni en incendier le monde, alors même que de telles choses éclairent le brasier de nos esprits.

Je continue à croire, en écrivant ce livre, que l'ébullition dont nous sommes les porteurs hilares secoue la croûte des évidences. Tout s'ouvre avec le feu qui détruit ce qui était ordonné : l'univers est ce chaos d'une chambre d'enfant qui résiste au rangement. C'était ça le bureau du Trésorier-payeur : un trou dans la banque qui disait le trou dans l'univers.

En rentrant cette nuit-là, je courus vers ma chambre d'hôtel en riant ; les images du Trésorier-payeur se bousculaient dans ma tête : je voyais des moments de sa vie clignoter, j'apercevais sa silhouette rigoureuse entrant dans la salle des coffres, s'approchant, une clef à la main, des douze armoires blindées, et sortant de l'une d'elles une chose énorme : un lingot d'or ? un tableau de maître ? les pages d'une correspondance obscène ? le cœur à vif d'une femme sacrifiée ?

Oui, je voyais une porte s'ouvrir sur un couloir souterrain, et le Trésorier de dos s'avançant dans le tunnel, une lampe torche à la main ; puis les images se mêlaient, s'obscurcissaient ; de nouveau je voyais apparaître la silhouette du Trésorier effectuant son trajet entre la banque et sa maison ; tout cela se répétait interminablement ; et voici que je trébuchai dans l'escalier : les images se brisèrent en se mélangeant, comme dans un kaléidoscope – c'est dans l'escalier de l'hôtel du Vieux Beffroi que j'aperçus ce roman en entier.

Les jours suivants, tandis que le régisseur et son équipe préparaient les salles pour les artistes, je m'appliquai à remplir celle qui m'avait été attribuée pour le Trésorier-payeur.

La visite chez Emmaüs avait porté ses fruits : non seulement je disposai autour de l'authentique bureau du directeur le mobilier que je m'étais procuré (consoles, étagères, fauteuil, table basse, et même un divan récupéré dans la rue), mais je commençai, sans trop savoir pourquoi, à entasser des montagnes de papiers qui s'écroulaient comme des dunes. Je fis des tas, j'empilai des livres, des cahiers de comptes et des classeurs d'archives ; j'accumulai en vrac des kilos de documents, de vieux journaux, des liasses de papiers vierges ou usagers trouvés ici et là.

Je passai deux jours, fébrile, presque fiévreux, à orchestrer ce désordre : me déplacer à l'intérieur d'un tel encombrement provoquait en moi une joie étrange, comme si ce lieu qui s'inventait sous mes yeux m'était familier depuis toujours, comme si au cœur du désordre se découvrait une vérité liée à l'art, au temps, peut-être à la lumière.

Le sol avait disparu sous des entassements, et je progressais avec lenteur entre les piles, créant de minuscules sentiers qui, en déplaçant toutes ces masses, suscitaient des rigoles de luminosité soudaine ; je me tenais alors en équilibre, et parfois immobile durant trois, quatre, cinq minutes, vacillant un peu pour ne pas perdre pied, il m'arrivait, pour jouir des éclats de nacre venus du ciel de Béthune qui se reflétaient par la vitre de cette chambre du premier étage de l'ancienne Banque de France, de fermer les yeux, comme si les couleurs qui fondent leur arc-en-ciel à l'intérieur d'un rayon éclairaient l'intérieur de ma tête, y serpentaient comme des lucioles, et me guidaient vers des espaces plus subtils, vers cette minutie de l'amour qui nous

accompagne lorsque nous créons. Oui, il me semblait bien
– tout en en riant – qu'au long de ces quelques minutes
éclaboussées de lumières chaudes, je devenais un artiste.
Ou plutôt je jouais à faire l'artiste, sculptant les piles, veillant sur la position de leurs arêtes, modulant chaque détail
d'un flux qui ne s'arrêtait pas.

Le désordre fait toujours impression sur les âmes
simples ; mais je crois qu'autre chose était en jeu dans ce
bureau démentiel que la puissance équivoque de l'entassement. S'il y a un monstre, il ne réside pas dans ces tas de
dossiers qui s'agglutinaient autour du bureau, et venaient
en lécher les pieds comme des flammes infernales, mais
peut-être dans l'esprit de celui qui en avait conçu l'extraordinaire dispositif.

Il nous est tous arrivé, un jour que nous étions invités
dans une maison de campagne ou que nous dînions chez
un ami, de découvrir, au hasard d'un couloir où l'on s'égare
en revenant de la salle de bains, une chambre où d'un coup
s'offre, avec la violence d'un à-pic, un somptueux désordre :
l'encombrement absolu nous saisit alors comme une image
de la déflagration que le savoir produit en nous ; les parois
disparaissent derrière des amoncellements, les meubles eux-
mêmes subissent le poids des piles qui s'affaissent.

Comme une végétation sauvage envahit la jungle, les
archives, me disais-je, s'étaient emparées de l'espace tout
entier du bureau du Trésorier-payeur, lui conférant un
caractère sacré ; on ne pouvait raisonnablement occuper
ce bureau, il avait été soustrait au monde de l'utile, on ne
pouvait qu'essayer de s'y glisser, dans l'espoir de découvrir

un chemin, de capter une lumière qui saurait allumer un parcours entre ces couches, ces massifs, ces alluvions. J'ai pensé que le Trésorier-payeur se tenait là, la nuit, les yeux fermés. Il priait, si je puis dire. Il brûlait. Pour penser, il faut être ardent.

On touche ici à des points que la raison ne connaît pas. Les mains se joignent pour étrangler ou pour prier. Mais qui serait capable de les joindre pour dénouer les liens qui vous enserrent le cou – pour dégager de l'espace au lieu d'en occuper, comme font la plupart des hommes ? *Là où les brides sont dénouées, le feu va libre.*

Le vernissage de l'exposition « Dépenses » fut un succès. La joie qui n'avait cessé de porter notre petite communauté durant les jours précédant l'exposition se propagea aux visiteurs qui envahirent les espaces de l'ancienne banque avec une curiosité fascinée : il y avait des étudiants, des amis, des journalistes, de nombreux critiques d'art qui, soucieux de ne pas rater ce qu'ils pressentaient être l'événement de la saison artistique, avaient fait le voyage en train depuis Paris ; et surtout une foule de curieux venue de Béthune et des alentours, des amateurs d'art, mais aussi tous ceux qui voulaient savoir ce qu'était devenue la Banque de France – leur banque –, et comment une telle institution avait bien pu être métamorphosée en un centre d'art.

Je les comprends : je cherche moi aussi, pour écrire ce roman, le lien entre l'art et l'argent ; et s'il arrive qu'il nous saute aux yeux, ce lien n'en demeure pas moins mystérieux : une certaine lumière qui émane de l'or conduit à la création, mais cette lumière demeure insaisissable. Pourtant, le lien paraît facile : ne conserve-t-on pas des tableaux de maître dans des coffres ? L'art, en un sens, *remplace* l'argent ; et c'est ce qui semblait avoir lieu ici.

On s'entassa d'abord au rez-de-chaussée, dans l'ancien hall d'accueil de la banque, dont le long guichet de marbre derrière lequel se tenaient naguère les caissiers était envahi de têtes de morts, de masques de guerre africains, de couteaux de cérémonie et de statuettes maculées d'encre noire qui avaient été disposés par l'artiste Kendell Geers comme les chiffres d'un sortilège.

Et tandis que chacun se précipitait sur sa première coupe de champagne et que des plateaux de mini-tartelettes circulaient déjà parmi nous, je sentis un éclair transpercer notre foule. Je frissonnai : nous étions pris dans un rite ; en nous encerclant, ces crânes noircis nous vouaient à une sorcellerie cachée. N'était-ce pas quelque chose de plus qu'une vision ? Les heures passées à disposer le chaos du Trésorier-payeur m'avaient mis l'esprit à vif ; je sentais vibrer chaque personne, en devinais le degré d'enthousiasme et les réticences ; l'intimité de chacun m'était donnée. Il en va ainsi de la construction de nuances qui composent un récit : on perçoit d'abord des couleurs, lesquelles indiquent une forme qui appelle la vie, la parole et des soifs plus aiguës.

Nous écoutâmes vaguement les discours des politiques ; puis Lara Vallet, la nouvelle directrice, prit le micro et nous souhaita chaleureusement la bienvenue : elle raconta que toute cette aventure avait commencé il y a plus de cent ans, en 1910 pour être exact, lorsque le gouverneur général de la Banque de France avait décidé de doter la région de Béthune, alors en plein essor minier, d'une succursale capable de répondre aux besoins financiers et monétaires du territoire ; et durant un siècle, jusqu'en 2007, date à laquelle elle ferma ses portes au public, la Banque de France de Béthune avait fonctionné en incarnant pour toute la région un pouvoir économique, mais aussi symbolique.

Ensuite, on l'avait transformée en centre de production et de diffusion des arts visuels ; mais les Béthunois savent que les travaux n'y ont plus cessé, si bien que le centre avait pris l'apparence d'un chantier perpétuel jusqu'à ce soir, où elle et toute son équipe étaient heureux de fêter sa réouverture sous l'égide d'une exposition idéalement nommée « Dépenses ».

En effet, la jeune et talentueuse commissaire Léa Bismuth avait imaginé de penser le passage entre la banque et le centre d'art en demandant à des artistes de produire une œuvre en regard de notions qui pour le monde de la banque constituent évidemment un paradoxe, comme la dilapidation, la prodigalité ou la ruine.

Tout le monde éclata de rire lorsque Lara Vallet conclut son discours en disant qu'en somme, grâce à Léa Bismuth qui en avait organisé le cambriolage symbolique, on *vidait ce soir définitivement les coffres de la banque.*

Tandis qu'on applaudissait, et que des cendres noires voletaient au-dessus de nos têtes, je cherchais du regard Philippe Massardier : après tout, c'était à cause de lui que j'en étais là, à écouter des fantômes, à guetter si par hasard une vérité ne sortirait pas de ce trou qu'est une banque, de ce trou qu'est le temps, de ce trou où les artistes vont chercher une lumière dont eux seuls connaissent l'existence – mais il n'y avait pas de Philippe Massardier.

Je ne sais si les invités avaient compris le sens de cet ossuaire qui se dressait autour de nous, mais mon corps, lui, en avait bel et bien reçu l'information : il s'agissait d'un cadeau fait au diable – tout était agencé pour faire affluer nos démons.

Alors est-ce pour me protéger – ou étais-je déjà sous emprise ? (on dit que les choses dangereuses doivent se prendre à pleines mains) : je dérobai l'un des couteaux qui étaient disposés le long du guichet. L'angoisse qu'avait suscitée en moi ce festival de cornes s'apaisa d'un seul coup : si le diable approchait, je lui enfoncerais ma lame dans la gorge – cette idée me calma.

Des cendres noires continuaient à flotter au-dessus de nos têtes, comme si l'on avait massacré une population de corbeaux. Elles constellaient à présent les épaules, les nuques, les avant-bras des invités ; et pourtant la soirée continuait, et avec elle une joie se propageait qu'on trouve rarement dans les vernissages. Les étoiles aiment la faveur des étincelles ; aucun danger ne les absorbe : elles brillent. Adossé au bar, sirotant ma coupe de champagne, je tenais pourtant ma main crispée sur le manche du couteau.

Léa Bismuth répondit avec brio à Lara Vallet, et après l'avoir remerciée, exprima également toute sa gratitude à Philippe Massardier pour lui avoir permis d'organiser une exposition aussi exigeante, aussi radicale, aussi *politique*.

À partir de là, je ne sais plus qui parle : quelqu'un

– peut-être est-ce moi – dit qu'il n'y avait rien de plus politique aujourd'hui que le fait de *perdre de l'argent* (de le dépenser plutôt que d'en gagner) ; et que la métamorphose de l'argent en œuvres d'art qui avait cours de nos jours, notamment dans le monde du luxe – lequel ne cessait d'*investir* dans l'art contemporain –, relevait avant tout d'un processus qui, croyant s'affranchir de l'économie, ne faisait que s'asservir à la finance.

On pouvait considérer cette opération comme une bonne nouvelle, disait-on, puisqu'elle donnait à l'art contemporain un rayonnement qui lui était jusqu'ici étranger, mais il ne fallait pas se voiler la face : la rapacité avec laquelle le monde de l'argent s'était jeté sur celui de l'art relevait de l'alchimie même du capitalisme – de son *œuvre au noir*. Car à la fin, même si l'on croit voir des œuvres, on contemple en réalité de l'argent : *de l'argent sous forme d'art*.

— Mais il existe, disait cette voix, un plan sur lequel l'art échappe à l'économie, à la valeur, à la spéculation. Quel est donc ce point de gratuité ? demanda-t-elle en s'adressant à nous tous : quelle est cette folie ? Quel est cet excès ?

Étaient-ce réellement des discours de vernissage que j'entendais, ou mes propres divagations projetées sur Lara Vallet et Léa Bismuth ? Que toutes les deux veuillent bien m'excuser : lorsqu'on commence à écrire un roman, les frontières s'effacent, un étrange amour s'empare de la matière, des corps, des noms, et fait s'évanouir la différence entre ce qui existe et ce qu'on imagine. La fiction est l'autre nom du désir.

Léa désigna l'affiche de l'exposition qui occupait derrière nous un mur entier, et tous nous nous retournâmes.

C'était un magnifique squelette entièrement laqué or, signé Michel Journiac, qui nous toisait avec décontraction. Tibia, péroné, fémur, cubitus, radius, humérus, clavicule, vertèbres et crâne : tout en lui se déployait avec élégance, jusqu'à son rire qui se moquait de notre prétention à nous croire vivants.

J'avais déjà vu l'affiche mille fois depuis que j'étais à Béthune, et j'avais surtout contemplé l'œuvre réelle qui trônait au premier étage, face à un dessin de Pierre Klossowski tout aussi crucial (ces deux œuvres anciennes et prestigieuses accordant à l'exposition une sorte de plus-value qui intégrait celle-ci dans l'histoire de l'art) ; mais à cet instant, déjà ivre de champagne, et tendu vers l'événement dont je sentais la venue cette nuit, j'eus un déclic et reconnus dans ce squelette doré le crâne de Yorick, grâce auquel Hamlet se met, comme les deux fossoyeurs, à creuser dans ses pensées – grâce auquel il s'engage dans son tunnel.

Je contemplai le squelette, je parcourus ses pensées, j'entrai dans son tunnel. Mais non, ce n'était pas Yorick, c'était Hamlet – c'était moi. Moi dans mon tunnel. Moi mort, mais en or.

Cette phrase bourdonnait à mes oreilles : *Moi mort, mais en or*. Qu'est-ce qu'elle voulait dire ? Était-ce un rébus, un jeu de mots ? Elle ressemblait à ces phrases absurdes qu'on entend dans les rêves. Alors quoi ? Cette histoire de Trésorier-payeur me détraquait le cerveau ; je commençais sérieusement à divaguer. En même temps, je sentais bien qu'il ne fallait pas laisser la divagation s'éteindre : comme dans l'ivresse, une clarté s'y donne libre cours qui vous indique une direction propice. C'est toujours dans ces états que j'accède aux choses secrètes : c'est en rêvant éveillé que j'ouvre des portes.

— Regardez, disait Léa, n'est-ce pas inestimable ? Certes, notre corps ne vaut rien, d'ailleurs il disparaît, mais les os ? Regardez les os : ils constituent l'étalon or. La banque est vide, la monnaie est morte, mais l'or existe encore : il nous précède – il est ce qui reste lorsque la vie s'est échappée de nous. L'art, c'est ça : *nos os en or*.

Elle cita le nom de tous les artistes qui participaient à l'exposition : Agnès Thurnauer, Marco Godinho, Lionel Sabatté, Laurent Pernot, Kendell Geers, Manon Bellet, Antoine d'Agata, mounir fatmi, Julião Sarmento, Victor Man, Michel Journiac, Pierre Klossowski, Benoit Huot, Éric Rondepierre, Rebecca Digne, Clément Cogitore, Gilles Stassart, Édouard Levé, Anne-Lise Broyer, Ana Mendieta et Yannick Haenel.

Je m'étais laissé bercer par cette liste glorieuse, mais en entendant mon nom prononcé par Léa, je vacillai, comme si j'existais soudain en double – comme si s'ouvrait sous mes yeux une région équivoque, incertaine, opaque, dont la lumière trouble appelait un récit, qui lui-même ne faisait que propager ce trouble.

Où étais-je ? À Béthune ? Dans un pli de mon livre ? Penché sur la table où j'écris ces phrases ? Nous flottions, Léa, Anne-Lise, Lara Vallet et moi, à l'intérieur d'un miroir diapré, comme des personnages lancés dans une aventure qui les éblouit.

À partir de cet instant, ma mémoire se brouille et la

fiction avale peut-être entièrement ce que je crois avoir vécu. D'ailleurs, n'ai-je pas inventé en partie ce qui précède ? Je suis bien allé à Béthune, j'ai participé à cette exposition, mais pour le reste ? Je n'ai jamais vraiment cru à la différence entre réalité et fiction ; elle ne mène qu'à l'assèchement du langage. La vérité brille entre les deux, à l'endroit de l'échancrure, lorsque le voile, en flottant, révèle un peu l'abîme où elle a été déposée.

Les applaudissements n'en finissaient plus, l'enthousiasme était considérable, le feu avait gagné les esprits. Je le sentais, le devinais, mon corps en était sûr : dans cet espace grillé aux néons, cerclé d'un étalage de crânes où se pressait une foule qui mastiquait ses mignardises au saumon et sirotait son champagne, *on cuisait le monde.*

Léa pouvait bien être contente : la dépense fonctionnait – un acte sacrificiel avait lieu, invisible, entre les œuvres ; et même si les artistes y avaient contribué, ils n'avaient pu qu'en disposer l'hypothèse silencieuse : la liturgie, quant à elle, s'accomplit sans personne, avec juste une brassée d'herbes qui, en se consumant, rappelle les dieux disparus.

Ainsi le rez-de-chaussée de l'ancienne Banque de France produisait-il son feu rituel : des lambeaux de graisse, œuvre de mounir fatmi, séchaient sur un fil et des pétales de suie noirâtre, composés par Manon Bellet, maculaient le sol.

Les visiteurs avançaient dans ce brasier avec un peu d'appréhension, verres de champagne à la main, jouant du coude, et leurs visages tout blancs sous les néons, puis se transportant par l'escalier bondé d'un étage à un autre, et de salle en salle, ils découvraient les œuvres ; il y avait ce soir-là dans l'éclat des lumières et des voix une liberté anxieuse, qui réduisait les bavardages. Mais le tison réside dans nos bouches, et pour que l'oblation parvienne au ciel et libère l'angoisse qui contient le sacré, il faut rompre le silence.

Dans l'escalier qui mène au premier étage, alors que la foule se compressait, et que nous découvrîmes un extravagant cerf empaillé de Benoit Huot paré pour le sacrifice, avec ses tissus bleus, jaunes et rouges qui flamboyaient, et l'encolure tout ornée de rubans, de perles et de fleurs tricotées, je marmonnai quelques phrases, sortis le couteau de ma poche, et afin que soient séparés l'eau et le feu, pointant la lame en direction du cerf, hurlai ces deux mots auxquels personne ne fit attention :

— Écarteur ! Écarteur terrible !

Et voici que je me trouvai à l'entrée du bureau du Trésorier-payeur. Étant donné le chaos que j'y avais disposé, on pouvait difficilement entrer dans la salle : les spectateurs se contentaient de rester sur le seuil – de jeter un œil depuis l'embrasure de la porte. En essayant de me mettre à leur place, avec le regard de ceux qui découvrent une chose pour la première fois, je sentis combien l'extraordinaire désordre qui se jouait dans cette pièce relevait d'une guerre, comme si les atomes, au lieu de s'assembler, se jetaient les uns contre les autres. Je ne m'en étais pas rendu compte en le concevant, mais il y avait quelque chose d'aberrant dans ce désordre. Là, sur le seuil, avec les visiteurs, une vérité nouvelle me sautait aux yeux : ce bureau était celui d'un fou furieux.

Vous l'avez compris : je n'ai pris part à cette exposition qu'afin de retrouver le Trésorier-payeur. Ce soir-là, en découvrant, comme à travers un hublot, l'étendue de son extravagance, je fis connaissance avec un inconnu : sa violence m'était donnée, et avec elle un déchaînement qui semble a priori contraire à la vie d'un banquier.

Il n'y a rien de plus beau qu'un roman qui s'écrit ; le temps qu'on y consacre ressemble à celui de l'amour : aussi intense, aussi radieux, aussi blessant. On ne cesse d'avancer, de reculer, et c'est tout un château de nuances qui se construit avec notre désir : on s'exalte, on se décourage, mais à aucun moment on ne lâche sa vision. Parfois un mur se dresse, on tâtonne le long des pierres, et lorsqu'on trouve une brèche, on s'y rue avec un sentiment de liberté inouïe. Les lueurs, alors, s'agrandissent, et c'est toute une mosaïque de petites lumières qui s'assemble peu à peu, jusqu'à former non seulement un soleil, mais aussi une lune : un univers complet, avec ses nuits et ses jours.

Voici donc que m'apparaissait, encore inconnu, et brouillé d'intuitions aussi contradictoires qu'incomplètes, un personnage dont l'excès promettait à mon roman un avenir de complexités. Ces tas qui s'amoncelaient devant moi comme des dunes composaient un silence de démence calme ; et à travers cette démence, à travers ce silence et ce calme, j'avais soudain la certitude, ou disons la sensation (mais une sensation si claire qu'elle prend figure incontestable), d'avoir fait une rencontre fondamentale : celle d'un homme complètement déchiré. À la rigueur maniaque de l'employé de banque veillant impeccablement sur les intérêts de ses clients – qualité qui faisait du Trésorier-payeur un professionnel absolu, apprécié comme tel et respecté par ses pairs – s'ajoutait donc un *côté obscur*, une forme de fanatisme, celui qui vous porte à détruire ce que vous avez patiemment fondé, et qui ouvre en vous, dans vos rêveries, mais aussi dans vos actes, des directions ténébreuses, peut-être même une forme de négation.

J'avais l'impression, dans ce couloir où il était impossible de se tenir debout sans être bousculé par le flot des visiteurs, de regarder l'intérieur d'une cabine à travers un hublot – *je voyais mon roman*. Et puis j'écoutais les réactions : les gens se demandaient si c'était bien « le vrai bureau » ; ils trouvaient son occupant « tellement désordonné pour un banquier ». Un vieil homme montra du doigt la photographie d'Édouard Levé à sa femme, il prétendait l'avoir connu et confirma son goût pour le désordre. Quelqu'un d'autre, dont la mince silhouette se perdit dans la foule, s'exclama :

— C'est notre banquier anarchiste !

Tout fonctionnait à merveille, le Trésorier-payeur était sorti de ses limbes, il prenait part à notre monde comme s'il existait, et on le reconnaissait ; quant à moi, je n'étais plus du tout capable de faire la part de la réalité et de l'invention : j'avais élaboré, pour que l'ambiguïté fût parfaite, une série d'éléments biographiques disposés sur des cartels, et dans la chaleur de l'écriture, la fantaisie l'avait emporté sur la vraisemblance, donnant à la vie de cet homme une tournure à la fois légendaire et cocasse ; mais comme on ne pouvait entrer dans la pièce, personne ne lut les cartels que j'avais disposés sur la cheminée, et d'ailleurs moi-même je n'y avais plus du tout fait attention : après tout, c'était une exposition d'art, pas un musée de la banque.

Plus loin, je m'arrêtai longuement devant une photographie d'Anne-Lise Broyer où une longue trace de sang, littéralement coupée – tranchée – par la porte en métal rouge d'un garage, faisait apparaître, invisible et pourtant incontestable, l'image d'un taureau sacrifié dont on traîne le cadavre.

Je laissai mon esprit flotter sur cette idée de sacrifice : où donc se nichait-il ce soir ? Un feu parcourait les étages, et dans chaque pièce une ardeur s'agençait entre les œuvres et le regard des visiteurs, ardeur propice à l'accomplissement d'un rite (cette ardeur était peut-être elle-même le rite) – mais l'objet du sacrifice, où était-il ?

Anne-Lise me rejoignit, et nous trinquâmes avec émotion devant sa photographie. En quelques minutes, nous fûmes tous réunis, comme si nous nous étions donné rendez-vous : Léa, Lara Vallet et les quelques artistes présents, et il y avait aussi avec nous Alain Fleischer, André S. Labarthe, John Jefferson Selve et Fabien Ribery – et cela faisait une communauté douce, des visages, des étoiles, le grand sourire de la joie d'être ensemble, et nos yeux étaient écarquillés comme ceux des Étrusques.

Lara proposa d'aller fumer dans son bureau, elle avait du champagne au frais, nous descendîmes avec enthousiasme.

Elle ouvrit une porte et nous montra un long mur tapissé de cadres sous verre où des souvenirs de la Banque de France étaient rassemblés. Parmi eux, je repérai toutes sortes de clefs anciennes, aux formes insolites, qui ouvraient des coffres et plus que des coffres : qui déverrouillaient des époques entières, qui réveillaient des temps endormis.

Il y avait aussi, encadré comme un trophée, un chèque de

la Banque de France de 1 000 francs non attribué et annulé en date du 7 novembre 1975, dont le fond vert pâle, presque passé, semblait émaner d'un pays lointain ; un télégramme rédigé le 10 avril 1964 par le secrétaire général de la Banque de France à Paris et envoyé à la succursale de Béthune, qui disait : « Suspendez immédiatement émissions bons du Trésor en compte courant » ; une autre clef, au design épuré, qui ouvrait le coffre-fort n° 1 de la salle des coffres, datant d'avant la Première Guerre mondiale ; enfin une plaque en fer et verre teinté ocre et noir datant de 1910 et précisant les fonctions et missions de la Banque de France de Béthune, et qui, à l'époque, était accrochée à l'entrée du bâtiment :

BANQUE DE FRANCE

COMPTES DE CAISSE

DÉLIVRANCE de BILLETS à ORDRE

CHÈQUES et VIREMENTS
sur tous les Comptoirs de la Banque

ESCOMPTE
Taux de l'Escompte – l'An

COMPTES COURANTS d'ESCOMPTE
ORDRES de BOURSE
aux Parquets de Paris et de Province

LETTRES de CRÉDIT

LOCATION de COFFRES-FORTS

Que s'est-il passé *après* ? Je perdis pied sans doute. Je ne sais quelle force nous retient d'ordinaire dans le monde convenable ; cette nuit-là, je ne me suis pas retenu : l'excès de champagne, la vodka, d'autres substances encore me firent disparaître à mes propres yeux. De telles absences ouvrent un pays de songes : je ris en pensant aux secrets qui nourrissent les fictions. Voilà : le secret, l'oubli, la fiction – il y avait de quoi être heureux. Croyez-moi : la littérature appartient aux bienheureux.

Vers 2 heures du matin, on me secoua l'épaule. J'étais affalé dans un fauteuil. Un pompier parlait avec Lara. Il fallait partir.

Léa et les autres fumaient des cigarettes dehors ; par la fenêtre, je leur fis signe que j'arrivais, mais au lieu de me diriger vers la sortie, je m'éclipsai.

Sans trop savoir ce que je faisais, je me mis à gravir l'escalier. Les lumières étaient éteintes, mais il me sembla que je montais ces marches depuis toujours, et que depuis toujours ma main glissait sur la rampe, comme si le temps s'était endormi, et qu'il coulissait à l'intérieur de son sommeil.

En arrivant dans le couloir du premier étage, je reçus un appel : mon téléphone vibrait dans ma poche, c'était Anne-Lise. J'imagine qu'elle voulait vérifier si j'étais bien sorti de la banque. Je ne répondis pas, et grâce à la lumière de l'écran que je pointais devant moi comme une lampe, je me frayai un chemin jusqu'à l'entrée de mon bureau.

Puis j'attendis dans le couloir, l'oreille dressée. Une lumière pâle venait des fenêtres, quelques points rouges clignotaient dans la pénombre, mais ce n'étaient pas des caméras de surveillance : Lara nous avait dit qu'elles ne commenceraient à fonctionner qu'à partir de l'ouverture officielle de l'exposition, c'est-à-dire dans deux jours. Ce n'étaient pas non plus des capteurs : je savais par une indiscrétion du régisseur que l'alarme ne se déclenchait que lorsqu'on franchissait la porte d'entrée ou les fenêtres, qui de toute façon étaient grillagées ; par ailleurs, les rondes ne commenceraient que dans une semaine, car l'employé de sécurité était en congé maladie. Bref, j'étais seul.

Il y eut un sms d'Anne-Lise : « Tu n'es pas dedans j'espère ? »

Il était trop tard pour répondre, et puis quoi dire : j'entendis le loquet métallique de la grande porte se bloquer, son bruit résonna dans la rue et monta jusqu'ici. Un plaisir mêlé d'angoisse m'envahit – j'entrai.

En marchant à tâtons entre les piles de dossiers, je parvins dans la pénombre jusqu'au fauteuil : la tête penchée sur mon bureau, la main courant sur les pages d'un cahier de comptes, il me semblait que j'écrivais ce livre. La lune éclairait mes phrases, son éclat dessinait un feuillage de clartés timides qui me donnaient confiance. J'allais rester longtemps ici, toute la vie peut-être : lorsque la nuit se murmure et qu'elle s'adresse à vous, le bonheur existe ; et peu importe alors que tout soit ténébreux, peu importent les squelettes, les cerfs, les crânes, les couteaux : une lumière s'ajuste à votre désir et vous accorde la croyance en ce que vous écrivez.

Dans l'obscurité, mes entassements prenaient des formes acérées ; elles composaient un paysage aride, dont les massifs sombres sculptaient le relief d'une planète inconnue. Les rayons de la lune projetaient leur éclat sur ces arêtes ; et la lumière émise par chaque détail ouvrait un sentier à l'intérieur duquel mon regard, mes bras, mes mains, mon corps tout entier se faufilaient.

Il existe un point dans l'esprit où l'on se tient de soi-même : on a beau le chercher, il se cache ; on s'éloigne, et voici qu'on se perd dans le temps. Mais parfois il arrive qu'une courbe bleue s'évanouisse dans la nuit sur un objet qu'elle isole ; ses étincelles, en se multipliant, déploient un territoire dont les reflets scintillent : c'est là, c'est lui – c'est le point.

En relevant la tête, je vis passer sur le mur une forme qui m'effraya. Je crus un instant que c'était mon visage, reflété dans un miroir, et brouillé par la nuit – mais il n'y avait pas de miroir. Un spectre, alors ? Celui de Philippe Massardier, venu me faire signe à l'entrée du tunnel ?

Je reconnus le hibou – la chouette d'Anne-Lise. Dans la nuit, son corps blanc s'apparentait au rayonnement de la lune. La lumière qui entrait par la fenêtre, sur ma droite, diffusait un halo dont l'opacité gommait le noir et blanc de la photographie ; et voici qu'absorbés par cet éclat lunaire, les traits de l'oiseau s'estompèrent et un visage apparut.

Les yeux se protègent, mi-clos, la bouche ne s'ouvre pas, et pourtant cette tête vous regarde dans les yeux : c'est une femme.

J'avais du mal à saisir son visage : il ne cessait d'apparaître et de disparaître, comme s'il provenait d'un endroit de mon sommeil où se dissipent les clartés ; mais à force de scruter ce duvet lunaire, je m'habituais à son effacement : une transparence comme la sienne appelle la pluie, le vent, des traits qui font signe vers les estampes, vers le Japon, vers le visage enfoui en elles-mêmes des femmes japonaises.

J'entrai cette nuit-là dans un rapport bouleversant avec elle : assis à mon bureau, la main courant de phrase en phrase sur mon cahier, je faisais venir sa belle surface blanche depuis la nappe endormie de mes paupières, depuis ce lac tendre et cru où naissent par bouillons des écumes, des vagues, un univers débordant de visions qui ruissellent comme de la crème, comme du foutre.

Tout cela se composait à la manière d'un rêve : en fermant les yeux, je la vis décoller ; il me semble que pour la suivre, je gravis la pente qui mène à un temple, et que la nuit elle-même s'ouvrit à une cérémonie qui accueillait son envol.

En écrivant ces phrases, je m'adresse à ce pli dans la matière qui s'ouvre sur lui-même, comme le contour en amande des yeux, comme la vulve des femmes.

Je ne suis pas sûr de ce qui s'est passé : je me vois descendre l'escalier, je me vois écrire à mon bureau, je me vois dormir. En écrivant, en dormant, j'appuie sur la poignée d'une porte. Ça s'ouvre. C'est la pièce où Lara Vallet nous a montré sa collection. Par la fenêtre, la lune éclaire violemment les vitrines : je contemple les clefs de la banque. Je suis au comble du plaisir. J'approche la main d'une clef : dans mon sommeil, dans mes phrases, je sais laquelle est la bonne. Avec le couteau que j'ai volé, je fracture le cadre et m'empare de la clef, puis me dirige vers l'arrière de la banque, et sors dans le jardin où toute cette histoire a commencé.

Comme le jour où l'on m'a transmis le secret qui me conduit jusqu'ici, j'allume une cigarette. La lune éclaire les briques rouges de ma maison. Je souris et m'engage dans le couloir du sous-sol. Au bout, il y a une porte. J'en ai la clef. Je la tourne dans la serrure et j'entre dans le tunnel.

II

1

Le baiser

Lorsque le Trésorier-payeur embrassait sa femme, il oubliait les chiffres. Lui qui passait ses journées à établir des lignes de comptes, à évaluer des ratios, à contrôler des taux d'intérêt, et qui, même après son travail, qu'il fût au lit, au restaurant ou devant la télévision, continuait inlassablement à calculer ; lui dont le cerveau, depuis qu'il avait franchi pour la première fois, il y a vingt ans, le portail doré de la Banque de France, ne s'était plus jamais arrêté de compter, voici qu'il avait rencontré quelqu'un qui était capable d'interrompre cette folie, quelqu'un qui avait le pouvoir de détourner un homme obsessionnel et rigoureux comme lui de son idée fixe, et de substituer à sa passion des chiffres un autre feu, une autre jouissance, si bien que chaque jour, lorsque à 17 heures pile il sortait de la banque, il ne pensait plus qu'à ça : aller embrasser Lilya, mêler follement sa langue à la sienne, se fondre dans cette humidité de lune qu'avaient ses baisers, et à travers le plaisir que lui procurait cette étreinte, oublier tout, les chiffres, la banque et la fatigue de ses nuits blanches.

Donc, à 17 heures pile, après avoir activé le système d'alarme, le Trésorier-payeur fermait les grilles de la banque : c'était lui, et personne d'autre, qui se chargeait de ce rituel ; alors même que, dans les autres banques de Béthune, un agent de sécurité procédait depuis une cabine de surveillance à la fermeture automatique des portes, le Trésorier-payeur tournait la clef dans la serrure du vieux portail en bois massif, puis tirait le volet métallique dont il bouclait la serrure à l'aide d'un cadenas dérisoire.

C'était un acte avant tout symbolique, comme le sont tous les actes à la Banque de France, où rien n'existe qui ne soit un rite – où la moindre procédure se double d'une conscience d'elle-même qui lui confère une valeur sacrée en même temps qu'une épaisseur historique ; et parmi ceux qui y travaillent, qu'ils exercent des fonctions lumineuses ou obscures, qu'ils élaborent des stratégies monétaires ou évaluent des systèmes de paiement – qu'ils soient spécialisés dans la prévision ou dans le risque –, nul n'était plus enclin aux protocoles qui scandent la vie d'un employé de la Banque de France que le Trésorier-payeur, dont la personnalité scrupuleuse le destinait à s'accorder parfaitement à cet univers cérémoniel.

On n'aurait pas laissé une succursale de la Banque de France sous l'unique protection d'un cadenas ; ainsi à peine le Trésorier-payeur avait-il fermé la grille que de l'intérieur les équipes de sécurité actionnaient les sas de sécurité : même s'il n'y avait plus de lingots d'or dans la salle des coffres, même si depuis plusieurs décennies les serres de monnaie étaient vides, car il n'entrait plus dans les missions de la Banque de France de prendre de l'argent en dépôt, la succursale de Béthune se devait comme toutes les autres succursales de France de demeurer inviolable, et d'ailleurs, rappelait-on fièrement, il n'y avait jamais eu aucun braquage commis durant toute l'histoire de la Banque de France de Béthune.

Tournant le dos à la banque, le Trésorier-payeur s'engageait dans la rue des Charitables, il était 17 h 05, et levant les yeux vers la statuette de saint Éloi nichée dans son coin d'angle, l'esprit tendu vers la bouche de Lilya, le corps déjà tourné vers le plaisir, il progressait en réalité à travers le chemin intérieur des colonnes de chiffres qui saturaient sa tête et l'obligeaient à creuser chaque jour plus profond une galerie pour dégager de l'air. Tant qu'il n'aurait pas rejoint sa femme, tant qu'ils n'avaient pas mêlé leurs bras, leurs lèvres, leur sexe, il continuait à tourner en rond dans son enfer.

Ainsi la vie du Trésorier-payeur était-elle entièrement vouée au secret : couverte par la rigueur, pliée dans l'écrin d'une fausse banalité, offerte à des tourments qui la rendaient passionnante. Et s'il passait huit heures par jour enfermé dans son bureau de la banque à produire des analyses, un déchaînement allumait en lui des flammes, que l'obsession calmait tout en les aggravant.

L'expérience intérieure des autres nous échappe : on n'imagine pas les banquiers se consumer de fantaisie ou se tordre d'excès ; ils ont pourtant conscience qu'il n'existe aucune limite, que rien n'est réductible, et que l'économie est aussi bouillante que la course des galaxies, qu'elle est propice aux élucubrations, et rend fou.

Lorsqu'on travaille dans une banque, il faut être silencieux et obéir pour empêcher que tout se consume, mais qu'est-ce qu'un monde sans feu ? Qu'est-ce qu'une vie qui retient son ardeur ? Rien n'est plus intense que le bûcher qui nous enflamme la gorge et que nous étouffons pour ne pas détruire le monde.

Le Trésorier-payeur était ainsi de ces êtres impeccables qui à chaque instant voient le monde s'écrouler : un banquier irréprochable, perfectionniste et apprécié de tous pour son dévouement, mais dont les aventures intérieures relevaient d'une apocalypse.

La tête pleine de chiffres, il remontait la rue du Beffroi et passant devant le magasin d'antiquités de son ami Casabian, qui fumait cigarette sur cigarette devant sa vitrine, il le saluait rapidement en se dirigeant vers la Grand-Place. Casabian lui lançait son sempiternel : « Quand est-ce que tu t'évades ? » ; et le Trésorier-payeur portait en souriant l'index sur ses lèvres, comme pour lui signifier de garder le silence.

La clef de la banque tintait dans son manteau tandis qu'il marchait ; il éprouvait une jouissance précise à posséder cette clef, d'autant que celle-ci avait une forme remarquable, assez rare, qui rendait son maniement agréable : sa tige était courte, forée en forme de barillet, comme le canon d'une carabine, et ses dents ressemblaient à une rangée de lettres hébraïques.

Sur la Grand-Place, il contournait le beffroi et longeait

la rangée de noisetiers qui s'alignent en bordure des maisons à pignons. C'est là qu'en arrivant à Béthune, une vingtaine d'années plus tôt, il avait occupé une chambre à l'hôtel du Vieux Beffroi ; à cette époque, il exerçait la fonction de caissier, comme souvent dans une banque lorsqu'on débute ; et c'est là, en passant les écritures, en recevant les versements, en comptant les espèces, mais aussi en gérant la procédure des coffres, qu'il avait commencé à nouer des liens avec les habitants de Béthune : le guichet de la banque est un lieu où chaque jour l'on croise la ville entière.

Il fut assez vite accepté pour sa gentillesse : contrairement aux Parisiens habituels, il était dépourvu d'arrogance. Mais la solitude était chez lui une passion : il menait en dehors de la banque une vie austère, et après sa journée de travail, passait ses soirées dans sa chambre à étudier l'économie et à lire de la philosophie. À sa manière, c'était un fanatique, bien que la jeunesse lui donnât un air accommodant.

Brusquement, il déménagea : il n'avait plus assez d'espace, les livres s'amoncelaient jusqu'au plafond, et sans doute y avait-il trop de passage à son goût : sous ses fenêtres, le marché qui se tenait deux fois par semaine l'incommodait, et pour rentrer chez lui il croisait à peu près tous ses clients : les conversations l'ennuyaient.

La banque lui consentit alors un prêt et, pour une bouchée de pain – 500 000 francs, c'est-à-dire moins de 100 000 euros –, il acheta une belle maison de briques rouges, située rue Émile-Zola, qui était inhabitée ; elle était bien trop grande pour un homme seul : deux étages, six chambres, deux salles de bains et un immense jardin à l'abandon, où proliféraient en désordre, comme dans une jungle, des poiriers, des cerisiers, des massifs d'églantines et de pivoines, des rosiers, des magnolias, les restes d'un verger qui dégénérait, ainsi qu'un petit bois de bouleaux, tout au fond du jardin, qui donnait à la propriété un air de datcha ; cette atmosphère d'abandon le comblait, comme si en elle le temps avait trouvé une forme pour s'exprimer, mais surtout cette immensité lui procurait une joie qui s'accordait à son esprit, où des chambres devaient rester vides.

Il s'installa dans la maison avec une joie d'ogre ; fit refaire les peintures et l'électricité ; s'attaqua peu à peu au jardin, dont il rafraîchit le terreau, nettoya le sous-bois, soigna les plantes, tailla les fleurs et ressuscita le verger ; il se procura des meubles chez tous les antiquaires de la région, couvrit les murs de bibliothèques, et se composa un bureau semblable à celui qu'il occupait dans la banque.

La maison, justement, donnait sur la Banque de France ; et seul un muret, le long duquel poussait une haie d'aubépines, les séparait. Cette proximité lui sembla pratique : il avait deux mondes, la banque et sa maison ; et qu'ils fussent à ce point reliés ne le gênait pas : au contraire, les deux mondes, en se rapprochant, provoquaient dans sa tête une gerbe d'étincelles, comme une machine mal réglée, dont le fonctionnement n'était pas au point, mais qui, lorsque son utilité serait découverte, promettait d'offrir au Trésorier-payeur non seulement les bénéfices d'une vie passionnante, mais aussi de lui ouvrir des portes qu'il ne soupçonnait pas.

C'est donc là que cet homme de quarante-trois ans, à l'allure nonchalante, aux épais cheveux grisonnants, et toujours vêtu d'un long manteau bleu marine, vivait depuis presque vingt ans ; il y avait longtemps vécu seul, quelques femmes étaient passées, certaines avaient même tenté de rester, butant les unes après les autres sur un secret, une opacité d'autant plus curieuse qu'elle contrastait avec des manières charmantes et avec l'éclat d'une séduction certes un peu froide, mais qui lui avait donné avec le temps la réputation d'un vieux célibataire donjuanesque, l'un de ces types qui, sans que personne en sache rien, auront au bout du compte couché avec toutes les femmes de la ville.

Le plus intrigant n'était pas que sous des dehors aussi routiniers il fût un séducteur – après tout, on a vu des Casanova plus incongrus –, mais que sa solitude devînt chaque jour plus obscure : il y avait un abîme en lui qui repoussait l'empathie, et ce point d'étrangeté qui éloignait les femmes aussi vite qu'il les avait attirées pouvait en effet paraître dangereux : derrière certains horizons calmes, on aperçoit des choses terribles.

C'est dans cette maison qu'il vivait avec sa femme ; et en sortant de son travail à la banque, il aurait très bien pu choisir, chaque jour, de rentrer directement chez lui pour y attendre Lilya ; mais il préférait venir à sa rencontre. En arrivant rue du Carillon, à l'angle de l'église Saint-Vaast, il sonnait au numéro 12, où l'on peut lire cette plaque, qu'il trouvait parfaite :

LILYA MIZAKI
Chirurgien-dentiste,
Diplômée de la Faculté de Médecine de Paris

La distribution des voyelles – les quatre sons *i* et les deux *a* – et le prénom liquide associé au couteau des consonnes de son nom – *m, z, k* – lui plaisaient à ce point qu'en poussant la porte il ne pouvait s'empêcher certains jours de prononcer le nom de sa femme à voix haute.

Il était 17 h 10 lorsqu'il entrait dans la salle d'attente. À ce moment-là, elle était toujours vide, le dernier patient ouvrait déjà grand la bouche aux soubresauts de la roulette ; il sortirait vers 17 h 30. Et si le Trésorier-payeur approchait de la porte où Lilya prodiguait ses soins, il pouvait entendre le bruit des fraises et des souffleurs, et deviner quelques bribes de conversation.

Il aimait par-dessus tout ces vingt minutes où enfin libéré de la banque et pas encore entré dans cet autre temps qui est celui de l'amour, il pouvait se laisser envahir par la lumière qui à cette heure-ci pénétrait par la fenêtre de la salle d'attente où les murs blancs, les papyrus et le mobilier en osier produisaient chez lui une sensation d'été paisible.

Il ne s'asseyait pas ; il se tenait debout, les yeux clos, appuyé contre le rebord de la fenêtre, le visage offert au ruissellement de la lumière, et il arrivait que celle-ci fût si violente qu'en lui enveloppant le visage une lueur rouge lui apparût au fond des yeux en même temps qu'une agréable chaleur. Les chiffres commençaient à disparaître de ses pensées ; plus exactement ses pensées commençaient à chasser les chiffres, dont l'effacement progressif se faisait sentir comme l'effet d'une aspirine dissolvant une migraine. Ses traits s'adoucissaient, ses muscles se détendaient, et le visage nimbé d'un éclat orangé, incandescent, solaire, il s'ouvrait à l'imminence du long baiser qu'il échangerait bientôt avec sa femme, dont l'intensité se substituerait non seulement aux soucis de leur journée, à la fatigue de leur travail, mais aussi au monde, aux êtres, aux paroles, à l'univers entier qui nous tient enfermés dans son poing.

Lorsqu'on évoque les préliminaires de l'amour, on se contente souvent de décrire des caresses ; mais tout aussi excitants sont les moments qui précèdent la rencontre : en faisant monter le désir, l'attente compose une région ardente où le corps se prépare. En offrant son visage au soleil, le Trésorier-payeur s'imprégnait de ces couleurs chaudes qui se diffuseraient à travers ses étreintes avec sa femme ; et si déjà de sa gorge à ses cuisses un feu se réveillait qui propagerait bientôt jusqu'au bas de son ventre l'incendie que la seule pensée du corps nu de Lilya provoquait, il lui suffisait, après sa station au bord de la fenêtre, de se placer à un endroit précis de la salle d'attente pour qu'aussitôt son esprit, presque entièrement délivré des chiffres, entrât dans un climat propice à la joie des sens.

Il y avait en effet, accrochées aux murs de la salle d'attente, deux grandes photographies qui se faisaient face. L'une d'elles représentait le Pavillon d'argent – *Ginkaku-ji* – et l'autre le Pavillon d'or – *Kinkaku-ji*. Ces deux paysages à l'harmonie éblouissante accomplissaient l'image de la perfection : leur célébrité n'atténuait en rien le plaisir qu'on éprouvait à les contempler, plaisir encore multiplié par l'effet de symétrie que provoquait leur face-à-face.

Le Trésorier-payeur, tel était son rituel, commençait toujours par observer le Pavillon d'argent, sans doute parce que celui-ci avait la préférence de Lilya, mais aussi parce que ses couleurs, plus discrètes que celles du Pavillon d'or, se fondaient dans les montagnes qui l'entouraient ; il se laissait d'abord envahir par la douceur des mousses et la clarté des pierres ; puis les reflets des panneaux de bois du temple dans les eaux du lac mobilisaient son attention ; enfin la ligne des pins qui serpentent à travers la montagne, le jardin de sable blanc et de graviers : tout s'ajustait au fur et à mesure pour s'emparer de son esprit comme une vision intérieure qui intime le silence.

Puis il se tournait vers le Pavillon d'or, dont l'image le ravissait plus rapidement, trop peut-être : ces feuilles d'or qui recouvrent les parois du temple lui rappelaient la couleur du métal sur quoi tout l'édifice monétaire avait longtemps reposé. Le ciel qui tournait autour du pavillon renvoyait son image dans l'étang où des îlots rocheux en modulaient les proportions ; et le phénix qui étincelle au sommet de la toiture avec ses ailes déployées pour l'éternité indiquait au Trésorier-payeur que rien, pas même un incendie, ne pouvait troubler l'ordonnance de ces lieux qui toujours renaîtraient de leurs cendres.

De la lumière conjuguée du Pavillon d'or et du Pavillon d'argent se diffusait dans l'esprit du Trésorier-payeur, immobile à mi-chemin des deux images, l'une à sa droite, l'autre à sa gauche, une clarté qui le remplissait. Plus aucun chiffre ne rôdait dans sa tête ; ils avaient fondu, laissant un vide que le plaisir occuperait d'ici quelques minutes.

Cet espace libre en chacun de nous que nous cherchons parfois vainement, le Trésorier-payeur, à force d'application, le retrouvait quotidiennement ; il s'était fait un art de le sculpter dans la lumière des après-midi, au point que son esprit, bridé par la vie de bureau, ne tendait plus que vers cet instant où la fine architecture de ses sens recevait avec les lueurs des deux chefs-d'œuvre de Kyoto sa provision d'extase.

Mais l'émotion qui naissait alors en lui ne se consumait pas dans la jouissance – elle attendait. Le corps de sa bien-aimée lui apparaissait miroitant d'or et d'argent, comme si la lune et le soleil l'avaient enduite d'une rosée dont il allait goûter le nectar. Les prières glissent ainsi vers un temple invisible ; le Trésorier-payeur, quant à lui, méditait son érotisme.

Et alors qu'il ne restait plus qu'une minute ou deux avant que Lilya, toujours ponctuelle, n'ouvrît la porte, et que le patient s'éclipsât ; alors que l'image de sa blouse blanche entrouverte sur ses cuisses se précisait, le Trésorier-payeur comme à son habitude laissait ses souvenirs naviguer au long des sentiers que Lilya et lui avaient empruntés lors de leur voyage de noces à Kyoto, lorsque cheminant d'un temple à un autre, parmi les collines boisées qui surmontaient la ville, et se perdant avec joie parmi les jardins et le long des rivières, s'étreignant sous l'ombre légère des érables, ils s'ouvraient à une volupté dont ils découvraient qu'elle allait les occuper toute leur vie. Car la rencontre entre Lilya Mizaki et le Trésorier-payeur leur avait ouvert un pays de nuances, aussi crues que délicates, dont les variations s'affinaient au fur et à mesure des soirs passés ensemble, des semaines, des mois, des années ; et voici que la dernière image avant 17 h 30 déroulait sa flamboyance dans l'esprit du Trésorier-payeur : le visage béat de Lilya tourné vers les branches des cerisiers en fleur, lorsque durant ce même voyage ils avaient vécu fébrilement le *sakura* – l'avancée de la floraison des cerisiers rose et blanc –, courant d'un arbre à un autre afin de recevoir sur le visage les pétales qui éclosent. Et il ne pouvait oublier cet instant où, la tête jetée en arrière en un geste de ravissement qui l'offrait à l'ondée rose pâle des fleurs, Lilya avait ouvert la bouche en un râle d'abandon semblable à celui qui la jetait hors d'elle au comble de leurs étreintes, et cette bouche que depuis ce jour il ne pensait qu'à remplir avec sa langue ou son sexe, et qui s'ouvrait à l'univers entier, à la pluie, au vent, il allait bientôt la retrouver et recevoir d'elle ces baisers au goût de lune qui avaient changé sa vie.

2

La porte d'or

Tout avait commencé vingt ans plus tôt, le 1ᵉʳ août 1987. Le Trésorier-payeur avait alors vingt ans, il faisait ses études de philosophie à Rennes et avait obtenu un job d'été à la Banque de France.

C'était à Paris, dans le 1ᵉʳ arrondissement, à côté du Louvre, et bien qu'à l'époque il n'y habitât pas, il avait trouvé ce travail, ainsi qu'une chambre dans le quartier, grâce à un camarade de classes préparatoires qui, ayant intégré HEC Paris – l'École des hautes études commerciales –, avait laissé tomber ce stage et avait donné sa place au Trésorier-payeur, à celui qu'on n'appelait pas encore le Trésorier-payeur, et qui se nommait Bataille (comme Georges Bataille, l'auteur du *Bleu du ciel* et de *Madame Edwarda*).

Le 1ᵉʳ août 1987, le jeune Bataille arriva très tôt rue de la Vrillière. Il s'était fait prêter un costume sombre et une cravate, car on l'avait prévenu que dans ce genre d'institutions la rigueur est de mise. La banque était encore fermée, et il entra dans le café qui faisait le coin. Il souriait en se demandant pourquoi il avait accepté ce job qui n'était même pas rémunéré : après avoir obtenu sa licence de philosophie, il aurait très bien pu aller se reposer un mois chez ses parents qui vivaient sur les bords de la mer Rouge, à Djibouti. Mais non, il allait trimer tout le mois d'août dans une banque, car telle était sa fantaisie.

Lorsque à travers la vitre il tourna son regard vers le portail de la Banque de France, il se mit à trembler ; il eut la sensation de tomber dans le vide, comme lorsqu'on s'évanouit ; en même temps, une immense clarté inondait son esprit.

Cette porte noire était certes imposante, mais ce n'étaient pas ses dorures solennelles encadrant la voûte ni le moulage de la tête d'une divinité surgissant d'un médaillon qui avaient pu le mettre dans un tel état ; quelque chose de plus obscur s'était produit : Bataille avait reconnu l'entrée d'un lieu qui n'existait sur aucune carte, un lieu aussi terrible qu'attirant, et qui lui sembla familier parce qu'il était situé dans l'esprit – dans *son* esprit.

Ce genre de lieu, il faut plonger en soi-même pour y accéder ; le temps doit se rompre : une telle expérience implique qu'on brise en soi les vieilles attaches.

Lorsqu'il raconta plus tard cet épisode de sa vie à Lilya, il utilisa, quoique avec ironie, le mot de *catabase*, qui désigne chez les Grecs la descente chez les morts ; et bien que son stage à la Banque de France se déroulât d'une manière apparemment banale, il en vécut chaque journée comme une expérience mystique, comme si, par-delà l'opacité des contraintes et la platitude rébarbative de la bureaucratie, il s'initiait à une dimension dont il avait deviné qu'elle transcendait le monde grisâtre du calcul.

Le faste de la Banque de France, le caractère cérémoniel de son fonctionnement nourrissaient son extase ; et pour ce jeune homme dont la tête était farcie de lectures philosophiques, l'économie s'offrait soudain à lui comme une transcription chiffrée de l'histoire de l'être.

Au fond, la circulation de la monnaie n'était que la métaphore de tous les échanges : l'argent – ce « grand équivalent général », comme disait Karl Marx – n'était-il pas devenu la structure du monde ? Autrement dit, et c'est l'expression qu'il utilisa avec Lilya, dans une société devenue intégralement capitaliste, *l'argent avait pris la place de Dieu*.

Justement, le jeune Trésorier-payeur ne pensait qu'à « Dieu », ou disons à ce dieu que la philosophie ne cesse de faire apparaître et disparaître, auquel elle donne des noms multiples et dont aucune effraction ne peut venir à bout ; il s'était jeté avec passion dans l'étude de Hegel, Schelling, Spinoza et Nietzsche ; et Dieu aussi bien que l'Être ou le Savoir absolu occupaient fiévreusement son esprit ; une telle recherche promettait de ne jamais s'achever, et cette quête infinie, qui supposait un effort incessant de la raison, le comblait parce qu'en elle existait un point qui toujours multiplie les pensées.

Durant les quinze premiers jours de ce mois d'août, on ne lui accorda aucune attention ; personne ne savait ce qu'il fichait là – il n'était qu'un stagiaire. On ne lui demandait rien, ou alors d'agrafer des documents et de classer des photocopies. La plupart des employés de la banque étaient en vacances ; une lumière d'été, rouge et lente, diffusait en début d'après-midi son opium à travers les bureaux ; enveloppé dans sa bizarre extase, Bataille, luttant contre la somnolence, ne cessait d'étudier : il noircit en un mois trois cahiers de notes, et recueillit le moindre détail du fonctionnement des comptes, des réserves de change ou de la fabrication des billets avec la méticulosité d'un braqueur.

La chambre qu'on lui avait prêtée, rue Jean-Jacques-Rousseau, était sous les combles, et si exiguë qu'aucune table n'y pouvait entrer ; il n'y avait qu'un lit une place et un lavabo : ainsi passait-il toutes ses soirées allongé ; il dînait d'une assiette de maïs et de thon mélangés ; puis il lisait jusqu'à 4 heures du matin en prenant des notes, et c'était un bonheur presque insensé qu'il éprouvait à jouir ainsi de la solitude, à y creuser des galeries où sa pensée se faufilait en silence, à découvrir qu'à l'intérieur de sa tête d'autres portes s'ouvraient encore plus loin dans la nuit.

L'absorption des idées par la lecture était devenue chez lui une habitude aussi vorace que stupéfiante : son œil embrassait sept à huit lignes d'un coup, et son esprit, entraîné à des combinaisons rapides par trois années de philosophie et par une adolescence dans un pensionnat militaire où il n'avait fait qu'étudier jour et nuit, en appréciait le sens avec une vélocité pareille à celle de son regard ; souvent un mot dans la phrase suffisait à déclencher chez lui des fièvres de spéculation qui le portaient à noircir ses cahiers fébrilement, jusqu'à ce que sa main le fît souffrir.

Sa mémoire était un fouillis prodigieux, semblable à une chambre qui n'aurait jamais été rangée ou à une bibliothèque dont les volumes s'entasseraient les uns sur les autres, au point que personne ne pourrait en ouvrir la porte sans faire s'écrouler les piles ; mais lui s'y déplaçait avec aisance : il lui suffisait de lancer son esprit dans cette bibliothèque intérieure pour que l'objet recherché, tel livre, telle phrase, tel détail d'une idée, s'extirpât de ce chaos et vînt s'ajuster dans son cerveau. Car il voyait les objets dans sa mémoire comme s'ils étaient glissés dans les tiroirs d'une immense armoire : il en visualisait l'étiquette qui scintillait dans l'air comme un phylactère ; sur chaque étiquette un mot était inscrit, parfois d'une manière illisible, et il lui fallait un effort de concentration pour que le mot apparût : il fermait alors les yeux pour voir briller ces inscriptions qui s'allumaient à l'infini, comme des étendards qui flottent sur un champ de bataille.

Ainsi revoyait-il en lui-même des noms, des choses, des figures et des espaces qui étaient situés, éclairés, colorés comme ils l'étaient au moment où il les avait aperçus sur une page. Autrement dit, il avait cette faculté de localiser le gisement des pensées dans le livre où il les avait prises ; et comme cette puissance s'appliquait aussi à des actes plus insaisissables – à des nuances imperceptibles qui peuplaient le relief de ses journées, à des inflexions microscopiques du temps, à ces filigranes qui parcourent la matière et s'estompent dans le silence –, il lui arrivait de passer des heures immobile, les yeux ouverts, fixant le mur de sa chambre, absorbé dans cette réserve de lumières qui s'enchevêtraient dans son esprit.

Qui a dit que l'esprit est un abîme qui se plaît dans

les abîmes ? Lire est une manière d'établir des liens avec les choses invisibles ; le jeune Bataille, à sa manière, était engagé dans ces mystères ; et cela s'aggrava durant le mois qu'il passa à la Banque de France.

À quoi était-il en train de s'initier ? Il lui semblait, depuis qu'il avait franchi la porte dorée, qu'il faisait à chaque instant son ascension et sa descente – comme lorsqu'on atteint la lumière à partir des ombres. Ainsi se voyait-il comme un aventurier de l'Esprit : ne faisait-il pas, en étudiant les arcanes de l'économie, une expérience ésotérique ? Tout cela lui paraissait encore obscur, mais de même que l'Esprit hégélien séjourne auprès du Négatif pour le contempler en face, et n'obtient sa vérité qu'à la condition de ce séjour prolongé, il allait descendre dans les profondeurs de la banque, et ouvrir ses yeux dans la nuit pour avancer jusqu'à ce lieu où la philosophie n'est jamais parvenue.

3

Rousselier

C'est après le 15 août, alors que le personnel de la banque commençait à revenir de vacances, qu'il rencontra un type nommé Rousselier, qui travaillait aux fichiers d'incidents, et dont la gouaille encyclopédique était inlassable : avec ses longs cheveux filasse, ses lunettes à la monture rafistolée, son écharpe à carreaux rouges et noirs et son duffle-coat à brandebourgs dans lequel il enveloppait son embonpoint, il avait une allure à la fois bonhomme et négligée qui, en ce lieu où chacun se donnait des airs de ministre, paraissait excentrique.

C'est à la machine à café qu'ils se rencontrèrent. Bataille n'avait pas la monnaie, et Rousselier, curieux de ce jeune homme en qui il ne reconnaissait pas le profil habituel des stagiaires, lui offrit un expresso.

Rousselier, provocateur : « Aimez-vous l'argent ? » Bataille, avec fierté : « J'aime la métaphysique. » Rousselier, très sérieusement : « La métaphysique de l'argent, ça n'existe pas. » Bataille, arrogant : « Je veux regarder le Négatif en face. » Rousselier, calme : « L'argent n'est le négatif de rien.

Tout le monde aime l'argent. Les riches, les pauvres, ceux qui l'ont, ceux qui ne l'ont pas : chacun veut la richesse. »

Leur conversation se poursuivit jusque dans le bureau de Rousselier, qui était voisin de celui qu'occupait Bataille ; puis ils allèrent déjeuner à La Coquille, un bistrot qui faisait le coin de la rue du Louvre, où Rousselier avait ses habitudes.

La table qu'on leur attribua donnait sur une baie vitrée où la lumière, en traversant le feuillage d'un cassis sauvage poussé entre les pierres, lançait des reflets mauves. Le bruit à l'intérieur du bistrot crispa Bataille, qui avait du mal à écouter son collègue ; des éclats de nacre étincelaient comme un buisson léger entre les verres, les couteaux, les bouteilles ; et tout ce tourbillon de couleurs remuées lui donnait un peu le vertige.

Rousselier était euphorique : il glissa sa serviette dans son col de chemise et commanda un onglet aux échalotes sauce au vin, accompagné de pommes de terre à l'ail et au thym ; il avait l'eau à la bouche et fit de grands gestes pour que le serveur apportât au plus vite un pichet de vin rouge. Bataille commanda un tartare de saumon, avec des frites, et lorsque le vin arriva, il en vida aussitôt un verre afin de réveiller sa torpeur.

Ils parlèrent de philosophie et du capital, de l'or et de la crise, de Marx que lisait Bataille et que chérissait Rousselier, des gouvernements que tous deux dédaignaient, et de la Banque de France qui n'avait aucun secret pour l'un, et qui fascinait l'autre comme s'il se fût agi du temple retrouvé des pythagoriciens.

Rousselier n'en revenait pas de voir un jeune philosophe s'égarer dans l'économie : était-ce vraiment une bonne idée de s'enterrer dans la banque quand on avait les moyens de se consacrer à l'étude de Platon ou de Heidegger ? Pourquoi ne pas plutôt faire une thèse, écrire des livres ou s'inscrire à l'agrégation pour être professeur ?

Selon Rousselier, fantasmer sur la banque était une erreur, et choisir l'économie parce que depuis la crise du pétrole elle serait soi-disant devenue le langage secret de la société et accomplirait en elle la vérité de la politique, tout cela n'était qu'une vue de l'esprit ; car s'il est vrai, comme l'avait dit Marx, qu'à travers la circulation des échanges tous les désirs convergent vers ce trou par lequel la monnaie entre comme marchandise, le secret de l'économie était beaucoup plus simple : au fond du trou, il n'y a rien.

À la table voisine, trois femmes riaient ; elles étaient minces, d'une élégance très parisienne et leurs visages pétillaient de joie ; la lumière d'été, la fraîcheur du cassis et le rire de ces femmes composaient un instant radieux : Bataille sentit qu'il était possible de se détendre et que la délivrance, peut-être, existait.

Deux des jeunes femmes étaient blondes, vingt ans comme Bataille, vives, bavardes, et leurs bracelets en or étincelaient au soleil ; la troisième avait la trentaine, ses yeux étaient bleus, et cette clarté presque aveuglante contrastait violemment avec sa chevelure noire ondulée, ses lèvres rouges, et la blancheur d'un visage où miroitaient des éclats de nacre : en se reflétant dans la baie vitrée, le feuillage du cassis dessinait sur sa joue de petites ombres dentelées qui vibraient comme ces fleurs de henné sur les mains des femmes indiennes.

Tandis que Rousselier lui parlait de l'ennui abyssal de la vie des employés de banque, et tirait un plaisir obscur à charger le tableau, assimilant les banquiers à des comptables, et réduisant volontairement leur travail à du simple calcul – « Vous n'accomplirez jamais que trois choses, lui dit-il : vérifier des comptes, chercher le meilleur taux, aligner des courbes de prêt » –, Bataille jetait des coups d'œil de plus en plus fréquents à la belle brune, dont les boucles d'oreilles en forme de lyre scintillaient au milieu du brouhaha comme les bijoux de la reine de Saba ; elle lui rendait ses coups d'œil avec curiosité, puis très vite avec une audace qui l'intimida, car elle ne visait peut-être qu'à le rabrouer.

Il ne touchait pas à son plat, mais buvait nerveusement, par goulées brusques ; et il lui semblait que le vin, en tournant dans son verre, faisait miroiter ses éclats vermillon sur le visage de la jeune femme, dont il observait avec avidité les longs doigts aux ongles vernis rouges et le décolleté dont le sillon laissait deviner des seins lourds.

Lui si hardi dans l'expression de ses passions, voici qu'une lumière d'été sur un beau visage lui faisait perdre ses moyens. Chaque geste de cette femme, chaque palpitation paraissait avoir une vie entière, autonome, passionnante ; et il était évident qu'à côté d'un tel frémissement de sensualité, le jeune Bataille n'existait pas : il lui sembla, tandis que Rousselier lui racontait la vie morfondante des banquiers, qu'il n'était qu'un prêtre, et que son idée fixe, en laquelle il voyait complaisamment une forme d'absolu, n'était jamais qu'une manière de se tenir éloigné de la vraie vie, à l'abri des rencontres et du tumulte charnel.

Rousselier engloutissait ses pommes de terre avec frénésie ; il piqua d'abord quelques frites à Bataille, et comme celui-ci ne mangeait rien, s'empara de son plat avec une joie d'enfant. Le vin n'avait pas réveillé Bataille, au contraire il l'engourdissait ; ainsi entrevoyait-il la forme qu'allait prendre son existence, sa direction monotone et obstinée, sa gloire tout intérieure, et peut-être imaginaire.

Mais en écoutant cet homme si bienveillant, il comprenait aussi le caractère inflexible de sa vocation ; au fond, il n'y pouvait rien, et quand bien même cette passion nouvelle pour la banque serait absurde, il se devait de lui obéir ; il savait qu'il avait raison, et que sa confiance serait récompensée un jour, d'une manière qu'il était bien incapable aujourd'hui de formuler, mais qui donnerait à son existence la cohérence d'un destin accompli, comme si son extase du premier jour était prophétique, et qu'un homme comme lui, tendu vers un feu impartageable, penché au-dessus de l'abîme comme le font les poètes, devait se tenir là, pour toujours et en silence.

Il y avait un événement encore inaperçu à l'intérieur de ce que Rousselier et les autres nommaient l'économie ; et cet événement, qui allait changer le cours du monde, qui peut-être même préparait sa dévastation, exigeait des témoins qui sachent en déchiffrer le sens. Dans ses notes, il les nommait des *témoins de la ruine* ; et s'il agençait sa vie avec tant de rigueur, c'était parce que depuis quinze jours, depuis l'extase de la porte dorée, il savait qu'il allait nécessairement faire partie de ces témoins, car il avait la certitude, d'une manière tout aussi folle, mais plus confusément, qu'il allait y avoir un krach, plus grave encore que les deux crises pétrolières qui n'en étaient que le prélude, et plus radical que le krach de 1929 : un krach qui n'aurait ni commencement ni fin, un krach pour ainsi dire imperceptible (et d'autant plus terrible), un krach qui se substituerait purement et simplement à l'économie, et qui, en bouleversant le monde, ferait de celui-ci son propre esclave.

Rousselier était tout heureux d'avoir quelqu'un avec qui « parler de l'essentiel », comme il disait : son travail au Fichier central des Chèques avait fini par lui donner une connaissance aiguë des ravages de l'argent, car en recensant les chèques sans provision, il était plongé dans l'enfer du surendettement, dont le listing des fraudeurs aussi bien que des victimes était géré par la Banque de France : ainsi régnait-il sur ceux qu'il appelait, avec une ironie triste, les insolvables ; et si ses compétences dans le traitement de ces cas désespérés étaient respectées, si au fil du temps il était devenu l'un de ces experts indispensables sur lesquels repose le bon fonctionnement de la machine, il en avait conçu une mélancolie qui imprégnait chacune de ses paroles d'un chagrin irrésolu : tout le monde sait qu'aucune dette ne se comble, mais lui connaissait le nom de ces malheureux, il leur parlait au téléphone, il les recevait dans son bureau et il savait ce qu'on ne devrait pas savoir : les insolvables ne peuvent être sauvés.

Rousselier était de ces hommes chaleureux qui s'intéressent vraiment aux autres, et n'hésitent pas à se considérer comme secondaires, à taire leurs propres mérites afin de donner de l'importance à leur interlocuteur : ainsi voyait-il en Bataille un illuminé, et cet illuminé lui plaisait, mais il craignait pour lui de grandes désillusions, *comme s'il les avait déjà vécues.*

Il n'y a aucune magie dans la comptabilité, lui dit-il : le monde de la banque étant celui du profit, il n'obéit qu'aux opérations qui rendent celui-ci possible, en l'occurrence les variations infinies du calcul. La vie des banquiers ne vise qu'à échapper à la routine de leurs calculs, ou plutôt à en tirer parti : et le calcul, dit Rousselier, a pour objet l'enrichissement. Quelqu'un qui vend des produits financiers finit par en bénéficier : c'est logique. Il y a un casino sous l'économie ; et il n'existe pas de banquier qui n'ait envie d'y jouer.

Bref, Rousselier lui expliqua, avec une colère où se mêlait un peu d'amertume et de cynisme forcé, que si ce n'était pas pour gagner un maximum d'argent, faire carrière dans la banque n'avait aucun sens : choisir la banque pour trouver la pierre philosophale relevait de la démence ou de la naïveté ; et son idéalisme ne lui servirait qu'à s'enterrer dans quelque agence commerciale de province pour le restant de ses jours, afin d'y pleurer ses rêves déçus.

Un peu de tristesse dans la voix de Rousselier semblait démentir une telle dureté : s'il accablait à ce point la vie des banquiers, c'était bien sûr par une insatisfaction qui le visait lui, personnellement, mais aussi par espoir que quelqu'un fût en mesure de réfuter son verdict et, en lui opposant la puissance incontestable d'une vision, le convainquît que sous leurs oripeaux de comptables, ils étaient bel et bien des aventuriers.

Après quelques verres de vin, Bataille s'était ranimé. La gorge de sa voisine étincelait ; des éclats d'or parcouraient son corps laiteux. En croisant les jambes, sa jupe s'était relevée, si bien que ses cuisses étaient nues ; et il lui semblait que son corps tout entier s'offrait ainsi à son regard : la blancheur qui parcourait son visage, sa poitrine et ses jambes vibrait d'une douceur crémeuse et désirable.

Il n'avait cessé jusqu'ici de la regarder en coin ; mais voici qu'il ne se gênait plus – et sa soudaine décontraction avait suscité en retour chez la jeune femme des regards plus appuyés.

Gagné par le plaisir, Bataille répondit avec impétuosité à Rousselier : non seulement il se fichait de l'argent, n'y voyait qu'un fétiche de la domination, méprisait toute forme d'enrichissement et n'était pas loin de considérer les banquiers comme des voleurs, mais il y a quelques semaines, le matin du premier jour de son stage, il lui était arrivé quelque chose en contemplant la porte de la Banque de France.

— Ne riez pas, dit-il à Rousselier : face à cette porte à la fois noire et dorée, j'ai éprouvé une émotion déchirante, comme si j'avais enfin rendez-vous avec moi-même. Tout ce que j'avais vécu auparavant, ou plutôt *le peu* que j'avais vécu, ne semblait qu'un pauvre brouillon, une petite chose toute sèche – un mensonge : jusqu'ici je n'avais tout simplement pas vécu, et voilà qu'il m'arrivait enfin quelque chose, une chose obscure, injustifiable, mais tellement prometteuse ; je commençais à voir le monde avec limpidité, comme dans un miroir, et même si je ne comprenais pas ce qui m'arrivait, je sentais un plaisir nouveau qui m'inondait, et avec lui des pensées qui affluaient par dizaines, par centaines, des pensées qui ne s'arrêtent plus et que je ne cesse de noter depuis ce jour-là.

Bataille sortit ses cahiers d'une sacoche, et les déposa sur la table du café. Rousselier les feuilleta en silence : ils étaient couverts d'une écriture fine au feutre noir qui remplissait chaque page, et semblait en déborder la limite ; des croquis hérissés de flèches formaient un ciel étoilé de concepts où le fonctionnement de l'économie s'illuminait.

Tout cela était-il génial ou fumeux ? Rousselier avait l'air déconcerté. Les mots ESPRIT, SAVOIR, CAPITAL s'y inscrivaient en majuscules à l'intérieur de petites cases reliées les unes aux autres par un fléchage dont on devinait la vitesse d'exécution : ces diagrammes fiévreux, tracés à grands traits noirs, répétaient leurs variations sur des dizaines de pages où les rubriques formaient une arborescence qui menait à un sommet vide, la case étant parfois occupée par un point d'interrogation ; et lorsqu'on feuilletait ces cahiers à toute allure, d'étranges notions vous sautaient au visage avec la fulgurance des comètes : « l'insatisfaction par excès », « l'illimité de la limite » ou « l'absorption de l'absolu dans l'économie ».

Tout cela heurta Rousselier, l'ennuya, peut-être même lui déplut, car une tête de hibou noir, dessinée sur la couverture, donnait à ces cahiers une tonalité à la fois infantile et démoniaque ; il les rendit sans un mot à Bataille.

En regardant Rousselier dans les yeux, Bataille lui dit qu'il avait eu la révélation d'un élément à la fois obscur et lumineux – un *élément d'ordalie*, précisa-t-il – qui subsiste dans la cruauté du capitalisme : cet élément était l'argent.

— Est-ce que vous ne confondez pas la porte du Paradis avec celle des Enfers ?

La conversation leur apparut soudain d'une extravagance absolue : ils éclatèrent de rire.

Les trois femmes se levèrent, et Bataille observa leurs silhouettes qui ondulaient jusqu'au comptoir, légères et parfumées, comme sont les nymphes qui entourent Nausicaa dans l'*Odyssée*. Il croisa une nouvelle fois le regard de la belle brune aux yeux bleus ; elle s'avançait vers leur table et, en souriant, posa la main sur l'épaule de Rousselier :

— Tu es au courant que Reagan vient visiter la banque ?

— Reagan ? Qu'est-ce qu'il nous veut, celui-là ?

— Vérifier nos réserves d'or.

— Je vois : le démon de la comparaison...

— On va surtout être pris en otage toute une journée par son service de sécurité...

Elle lança un regard vers Bataille :

— Tu ne me présentes pas ?

— Si, bien sûr : Bataille, un génie. Il vient d'arriver chez nous... Stagiaire... Il adore la Banque de France.

Elle lui jeta un regard qui le fit rougir ; tout en elle était voluptueux, comme la chair des madones dont la pulpe enflamme les retables italiens.

Il se leva pour lui serrer la main, et tandis qu'elle cherchait quelque chose dans son sac à main, des effluves de fleur d'oranger s'exhalèrent de son chemisier.

Elle lui tendit sa carte, et ses longs doigts effleurèrent sa main.

— Venez me voir, je suis tout en haut, dans le couloir de la présidence.

Elle s'appelait Katia Cremer, c'était la directrice de la communication. Après qu'elle eut quitté le café, Bataille l'accompagna du regard tout au long de la rue du Louvre ; sa silhouette comblait l'espace avec une aisance qui la rendait absolue. Rousselier laissa éclater un rire :

— Ce ne serait pas raisonnable, mon vieux, elle les croque tous.

4

L'annonciation

Ce n'est pas tous les jours qu'on rencontre l'image de son désir. Le jeune Bataille n'en dormit pas. Le lendemain, il gravit les quatre étages qui menaient à celui de la gouvernance. À partir du troisièmc étage, un tapis rouge couvrait l'escalier : le nom de Katia Cremer était écrit en lettres d'or sur la première porte à gauche, il frappa, une voix le pria d'entrer, et il reconnut, derrière le bureau, l'une des blondes qui déjeunaient à La Coquille.

Il s'avança vers elle avec enjouement, fut sur le point de lui rappeler qu'ils s'étaient croisés au restaurant, mais s'abstint car son petit visage était fermé, presque arrogant : il ressemblait à celui de Barbie, avec des lunettes et un chignon ; elle ne prit même pas soin de lui adresser la parole et se contenta de lever la tête vers lui d'un air vague.

Il donna son nom, et ajouta que Katia Cremer l'avait invité à passer la voir ; la blonde lui indiqua alors un canapé, décrocha son téléphone et dit quelques mots à voix basse ; puis sans le regarder, elle lui lança :

— Mme Cremer va vous recevoir.

En s'asseyant, Bataille s'empara machinalement d'un des journaux éparpillés sur la table basse : *Gagner*, un magazine de management. Il le feuilleta à toute vitesse, puis le reposa : cette idéologie de la réussite l'ennuyait, il n'y voyait que vanité, ces gens obsédés par la fortune, cette ridicule passion de l'enrichissement. Rien ne lui semblait plus aberrant que le cynisme de ces yuppies qui gagnaient en quelques secondes des millions de dollars, et dont l'arrogance faisait flamber Wall Street. Au fond, il n'était pas du tout à sa place ici, ni dans le bureau de Katia Cremer, ni même au siège de la Banque de France. Rousselier avait raison : il était un intellectuel, et son engouement soudain pour l'économie relevait du feu de l'esprit – c'est-à-dire, en termes professionnels, d'une forme d'immaturité.

Il faisait chaud, et par la fenêtre entrouverte une lourde lumière pénétrait dans la pièce comme un animal qui rampe ; quelques meubles laqués, plus ou moins design, se voulaient élégants, mais la moquette sentait la poussière et des papyrus étaient en train de crever dans leur pot. Bataille fut pris d'une brusque angoisse, il avait envie de s'allonger sur le canapé, de faire une sieste, et surtout d'échapper aux regards, de couper avec le monde qui nous voit.

Il transpirait dans son petit costume, et maudissait sa maladresse : il n'aurait pas dû se jeter avec tant d'empressement sur l'invitation de Katia Cremer. « Venez me voir » : elle disait cela à tout le monde, et lui, il avait couru. Qu'est-ce qu'il s'imaginait ? Qu'il plaisait, lui pauvre stagiaire, à la directrice de la communication de la Banque de France ? Qu'elle avait organisé un rendez-vous galant dans son bureau ? La séduction ouvre son univers à ceux qui savent jouer ou conquérir ; il ne savait ni l'un ni l'autre.

En venant jusqu'ici, il avait commis une erreur : qu'allait-il lui dire ? Il fallait qu'il arrête de tout attendre des autres ; et qu'il brise enfin ses chaînes.

Il y avait cette phrase de Hegel à propos de la conscience qui n'a que la raison pour contenu : « Au lieu de s'être jetée dans la vie même, elle s'est plutôt précipitée dans la conscience de son propre manque de vie. »

C'était exactement lui : trop de conscience, pas de vie.

Il était encore temps de déguerpir, et puis Katia Cremer était si occupée qu'elle n'aurait de toute façon pas le temps de le recevoir, elle ne se souvenait sans doute déjà plus de lui, il valait mieux partir, effacer cet impair, éviter de se couvrir de ridicule.

Il allait se lever quand la blonde lui dit :

— Mme Cremer vous recevra dans quelques minutes.

Voilà, c'était trop tard, il était piégé.

Dans le désastre, on accède à l'indifférence ; il s'enfonça dans le canapé. Il avait envie de rire à présent : après tout, c'était elle qui lui avait dit de passer, lui il s'en moquait, on était au mois d'août, ce n'était qu'un stage, et puis allait-il vraiment continuer à s'intéresser à l'économie, tout cela ne valait pas la philosophie, est-ce qu'elle avait lu Spinoza ? Comment ? Vous n'avez pas lu l'*Éthique* ? Mais savez-vous, chère Katia, que l'infini est le cœur de tout calcul : c'est bien lui qu'il s'agit d'approcher à travers la dimension bancaire, n'est-ce pas ? D'ailleurs Spinoza l'a dit : « L'infini est l'affirmation absolue de l'existence d'une nature quelconque », et puisque vous dirigez la communication de cette banque absolue qu'est la Banque de France, la nature qui est la vôtre ne consiste-t-elle pas nécessairement à affirmer votre existence d'une manière infinie, afin que les opérations de communication qui émanent de votre travail soient elles-mêmes infinies, comme la banque dont elles sont le prédicat en même temps que la substance ?

Il riait tout seul sur son canapé : au point où il en était, il ne lui restait plus qu'à savourer cette comédie. Après tout, je m'en fous, se dit-il. C'est ainsi qu'on revient à la vie : on est content, on se laisse aller dans la lumière.

Sur le mur en face miroitaient des rectangles aux couleurs pâles ; ils étaient protégés par une vitre dont les reflets l'éblouissaient.

En se redressant, il comprit que c'étaient des billets de banque : la collection complète émise par la Banque de France – de vieux billets de 5 francs, 10 francs, 100 francs, 500 francs, 5 000 francs, 10 000 francs.

Il s'amusa à retrouver le nom des « grands hommes » dont la tête ornait ces coupures : d'abord les plus faciles, Victor Hugo, Descartes, Pascal, Delacroix ; puis Racine et Voltaire, Berlioz, Quentin de La Tour, Henri IV, Molière, Richelieu, Pasteur, Corneille – et pour les autres, il ne savait pas. Ah si, Bonaparte sur le billet de 10 000 francs, puis le même sur un billet de 100 francs, et puis Debussy, et peut-être Montesquieu. Il remarqua que ne figurait aucune femme : juste une déesse casquée sur un très vieux billet, et une sorte de Victoire, la tête couronnée de lauriers.

De loin, ce panthéon formait un camaïeu de couleurs usées, où les nuances de rose et de beige semblaient se fondre en une matière presque incolore. On parle de la « couleur de l'argent », se dit-il, mais en vérité il n'en a pas, les billets s'écoulent comme de vieilles eaux, et toutes ces têtes imprimées sur papier-monnaie ressemblent à des spectres : elles ne font que rejoindre leur filigrane, comme des âmes mortes.

En se reflétant sur la vitre, à travers les rayons qui ouvraient un couloir de poussière où voltigeaient de petites boucles, la lumière se mit à éclabousser ce noble tableau : les couleurs des billets de banque chatoyaient comme un vitrail, libérant des roses aux teintes lilas, des verts, des bleus, toute une palette d'ocres légers, de bruns et de marron qui formaient un tapis éblouissant où Bataille croyait humer un parfum de sous-bois.

Cette pluie de lumière lui apportait une joie soudaine. Le monde flamboyait de nouveau, et l'on aurait dit que flottait à l'intérieur de la pièce la traîne d'un paon. Il avait envie d'en informer la blonde, de partager avec elle un tel miracle, mais son visage, penché sur un dossier, avait cette froideur qui vous dissuade.

Il se réjouissait comme un enfant : des éclats miroitaient autour de lui, dans lesquels il croyait apercevoir des oiseaux. Quelques jours plus tôt, il était allé voir les vitraux de la Sainte-Chapelle et s'était baigné dans ce monde scintillant où l'histoire de France et l'histoire du salut se confondent en une seule rivière de feu ; et face à une vulgaire planche de billets de banque embrasée par les rayons du soleil, il retrouvait le même plaisir, la même joie, celle qui vous accueille dans le royaume.

Et justement, la phrase des Évangiles lui traversait l'esprit : « Il est plus difficile à un riche d'entrer dans le royaume des Cieux qu'à un chameau de passer par le trou d'une aiguille. »

Ça tombait bien : il n'avait pas l'intention d'être riche, ce n'était pas son désir. Plus tard, à Béthune, il lui arriverait, par plaisanterie, d'appeler les riches des « chameaux ». Ce que voulait le Trésorier-payeur, ce qu'il avait toujours désiré, et qu'en un sens il ne cesserait d'accomplir plus tard, à Béthune, une fois en poste dans une banque, c'était justement *passer par le trou d'une aiguille pour entrer dans le royaume.*

À la faveur des rayons du soleil lancés contre la vitre, le mur tout entier s'enflammait, consumant à travers son incendie la fresque des billets. L'argent brûlait. Le plaisir qu'il en conçut était si violent qu'il lui semblait revivre son extase face au portail de la banque ; mais son ravissement était plus vif encore, et cet après-midi-là, affalé dans un canapé, oubliant Katia Cremer, oubliant la Banque de France et ses contraintes, Bataille se laissa glisser dans cette rêverie qui était chez lui une seconde nature.

L'incendie ouvrait dans sa tête une logique nouvelle, un avenir auquel il allait peu à peu s'identifier : il n'y aurait jamais que des glissements dans sa vie, de brusques dépressions suivies d'éclaircies stupéfiantes, une suite de vérités qui, en ayant l'air de se contredire, indiqueraient sans qu'on s'en aperçoive une direction que les années dévoileraient peu à peu.

Il sentit se déployer en lui une violence sereine, ce grand calme qui engloutit les approximations et qui, en nettoyant l'esprit, ouvre un passage vers la clarté de l'idée fixe. Ainsi avait-il confiance ; il était protégé, et même « accompagné » : c'était le mot qu'avait employé une diseuse de bonne aventure, en ouvrant sa main, une fin d'après-midi, dans les rues de Rennes. Jusqu'ici, il n'avait fait que suivre sa bonne étoile par paresse ; mais il allait s'y vouer maintenant comme un fidèle à sa croyance.

La porte de la Banque de France avait allumé dans sa vie un feu inattendu auquel il se devait, désormais, de rester fidèle ; peu importait qu'il ne fût pas à sa place dans le monde de l'économie : c'était précisément parce qu'il n'était nulle part à sa place que l'existence exigeait de lui des révélations.

Il souriait dans la lumière orange et bleu. C'était peut-être là qu'il était enfin lui-même : à ce point où s'allume une exubérance qui nous échappe, à cet endroit secret, furtif, où plus rien n'est justifiable.

Ce qu'il y a de plus solitaire en nous excède la raison, et ne cesse de nous ouvrir à une simplicité qui déjoue le confort : cet après-midi-là, le visage noyé par une pluie de lumières, Bataille se rendit compte que sa vie avait pris une tournure aussi passionnée qu'aberrante, car en misant tout sur le feu – sur une lumière aussi dangereuse qu'aléatoire – il prenait le risque de perdre son existence : la vérité qui l'animait n'existait peut-être pas, mais elle valait plus que tout.

Bref, à vingt ans, il ne savait sans doute pas très bien ce qu'il voulait, mais une chose était claire à ses yeux : il refusait d'enfermer l'univers dans des propositions satisfaisantes.

On ne voyait plus les billets : ni Richelieu, ni Delacroix, ni même Pascal n'avaient résisté aux flammes ; les rayons du soleil les avaient complètement noyés – à la place étincelait une énorme vague de feu. Le soleil mange l'argent, voilà ce que Bataille se disait : le soleil brille sans arrêt, il donne sans recevoir, il dépense sans compter.

Ces évidences l'exaltèrent : il y voyait une loi pour l'économie. Mieux qu'une loi, une propriété. Et d'autant plus cruciale que la plupart du temps elle se cachait. Il venait d'en surprendre le mouvement, et avec elle sa vocation s'illuminait : c'était pour ça que l'univers de la banque l'appelait.

Il se leva et fit quelques pas pour mieux réfléchir. La dépense venait d'exhiber son triomphe sur l'épargne. C'était pourtant l'inverse qui prévalait depuis toujours : la conservation de l'espèce ne commande-t-elle pas au monde de s'économiser ?

En s'approchant de la lumière, il sentit la chaleur qui s'emparait de lui. Les rayons se concentraient sur un espace dont l'embrasement jetait des lueurs aveuglantes. Il ferma les yeux et entra dans ce petit cercle. Tout y était rouge et brûlant. Le feu pénétrait en lui ; il se substituait doucement à son être ; plus rien n'existait, ni la banque, ni l'argent, ni la blonde, ni même Katia Cremer : il n'y avait qu'un halo d'étincelles rouges et noires qui, en le traversant, lui rouvraient les yeux.

Il pensa que rien d'autre ne s'était produit jusqu'ici sous

le nom d'économie qu'une immense erreur, et que notre vie matérielle, obligée de se soumettre à la loi du profit dont nous étions pour la plupart les victimes, se trouvait prise au piège d'un système que nous ne pouvions mettre en cause sans nous contredire nous-mêmes, car nous ne cessons d'acheter ce qui nous manque.

Existe-t-il un point où le profit s'efface ? Où l'accumulation s'abolit ? Où la dépense, livrée à elle-même, se découvre une souveraineté qui retourne le calcul et l'accorde à l'ébullition du monde ?

Dans la tête de Bataille, des idées glorieuses se mettaient à fuser : il fallait délivrer l'économie. Une telle ambition ne peut que rendre fou : Bataille riait aux éclats. En tournant dans la lumière, son esprit se déchaînait ; et avec un large sourire il se formula cette phrase, dont la clarté, le mystère et l'insolence se gravèrent immédiatement dans son esprit, au point qu'en rentrant ce soir-là dans sa chambre il la recopia plusieurs fois de suite afin d'en déployer les significations : *l'excédent d'énergie qui n'est pas distribué sous la forme du don le sera fatalement sous celle de bombes.*

Il n'entendit pas la blonde qui l'informait que Mme Cremer l'attendait ; elle dut répéter sa phrase avec agacement. Mais au lieu de se diriger vers le bureau de la directrice de la communication, il quitta la pièce, et une fois dans le couloir descendit l'escalier jusqu'au rez-de-chaussée où il salua le vigile, et se retrouva dans la rue, sur la place des Victoires, où le Roi-Soleil, à cheval, et la tête couronnée de lauriers, le suivit des yeux en souriant, jusqu'à ce qu'il disparût.

5

La Souterraine

Le 31 août, dernier jour de son stage, les services secrets américains débarquèrent dans les locaux de la Banque de France vers 10 heures du matin, afin de préparer l'arrivée du président Reagan prévue pour le milieu de l'après-midi. Leurs équipes firent évacuer les étages, afin d'inspecter minutieusement chaque bureau, chaque couloir, chaque escalier, à l'exception de la salle des coffres – la fameuse Souterraine –, dont le caractère inviolable échappait aux juridictions internationales.

Personne ne pouvait y pénétrer : il fallait une autorisation signée conjointement par le gouverneur général de la Banque de France, Jacques de Larosière, et par Édouard Balladur, ministre de l'Économie et des Finances de François Mitterrand, dont le premier septennat arrivait alors à son terme.

Malgré leurs protestations, les agents de la CIA ne purent donc accéder ce matin-là au sous-sol de la Banque de France ; ils se contentèrent de poster des agents tout au long de l'itinéraire que Reagan avait prévu de suivre ;

des tireurs d'élite étaient placés sur les toits qui donnaient sur les rues adjacentes ; dans la banque, tout était sous contrôle.

Depuis la tentative d'assassinat contre Ronald Reagan, dont celui-ci gardait des séquelles qu'il n'avait pas toutes avouées aux Américains, la CIA était à cran ; ses dirigeants avaient tenté de dissuader le président de faire cette visite qu'ils jugeaient inutile, mais ils durent se plier à sa volonté : contrairement à son homologue François Mitterrand, qui n'avait cessé durant toute sa vie politique de dénoncer « l'argent qui corrompt, l'argent qui achète, l'argent qui écrase », Reagan aimait la symbolique de l'or : elle le renvoyait à l'histoire de son pays, à la conquête du Grand Ouest, à cet engouement populaire qui voit dans la fortune le moyen de sortir de la pauvreté. Ce vieil homme affable, dont la silhouette ne cessait de faire penser au cow-boy qu'il avait incarné sur les écrans, considérait l'argent avec simplicité : en Amérique, on aime les dollars comme on aime Dieu. N'est-il pas inscrit sur chaque billet « *In God We Trust* » ? Gagner de l'argent est un don de Dieu ; le faire circuler, une manière de bénir son nom.

Malgré la sympathie que lui inspirait Reagan, Mitterrand ne voulait pas apparaître dans une banque à ses côtés ; son image d'homme de gauche, déjà bien compromise, risquerait d'être entièrement mise à mal. Il voyait déjà les légendes des photographies de *Paris Match* : « Le président de la République enterrant le socialisme au fond de la Banque de France » – ou mieux : « Aux côtés du chantre du libéralisme, le socialiste déchu exhibe son ralliement à l'économie de marché devant un mur de lingots d'or. »

Mitterrand s'était donc décommandé au dernier moment. La CIA avait alors insisté pour que Reagan annule, mais celui-ci n'en démordait pas : il n'avait accepté cette très fatigante visite officielle en France que pour voir enfin cette légendaire salle des coffres de la Banque de France ; il s'était coltiné des heures de réunions, des protocoles à n'en plus finir et des discours interminables ; on n'allait quand même pas le priver de ce plaisir sous prétexte que ce socialiste français trouvait malin de proclamer son allergie au pognon.

Vers midi, les services scientifiques de la CIA évacuèrent les bureaux qu'ils avaient passés au peigne fin ; ils exigeaient maintenant une liste des personnes qui seraient présentes durant la visite des réserves d'or. La composition du cortège les inquiétait ; non seulement ils étudièrent les dossiers, mais ils convoquèrent les personnes.

Bataille était sur la liste. Rousselier l'avait prévenu la veille : c'était Katia Cremer qui l'avait choisi. Selon Rousselier, il devait sa présence à sa jeunesse, car la moyenne d'âge à la banque était élevée ; et surtout au fait qu'il *présentait bien*. Mais Bataille se plaisait à imaginer que Katia Cremer l'avait choisi parce que, depuis le premier jour, il se passait quelque chose entre eux : cette illusion agrémentait sa solitude, et il ajoutait chaque jour à cette agréable fantaisie des nuances qui lui remplissaient l'esprit. À la joie d'accéder à cette mythique salle des coffres s'ajoutait ainsi le plaisir de revoir Katia Cremer :

il allait pouvoir la contempler à sa guise, peut-être même lui parler.

L'interrogatoire qu'un agent de la CIA fit passer à Bataille lui sembla absurde : alors que son casier judiciaire était vierge, on lui demanda s'il avait été impliqué dans un homicide, s'il avait participé à des crimes de guerre, comploté avec des groupuscules nazis, et s'il était affilié au Parti communiste. « Êtes-vous marxiste ? » demanda le type (la question lui parut presque anachronique). On lui réclama des précisions sur ses antécédents : les raisons de son séjour dans un lycée militaire (son père était militaire, voilà tout), ses liens politiques avec les pays africains où il avait vécu (mais il était enfant), ainsi que sur une vague manifestation à laquelle il avait participé contre le gouvernement en deuxième année de philosophie (il ne s'en souvenait même pas).

Enfin, comme il n'avait pas obtenu de lui-même ce stage, mais en avait bénéficié à la place d'un autre, et qu'il était ainsi enregistré dans les listings de la Banque de France sous un autre nom, sans avoir jamais pris soin de le rectifier, on l'interrogea sur cet imbroglio d'une manière qui lui sembla insistante, comme si on le soupçonnait d'être un faux stagiaire infiltré dans la banque à seule fin d'être présent lorsque le président des États-Unis y apparaîtrait : « Pourquoi êtes-vous ici ? » lui demandait l'agent, et il est vrai que cette question, il se la posait lui aussi.

Un peu avant 15 heures, la délégation se rassembla au pied des ascenseurs. Ils étaient une dizaine. Bataille chercha des yeux Katia Cremer, mais elle n'était pas là. Il n'y avait pas non plus Reagan ni de Larosière, qui s'entretenaient encore là-haut, dans les bureaux de la présidence. Le groupe était constitué de personnalités américaines, qui semblaient de premier rang, et des quatre dirigeants de la Banque de France, que Bataille avait déjà croisés, et dont Rousselier lui avait parlé comme des « mousquetaires du gouverneur », son quarteron d'éminences grises, sur lesquels reposait entièrement l'équilibre de la banque : le directeur général de la Stabilité financière et des Opérations, le directeur général des Statistiques, des Études et de l'International, la directrice générale de la Fabrication des billets, et un étrange individu, dont le physique disgracieux contrastait avec la mise impeccable des trois autres, qui dirigeait l'Observatoire de la Sécurité des Moyens de Paiement.

Ces quatre représentants de la Banque de France, auxquels s'ajoutait donc le jeune Bataille – et chacun se demandait qui il était et ce qu'il fichait là –, entrèrent dans l'un des ascenseurs aux côtés des personnalités américaines.

Lorsque Bataille raconta la scène à Rousselier, il décrivit chacune des personnes, si bien que celui-ci reconnut à son front dégarni et à ses lunettes à large monture noire Alan Greenspan, le président du Conseil de la Réserve fédérale des États-Unis, pilier de la politique économique de Reagan et redoutable apologiste du marché libre, un homme très influent, l'incarnation même du libéralisme le plus débridé, le même qui, vingt ans plus tard, mis en cause lors de la crise des *subprimes* et s'expliquant en 2008 devant le Congrès, reconnaîtra que son système avait conduit à une dérégulation incontrôlable, et que cette erreur qu'il assumait personnellement avait rendu possibles les technologies d'automatisation des marchés financiers qui l'avaient complètement dépassé, au point de provoquer un krach planétaire.

Lorsque l'ascenseur s'ébranla, l'étrange individu qui dirigeait l'Observatoire de la Sécurité des Moyens de Paiement, un homme minuscule, presque un nain, le crâne rasé, la mâchoire proéminente et l'œil vif, prit la parole ; et le temps que dura la descente, il présenta, avec un large sourire et dans un anglais parfait, les caractéristiques de la Souterraine :

— L'ascenseur, dit-il, nous mène à vingt-six mètres de profondeur, ce qui représente sept étages. Nous descendons le long d'un puits cylindrique qui a été creusé en 1927 ; ses parois sont cimentées et parfaitement étanches. Figurez-vous, dit-il, que nous traversons le lit d'un ruisseau : les galeries des chambres fortes où nous stockons notre réserve d'or ont donc été percées *sous* le ruisseau, et la couche d'eau retenue par l'enceinte de béton et d'acier constitue même une protection supplémentaire. Vous imaginez ce qui arriverait à quiconque aurait l'idée saugrenue de crever ces voûtes souterraines ? Il mourrait noyé.

Les Américains s'esclaffèrent. L'ascenseur s'arrêta au quatrième sous-sol ; et le nain précisa que nous n'étions pas encore au fond.

Des agents de la CIA attendaient au bas de l'ascenseur ; ils étaient armés, nerveux, et Bataille s'amusa de leurs Ray-Ban, dont la nécessité, à ces profondeurs, semblait peu crédible.

L'air était frais, comme dans les grottes ; et des rampes de néon diffusaient une lumière très blanche. Ils avancèrent dans un couloir jusqu'à une porte blindée dont le nain précisa qu'elle pesait sept tonnes. Elle s'ouvrit sur des rails au bout desquels un bloc de ciment, logé dans une tourelle pivotante, formait verrou.

Ils franchirent le passage, et lorsque derrière eux le bloc eut tourné sur lui-même et verrouillé l'entrée dans un fracas de métal, Bataille fut pris d'un léger malaise. Il n'était pas le seul : chacun s'était figé, plus personne ne parlait ; même les agents de la CIA semblaient paralysés. L'un d'eux, par réflexe, avait sorti son arme, et lançait des regards démunis vers ces cloisons d'acier qui s'étaient refermées sur eux. La pesanteur qui tombait sur les corps réveillait d'antiques frayeurs, comme si l'on venait d'entrer dans un autre monde, un tombeau, une pyramide, où l'on serait enterré vivant.

Il y a un mur glacé qui à l'intérieur de chaque instant vous renvoie au néant ; la plupart du temps, ce mur se franchit aisément, on n'y pense même pas : l'amour de vivre suffit à l'effacer ; et voici que non seulement ce mur se rendait présent, mais qu'il était la substance même du réel. Il n'y avait plus que ce mur, sa froideur, sa dureté : le pays des morts est ici.

Il fallut encore marcher dans un couloir, et prendre un nouvel ascenseur jusqu'au huitième sous-sol. La sensation d'enfermement continuait à glacer les visiteurs, et le nain, qui en avait l'habitude, gardait le silence.

En sortant de l'ascenseur, de nouveau un couloir, de

nouveau une porte, comme au quatrième sous-sol. Cette répétition à l'identique produisait un vertige, et déjà plus personne ne savait où il était : sous terre, la pression vous désoriente.

Tandis que le mécanisme de la porte s'enclenchait, Bataille observa les cinq couches d'acier qui lui donnaient une épaisseur de colosse. L'air de ces profondeurs lui tournait la tête, son esprit chavirait. Il pensait au Tabernacle des Hébreux, dont les trois portes qui défendaient l'accès à l'Arche étaient en réalité des voiles de lin blanc brodés de chérubins bleus et pourpres. Nul besoin de fortifier un sanctuaire : les voiles sont aussi hermétiques que l'acier le plus puissant. C'est Dieu qui protégeait l'accès au Saint des Saints.

Le cortège avança le long d'un couloir carrelé de blanc qui débouchait sur une grille. Elle s'ouvrit automatiquement, et ils arrivèrent dans une immense salle peuplée à l'infini de colonnes qui rappelaient l'architecture des cathédrales. Le sol était en damiers, si bien que l'espace se démultipliait comme dans un miroir.

Les Américains ne purent retenir une clameur, ils étaient sous le charme. Les quatre directeurs de la Banque de France souriaient, ravis de l'effet produit par cette crypte de calcaire dont la sobriété lumineuse apaisait l'angoisse qu'avait suscitée jusqu'ici le labyrinthe.

— *But where is the gold ?* – Mais où est l'or ? –, demanda l'un d'eux (c'était l'homme que Rousselier avait identifié comme étant Alan Greenspan).

Le nain sourit lentement et approcha l'index de ses lèvres : patience.

La parfaite abstraction de ce lieu ne pouvait que combler un esprit comme celui de Bataille. C'était ahurissant de découvrir à vingt-six mètres sous terre un espace ordonné comme un temple : un tel déploiement de géométrie relevait de la splendeur ; il ne pouvait s'empêcher d'y voir la représentation d'un système parfait, la mise en forme d'une idée qui se cherchait depuis des siècles à travers la philosophie, la réalisation même du concept, son achèvement limpide.

Il se récitait des phrases de la *Phénoménologie de l'Esprit* en bougeant les lèvres, comme un adepte : « Car s'agissant du concept d'essence, c'est seulement dès lors qu'il est parvenu à sa pureté simple qu'il est l'*abstraction* absolue qui est *pensée pure*, et par là même la pure singularité du Soi-même, de même qu'en vertu de sa simplicité, il est l'*immédiat* ou l'*être*. »

Avec cette citadelle souterraine, on avait donc réussi à formaliser ce vieux rêve de la raison qui consiste à *tout mettre en compte* : que l'entièreté de ce qui est puisse non seulement se penser, mais se réduire au calculable, et que la pensée, en se pensant elle-même, parvienne à se produire, c'était cette folie qui déchaînait les vieux auteurs, et à laquelle Bataille s'était patiemment initié.

Ces trois dernières années, il avait passé ses nuits à déchiffrer le système de Hegel et à tenter d'en incorporer la logique, et maintenant le système se trouvait face à lui – mieux : Bataille était dedans, il évoluait à l'intérieur du système, il se baignait dans sa clôture ; et ce grand vide inondé de lumière, rythmé par des colonnes entre lesquelles flottait l'absence du monde, avait la simplicité indiscutable d'une table arithmétique.

Le nain, après avoir annoncé que le cortège présidentiel arriverait dans une dizaine de minutes, et qu'il fallait se tenir prêt à l'accueillir, reprit sa description de la Souterraine et se mit à vanter la solidité d'une économie ancrée sur un tel socle : ce lieu était le symbole même de l'équilibre monétaire du monde. Il tapota une colonne :

— Tout tient debout, dit-il, c'est la vérité du capital.

Les Américains souriaient, et des conversations se nouèrent entre les directeurs de la Banque de France et eux. Des petits groupes se formaient, suivis par les agents de la CIA, que l'immensité de la salle inquiétait.

Bataille errait entre les colonnes en se répétant ces trois mots : « Temple du calcul ». Il n'en revenait pas, et mille pensées se bousculaient dans sa tête ; il essayait de suivre le fil de chacune d'elles, mais elles se mélangeaient, et bientôt il s'égara dans un brouillard de spéculations.

Il faut bien, se disait-il, que ce soit dans un espace inconcevable, dans *un trou qui échappe à la production* (l'expression lui venait de ses lectures), que loge ce qu'on appelle un dieu. Et cet espace, ce trou était précisément sous ses yeux. C'était là, sauf que le dieu en avait été exclu : il n'y avait pas de dieu caché dans ce temple, il n'y avait que du compte. Dans ce *trou qui échappe à la production*, on avait placé l'essence même de la production, son idée absolue, la plus parfaite abstraction : l'argent.

Dieu, l'argent, l'absolu, ces grands mots l'embrouillaient. Et puis ces néons lui faisaient mal aux yeux, il avait chaud, froid, il ne savait plus. Sans s'en rendre compte, il était arrivé au bout de la salle des colonnes : les autres étaient loin, flous, comme des ombres.

Il y avait des portes qui s'ouvraient sur les côtés : elles donnaient sur de petites pièces vides qui ressemblaient à des cellules de moines, avec une table et une chaise. Mais à la différence des cloîtres, les murs étaient entièrement occupés par de grands casiers en métal : c'était sans doute là, dans ces coffres-forts, qu'était stocké l'or.

Bataille vacillait, il dut s'asseoir. Sa tête bourdonnait, comme si des aiguilles s'enfonçaient dans son crâne. C'était à cause de ces néons peut-être, de tout ce métal : il lui semblait que les murs se resserraient autour de lui et comprimaient sa poitrine. Il se prit la tête entre les mains, son front brûlait, des points clignotaient devant ses yeux.

Il avait attendu de cette visite une ivresse, et le contraire lui arrivait, une chose bien connue mais toujours redoutée, qui pouvait l'assaillir à n'importe quel moment et avait déjà empoisonné son adolescence, une pointe qui le transperçait comme une épée et aspirait la lumière en lui, l'absorbait comme un dard et lui asséchait le sang ; et cette pointe qui lui brouillait la conscience et l'amenait chaque fois au bord de l'évanouissement, il essayait tant bien que mal de la repousser, mais elle s'enfonce en nous, toujours plus noire et plus aiguë, et nous inocule sa froideur, se confondant à l'avance avec la mort.

Ce n'était pas une épée, ce n'était pas un dard : inutile de chercher des comparaisons, la douleur ne lui disait qu'une chose, beaucoup plus simple : finis-en avec moi.

Et tandis qu'il posait son front contre la table pour trouver un peu de fraîcheur, il sentait bien qu'il était lié par un mouvement dont il n'avait aucune idée, et qu'en se raccrochant à ses livres il ne cessait de passer à côté de ce mouvement, de cette lueur, de cette respiration : pour vivre, il fallait sentir ce qu'on ignore, et se laisser glisser dans l'air, il fallait se délivrer de soi-même, et peut-être cette pointe ne venait-elle percer sa tête qu'afin de lui donner l'occasion de sortir de lui-même, peut-être ne venait-elle que pour lui dire : tu crois être parvenu au fond, mais tu n'es encore qu'à la surface, et tu dois descendre plus bas, mais cela exige des efforts immenses, des efforts plus grands que toi.

Un type surgit, avec une arme braquée sur lui :

— *Who are you ? What are you doing here ?*

Bataille leva les mains en l'air et balbutia quelques mots en anglais pour dire qu'il était avec les autres et qu'il faisait partie du cortège.

L'agent de la CIA était furieux, il était interdit de s'éloigner.

— Levez-vous, dit-il, et vite.

Ils rejoignirent le groupe, Bataille titubait derrière l'agent, il avait envie de vomir. Il aurait sans doute fallu qu'il remonte à l'air libre, mais à qui s'adresser ? Ils le regardaient tous avec reproche, et d'ailleurs c'était trop tard : les quatre directeurs de la Banque de France s'étaient placés sur une ligne ; les Américains eux aussi s'étaient mis en rang, bien alignés en face des Français, de façon à créer une haie d'honneur.

Les agents de la CIA s'étaient disposés tout autour, en

arc de cercle. Visiblement cette séquence avait été répétée. Seul Bataille ne savait pas où se mettre. Le nain sortit alors du rang et, comme à l'armée, le recadra vigoureusement.

6

L'or

Les événements qui valent la peine d'être racontés se rapportent tous au ciel ; je veux dire que leur signification déborde le monde au point d'établir un lien avec des puissances qui ne se montrent pas.

Le souterrain de la Banque de France était inondé d'une lumière opaque qui glaçait les visages ; et cette lumière s'éteignit au moment où le président Reagan et sa femme Nancy firent leur apparition. On eut juste le temps de voir la grande tache rouge que faisait la robe de Nancy Reagan, et derrière elle des éclats bleus qui miroitaient.

L'obscurité ne dura que trois ou quatre secondes, car aussitôt les gardes du corps du président, prêts à tirer, avaient allumé leurs lampes torches dont ils projetaient le faisceau en demi-cercle autour du groupe. Les colonnes flottaient dans la pénombre et les regards suivaient comme dans un rêve ce halo qui s'enfonçait dans la nuit.

Lorsque la lumière revint, on découvrit le président des États-Unis et sa femme littéralement recouverts par une muraille humaine. Reagan se redressa le premier, il éclata de rire, les agents de la CIA s'écartaient les uns après les autres, armes au poing, et Nancy Reagan surgit de ce bouquet au ralenti, comme une fleur repliée sur elle-même qui retrouve sa vigueur avec les premiers rayons du jour.

Le gouverneur de la Banque de France, Jacques de Larosière, fit ses excuses au président Reagan, mais celui-ci semblait très amusé et, tout sourire, lui tapota l'épaule. La femme du gouverneur s'était précipitée sur Nancy Reagan pour la réconforter, mais déjà celle-ci s'extasiait sur la beauté des colonnes, sur l'immensité lunaire de cette salle qui, dit-elle, lui rappelait la mosquée de Cordoue.

Son mari la contredit aussitôt :

— C'est une cathédrale, ma chérie.

— Non, c'est une mosquée, répondit-elle, avec un air offusqué.

Elle chercha du regard Jacques de Larosière, qui l'approuva :

— C'était d'abord une mosquée, puis elle est devenue une cathédrale.

Nancy Reagan fit claquer son menton à l'adresse de son mari, en un petit signe enfantin qui détendit l'atmosphère.

Ce couple se fichait du protocole et vivait l'instant réellement dans la joie ; depuis leur apparition, la raideur des officiels américains et français avait laissé place à une douce euphorie, et le sourire des époux Reagan s'était étendu à l'ensemble du groupe.

Bataille aperçut enfin Katia Cremer : les miroitements de bleu, c'était elle. Le violent désir qu'il éprouva lui fit oublier sa migraine. Avec sa robe fourreau en soie azur qui tranchait dans la pénombre, et ses bras fins tout blancs qui s'ornaient de bracelets d'or, elle semblait une reine d'Égypte. Sa chevelure noire encadrait un visage très pâle où des yeux bleus vous aveuglaient ; ses lèvres étaient peintes en rouge, comme ses ongles ; et ses talons hauts brillaient d'éclats argentés qui lui donnaient des ailes.

Tout en elle exhalait le plaisir. Tout irradiait le sexe. Le crissement de la soie, le cliquetis de ses boucles d'oreilles et le bruit de ses talons comblaient Bataille. Il n'est pas vrai qu'un désir en chasse un autre, au contraire ils s'accumulent et composent un monde en feu : Bataille désirait tout, la forêt de colonnes, les profondeurs de la banque, les couloirs du savoir absolu et Katia Cremer.

Le cortège s'était mis en marche. Comme la femme du gouverneur ne parlait pas anglais, Katia Cremer avait pris la tête du petit groupe, aux côtés de Nancy qui semblait conquise. Les deux femmes ouvraient la route ; l'univers se donnait ainsi : féminin, charmeur, coloré. Du rouge et du bleu miroitaient à trente mètres sous terre, un après-midi d'août, et les autres ne faisaient que suivre ces couleurs vivantes : le charme est la seule autorité.

Reagan, de Larosière, Greenspan et le nain formaient un groupe à part qui, en s'immobilisant, s'était légèrement décalé du cortège : ils parlaient à voix basse, sous l'œil des agents que la coupure de courant avait rendus nerveux.

Bataille en profita pour se rapprocher de Katia Cremer, dont il suivait le déhanchement avec la précision d'un obsédé : son derrière, divisé sous la soie bleue par un fil qui en marquait la transparence, lui souriait ; il en était sûr, c'était le sourire des origines, celui qui arrondit les croupes des Vénus paléolithiques. Et comme il existe dans les grottes l'empreinte des mains négatives, il avait devant lui celle du premier désir : les hommes suivent les femmes dans l'obscurité d'une forêt et ils s'évanouissent ensemble à travers l'hallucination éperdue d'une étreinte.

Où avait-il lu que les femmes, comme les hommes, ne pensent qu'à ça ? Peu importe : ceux qui ne savent rien sur le sexe sont toujours empêtrés, et s'égarent dans leurs enfantillages, mais à leur manière de se consumer ils sont absolus ; et Bataille, dopé par l'apparition de cette déesse qui lui remuait les sens, avait oublié son malaise : en avançant dans cette crypte où cheminaient des capitalistes, il se croyait à Lascaux, chavirant sous l'afflux sensuel des cavalcades de biches qui lancent sur les parois leur poudre rouge, noire et ocre. Le calcaire appelle des images lascives. La caverne s'ouvre à la dénudation. Les rêveurs bandent sans fin dans le trou de la nuit.

On traversa la salle des colonnes comme dans un rêve, et après avoir longé les petites salles où il s'était assis tout à l'heure, ils tombèrent enfin sur les réserves d'or.

Ronald Reagan poussa un cri de joie à la vue de lingots conditionnés en palettes qui s'empilaient sur des chariots. De Larosière, dont le silence semblait dire qu'on n'avait encore rien vu, ouvrit une série d'armoires métalliques qui regorgeaient de ces barres d'or impeccablement rangées sur des étagères ; puis il conduisit ses invités dans une salle où les lingots, empilés en pyramide, formaient une montagne étincelante.

C'était donc ça le trésor, la vraie grotte, la cachette mythique où l'on stocke l'étalon or, c'est-à-dire la matière la plus convoitée au monde, celle qui rend fous les humains, celle qui donne la mesure à tout ce qui s'agite à la surface de la Terre.

Les Reagan exultaient. Les yeux de Katia Cremer brillaient. Jacques de Larosière dit sobrement :

— On en a 2 435 tonnes.

La pile de lingots étincelait comme une tombe égyptienne, et il semblait à Bataille qu'une liturgie païenne se déroulait devant ses yeux : en venant honorer la réserve d'or de leurs homologues français, le couple présidentiel américain apportait son surcroît de légitimité à cette cérémonie où, en célébrant une « relique barbare », comme l'appelait le grand économiste Keynes, on se prosternait devant un dieu immuable et scintillant. Les ténèbres qui s'étaient déclarées dès qu'ils avaient posé le pied dans le sanctuaire ne correspondaient-elles pas au temps noir qui précède le culte, pendant lequel les esprits chassent l'impureté ? Le cortège mené par la prêtresse Katia Cremer ne se destinait-il pas à l'accomplissement d'un rite ?

Bataille n'en discernait pas pour l'instant la nature, mais la violente migraine dont il avait été victime était un signe, peut-être même un avertissement : impossible de prendre part aux mystères sans en être atteint.

Katia Cremer s'approcha alors de la pyramide et s'empara d'un lingot ; elle le tendit à Nancy Reagan en prononçant ces paroles, qu'elle paraissait réciter :

— L'or n'a pas besoin d'être converti : c'est la monnaie universelle, elle parle toutes les langues.

Nancy Reagan soupesa le lingot avec gravité avant de le transmettre à son mari, qui le tourna entre ses mains, le caressa en souriant tendrement. Les Américains faisaient cercle autour de la pyramide, immobiles, concentrés ; Alan Greenspan leva les mains au ciel, paumes ouvertes, comme s'il célébrait un office, tandis que les quatre directeurs de la Banque de France, tête baissée, fermaient les yeux.

Ces gestes d'initiés composaient sans doute un langage secret, tel qu'on en trouve dans les cérémonies francmaçonnes ; et tandis que le cercle se resserrait autour de la pyramide, le silence prenait une densité magnétique.

Le visage de Katia Cremer, d'ordinaire si pâle, brillait à présent comme l'or dont il était le reflet extasié ; ses yeux étaient pris de fixité ; une transe imperceptible agitait son beau visage entièrement requis par l'aura du trésor.

Le président des États-Unis souleva le lingot et le brandit très haut, comme un trophée, en un geste emphatique qui rappelait la statue de la Liberté éclairant le monde ; ses collaborateurs, réunis autour de lui, communiaient avec un sourire satisfait dans la gloire du lingot ; Reagan le donna à Alan Greenspan qui le transmit à son voisin, et l'or de la Banque de France passa d'une main à l'autre, dessinant un cercle parfait autour de la pyramide, jusqu'à ce qu'il revînt au président des États-Unis, qui l'embrassa et déclara avec solennité : « IN GOD WE TRUST », phrase que tous ses compatriotes répétèrent avec émotion.

Enfin il rendit le lingot au gouverneur de la Banque de France, qui, avec l'aide de Katia Cremer, le reposa au sommet de la pyramide.

Les Américains se tournèrent vers les Français, qui étaient restés à l'extérieur du cercle, et chacun se congratula ; même Bataille eut droit à des poignées de main ferventes et reçut les compliments d'un officiel qui trouvait cette visite si excitante et ce décorum tellement français.

Bataille aurait dû savourer ce moment : n'avait-il pas le privilège d'être introduit auprès des grands de ce monde ? Mais ce festival de simagrées l'avait irrité : une telle dévotion pour un vulgaire tas de métal relevait de la farce. Tous ces gens n'étaient-ils pas penchés là-dessus comme des traders adulant leurs gros bénéfices ? Il sentait monter en lui la violence d'une insulte silencieuse adressée à ces puissants qui jouissaient de richesses que seule la vulgarité respecte. D'ailleurs, le sourire ému qu'ils arboraient masquait à peine leur férocité : dans cette comédie où se rejouait le sacrifice du Veau d'or, Bataille voyait s'écrire en filigrane leur affiliation à cette secte qu'est finalement la société, dont l'or n'est jamais que le dieu profane, et qui exige de chacun de ses membres des crimes qu'ils commettent au nom de l'intérêt commun, et qui n'obéissent en réalité qu'à l'avidité du seul profit.

Bref, cette scène l'avait dégoûté, et il se demandait bien pourquoi il devait supporter tout cela, passer sans cesse d'un état à un autre, endurer des contradictions qui ne menaient nulle part. Il s'en foutait complètement de Reagan et du pouvoir : il était là pour témoigner d'autre chose, et cette chose se dérobait, comme si l'or de la Banque de France n'était qu'un écran qui faisait obstacle à une vérité moins tangible, plus folle, sans doute inaccessible.

En tout cas, il était évident que Bataille n'avait pas le profil pour travailler dans ce secteur : les capitalistes ont le sang froid ; ou alors ils sont fous. Bataille n'avait pas le sang froid ; et s'il était un peu fou, ce n'était pas d'une manière qui pût s'accorder à la transe dont il venait d'être témoin.

Alors que les agents de la CIA avaient formé une muraille autour des officiels qui s'échangeaient des informations en aparté, Bataille, un peu à l'écart, ne pensait qu'à détruire la pyramide ; il la contemplait avec une ironie qui l'étonnait lui-même : la joie du pyromane enflammait son désir.

Est-il possible de brûler de l'or ? Pourrait-on incendier le stock tout entier ? Faire sauter les réserves de la Banque de France ? Il souriait tout seul au bord du vertige : les richesses appellent la passion et leurs désordres combustibles ; le soleil rayonne jusqu'au fond de la terre, et il lui semblait logique que cette lumière qui emporte l'économie vers un horizon qui l'aveugle lui indiquât en même temps l'attrait de sa ruine.

Il avait lu qu'une tribu indienne du nord-ouest de l'Amérique, pour défier ses ennemis, jetait à la mer ses lingots de cuivre, et parfois les brisait. Il aurait été amusant de raconter ça à Reagan – de lui dire que la vérité de l'argent ne consiste pas à s'en mettre plein les poches, mais, en se consumant glorieusement, à s'égaler à la catastrophe – à se hisser à la hauteur d'une dépense qui anime la nature entière.

Lorsque son regard croisa celui de Katia Cremer, il sentit chez elle un mélange d'inquiétude et de défiance : elle ne l'avait pas encore remarqué, et son instinct de communicante lui disait que cet homme, dont elle devinait confusément le sarcasme, n'aurait pas dû être ici, d'ailleurs elle ne se souvenait pas de l'avoir mis sur la liste :

— Vous êtes des nôtres ?
— Quoi ?

Il y eut un peu de confusion, et Katia Cremer s'était déjà détournée, car sans qu'on comprît d'où il avait bien pu venir, un photographe mitraillait le couple Reagan, qui prenait la pose devant la pyramide de lingots. Le sourire de Nancy s'appliquait à reproduire l'air rassurant d'une mère de famille attentionnée, que l'élégance de sa robe écarlate rehaussait d'une touche de séduction chic ; quant au président, que la fatigue avait soudain écrasé, et qui semblait un vieillard désarticulé flottant dans son costume, il avait adopté son rictus préféré, celui du vieil entraîneur de l'équipe de base-ball, à la fois cool et autoritaire, l'homme rassurant qui vous mène vers le succès.

Ce même sourire s'afficha instantanément sur le visage de chaque membre de la délégation américaine, un sourire qui se voulait décontracté, mais qui disait en réalité : ce tas de pognon, il est pour nous.

Le photographe demanda aux dames de venir poser à leur tour, et ainsi Katia Cremer prit-elle place aux côtés de Nancy Reagan, entre le président des États-Unis et le gouverneur de la Banque de France. Où était donc passée l'épouse de Jacques de Larosière ? On ne l'avait plus vue depuis le début de la visite.

Le cliché publié dans *Paris Match*, et qui trôna longtemps dans le bureau de Katia Cremer, montre ainsi deux couples extatiques que l'or illumine ; du rouge et du bleu flambent au travers d'une mêlée d'étincelles ; les deux hommes sont tassés, l'œil lourd, ils sourient ; les deux femmes prennent toute la lumière, elles ont l'éclat des caryatides qui soutiennent les temples, leur œil limpide nous dit qu'elles savent.

Le cortège rebroussa chemin. Le vieux Reagan, galvanisé par la séance photo, avait retrouvé sa vigueur : en traversant la salle des colonnes, très à l'aise, entouré de son staff, des agents de la CIA et de Nancy qui lui tenait le bras, et mitraillé en permanence par le photographe de *Paris Match* qui finissait son reportage, il se mit à monologuer à propos du camp militaire de Fort Knox, où le gouvernement fédéral américain entrepose la réserve d'or des États-Unis, le United States Bullion Depository.

Ce coffre d'or, disait Reagan, était entouré par plusieurs murailles de granite, des champs de mines et des barbelés, et protégé par une porte anti-explosion de vingt-deux tonnes, précisa-t-il avec fierté.

— Mais ce qui rend notre coffre absolument imprenable, dit-il en récitant le topo que ses conseillers lui avaient concocté, c'est la présence tout autour de l'armée, ce sont les chars et les hélicos (*tanks and choppers*) : ils vivent là et couvent nos lingots (*bullions are brooded*). On en a plus de huit mille tonnes, ajouta-t-il malicieusement à l'intention de De Larosière : il faut que vous veniez voir ça, on est basés dans le Kentucky, je vous invite avec votre président, on prendra l'hélicoptère et après on ira faire un barbecue.

Tout s'acheva en éclats de rire. Et devant la dernière porte, chacun se congratula, l'équipe du président Reagan et les directeurs de la Banque de France se félicitèrent de cette rencontre historique, et promirent de se revoir à Fort Knox. On répéta le mot, on n'entendait plus que ça : « Fort Knox ! Fort Knox ! Fort Knox ! »

De Larosière s'approcha de Katia Cremer, et à voix basse lui demanda quelque chose qui semblait la contrarier, puis il monta dans l'ascenseur avec le président Reagan et son épouse. Juste avant de s'éclipser, celle-ci se tourna vers le cortège, et son sourire, son petit salut de la main furent le comble de la grâce.

Les agents de la CIA se postèrent devant l'ascenseur. La délégation américaine était soulagée, les Français regardaient leurs montres et plaisantaient. Chacun pensait déjà à son week-end. Avec l'attente, l'angoisse revenait. Le nain, qu'on n'avait plus entendu, déclara en anglais que la Souterraine était peut-être le paradis, mais que c'était bon aussi de remonter en enfer. Les Américains n'avaient plus envie de blaguer, ils restèrent impassibles. Katia Cremer s'avança vers Bataille :

— Vous me ferez une note sur la visite, n'est-ce pas ?

7

L'économie à la base de la poésie

Il n'écrivit pas la note. C'était son dernier jour de stage. Il était furieux contre cette femme, contre la banque, contre tous ces gens que l'or captivait : qu'ils aillent au diable. En remontant de la Souterraine, il passa dans son bureau rassembler ses affaires. La lumière clignotait, il avait mal à la tête, des points s'allumaient dans ses yeux : de nouveau cette épée qui s'enfonçait dans son crâne.

Il y avait un mot sur son bureau : c'était Rousselier qui lui rappelait son invitation à venir déjeuner le lendemain chez lui, 1 rue de Saint-Antoine, à Montreuil, vers midi, pour fêter la fin de son stage.

L'instant où l'esprit chancelle en efface la pesanteur : en sortant de la banque, la lumière lui fit si mal aux yeux qu'il s'effondra sur le trottoir. Impossible de se relever : il s'était vidé entièrement de ses forces. Ce n'était pas désagréable, c'était même reposant : le trottoir était frais, on était bien ici, il allait rester couché, s'endormir, de toute façon le stage était fini, et il avait encore un mois de liberté avant de recommencer la fac, d'ailleurs il n'irait plus à la fac, il allait s'inscrire dans une école, préparer pourquoi pas HEC, puis il passerait le concours de la Banque de France, et deviendrait quoi ? Oui, que deviendrait-il ? Rien, il ne deviendrait rien ni personne, surtout pas quelqu'un, surtout pas un banquier, mieux valait n'être rien.

Il reprit conscience dans une pharmacie où le gardien de la banque l'avait mené ; tout clignotait autour de lui, et l'épée était toujours dans son crâne. Une pharmacienne lui dit que c'était une migraine ophtalmique. Il but d'une traite le verre d'eau qu'elle lui tendit, puis rentra dans sa chambre, où il se glissa tout habillé dans son lit et, gavé de calmants, dormit douze heures.

Toute sa vie, le Trésorier-payeur eut à la fois l'air sage et fou. Il avait des manières de premier de la classe, un côté bien élevé qui lui donnait une allure pondérée ; et dans sa tête, au contraire, une violence menaçait d'exploser à chaque instant. En la contraignant, il tombait souvent malade ; mais il arrivait que son extravagance prît le dessus, et la fantaisie qui enchantait secrètement son esprit se déchaînait alors au point de le faire passer pour un dément.

Les véritables illuminés n'ont pas besoin d'exagérer le feu qui les déchire, ils voudraient au contraire l'adoucir ; c'est pourquoi Bataille ne cessait d'écrire : ce qu'il cherchait à travers les livres, dont il s'entourait comme un roi de ses favorites, relevait d'un déchiffrement qui à ses yeux possédait une couleur sacrée.

Cette nuit-là, il rêva d'un hibou qui survolait au clair

de lune une forêt où des agonisants hurlaient. L'argent qui se multiplie sur la terre engraisse les corps et fait de nous un bétail ensanglanté. Les morts brillaient comme des pièces d'or.

Il se réveilla en sursaut vers 6 heures du matin, avec un léger mal de tête : le plus dur était passé, un simple Efferalgan suffirait. Il se prépara un café instantané, se remit au lit et tendit la main vers le cahier sur lequel il avait l'habitude d'écrire dès le réveil.

Il y avait deux vers, qu'il avait sans doute écrits ou recopiés la veille, ou durant la nuit :

> *Tandis que j'ai vécu, j'ai toujours souhaité*
> *Non d'amasser trésors, mais chercher Vérité.*

D'où ça sortait ? Il ne s'en souvenait pas, mais il nota quelques mots à la hâte sur le pays des morts où il était allé cette nuit. Un hibou (peut-être une chouette) lui avait ouvert la route, et il était difficile de savoir si cet animal le protégeait ou le conduisait à sa ruine. De petits éclats bleus voletaient autour de ses plumes, et ses yeux brillaient comme des lames de couteau. Bataille écrivait très vite, comme chaque matin, et les phrases accéléraient, folles, absurdes, pleines de démons qui le tourmentaient : ces visions dormaient très bien en enfer, pourquoi les faire remonter à la lumière ?

À force d'écrire, sa tête recommença à lui faire mal, il était temps de prendre son Efferalgan. Il écrivit encore un peu car tant que les choses de la nuit n'étaient pas entièrement venues se coucher sur le papier, il savait qu'elles le poursuivraient.

À la faveur d'une phrase qui s'écrivait lentement, et se répétait comme un ressac, une chose lui apparut si clairement qu'elle prit la forme d'une vérité : l'argent fructifie sur le dos des morts. Une phrase disait que plus on descendait sous terre, plus on comprenait que l'argent augmente au fur et à mesure que s'accroît le nombre de morts. Il nota enfin ceci : « Nombre de morts depuis que le monde existe / total de l'argent en circulation / penser l'équivalence. »

L'Efferalgan lui fit du bien. En s'habillant, il décida d'aller jusqu'à Montreuil à pied ; il avait consulté son petit guide *Paris pratique*, avec les plans par arrondissement, et par chance, à la fin, il y avait aussi la banlieue proche, avec une carte de Montreuil. En gros, c'était tout droit vers l'est. La perspective de ce trajet le réjouissait, il traverserait la moitié de Paris, et aurait le temps de penser à son avenir.

Les rues étaient désertes et la fraîcheur du matin lui donnait des ailes. Des images de la veille s'accrochaient à ses pensées : le labyrinthe aux portes de métal, la pyramide d'or, les yeux bleus de Katia Cremer, les agents de la CIA et le sourire professionnel des Reagan, tout flottait dans un songe aux allures d'espionnage, tout lui paraissait une farce.

Mais ce qui s'était passé dans la Souterraine était crucial, et sans doute y avait-il encore beaucoup à déchiffrer de cette plongée dans les arcanes de la banque : les cryptes appellent une infinité de symboles, elles vous offrent des révélations sans limite.

Il remonta la rue de Rivoli d'un bon pas jusqu'à l'Hôtel

de Ville, puis continua jusqu'à Bastille, où il prit la rue de la Roquette jusqu'aux grilles du Père-Lachaise, qui étaient ouvertes, et qu'il franchit avec une joie immense.

Il n'y était jamais venu, et plus que les tombes alignées à l'infini, plus que la folle architecture des caveaux et le caprice de l'inventivité funéraire, c'était ce grand bois aux châtaigniers remplis de petits cris d'oiseaux qui le comblait, comme si une forêt avait poussé au cœur de Paris pour l'accueillir ce dimanche matin dans la fraîcheur apaisante du mois d'août.

Des éclats jaunes, rouges et mauves scintillaient dans les feuillages ; il sinua entre les tombes, puis se reposa sur l'une d'elles, qui était en marbre noir, à l'ombre d'un châtaignier.

C'était un matin lumineux, il avait vingt ans, et se demandait quoi faire de sa vie. L'incertitude ne l'inquiétait pas ; il espérait au contraire ne jamais cesser de se poser des questions : la certitude n'est-elle pas une erreur ?

C'était quand même incroyable ce qu'il avait vu au fond de la banque. N'avait-il pas eu la chance de *pénétrer dans le système* ? En un sens, c'était aussi exaltant que de plonger au cœur de la philosophie, aussi grisant que d'errer à travers les labyrinthes du savoir absolu de Hegel : la seule vraie question des Temps modernes n'était-elle pas celle de la richesse ? Que cette richesse fût celle de l'Esprit ou celle des biens, c'était à l'avenir d'en décider, c'est-à-dire à lui qui, en s'introduisant dans cet univers, allait vouer sa vie à en éclairer l'énigme.

Voilà, il se figurait comme un aventurier de l'Esprit,

et cette possibilité qui s'ouvrait soudainement dans sa vie lui offrait une vocation : en se consacrant à l'étude de l'économie, qui avait remplacé toutes les grandes questions, il allait creuser un trou à l'intérieur de la banque ; et en s'approchant de son feu invisible, qui n'était pas l'or, mais autre chose, de plus bouleversant, de plus dangereux, il irait bien plus loin que la Souterraine, il percerait le coffre-fort métaphysique du monde et *mettrait au clair les fins dernières.*

Cette perspective lui parut satisfaisante : dans un grand éclat de rire, il sortit du Père-Lachaise ; il traversa la place Gambetta, prit un café-croissant au comptoir des Petits Oignons, puis en longeant l'hôpital Tenon, se dirigea vers la sortie de Paris, direction Porte de Bagnolet.

En marchant, il entendait des loups hurler dans sa tête ; ces cris de la solitude l'enchantaient : rien ne lui plaisait plus que de trancher les liens. Être seul, c'était s'accorder enfin à une vérité qui dédaigne les bavardages et la comédie sociale.

Un étrange été d'incertitudes allait s'achever, et le loup qui hurlait en lui clamait avec joie sa liberté ; il allait rompre avec une vie vécue d'avance, celle du professorat, celle des publications et des colloques universitaires, une vie qui, en s'accordant à ce qu'il savait faire, lui promettait la réussite, le prestige, l'ennui.

Cette décision de rompre avec lui-même – mais était-ce vraiment une décision ? –, il allait d'abord en faire sa légende, la raconter comme une scène de roman, fignoler son interprétation, lui donner cette curieuse tournure de blague ratée, et puis finalement, à force d'en répéter les avantages, y souscrire.

En franchissant la Porte de Bagnolet, il admira les deux tours des Mercuriales ; elles se dressaient dans le ciel avec une finesse de reines. Les bâtiments sont toujours désespérément masculins ; elles, au contraire, avaient une grâce féminine. Il les salua joliment, comme un mousquetaire qui fait la révérence en ôtant son chapeau empanaché, et leur déclara avec un peu de bouffonnerie : *Je vais placer l'économie à la base de la poésie.*

Il éclata de rire. C'était exactement ça, c'était grand, c'était fou : il allait consacrer sa vie à *placer l'économie à la base de la poésie.* Mais franchement, un tel programme avait-il le moindre sens ? L'économie n'est-elle pas le langage du calcul ? Ne sert-elle pas les intérêts des puissants ? N'est-elle pas *le contraire de la poésie* ?

Les banquiers étaient en train de détruire le monde, et lui divaguait sur le cœur exubérant de l'économie, sur l'embrasement qui en anime les procédures. Il avait pourtant bien vu, dans la Souterraine, comment se comportent les capitalistes ; mais son idée, certes encore imprécise, retournait complètement le jeu sinistre des banques. Dans son enthousiasme, il allait jusqu'à penser qu'on n'avait pas encore envisagé l'économie à la mesure de l'univers. Notre monde faisait erreur : l'argent n'était pas qu'une matière d'échange, ni même la source illimitée de profits en laquelle les riches le dévoient, mais une forme d'énergie qui appelait la dilapidation. Il y avait une vérité qui ne s'exprimait qu'à travers la dépense, et il entrevoyait une véritable mise à l'envers de la pensée. La banque est le lieu des accumulations ; mais en s'accordant à cette fièvre qui brûle les excédents, elle retrouverait une vie glorieuse, semblable à sa vocation solaire. La dissipation de l'énergie produite est conforme au mouvement même de la vie : vivre, c'est dépenser ses forces. S'économiser pousse à la convoitise, aux rivalités, à la guerre. Quel besoin ont les hommes de s'approprier toujours plus de richesses ? Seul existe ce qui brûle naturellement.

Il allait creuser cela, mais il n'est pas facile de réaliser ses propres fins lorsqu'on doit, pour tenter d'y parvenir, accomplir un mouvement qui les dépasse. Pourquoi se mettre ainsi en danger ? Bataille, à sa manière encore imparfaite et véhémente, était tendu vers une extrême liberté : c'est elle qui l'animait, la nuit, lorsqu'il dévorait des livres en hurlant de joie ; elle qui lui compliquait la vie à force d'exigences, de réticences, de refus ; elle encore qui, en lui inspirant des désirs contradictoires, lui barrait la route.

Il s'épuisait, mais l'épuisement lui-même était la vérité de sa pensée : comment se conduire à la mesure de l'univers si l'on se borne à épargner ses forces ? Tout ce qui vient d'une pensée qui s'économise ne relève que de la connaissance convenue. Bataille était arrivé aux limites de Paris ; il s'arrêta dans la rue pour noter sur son cahier : « La croissance est avare ; seule l'orgie est prodigue. »

Il lui semblait, dans ces moments d'ébullition, que son esprit avait pris la dimension d'une bombe cérébrale ; et que sa tête, en explosant, n'allait plus cesser de libérer des éclairs. Il portait en lui une révélation ; elle exigerait bientôt qu'il s'y consacre tout entier, qu'il en déchiffre les nuances, la comprenne et en applique la bonne nouvelle.

Le mouvement de ses idées était pressant et léger ; dans sa pensée, rien d'excessif : juste une évidence – ce genre de clarté qui nous vient après de longs brouillards ; il ne s'arrêtait plus de noter des formulations sur son cahier, il écrivait même en marchant.

Les jeux de la lumière élargissent le désir : en traversant le périphérique, Bataille s'appuya sur le parapet pour contempler la circulation des voitures, encore rares à cette heure-là.

Le ciel était dégagé, blanc et bleu. Tout s'ouvrait devant lui, vif, aérien, et sa colère elle-même n'était qu'un des styles de sa joie : elle lui donnait envie d'embrasser le monde.

Après deux heures de marche, il était arrivé à Montreuil, au marché couvert de Croix-de-Chavaux, où il s'arrêta pour acheter des fleurs et une bouteille de vin. Les couleurs bariolées des robes africaines, les étals de fruits et de légumes lui rappelaient l'Afrique, et ses années d'adolescence vécues au Mali, au Sénégal, au Niger. Ses parents habitaient toujours à Djibouti, et c'était la première année qu'il n'était pas allé les voir. On lui rendit de la monnaie pour le bouquet de fleurs, suffisamment pour qu'il ait envie de leur téléphoner. Il y avait une cabine à l'angle du marché, il allait leur faire la surprise, mais ça ne répondait pas, le dimanche ils partaient souvent se promener en 4 × 4 vers Obock, Tadjourah ou le lac Assal.

Lorsqu'il demanda à des commerçants où était la rue de Saint-Antoine, on lui dit que c'était dans le quartier des gitans, vers les hauts de Montreuil. Rien n'était indiqué là-bas, il n'y avait pas de noms de rues, juste des friches, ça s'appelait Murs-à-Pêches, on lui déconseillait d'y aller.

Sur son plan, la rue était quand même indiquée, même si d'étranges pointillés encadraient une zone vide. Effectivement, le quartier semblait anarchique : des tas de pneus s'entassaient dans la rue, avec des carcasses de voitures, du gravois et des montagnes d'électroménager qui rouillait ; on aurait dit une décharge industrielle, un stock de ferrailleur, un squat à ciel ouvert, sauf que les murets défoncés laissaient apparaître des vergers sauvages, des petits bois, un véritable écrin de verdure qui débordait les parcelles où des caravanes s'étaient établies. Il y avait quelques pavillons en briques rouges, mais leurs volets paraissaient clos. Partout, la végétation mangeait les façades, et les jardins avaient pris la forme d'une jungle polluée, où la poussière de plâtre déposait sa grisaille.

Comme il avait une demi-heure d'avance, Bataille n'osa pas sonner au numéro 1. Il attendit un peu à l'écart, de l'autre côté de la route, adossé à une 307 qui avait brûlé, et dont les portières étaient arrachées.

La maison de Rousselier n'était pas visible depuis la rue, mais derrière l'épaisse roselière qui bordait les grilles, on devinait la touffeur végétale d'une propriété gorgée de fraîcheur ; les oiseaux chantaient parmi les chênes et les bouleaux ; il y avait carrément une forêt là-dedans, peut-être même un étang.

Une voiture se gara devant la maison, et un couple en sortit, les bras chargés de paquets et de bouteilles de vin. Ils avaient une vingtaine d'années, la fille était longue et rousse ; son élégance nerveuse contrastait avec l'air apathique du type, un grand mou à lunettes, qui avait les cheveux en brosse.

Il les regarda sonner, la fille lui jeta un regard, on entendit des aboiements et la porte s'ouvrit automatiquement. Il n'était pas encore midi, mieux valait attendre, d'autant que son angoisse montait : Rousselier lui avait dit qu'il lui présenterait sa femme, mais il n'avait pas du tout pensé qu'il y aurait d'autres personnes ; la présence de ce couple changeait tout, il allait devoir s'adapter, sa vieille timidité lui retomba dessus.

8

Le dimanche de la vie

Quand il sonna, la voix de Rousselier lui parvint depuis l'intérieur de la maison, enjouée, rassurante. Le bruit du gravier lui procura un plaisir qu'il avait oublié, ce crissement familier dont on perçoit l'écho jusque dans son sommeil, lorsque s'éloignent les mauvais rêves : en écrasant l'épaisseur caillouteuse d'un chemin de graviers, c'est notre enfance que nous retrouvons.

Rousselier le guida à travers les allées d'un vaste jardin bordé de noisetiers où des buissons de lauriers et des massifs de fleurs mauves composaient une mousse gorgée d'ombre ; il y avait du vert partout, des touches de bleu sombre et des pointes écarlates qui venaient des rosiers, toute une fraîcheur luxuriante qui absorbait la lumière, laquelle, en se nichant dans la touffeur du chèvrefeuille, semblait se contenir en prévision d'un après-midi brûlant.

Rousselier avait pris chaleureusement le bras de Bataille ; ils contournèrent la maison, dont la façade en bois, frappée d'une vieille pancarte « BOIS SERVICE », était recouverte de vigne vierge, et débouchèrent sur l'autre partie du jardin, une immense prairie couverte d'arbres fruitiers.

Le soleil éclaboussait la terrasse, et sous une tonnelle où grimpait du lierre, une longue table recouverte d'une nappe à carreaux rouges, des fleurs blanches et des chaises en osier formaient un coin d'ombre apaisé. Tout était clair et calme, plein d'oiseaux. Le couple de tout à l'heure sirotait l'apéritif en compagnie d'une femme qui se leva à l'arrivée de Bataille.

C'était Assia, la femme de Rousselier, elle était marocaine, ils s'étaient rencontrés à Tanger, alors que lui faisait son année de scientifique du contingent comme documentaliste à l'Institut français, et qu'elle étudiait pour devenir institutrice.

Il lui offrit le bouquet de fleurs et la bouteille de vin, et elle serra chaleureusement Bataille dans ses bras, avec un sourire épanoui où se lisaient des étendues azur et blanches, le soleil de la Méditerranée qui ouvre l'horizon autant qu'il le ferme, et le secret de longues siestes langoureuses.

La jeune femme s'appelait Bénédicte, c'était leur fille unique, elle était professeur de français et allait se marier avec ce type, Adrien, qui venait d'avoir le CAPES d'histoire et attendait son premier poste en banlieue.

Rousselier, revêtu d'un tablier rouge, s'occupa du barbecue, Assia servait le rosé, et au bout de quelques verres, Bataille se détendit : il n'était plus dans sa chambre, il n'était plus dans la banque, ni dans aucune de ces prisons où il s'infligeait de serrer les poings pour assimiler un savoir qui n'en finirait jamais. Après tout, cette exigence qu'il s'imposait à lui-même était absurde, presque folle : qui voudrait s'enterrer à vingt ans sous une montagne de livres ? Qui voudrait se contraindre ainsi jour et nuit, et pour prouver quoi ? Il était possible de se laisser aller, de profiter des fleurs et de la lumière, de faire confiance à ce lierre, à ces pivoines, et d'écouter la voix si pétillante, si gracieuse, de cette jeune femme qui racontait ses mésaventures.

Elle revenait de Naples, où avec son futur mari ils étaient allés voir un tableau du Caravage qui leur tenait à cœur : *Les Sept Œuvres de miséricorde*.

Bataille s'étonna qu'on entreprît tout un voyage pour une seule peinture.

C'est vrai, précisa Bénédicte, ils n'y étaient pas allés uniquement pour ce tableau, mais un peu quand même : de toute façon ils allaient chaque été en Italie, et ils seraient forcément allés un jour à Naples, mais il lui était arrivé quelque chose de spécial qui l'avait obligée à faire ce pèlerinage. Connaissait-il *Les Sept Œuvres de miséricorde* ?

Non, il aimait beaucoup le Caravage, mais connaissait surtout les Bacchus.

Bénédicte expliqua alors que le Caravage était certes un peintre du désir, qui s'était fait connaître en représentant des *ragazzi* dans des poses lascives, mais qu'il était aussi un grand peintre du sacré : ses madones, ses saintes, ses christs sont parmi les plus bouleversants, parce qu'il n'oublie pas leur chair et donne une présence à leur beau corps douloureux. Bref, dans ce retable monumental qui s'appelle *Les Sept Œuvres de miséricorde*, le Caravage avait réussi le prodige de faire tenir en une seule scène tous les préceptes de charité qui sont rapportés dans l'Évangile de saint Matthieu : nourrir ceux qui ont faim, donner à boire à ceux qui ont soif, vêtir ceux qui sont nus, accueillir les pèlerins, assister les malades, visiter les prisonniers, ensevelir les morts.

Bataille écoutait toujours les autres avec attention ; il lui semblait, à l'époque, du moins durant l'été de sa vocation, et pendant toutes ses années de formation, que la solution lui serait donnée ainsi, à travers un brusque récit de hasard, une anecdote imprévue ; il suffisait de dresser l'oreille : quelque chose l'attendait dans une conversation qui n'avait pas encore eu lieu, une chose qui le concernait personnellement, qui patientait pour lui au creux du temps, et ne lui serait accordée que s'il était attentif.

Le tableau, dit Bénédicte, représentait un coin de rue, à Naples, pris dans l'obscurité du soir, avec des gens du peuple pressés les uns contre les autres et un ciel qui, en se déchirant, laissait voir la Sainte Famille. Quand on arrivait dans l'église de Pio Monte della Misericordia, disait-elle, on ne voyait d'abord qu'un fouillis ténébreux, et puis du brun sortait de là qui éclairait les visages, un peu de rouge et de larges glissements d'ocre ; et c'étaient des corps qui se mêlaient, des bouches ouvertes, des pieds, des manteaux, des épées, les ailes d'un ange et les seins d'une femme qui allaitait un vieil homme, le cri immense et silencieux de la demande d'amour, le secours qui manque et celui qui arrive, une porte qui s'ouvre et le ciel qui s'ouvre avec elle, tout cela composant un ballet immobile dont l'amour était le point d'orgue : l'amour ou plutôt la charité.

Le futur mari s'était levé pour tenir compagnie à Rousselier devant le barbecue. Assia écoutait sa fille avec tendresse. Et Bataille, en s'imprégnant de la voix de Bénédicte, en se laissant aller à jouir de cet instant plein de lumière, se disait que la vie pouvait être douce, et plus que douce : favorable.

Lorsque Bénédicte parlait, son visage s'enflammait : ses taches de rousseur, ses yeux verts, tout chez elle devenait ardent. Même sa petite robe blanche s'embrasait ; et comme elle ne portait pas de soutien-gorge, Bataille apercevait par l'échancrure de sa boutonnière la forme de ses seins, leur chair pâle et tendre.

Rousselier fit savoir, depuis le fond du jardin, que les brochettes étaient presque cuites ; Assia resservit du rosé à Bataille, et alla chercher une autre bouteille. Bénédicte continuait son récit : le plus beau, dit-elle, c'est que ce tableau du Caravage lui avait été donné par un miracle – ou plutôt elle avait fait vœu d'aller voir ce tableau pour *répondre* à ce miracle.

C'était un après-midi d'avril, le 17 avril précisément, vers 4 heures, en sortant de la gare Saint-Lazare. Elle revenait de sa journée au lycée, et pour s'abriter du soleil, avait fait le détour par les arcades qui bordent la cour du Havre. Elle avait retiré de l'argent à un distributeur et avait fait tomber son sac, s'était baissée pour ramasser ses clefs, son portefeuille et un paquet de copies qui s'étaient éparpillées, puis elle avait repris son chemin. C'est là qu'elle avait entendu, dans son dos, une voix qui l'appelait par son prénom ; elle s'était retournée, mais il n'y avait personne.

— Je dois préciser, dit Bénédicte, qu'à cette époque-là nous n'avions plus d'argent, ni Adrien ni moi, et que nous avions donc renoncé à partir cet été-là. D'habitude, nous allions en Italie, je vous l'ai dit, c'est notre pèlerinage au pays de l'art : chaque année une ville différente, Rome, Florence, Venise. Quand on est prof, l'argent arrive chaque mois, mais nous nous étions endettés considérablement car en vérité j'avais donné, pour une bonne cause, tout l'argent que j'avais, et aussi l'argent que je n'avais pas. L'argent n'est rien, n'est-ce pas, dit-elle en regardant Bataille dans les yeux. Vous qui êtes dans la banque, comme mon père, vous savez ça ? Bref, j'ai tout donné – *on* a tout donné, car Adrien a participé – et nous n'avions plus rien pour l'été, hors de question de partir en vacances, d'ailleurs nous n'y pensions même pas.

» Mais il y avait quelqu'un derrière moi, dit-elle, je sentais son souffle. Je me suis à nouveau retournée, et un homme au visage très pâle me tendait la main. Je croyais qu'il me demandait de l'argent, mais c'était le contraire : il m'en donnait – il me tendait une liasse de billets. Il m'a dit : "C'est à vous." Et là, je ne sais pas, j'ai légèrement perdu conscience, la lumière était floue, je ne voyais pas bien le contour des choses, et j'ai pris la liasse de billets : j'ai tendu la main, il m'a donné les billets, voilà tout.

» Quand j'ai voulu le remercier, il n'était plus là. Je me suis dit que j'avais forcément laissé tomber ces billets sur le sol et que cet homme les avait ramassés pour me les rendre : un homme honnête m'avait suivie pour me rendre ce que j'avais perdu, c'est rare, mais je crois que j'aurais fait pareil, alors je n'étais pas complètement étonnée.

» Mais plus tard, en arrivant à la maison, j'ai compris qu'il était impossible que cet argent soit le mien, j'avais retiré cinq cents francs au distributeur, et dans la liasse il y avait cinq mille francs – *exactement la somme que j'avais donnée aux œuvres.*

» Qui était cet homme ? Et d'ailleurs était-ce un homme ? Lorsque j'ai raconté ce soir-là à Adrien ce qui m'était arrivé, il m'a dit que seule la miséricorde répondait à la miséricorde, et qu'en un sens tout ce qui existe est contenu dans la miséricorde. Alors, non seulement nous pouvions aller en Italie grâce à cet argent, mais nous *devions* y aller, pour le dépenser. Pour que le don ne s'interrompe pas. Pour que sa grâce agisse.

» C'est ainsi que nous avons pris le chemin de Naples, vers le tableau du Caravage qui, sans doute, possède la clef de cette histoire.

Bénédicte acheva son récit avec un rire dont la douceur toucha Bataille, qui était sous le charme.

Rousselier surgit, rouge et hilare, portant à bout de bras un plateau couvert d'une montagne de merguez, de côtelettes d'agneau et de mouton ; il fit la distribution en remplissant d'autorité l'assiette de Bataille.

— Ma fille vous a raconté qu'elle a donné tout son argent aux pauvres, et qu'elle a été remboursée ? Vous voyez : la charité est plus fiable que la banque, il faudra vous en souvenir.

Assia et Adrien déposèrent sur la table deux tajines dont le cône en terre cuite fumait. Rousselier déboucha une bouteille de saint-estèphe ; et l'on trinqua au mariage de Bénédicte et Adrien, on trinqua à la fin de l'été, on trinqua au soleil du dimanche, à la chance qu'avait eue Rousselier de rencontrer Assia (ils s'embrassèrent sur la bouche). Enfin, avec amitié, avec émotion, Rousselier porta un toast à l'avenir de Bataille.

On attaqua la viande. Rousselier, tout à son plaisir, voulut savoir comment s'était passée la visite avec Reagan.

— Vous avez rencontré Reagan ? dit Adrien.

Il étudiait justement l'histoire des États-Unis et pensait que la révolution libérale, dont Reagan était, avec Thatcher, à la fois le porte-parole et le champion, allait s'étendre au monde ; l'influence de l'Amérique serait bientôt planétaire, sa culture n'avait pas réussi à coloniser intégralement le globe, mais les affaires, elles, n'admettaient aucun obstacle.

Rousselier était d'accord : selon lui, le communisme n'en avait plus pour longtemps. Aucune barrière ne résiste au capital, ainsi le mur qui sépare l'Ouest et l'Est allait-il céder. D'ailleurs, Gorbatchev préparait déjà le terrain. La guerre des classes était perdue depuis longtemps, et c'étaient les riches qui l'avaient gagnée.

Bénédicte s'indigna :

— Et c'est un communiste qui dit ça ?

— Un banquier communiste, oui. Ça existe, j'en suis la preuve vivante ! Que je déplore ce qui arrive ne change rien : l'économie ne produit que des moments de vérité, elle est en train de remplacer l'Histoire, qui va s'achever nécessairement avec la chute du communisme.

— Qu'est-ce que tu vas devenir, papa ?

— Il va enfin devenir ce qu'il est depuis toujours, intervint Assia : le seul vrai communiste !

Tout le monde éclata de rire, Rousselier prit un air modeste, Adrien leva le poing en souriant, suivi d'Assia, de Bénédicte et de Rousselier lui-même, qui avait pris un air grave.

Bataille, engourdi par le vin, se joignit à eux, sans qu'il eût le temps de se demander si c'était par conviction, par sympathie ou par réflexe.

— Je crois, dit-il en sortant de son silence, que le monde sera bientôt unifié, mais avant tout parce que le capitalisme est une religion.

Il avait compris cela lors de sa visite dans la Souterraine, dit-il. Jusqu'ici, il voyait le capitalisme comme une secte, c'est-à-dire comme un fanatisme mineur, dont la croyance était circonscrite aux grosses fortunes. Mais il avait assisté, tout au fond de la Banque de France, dans ce temple souterrain où l'on stockait l'or, à un véritable culte qui ne relevait pas de cet exercice d'autosatisfaction auquel s'adonnent, pour leur agrément, les clubs de riches : c'était bel et bien la preuve d'une humanité qui était parvenue à substituer le calcul à Dieu, et qui s'en glorifiait.

Ainsi raconta-t-il la scène de la pyramide de lingots, et la transe qu'avait provoquée chez le couple Reagan et leurs collaborateurs le contact avec l'or. À ce moment-là, la banque n'existait plus, elle était littéralement débordée par la puissance monétaire dont elle était le sanctuaire. Il s'était passé quelque chose de plus sulfureux, de plus dangereux qu'une simple communion dans les jouissances illimitées du profit : en se passant un lingot d'or de main à main, ils participaient à un sacrifice. Ils s'étaient rechargés spirituellement. C'était une messe noire. Ce qui allait se passer non seulement unifierait le monde, mais le détruirait.

— Mais alors pourquoi donc voulez-vous tant travailler dans la banque ? demanda Assia, un peu effrayée par le ton qu'avait pris cette conversation. Vous en parlez comme si le diable…

— Elle a raison, coupa Bénédicte, on ne peut pas avoir deux maîtres : soit on obéit à l'argent, soit on obéit à Dieu.

— On peut très bien n'obéir à aucun des deux, dit Rousselier sur un ton qui mit fin à la conversation.

Le soleil tapait sur la terrasse, il était temps de se mettre au frais : Rousselier proposait une petite sieste, puis il montrerait à Bataille les surprises du quartier, il lui ferait visiter le clos des pêches.

Chacun monta dans les chambres, et l'on proposa à Bataille de se reposer en bas, à côté du salon, dans le bureau de Rousselier : il y avait des livres et un divan confortable.

Avec les volets fermés, une douce pénombre enveloppait les boiseries de cette pièce où il retrouva ses esprits. Lorsqu'il s'approcha de la bibliothèque vitrée, son pâle reflet s'imprima sur les rayons en une image opaque, tremblante, qui semblait survivre à son propre effacement. Ainsi ses traits incertains flottaient-ils dans l'ombre auprès des gravures accrochées le long du mur, en lesquelles Bataille reconnut Marx, Engels et Proudhon.

« Banquier communiste » : les mots de Rousselier lui avaient plu, il souriait en y repensant. Les visages de ces trois hommes avaient la gravité de l'insoumission, on sentait que leur esprit n'avait pas brûlé pour rien.

Ou plutôt si, en brûlant pour rien, car le monde n'avait pas acquiescé à leurs folles idées (il s'était même employé à les trahir dans le crime), ces trois esprits avaient déposé dans le temps la mèche d'un explosif qui ne demandait qu'à être rallumée : le cours historique de la révolte semblait mort, mais les solitudes, elles, ne demandent qu'à rencontrer leur feu.

Peut-on réellement aller au-delà du capital ? Où s'ouvre le chemin ? Il y a forcément un trou dans le mur, pensa Bataille.

Il ouvrit un battant de la bibliothèque et tira à lui un volume de Proudhon : *Manuel du spéculateur à la Bourse*. Cet anarchiste avait donc consacré un livre à la Bourse. Bataille croyait que les révolutionnaires voulaient *renverser* la Bourse ; pas l'étudier. Mais après tout l'étude n'était-elle pas le meilleur moyen pour changer le monde ? Et lui-même, en y consumant ses nuits, que faisait-il d'autre que chercher un passage ?

Il parvint à déchiffrer quelques phrases à la lueur d'un rai de lumière. Proudhon définissait la Bourse comme « le temple de la spéculation », « le monument par excellence de la société moderne », et il ajoutait ceci, qui confirmait Bataille dans sa quête : « C'est là que le philosophe, l'économiste, l'homme d'État doivent étudier les ressorts cachés de la civilisation, apprendre à résoudre les secrets de l'histoire, et à prévoir de loin les révolutions et les cataclysmes. »

Une respiration le fit sursauter : Bénédicte était à ses côtés, dans le noir. Les reflets de la jeune femme bougeaient doucement sur la vitre. Il sentit sa gorge se nouer quand la main de Bénédicte frôla sa jambe ; à son tour, sans même la regarder, il avança la main vers elle et toucha un peu son corps à travers l'étoffe de la robe. Elle s'empara de sa main et la guida entre ses cuisses.

Ils continuaient tous deux à se regarder à travers leurs reflets dans la bibliothèque ; en se mélangeant sur la vitre, leurs respirations formaient une buée qui s'agrandissait.

On entendit des pas dans l'escalier.

— Dommage, dit Bénédicte.

Rousselier, en entrant, alluma la lumière et leur demanda ce qu'ils fichaient dans le noir. Bataille lui montra le volume de Proudhon. Rousselier dit qu'il lui offrait : c'était son cadeau d'adieu.

Bénédicte s'éclipsa : elle préférait laisser entre eux les derniers banquiers de gauche, une espèce très rare, dit-elle, qu'il faudrait bientôt protéger.

À propos de la Bourse, dit gravement Rousselier, Bataille avait-il vu que la corbeille du palais Brongniart avait été démontée ? Ça venait à peine d'avoir lieu, et selon lui c'était un événement historique : la corbeille de la Bourse avait été supprimée pour laisser place à l'informatisation complète du système boursier.

Il regrettait déjà ce cercle vide autour duquel venait

s'agiter la folie des hommes ; car à la place de ce vide qui garantissait la présence, il y aurait désormais un réseau électronique qui la rendrait inutile. Tout se ferait maintenant *in absentia*. Et il serait devenu absurde de se réunir car le marché aurait lieu partout à la fois, et à chaque instant, même le dimanche, ajouta-t-il avec malice.

— Vous comprenez, dit-il, il ne faut plus qu'il y ait de jour de fermeture. Le capitalisme a toujours voulu mettre à bas le calendrier pour régner intégralement sur les activités ; et vous verrez qu'un jour, après avoir évacué les lieux et le temps, il nous évacuera, nous, les banquiers.

» Au fond, dit-il, vous arrivez après la fin : la banque, c'est fini.

Ils éclatèrent de rire, puis Rousselier entraîna Bataille dans le jardin, où une lumière brutale, aveuglante, absorbait le paysage. La chaleur était écrasante ; et marcher sous le soleil de l'après-midi, une épreuve.

Des papillons voltigeaient à travers les feuillages, et tout au fond du jardin, un bosquet d'acacias dissimulait un passage vers un verger immense où se dressaient des arbres fruitiers.

Rousselier montra à Bataille les murs talochés de plâtre contre lesquels on adossait des pêchers. Il décrivit les techniques d'espaliers grâce auxquelles on faisait ici, depuis des siècles, la récolte des pêches ; car les pêches de Montreuil étaient si fameuses que, dès le XVIIe siècle, les cours d'Europe, en particulier l'autrichienne et la flamande, en commandaient pour leurs souverains.

Il y avait aussi des pommiers, de la vigne qui poussait

comme une herbe folle, et un petit ruisseau à moitié sec qui serpentait difficilement parmi les gravats.

Ils traversèrent des parcelles boisées que Rousselier occupait en partage avec une famille de gitans établie ici même en campement depuis des décennies. Les caravanes étaient garées dans les clos. Toute la friche maraîchère était couverte de déchets qui provenaient d'une ancienne usine ; et l'on pouvait remarquer, entre les fruits et les poubelles, une huile bleuâtre qui miroitait dans le petit ruisseau que Rousselier et quelques bénévoles tentaient de réhabiliter.

Dans ce périmètre de banlieue rouge, expliqua Rousselier, se concentraient tous les rapports de force d'aujourd'hui et de demain : dévastation urbaine, désastre écologique, pillage et incurie, corruption et mafia.

— Car je vous épargne, dit-il, les histoires de promoteurs qui rôdent et l'ambiguïté des élus qui font mine de protéger le site au gré de leurs intérêts.

Comme Rousselier était bavard, la promenade traîna en longueur et Bataille laissa son esprit s'engourdir. Dans sa rêverie se mêlaient confusément des silhouettes de Roms défendant leur territoire au couteau, un sombre coin de rue peint par le Caravage et cette pénombre où, entre les cuisses d'une femme, se murmure une douce fraîcheur.

Il se demanda s'il existait un endroit au monde où la lutte s'interrompt, où les échanges s'arrêtent, où le marché n'existe plus. Était-ce sous la terre, dans le silence des grottes ? Était-ce entre les cuisses des femmes ?

Bénédicte et Adrien firent leur apparition, main dans la main, et la promenade continua avec eux jusqu'au parc des

Beaumonts, où Rousselier se remémora des pique-niques, des jeux de ballon avec sa fille, et des après-midi entiers de lecture sous les arbres.

Bénédicte et Adrien restèrent pour dîner ; Bataille aussi. La nuit tomba sur la terrasse, et la lumière orangée des lampions donnait un air mélancolique à cette soirée d'adieu : c'était la rentrée demain, Bénédicte et Adrien rejoindraient leurs lycées de banlieue et Bataille prendrait un train pour Rennes, où il retrouverait sa chambre d'étudiant afin de préparer durant tout le mois de septembre le concours d'entrée d'une école de commerce.

Assia avait préparé une pastilla de pigeon à la marocaine, que Rousselier dévorait en riant de bonheur. La soirée était douce et silencieuse. Un papillon aux ailes rouge et noir se posa sur l'épaule de Bénédicte. La limpidité d'un ruisseau attend le visage qui se penchera sur lui ; une telle transparence désarme. Je crois qu'un dieu passait, ce soir-là, entre les nuances ; il éclairait le beau regard d'Assia, qui était triste de voir sa fille partir ; il enveloppait la chevelure de Bénédicte, dont la rousseur brillait dans la nuit comme un soleil fauve ; et sans doute invitait-il chacune des personnes présentes autour de cette table à savourer l'instant, à aimer sa nacre, à vivre chaque seconde avec l'intensité des oiseaux.

Avaient-ils perçu le dieu ? En tout cas, ils ouvrirent une bouteille de champagne pour fêter le mariage, puis une deuxième, une troisième, et la douceur de l'ivresse passa comme une lueur pudique sur les visages de Bénédicte, d'Assia, de Rousselier, d'Adrien et de Bataille, qui étaient liés désormais par une émotion plus grande que chacun d'eux, plus subtile que leurs fragilités, plus belle que leurs désirs, comme ces larmes de joie qu'on garde au fond du cœur.

Les yeux de Bénédicte pétillaient, elle observait Bataille en souriant, et le taquinait sur le choix qu'il avait fait d'arrêter la philo : il était évident qu'il n'était pas, et ne serait jamais, un banquier. Même son père, malgré les apparences, était un vrai banquier ; pas lui.

Bataille admit qu'il n'avait pas le profil, mais qu'il ne cherchait précisément pas à *avoir ce qu'il n'avait pas* – en l'occurrence, l'argent. En fait, il n'allait pas étudier pour comprendre comment on gagne de l'argent, mais pour savoir ce qui gît au fond des grottes.

Il avait beaucoup bu et ne pouvait plus s'arrêter de parler : ainsi raconta-t-il, avec la jubilation que procure l'ivresse, qu'en descendant si loin sous la Banque de France, il n'avait pu s'empêcher de penser aux ténèbres des cavernes où il y a plus de vingt mille ans des hommes avaient pénétré, munis de lampes confectionnées à partir de la graisse des bisons, afin d'orner les parois de ces vastes salles de calcite blanche. Ces expéditions souterraines l'obsédaient, et dans ses rêves il se voyait souvent extasié au fond d'une grotte, la bouche pleine de peinture, drogué, halluciné par cette poudre qui touchait sa bouche avant qu'il ne la souffle sur la paroi ; il riait alors comme un satyre, les lèvres noircies, et dansait, ivre, échevelé, face à ses peintures où des cerfs plongeaient du haut d'une falaise, lui arrachant un cri de plaisir qui le réveillait.

Assia l'écoutait, bouche bée. Bénédicte, ravie, avait éclaté de rire, et Rousselier, hilare lui aussi, avait dit à Bataille qu'il ne fallait plus jamais qu'il s'arrêtât de boire du champagne : il avait l'ivresse inspirée, et s'il pouvait rester ivre toute sa vie, alors même le plus ennuyeux des métiers lui paraîtrait passionnant, même la banque deviendrait une aventure. Tant qu'il y aurait du champagne, il vivrait une féerie, et toutes les portes lui seraient ouvertes.

Bataille sourit, mais son ardeur n'était pas retombée, il continua son monologue : il dit qu'il y avait eu les grottes aux parois éclaboussées de bêtes fabuleuses, et que vingt mille ans plus tard, on s'était mis à extraire l'or de la terre, puis à creuser des galeries sentant la javel pour y entreposer cet or. Le secret gisait au fond du trou. Et ce trou était l'unique objet de sa passion. C'était la pensée elle-même. L'origine des feux mystérieux.

Ainsi n'y avait-il pas d'autre solution, dit-il, que d'y descendre à son tour pour voir, même s'il n'y avait rien à voir ou que cette chose échappât à la vision ; pas d'autre recours qu'une exploration personnelle : qu'il y eût quelque chose ou rien au fond du trou, seul celui qui s'y engouffrait pourrait le savoir et *aurait une vie*.

Dans sa tête, un monde aussi sauvage que celui qui bondit sur les parois de Lascaux ou de la grotte Chauvet avait commencé à creuser ses galeries ; ainsi voyait-il sa vie comme une quête : il cherchait une chose obscure, une chose dont il avait entrevu la vérité en descendant dans les coffres de la Banque de France.

— Croyez-moi, dit-il, cette chose n'est pas l'or. Il y a

une déesse qui se baigne au fond de chaque instant, et je la regarde, penché au bord d'un lac. Je voudrais la rejoindre, je voudrais qu'elle se retourne. Vais-je en mourir ?

— Un romantique au pays des capitalistes ! s'exclama Bénédicte.

Bataille se sentit honteux. Il s'excusa d'avoir monopolisé l'attention de ses hôtes, et s'en voulait de leur avoir infligé de telles élucubrations : l'alcool lui faisait dire n'importe quoi.

Mais à la surprise générale Adrien dit qu'il comprenait très bien : on ne peut vivre sans sacré, d'ailleurs le sacré est présent en filigrane dans chacun de nos gestes, et lorsqu'on croit choisir librement, on obéit en vérité au dieu auquel on rend un culte. Selon lui, l'or ou l'eau ou le pétrole, pourquoi pas le crime, pouvaient indifféremment être énoncés comme le principe des choses. Dans sa vie à lui, il y avait Dieu, qui est unique, et qui est tout ; mais si l'on n'y croyait pas, alors tout pouvait être énoncé à sa place, et la grotte de Bataille, à sa manière, était encore un temple.

Alors Rousselier se leva et à grands gestes parodiques fit semblant d'être affligé : c'était si désolant d'être entouré d'alcooliques chrétiens.

Puis il déboucha une nouvelle bouteille de champagne, et l'on trinqua à la vie qui était désespérément sacrée.

Assia se mit à chanter des refrains berbères, et sa voix en glissant dans la nuit offrait aux étoiles une musique qui accompagnait leur danse. Quelque chose de très intime, une blessure, un exil, portait ces mélodies qui s'enroulaient sur elles-mêmes, ressuscitant par leurs arabesques des pays qui n'existent plus, des amours perdues. Ces airs s'arrêtaient brusquement, et alors Assia, le regard immobile et tout son corps suspendu, en attendait le retour ; seul le bruissement des feuillages et quelques petits cris d'oiseaux habitaient le silence ; puis le chant revenait, sombre, saccadé, plein d'un emportement qui griffait la nuit, et avec une patience qui semblait immémoriale, avec un savoir des murmures, Assia calmait les démons.

Adrien chantonna à son tour, aidé par Bénédicte, un poème de Lorca, qui mit un peu de mélancolie dans la soirée.

Rousselier, accompagné par Assia et Bénédicte, se lança dans une longue incantation de Léo Ferré, dont il était difficile de reconnaître l'air, mais dont le texte acéré, cruel et politique, fit du bien.

Et quand on demanda à Bataille de chanter lui aussi quelque chose, il répondit que les seules choses qu'il connaissait par cœur, c'étaient des pages de philosophie, et parmi elles il y en avait une qu'il voulait bien tenter de leur réciter.

Et c'est ainsi, par un merveilleux soir de dimanche d'août, dans un jardin de féerie situé au cœur du quartier libertaire de Montreuil, et en souriant tout du long à une jeune femme qui avait allumé en lui l'espérance d'une vie meilleure, d'une vie d'amour et d'intelligence, d'une vie qui soit aussi belle qu'un tableau du Caravage et aussi juste que l'expression miraculeuse de la charité, que le Trésorier-payeur se révéla à lui-même en récitant de mémoire, et sans même savoir qu'il la savait, la dernière page de *La Phénoménologie de l'Esprit* de Hegel :

> Le chemin qui mène à ce *but*, au savoir absolu, ou encore à l'esprit qui se sait comme esprit, est le souvenir des esprits, tels qu'ils sont chez eux-mêmes et accomplissent l'organisation de leur royaume. Leur conservation, selon le côté de leur libre existence dans leur apparition phénoménale sous la forme de la contingence, est l'histoire, tandis que du côté de leur organisation comprise de manière conceptuelle, c'est la *science du savoir dans son apparition phénoménale* ; l'une et l'autre réunies ensemble, l'histoire comprise conceptuellement, constituent le souvenir et le Golgotha de l'esprit absolu, l'effectivité la vérité et la certitude de son trône, sans lequel il serait solitude sans vie ; c'est seulement –
>
> > du calice de ce royaume d'esprits
> > que monte à lui l'écume de son infinité.

Il y eut un long silence. Pas sûr qu'on y eût compris quelque chose, d'autant que Bataille, en récitant ces phrases, avait semblé les déchiffrer à mesure qu'il les prononçait ; mais il en est ainsi des mots qui sont destinés à mûrir dans l'esprit de celui ou celle qui les médite : leur complexité se donne à l'égal d'un trésor, et si l'on n'y comprend rien la première fois, c'est qu'en eux l'immensité d'un avenir se réserve.

Ainsi, certains mots avaient-ils allumé des feux chez Bénédicte et les autres. Le mot « royaume » avait brillé longuement dans la nuit comme un papillon dont les couleurs seraient splendides, quoique incertaines. Le mot

« esprit » avait déployé lui aussi des ailes très lumineuses, et vogué d'un visage à un autre, y dévoilant des clartés parfois anciennes. Le mot « infinité » avait illuminé les yeux de chacun et suscité chez Bénédicte un sourire immense, un sourire de joie pure, car à travers ces mots, que Bataille avait prononcés avec une ferveur timide, comme lorsqu'on s'avance dans la nuit sans rien voir du chemin mais que notre voix en ouvrant la route nous donne confiance, à travers ces mots, et même si le reste du texte était demeuré dans l'obscurité, s'était allumée une confiance qui serait désormais son étoile, car elle était le sens même de la vie : il existait des gens qui croyaient en l'absolu, et qui destinaient leurs pensées à de grandes choses.

Bénédicte et Adrien, qui habitaient Paris, raccompagnèrent Bataille en voiture. Au moment de dire au revoir, dans la rue, à Rousselier et Assia, les embrassades avaient pris du temps ; et il y avait eu, au loin, un feu d'artifice dont les panaches de lumière étaient montés dans le ciel en formant de grandes fleurs rouges et bleues, puis tout avait disparu.

En roulant vers Paris, le feu continuait à animer Bénédicte ; elle observait dans le rétroviseur le visage de cet étrange jeune homme, et il était clair que ce feu, il le portait en lui.

9

Les présages

Entre octobre 1987 et juin 1990, Bataille étudia à la Business School de Rennes. À l'époque, le mot « business » le faisait déjà rire ; et il ne parvint jamais à prendre tout à fait au sérieux cette activité, qui pourtant dirige le monde. Ses camarades avaient le goût des affaires, ce qui semble logique puisqu'ils avaient choisi cette voie ; mais lui, quoi qu'il fît pour se persuader que l'enrichissement était l'objet de tout échange, demeurait un philosophe, et voyait dans la richesse une vertu très secondaire et dans le profit, un vice ; il apprit néanmoins les arcanes de l'économie à sa manière, parce qu'il était résolu à se perfectionner dans cette matière qu'il estimait fondamentale et réussit, en se forçant, à s'initier aux labyrinthes de la finance.

Quand il parlait à Lilya de cette période de sa vie, qui fut riche en péripéties et détermina certaines de ses passions, il n'oubliait jamais de préciser que son premier jour dans l'école avait coïncidé avec un orage et un krach, ce qu'il avait interprété comme un présage ironique : les dieux accueillent ainsi le début dans la vie des illustres Romains, en faisant s'effondrer des étoiles sur leurs têtes.

Les nuages dans le ciel de Rennes se déchiraient ainsi ce soir-là comme s'ils promettaient une révolution. Bataille avait une chambre à la sortie de la ville, sur la route de Fougères, la même depuis trois années ; un lit, un bureau, un lavabo, neuf mètres carrés à l'intérieur desquels s'était élaboré son monde solitaire, rempli de livres, de disques et de cahiers qui s'entassaient à même le sol. Les murs étaient couverts d'inscriptions à l'encre rouge : des phrases, des noms propres, des diagrammes que Bataille avait disposés comme autant de fragments d'une mosaïque dont lui seul possédait la clef. On sait qu'il prenait continuellement des notes sur ses lectures, et leur accordait la valeur d'un trésor (son *stock d'études*, disait-il) ; ainsi sa chambre s'organisait-elle à la fois comme une réserve de livres et comme le lieu où s'élabore leur culte : il faut imaginer Bataille écrivant sur le mur comme un adepte cherchant l'équation de l'univers.

Il avait pris l'habitude, après les cours en classes préparatoires, puis plus tard en licence de philo, d'étudier dans sa chambre jusqu'au dîner, après quoi il venait lire À la Belle Étoile, une brasserie en bord de route où il se sentait bien : la patronne, une robuste blonde qui accueillait les routiers avec chaleur, choyait « son étudiant », à qui elle offrait souvent le café. Parfois il dînait là, seul, quand il avait envie d'un steak, et qu'il lui restait un peu d'argent. Et malgré les conversations animées, malgré le boucan de la télévision, il parvenait à lire, et même à être heureux.

C'est là, à deux minutes à peine de sa chambre, que durant trois années, tous les soirs, de 20 heures à 23 heures, il avait lu avec application Nietzsche, puis Spinoza, puis Hegel ; et c'est là que, le 19 octobre 1987, avec les deux mille pages du *Capital* de Marx ouvertes devant lui, il apprit que l'indice Dow Jones de la Bourse de New York avait perdu 22,6 %, ce qui constituait la deuxième plus importante baisse jamais enregistrée sur un marché d'actions, et allait provoquer une telle panique dans les milieux boursiers qu'on qualifierait cette journée d'octobre de « lundi noir », en référence au « jeudi noir » du 24 octobre 1929, première journée du krach de la Bourse de New York, qui fit entrer les États-Unis dans la Grande Dépression.

Alors qu'il regardait ce soir-là le journal de 20 heures sur l'écran de télévision fixé au bout du comptoir, et que les commentateurs économiques soulignaient l'ampleur et la gravité de cette crise qui était plus qu'une crise, et dont il était impossible encore de mesurer les conséquences, lesquelles seraient très certainement catastrophiques non seulement pour les banques mais pour tous les particuliers qui avaient un compte, le tonnerre éclata avec une violence telle que Bataille vit clairement la foudre jaillir au-dessus de la ville et composer dans un ciel blanc d'abominables figures de mâchoires.

L'effondrement des mondes étoilés se fera, comme la Création, dans une grandiose beauté. Qui a dit cela ? Le ciel se déchirait, les plombs sautèrent et la lumière s'éteignit dans le café. Tandis que les clients râlaient, Bataille, debout face à la vitre où se déchaînaient des feux blanchâtres, exultait, comme si l'on saluait personnellement son entrée dans un monde interdit.

Le lendemain, aucun professeur n'y fit allusion, et ceux que l'on sollicita se montrèrent réticents. Bataille trouva surprenant, voire scandaleux, qu'on coupât ainsi l'enseignement économique de ce qui arrivait *réellement* au monde, comme si les combinaisons du capital formaient une sphère séparée, dont les rouages, le fonctionnement et la connaissance étaient réservés à une élite qui tirait profit de ses privilèges et s'en partageait le considérable butin.

Il était clair qu'une chose folle se déchaînait au cœur du marché, et qu'un tel événement débordait le secteur du calcul ; il en avait perçu la menace dans le ciel où, à travers les exubérances de l'orage, s'écrivaient en réalité des turbulences qui affecteraient la terre entière.

Bataille avait noté dans ses cahiers que toujours le calcul prélude aux orgies de mort. Et c'était ça, pour lui, l'économie : le cœur ardent, explosif, du fonctionnement mondial ; alors si quelque chose n'allait pas, si la machine se grippait, c'est que se préparaient des choses obscures, sans doute dangereuses, en tous les cas passionnantes.

Qu'on voulût, à l'école, masquer cette part ténébreuse et occulter le monstre renforçait sa détermination : il avait compris que les places boursières contenaient la chaudière de l'enfer ; et même si personne ne voulait voir les flammes qui s'en dégageaient, la chaudière fonctionnait bel et bien : non seulement elle n'était pas tombée en panne, mais son grondement en révélait la surchauffe. À travers elle se consumaient la vérité du krach de Wall Street et celle des prochains krachs, tous les krachs qui ne manqueraient pas d'avoir lieu, car telle était désormais la tournure qu'avait prise le monde des échanges.

Ce qui nous arrive réellement se déchiffre comme un maléfice car le monde est en proie à des attaques qui sont invisibles : c'était, en gros, ce que pensait Bataille, mais il se contenta, la première année, d'étudier sagement le marketing international, la finance d'entreprise, le contrôle de gestion et le fonctionnement bancaire – celui des banques d'affaires et celui des banques d'épargne.

Comme il venait d'une filière littéraire, il avait dû rattraper son retard dans certaines matières, mais il apprenait vite. Il crut mourir d'ennui pendant les cours de comptabilité, qui occupaient chaque semaine un nombre d'heures considérable. On leur disait en effet que tout se résumait à un exercice comptable, même les opérations boursières. Est-ce parce que la dette ne fait jamais que s'approfondir ? Ce qui mène les hommes est précisément ce qui leur manque, et qu'ils veulent avoir à tout prix ; ainsi l'argent n'est-il jamais ni gagné ni perdu, mais continuellement transféré ; et c'est avant tout ce transfert qui fonde ce que les manuels auxquels s'astreignait Bataille nomment l'économie.

Il n'avait avec ses camarades que très peu de rapports ; d'ailleurs aucun d'eux ne se souciait vraiment du sens de l'économie, encore moins de sa métaphysique : ils étaient ici pour trouver un métier, c'est-à-dire pour gagner de l'argent ; et ce qu'on apprenait dans cette école visait précisément à gagner le plus d'argent possible. Ainsi adhéraient-ils en toute innocence à cette rapacité spéculative qui prévalait chez les *golden boys* de Wall Street, lesquels étaient capables d'empocher des millions de dollars en quelques secondes grâce à d'ingénieux montages financiers : le film *Wall Street* d'Oliver Stone exerçait alors une influence considérable, et il n'était pas difficile de comprendre que le personnage de Gordon Gekko, le trader sans scrupules joué par Michael Douglas, était leur modèle. D'ailleurs, la plupart de ceux qui s'étaient inscrits dans cette école l'avaient fait après avoir vu ce film, ainsi les écoles de commerce du monde entier n'avaient-elles aucun besoin de faire de la publicité : le personnage de Michael Douglas était leur meilleur agent recruteur.

Si les professeurs dénigraient ces dérives dont le cynisme leur paraissait une trahison des idéaux du commerce, la plupart des étudiants s'identifiaient aux jeunes loups de Wall Street, le plus souvent d'une manière superficielle, mais les rares qui avaient conscience de la crapulerie en admiraient l'insolence, en laquelle ils voyaient le comble de la classe.

Bataille comprit vite que l'énergie avec laquelle il plongeait dans l'économie lui faisait du tort car elle paraissait excessive aux autres : sa passion intellectuelle était perçue comme un zèle fâcheux par ses camarades qui, de leur côté, se contentaient d'un savoir moyen dont s'accommodaient leurs professeurs : ils auraient leur diplôme et seraient embauchés dans des entreprises performantes, alors à quoi bon projeter sur ces matières une radicalité qui les rendait inquiétantes ?

Mais c'est surtout parce qu'il n'allait pas à leurs fêtes qu'il passa pour un type négligeable : dans ce genre d'école, il est de bon ton d'avoir l'air décontracté, festif et nonchalant, quitte à simuler l'insouciance ; les étudiants passent leur temps à faire savoir bruyamment qu'ils ne travaillent pas : être pris pour quelqu'un de besogneux est un péché capital.

Ces fêtes étaient le plus souvent des prétextes à beuverie, et les étudiants s'y défoulaient selon la tradition, c'est-à-dire jusqu'à des extrémités vomitives ; elles possédaient aussi une fonction sociale, car celui qui s'y révélait grand fêtard était reconnu comme un des leurs, il était désormais admis et considéré.

Il aurait sans doute été facile pour Bataille, qui aimait tant boire et se griser d'oubli, de rompre avec son humeur dédaigneuse, de se mêler à ses camarades à travers l'alcool et la danse, et de se faire accepter par eux en les étonnant grâce à son usage extrême de la nuit, mais son orgueil le retenait. Quelque chose de farouche s'opposait en lui aux sympathies ; il avait pris des habitudes de loup ; et les soirs de fête, il s'obstinait à étudier, plus durement encore que les autres jours.

Bref, il les trouvait puérils et leur tourna le dos ; il se foutait complètement d'être intégré et ne cherchait qu'à s'initier. Sa solitude ne fit alors que s'accroître et ses rapports avec les autres devinrent fantomatiques.

Il y eut de longues périodes de découragement : rien de plus fermé que cet univers comptable où l'esprit se réduit à la pesanteur qui l'accable. Bataille se maudissait de toujours choisir des directions contraires à la facilité, mais il tenait bon.

À force de l'étudier si scrupuleusement, l'économie s'était mise à lui apparaître comme une chose de l'esprit qui, au lieu de le relier, le coupait des autres, car il s'y vouait avec l'assiduité des mystiques.

Il lui arrivait de plus en plus souvent de passer la nuit à lire, allongé sur son lit, fumant, buvant du café jusqu'à l'aube, après quoi il se préparait pour aller en cours comme si de rien n'était ; il lisait avant tout les économistes, Schumpeter, Keynes, Marx et von Mises, et même si ces lectures étaient austères, la plus morne théorie du crédit prenait chez lui tournure enflammée, et ouvrait à Bataille une région spéciale de la solitude qui l'accordait à une extase désertique : plus il lisait, plus la nuit s'éclairait ; et il lui semblait qu'elle produisait alors sa propre matière, une substance nacrée qui ressemblait à la manne que Dieu envoie aux Hébreux.

Ainsi lui arrivait-il vers 3 heures du matin, vers 4 heures, vers 5 heures, d'approcher ce qui reste à atteindre lorsque tout a été atteint et de s'introduire dans un espace qui fait taire le silence lui-même. C'était une expérience qu'il menait sur son esprit, dont il cherchait chaque nuit à reculer les limites. Le savoir est au fond intolérable, c'est pourquoi on ne peut lui résister ; et s'il arrive que la pensée la plus rigoureuse se retrouve au bord de sa propre béance, n'est-ce pas alors qu'elle s'accomplit ?

À partir d'un certain point, toute chose s'efface au profit de la vérité, et à travers son extase Bataille était emporté dans la splendeur intérieure d'un univers coloré. Il y a une petite lumière bleutée qui clignote au fond de chaque instant ; tant qu'on la voit, on est en vie, on a sa solitude. Des gouffres d'azur et des étincelles défilent. Les yeux flambent dans un clair déluge. On met alors sa confiance dans la direction qui nous appelle et la nuit, doucement, s'efface.

En sortant dans la rue le matin pour aller en cours, il se sentait flotter dans les airs ; la nuit blanche l'entourait comme un foulard de soie, lui donnant l'allure d'un prince qui revient d'une aventure.

10

Jean Deichel

Il y avait dans sa classe une fille qui lui plaisait : elle s'appelait Eszter, elle avait un visage très pâle, une chevelure rousse et bouclée, des origines hongroises et un piercing dans le nez qui lui donnait un air farouche. Elle portait des jupes courtes et des Dr. Martens en cuir noir, elle était splendide, elle irradiait de présence : Rita Hayworth punk.

Elle était assise au fond de la classe, avec ses copines, et lorsqu'elle intervenait en cours, c'était toujours d'une manière abrupte, avec une ironie boudeuse qui plaisait à Bataille. Il lui trouvait une forme de souveraineté, car à sa manière pulpeuse et déclarative, elle transperçait le réel, auquel elle imposait, sans aucun effort, sa beauté, sa voix, son détachement.

Il se retournait souvent vers elle, la contemplait dans la cour de l'école en fumant une cigarette, au restaurant universitaire, où elle rejoignait son petit ami, un costaud à belle gueule qui était en math sup. Leurs manières à tous deux étaient tendres, mais semblaient, vu de loin, dépourvues de passion. Il y avait d'ailleurs dans les yeux d'Eszter une forme d'ennui continuel, presque une colère : cette fille avait envie d'autre chose, se disait Bataille, elle avait envie d'une grande chose qui la bouscule, l'occupe tout entière et la comble, une chose qui en tout cas l'emporte loin de ces journées toutes semblables et vécues d'avance, où l'on pourrissait sur sa chaise à décortiquer des statistiques. Au fond, ce qu'elle attendait, se disait-il, c'est l'aventure inconnue. Il avait trouvé ça dans un roman, une phrase où l'on prophétisait ce qui resterait des passions humaines après la crise : « Les mathématiques ou l'aventure inconnue. » Le choix était facile : à la belle Eszter, il fallait l'aventure inconnue ; et à lui aussi.

Inutile de préciser qu'elle ne regardait pas Bataille : elle ne l'avait jamais remarqué. Comme il était timide, il lui était impossible de l'aborder avec simplicité, encore moins de manière légère, la moindre tentative de sa part se solderait par un échec parce qu'il manquait de fantaisie. S'il trouvait l'occasion de lui parler, ce qu'il lui dirait serait à coup sûr banal, trop sérieux, lourd, si bien qu'elle se détournerait de ce type ennuyeux en l'oubliant immédiatement.

Comme il avait appris à s'épargner ces situations où l'embarras vous écrase, il ne se passa rien pendant plusieurs mois : il n'avait avec elle aucune chance, alors il se contentait de rôder en pensant à ses charmes. Il lui était bien arrivé une fois de se retrouver seul à ses côtés, dans le couloir, en attendant le début d'un cours sur la finance internationale, mais il avait pris soin cette fois-ci de ne pas la regarder, de ne même pas lui sourire, afin de ne pas paraître niais ; quant à elle, elle brancha les écouteurs de son Walkman, et adossée au mur, écouta de la musique en fermant les yeux.

Il avait heureusement quelques amis, qui étaient en philo ou en lettres. Du temps de l'hypokhâgne et de la khâgne, ils avaient formé une véritable bande, joyeuse et snob, qu'on voyait tous les soirs aux alentours de l'Arvor, le cinéma art et essai de la ville, où ils allaient assister aux rétrospectives Godard et Rohmer, se passionnaient pour *Nostalghia* d'Andreï Tarkovski (qui fut longtemps le film préféré de Bataille), ou disséquaient les films de Peter Greenaway, qui n'en finissaient pas de les diviser, soulevant au sein du groupe autant d'enthousiasme que de réprobation.

Leur spécialité consistait alors à aller voir trois, quatre, cinq fois le même film, par exemple *Le Ventre de l'architecte*, dont ils avaient fait une glose aussi minutieuse que passionnée au long d'interminables soirées dans les bars à vin de la place Sainte-Anne.

Après avoir raté le concours de Normale sup, que certains d'entre eux avaient tenté plusieurs fois, ils poursuivaient leurs études sans beaucoup d'enthousiasme : aucun d'eux n'avait envie de finir prof de français dans un collège de banlieue ou d'enseigner la philosophie à des adolescents qui se vengeraient sur eux de leur vie merdique ; mais dès qu'ils étaient ensemble, ils retrouvaient leur vie intense.

Il y avait la sublime Alix, avec qui Bataille avait eu une liaison en hypokhâgne, une brune aux longs cheveux noirs, le visage constellé de grains de beauté, très drôle et très mélancolique, une ancienne première de la classe, brillantissime, qui en avait eu assez de cautionner cet absurde tournoi de singes savants que sont les classes préparatoires, et s'était tournée vers les études de philosophie, comme Bataille.

Ses parents habitaient à Paimpol, où elle rentrait le week-end ; elle faisait du bénévolat dans la prison des femmes où elle donnait des cours sur l'histoire des idées, et à vingt ans était déjà en thèse – elle travaillait sur la conception de l'amour chez Kierkegaard.

Bataille subodorait à ce propos le caractère fortement autobiographique d'une telle recherche, et lorsqu'il lui arrivait d'en parler avec les autres au Café de la Paix, où ils continuaient régulièrement à se voir selon le rite des mercredis soir, chacun pouvant passer à la grande table du fond, qui leur était réservée à partir de 18 heures, il s'amusait à repérer dans l'analyse qu'elle faisait de « l'existence comme drame » et de la transformation presque toujours manquée d'une « prédilection » en « construction éthique » un commentaire crypté de leur histoire, et même un règlement de comptes, plus ou moins conscient.

Car leur relation n'avait été qu'une suite catastrophique d'inhibitions maladroites et de fâcheries d'amour-propre qui les avait tous deux épuisés ; Alix y avait mis une telle passion qu'elle en était sortie absolument vidée, et depuis sa rupture avec Bataille, elle n'avait plus laissé personne entrer dans sa vie.

Quant à lui, il s'était alors rendu compte – lui qui plus tard vouerait sa vie aux femmes, et qui s'y donnerait chaque fois tout entier – qu'en vérité l'amour ne l'intéressait pas vraiment, du moins pas encore : c'était trop tôt, et comme il l'avait dit à Alix, à cette époque il n'était « pas assez concentré ». Disons qu'il n'était tout simplement pas assez mûr pour éprouver de la passion, ni d'ailleurs pour éprouver quoi que ce soit : son cœur était incertain, évasif, tout rempli de passivité – en gros, il était froid.

Il y avait les frères Stimmer, deux taciturnes aux cheveux longs originaires de Saint-Malo, obsédés l'un par Wittgenstein, l'autre par Flaubert, deux esprits plutôt scientifiques, et qui d'ailleurs avaient fait un bac S. Ils avaient toujours l'air de traîner un peu, et paraissaient au premier abord somnolents et vaseux ; mais leur acuité était exceptionnelle et ils étaient du genre à vous réciter la généalogie des empereurs assyriens, la composition du gouvernement islandais ou le nombre de versions de tel morceau de John Coltrane, et le nom du studio dans lequel elles avaient été enregistrées.

Ses camarades avaient inscrit pour rire Yvon, le flaubertien – celui qui avait une moustache (son frère Bertrand, le wittgensteinien, était glabre) –, à un jeu télévisé très célèbre à l'époque, qui exigeait des compétences en culture générale ; non seulement Yvon avait surclassé ses concurrents avec une facilité qui, sur le plateau d'une émission si populaire, avait frisé l'insolence, mais il avait absolument tout raflé, en particulier la super cagnotte, une somme énorme qu'il avait aussitôt dépensée en achetant avec son frère une Mercedes-Benz 280SE W108 Berline de 1968, voiture avec laquelle ils se déplaçaient pour aller du restaurant universitaire à la fac, et de la fac à leur chambre, c'est-à-dire pour couvrir un périmètre de trois kilomètres tout au plus. Comme ils n'avaient plus assez d'argent pour y mettre de l'essence, elle tombait en panne, généralement lorsque le groupe décidait sur un coup de tête, en pleine nuit, d'aller voir le soleil se lever sur la mer.

Il y avait Virginie, une punkette féministe militante, spécialiste de la littérature gothique anglaise, que tout le monde appelait Petit Fauve, du nom du groupe qu'elle avait fondé et dont elle était la chanteuse. Le groupe avait joué aux Trans Musicales en première partie des Cramps et enregistrait son premier album sur un label indépendant ; elle était amie avec Étienne Daho, et fréquentait toute la faune punk-rock de Rennes, dont elle était devenue la coqueluche en à peine quelques mois.

Et puis il y avait le meilleur ami de Bataille, son frère, son double : Jean Deichel. Un jeune homme intense, plus conciliant que Bataille, plus tourmenté aussi, plus exubérant, et qui, contrairement à son camarade, savait se faire aimer de tous. Il était capable d'extravagances, et il lui arrivait de disparaître sans donner de ses nouvelles ; mais ses absences, dont il revenait avec le sourire et sans jamais s'expliquer, lui venaient d'une santé fragile sur laquelle il préférait ironiser.

Deichel avait une passion absolue, dévorante pour la littérature ; et comme Bataille, il passait son temps à lire. À vingt ans, il faisait partie de ces gens dont on dit un peu vite qu'ils ont tout lu ; mais dans son cas, c'était vrai : il lisait un livre par jour, et souvent plus, car il était passionné de poésie, dont il s'abreuvait continuellement, ayant toujours cinq ou six volumes dans les poches du manteau anthracite qu'il ne quittait jamais, même en pleine chaleur. Il pouvait se mettre à lire dans les lieux les plus incongrus ; et tout le monde à Rennes l'avait vu au moins une fois marchant dans la rue la tête baissée sur son livre, et traversant la ville sans jamais la relever.

Deichel avait du charisme parce que ses passions l'illuminaient ; il ne cessait de parler de littérature, il *était* littérature. Et comme il faisait partager ses enthousiasmes, cette énergie intarissable qui était la sienne lui attirait de nombreux amis, qui rêvaient peut-être de vivre aussi intensément. Avec son manteau aux poches bourrées de livres, ses cheveux mi-longs et ses boots noires, il avait la dégaine idéale du jeune homme « romantique », un mot qu'avait employé un examinateur lors d'une colle, après que Deichel, pour contester Hegel, lui eut opposé une négativité qu'aucun système ne pouvait récupérer, une « négativité sans emploi », qui échappait à la dialectique ainsi qu'au confort du monde utile, une insatisfaction déchirante contraire à la satisfaction conformiste du sage hégélien, et qui se fondait sur une expérience extatique du néant, plutôt que sur une reconnaissance de la négation (la négation n'étant, chez Hegel, que l'autre nom du travail).

— Produisons une trouée dans le savoir absolu, avait dit Jean Deichel à l'examinateur, liquidons la notion de travail, faisons une croix sur la négation, et ouvrons-nous au néant.

Il obtint 2/20, et cette remarque, donc, dont il se fit une gloire, et qu'il répéta partout sur le campus :

— On ne veut pas de romantiques à Normale sup.

Mais ni Deichel ni Bataille n'étaient romantiques, ils voulaient juste tout vivre ; leur soif était immense et ils n'avaient peur de rien. Bien sûr, ils jouaient un peu aux poètes maudits et aux princes de la pensée, mais c'était parce que la poésie et la pensée leur appartenaient vraiment : elles étaient leur domaine, leur château intérieur, leur féerie. Chacun sait que rien n'est plus précieux que l'innocence. Elle exige le feu ; ils l'avaient.

S'ils étaient des travailleurs infatigables, *sérieux jusqu'à l'éternité*, ils savaient aussi se déchaîner, et leur fantaisie était sans limite ; ils donnaient alors dans le folklore alcoolisé, particulièrement en vogue à Rennes.

Petit Fauve, qui fut longtemps la compagne de Deichel, les rejoignait au hasard de leur dérive qu'ils se plaisaient à qualifier d'« aléatoires », se figurant, sur le modèle des situationnistes, qu'ils vivaient des aventures psychogéographiques ; puis Alix les retrouvait, puis les frères Stimmer, et ainsi, en hypokhâgne et en khâgne, lorsqu'ils avaient un peu d'argent (leurs parents finançaient leurs études, mais ils avaient tous des petits boulots), il leur arrivait de transpercer la nuit de bar en bar : commençant à boire des bières en fin d'après-midi dans la rue Saint-Michel, que tout le monde à Rennes appelle la rue de la Soif, ils descendaient imperceptiblement vers le centre de la ville en s'arrêtant à chaque comptoir, s'abreuvant de vin rouge jusqu'à l'euphorie, et glissant à la faveur de l'ivresse dans les plus rocambolesques situations, ils finissaient vers 4 heures du matin par trouver refuge, follement éméchés, au Gatsby, une discothèque au décor tropical, qui offrait, sur une passerelle surplombant la piste de danse, la commodité d'une rangée de chaises longues où, entre des palmiers en carton jaunes et verts, ils s'affalaient au bord du coma jusqu'à la fermeture et, malgré le boucan disco, trouvaient moyen de s'endormir, protégés derrière leurs lunettes noires. Au petit matin, le Gatsby fermait ses portes, et ils allaient attendre, au bord de la Vilaine, le premier bus qui les ramènerait dans le quartier de la cité universitaire.

Lorsque Bataille annonça à ses amis qu'il était en école de commerce, ils crurent à une blague. Les frères Stimmer avaient même éclaté de rire. Mais Bataille était sérieux, il étudiait bel et bien l'économie, il avait eu une révélation qui exigeait de lui un sacrifice ; et ce sacrifice lui permettrait d'atteindre ce point dans la pensée auquel la philosophie n'accédait pas.

Quoi ? Quel point ? Ses amis ne comprenaient pas, ils étaient consternés : il n'était pas possible qu'il cautionnât ainsi le capitalisme, ils avaient toujours cru Bataille ennemi de l'ordre et allergique au profit : n'était-il pas de ceux qui rejettent le pouvoir de l'argent ?

— Comment as-tu pu nous faire ça ? répétait Alix.

Quant à Petit Fauve, elle le traita de renégat : selon elle, il n'avait fait jusqu'à présent que porter un masque, et le visage qu'il leur montrait enfin était celui du traître ; il aurait beau se justifier – et elle était sûre qu'il trouverait, comme à son habitude, de formidables justifications –, il avait vendu son âme, voilà tout.

Les frères Stimmer ricanaient.

Jean Deichel ne disait rien.

Bataille tenta en effet de se justifier ; il leur expliqua qu'il s'agissait d'une expérience : il avait une idée en tête, un projet qui impliquait une immersion dans une sphère qui jusqu'à présent leur était demeurée, à eux comme à lui, complètement inconnue. Avaient-ils vu ce qui se passait autour d'eux ? Le monde vivait à l'intérieur d'une crise qui avait fini par l'avaler : il n'y avait plus de monde, juste une interminable crise – et pire qu'une crise : un krach. Pour accéder à la vérité de cet événement, il fallait absolument sortir de son confort et renoncer à ses catégories d'analyse routinières : même la philosophie était enfermée dans sa propre satisfaction car elle ne se confrontait qu'à ce qui lui donnait raison.

Il s'embrouilla, ne fut pas convaincant. En rentrant chez lui ce soir-là, il se sentit amoindri, comme s'il faisait fausse route. Après tout, ses amis avaient raison : à quoi bon ces efforts qu'il s'imposait, à quoi bon ce « sacrifice » auquel il s'astreignait avec emphase ? Petit Fauve était cruelle, mais juste : l'économie n'existait que pour détruire la poésie ; elle allait l'asservir, lui comme les autres, et le vider de sa liberté, comme le capital met le globe en coupe réglée.

Il s'enfonça dans une solitude qui, cet hiver-là, prit des couleurs dépressives. De novembre à février, il ne cessa de pleuvoir. L'angoisse du ciel se répandait en longues flaques noires où venaient pourrir les espoirs de Bataille : comprimée entre l'école et sa chambre, sa vie s'était rétrécie aux dimensions d'un boyau humide et sombre.

Il était obsédé par Eszter, ne dormait plus, se sentait rejeté de toutes parts ; en lisant, il se noyait dans une inertie qu'il croyait studieuse, et qui n'était qu'une routine. Il était un moine triste, qui perdait de vue son dieu.

Fraîchement nommé Premier ministre, Jacques Chirac projetait de faire passer une loi introduisant une sélection à l'entrée de l'université : la loi Devaquet. Des facs se mirent en grève, et des centaines de milliers d'étudiants se précipitèrent dans la rue pour protester non seulement contre l'iniquité de cette loi, mais contre un monde qui ne proposait rien d'autre à la jeunesse que le sinistre horizon d'un choix de carrière.

Il y eut des manifestations dans toute la France, qui culminèrent les 4 et 5 décembre à Paris. Jean Deichel, Petit Fauve et les autres avaient pris part au soulèvement de la fac de lettres de Rennes ; ils rallièrent les cortèges parisiens avec véhémence ; et le soir où Malik Oussekine fut frappé à mort par les CRS, ils couraient dans les rues du Quartier latin pour éviter les coups des voltigeurs.

Deichel avait été atteint en pleine tête par une grenade lacrymogène, on l'avait soigné à l'Hôtel-Dieu, à côté de Notre-Dame, et lorsque Bataille avait su que son ami était resté trois jours en observation, il lui avait envoyé une lettre pleine d'affection, à laquelle Deichel n'avait pas répondu, si bien qu'à l'inquiétude pour son ami s'était ajoutée la tristesse d'être définitivement exclu d'une amitié qui avait été, pendant plusieurs années, sa raison d'être.

Aucun étudiant de l'école de commerce n'avait participé à ces troubles politiques. Personne, en classe, n'avait évoqué la loi Devaquet. Ils n'étaient ni pour ni contre ; l'événement n'était tout simplement pas parvenu jusqu'à eux. Bataille les avait crus réactionnaires, mais c'était pire : ils étaient hermétiques.

Bataille n'avait cessé de penser tout l'hiver à l'effervescence politique dont ses amis l'avaient privé. On pouvait même dire qu'à sa manière, cérébrale et tourmentée, il y avait pris part ; mais quand bien même cette loi l'avait choqué, il avait gardé le silence. C'était sa manière de se conformer à l'exclusion dont il était l'objet : le silence, en intériorisant sa mise à l'écart, manifestait son endurance ; il protégeait aussi ce qu'il y avait d'inacceptable en lui – cette chose, plus dure que les idées, crissante et sèche comme un gravier, ce nœud d'absence fermé comme un poing qui résistait tout au fond de son être.

Là, plus rien n'existait vraiment. Ou plutôt les choses existaient enfin, sans l'agitation qui les drogue. Elles étaient nues, comme sur les parois d'une grotte, et les cris des cortèges, la fumée des lacrymos, tous ces petits événements s'effaçaient sous des pigments noirs. Non pas qu'il se sentît plus d'affinités avec le pouvoir en place, les forces de l'ordre ou même avec une société dont il n'attendait déjà rien : Bataille glissait dans ces moments-là dans un gouffre où s'éteint la politique.

La nuit, dans sa chambre, tandis que la pluie cognait contre sa fenêtre, Bataille niait avec la même force les étudiants et les flics ; et à travers cette négation, il lui semblait accéder à cette transparence qui relève à la fois du désert et de la rosée, ce grand espace vidé des hommes, où seules des formes respirent. Pourquoi devrait-on s'exprimer ? Pourquoi lutter ? Un couloir s'ouvre dans la nuit par lequel se faufile, loin de tout échange, ce qui seul importe à l'esprit qui contemple son déchirement. On s'y engage avec précaution, comme si l'on entrait dans les plis d'une blessure ; une telle vérité ne se partage pas.

11

Eszter

Un soir d'avril, vers minuit, Bataille écoutait de la musique, au lit, en fumant des cigarettes. On frappa à la porte. C'était Jean Deichel, amaigri, le cheveu ras ; il apportait des bières et du vin, et le premier disque des Real Kids, qu'ils écoutèrent dix fois de suite en sifflant la bière et le vin, en hurlant de joie, en dansant.

D'abord, ils firent le point.

Deichel avait passé du temps à l'hôpital, et comme il avait rompu avec Petit Fauve, l'hiver avait été, pour lui aussi, sombre et difficile. Les événements politiques n'avaient produit, comme d'habitude, que désillusion et amertume. Son roman était au point mort, mais il avait découvert Robert Musil, dont il lisait les deux mille pages de *L'Homme sans qualités* en prenant son temps, cette lecture changeait tout dans sa vie, et il comptait bien s'inoculer les étincelles qu'il y dénichait, y accorder sa tête puis, un jour, son écriture.

Bataille lui dit qu'il venait de traverser, ces trois derniers mois, la dernière des solitudes ; personne, absolument personne, ne lui avait adressé la parole, et lui-même n'avait réussi à parler à qui que ce soit. Il était allé en cours par habitude, avec une sorte de désespoir tranquille, en creusant chaque jour un trou dans son propre vide ; il avait passé les évaluations de janvier en pensant à autre chose, et avait obtenu les meilleures notes de la classe, ce qui avait aggravé son cas, puisqu'on ne le regardait plus comme un littéraire prétentieux égaré en école de commerce, mais comme un incompréhensible rival, c'est-à-dire le type que tout le monde a envie de haïr.

Deichel avait souffert de n'avoir reçu durant l'hiver aucun signe de Bataille. Bataille rétorqua qu'il lui avait pourtant écrit. Deichel n'avait rien reçu. Bataille, alors, lui récita sa lettre, à la virgule près. Et Deichel eut des larmes de joie.

Bataille, lui aussi, avait souffert. En le privant d'amitié, le groupe l'avait éjecté de sa propre existence ; il n'avait pas compris pourquoi il avait fait l'objet d'une telle violence, et personne ne s'était préoccupé des conséquences de son bannissement. Lui qui aimait tellement la solitude, il avait expérimenté ce qu'il en est de *pourrir de solitude*.

Deichel était désolé, plus que désolé, il avait conscience d'avoir abandonné Bataille, mais les complexités de sa vie avec Petit Fauve, puis les aléas politico-psychiatriques l'avaient rendu indisponible. Il trouvait indigne le procès qui avait été fait à Bataille, et son remords n'était pas étranger à sa rupture avec Petit Fauve.

Pourquoi n'était-il pas intervenu ce soir-là ? Pourquoi avait-il laissé Petit Fauve s'acharner sur Bataille ? Il n'en savait rien : la faiblesse est toujours une énigme, car elle n'est jamais sincère.

Les explications de part et d'autre s'adoucirent avec l'alcool ; et les Real Kids chantaient *Better be Good*.

Bataille et Deichel allèrent ensemble, le lendemain, aux Trans Musicales : il y avait Marc Seberg à la salle de la Cité. Le ciel était rouge, les feuillages des platanes embrasaient la place Sainte-Anne et ses maisons à pans de bois d'une belle flamme orangée. De nouveau on respirait, la joie circulait aux terrasses des cafés, et les deux amis buvaient une bière, avant le concert ; à leur table, qui ne cessait de s'élargir, il y avait Étienne Daho et Philippe Pascal. Chacun sait que le rock a ressuscité en France grâce à ces deux chanteurs, qui sont ici des rois. Après la dissolution de Marquis de Sade, son groupe mythique, Philippe Pascal avait fondé Marc Seberg, dont Jean Deichel avait fait écouter les disques à Bataille ; quant à Étienne Daho, il avait rendu possible qu'on fît de la pop en français. C'était un plaisir d'être simplement présents aux côtés de ces deux héros, d'écouter leurs histoires et de parler avec eux de littérature (Deichel avait avec lui ce soir-là un recueil de Sam Shepard, *Motel Chronicles*, dont Wenders, prétendait-il, avait tiré les images fulgurantes, amnésiques et opiacées de *Paris, Texas*).

Eszter apparut, habillée de rouge et de noir, avec une de ses copines. Les lueurs du crépuscule illuminaient sa chevelure comme un halo de feu. Elle remarqua tout de suite Étienne Daho et Philippe Pascal, qu'une aura ondoyante et très douce isolait ce soir-là du commun des mortels, comme ces saints qui dans la peinture italienne ont la tête éclairée d'une auréole, et que des phylactères enrubannent, pour adoucir leur vie sur Terre. Et lorsqu'elle remarqua Bataille assis à leurs côtés, elle le salua avec un étonnement dont il savoura toutes les nuances. Bataille l'invita, elle et sa copine, à prendre place avec eux ; il leur trouva deux chaises, et à l'empressement dont il faisait preuve, au sérieux qui enveloppait maintenant ses expressions, à sa manière de contrôler son rire, ses gestes, et même sa respiration, Deichel comprit les sentiments de son ami pour cette merveilleuse jeune fille.

Car elle était bel et bien d'une beauté à couper le souffle : elle emplissait complètement l'espace, qui semblait ne plus exister que pour elle. Depuis qu'elle s'était assise à côté de Bataille, l'air avait changé de couleur, il était plus fauve, carmin, avec quelque chose de volatil et d'épicé, comme un parfum de cannelle.

Tout de suite, Daho aussi bien que Pascal l'entourèrent d'une sollicitation dragueuse, faussement blasée, où pointait une élégance un peu surannée qui amusa Eszter.

Venait-elle au concert ? Elle aurait bien aimé, car elle adorait Marc Seberg, surtout *L'Éclaircie*, qui la faisait pleurer, et *Recueillement*, dont elle aimait la montée de mélancolie. Bataille avait sorti de sa poche sa place de concert, il la lui offrait, ce qui surprit Eszter : « Et toi ? » dit-elle, à quoi il répondit que si elle voyait le concert grâce à lui, il serait le plus heureux des hommes. Mais déjà Philippe Pascal, qui s'était levé après les éloges d'Eszter, lui baisait la main théâtralement, et se tournant vers Bataille, il déclara que s'il le permettait, sa petite amie était son invitée.

Durant le concert, elle demeura un peu à l'écart, avec sa copine. Bataille l'admirait de loin, comme à son habitude ; elle avait ôté son blouson de cuir, ses épaules étaient nues, et un petit haut rouge moulait ses seins majestueux, qui lui semblaient la promesse du plus doux paradis.

Au moment de jouer *L'Éclaircie*, Philippe Pascal dédia ce morceau à « une très belle inconnue, nommée Eszter », une « passante baudelairienne » qui était ici ce soir, ainsi qu'à son « petit ami », dont il était « jaloux ».

Dans la foule, elle chercha du regard Bataille, et ils se sourirent.

Le lendemain, lorsque Bataille monta sur l'estrade pour faire son exposé (chaque semaine, un élève devait présenter un sujet d'économie devant la classe), c'est lui qui chercha du regard Eszter.

Elle était là-bas, tout au fond, elle lui souriait, d'un sourire large et entier qui n'était adressé qu'à lui.

Bataille parla devant la classe. Il parla du 15 août 1971. Ce jour-là, dit-il, le président Nixon avait décidé de suspendre la convertibilité du dollar en or ; il avait rompu le rapport entre les réserves d'or et la monnaie, et cette rupture, affirma Bataille avec autorité, était la clef de tous nos problèmes, elle était l'origine secrète de cette faillite planétaire qu'on appelle la crise.

En fabriquant des dollars sans équivalence avec la quantité d'or entreposée dans leurs réserves, les États-Unis avaient *démonétisé la monnaie.*

L'argent, livré au flottement généralisé des cotations, ne

correspondait plus à aucune richesse réelle ; ainsi avait-il perdu toute valeur. À partir du moment où l'argent circule sans être convertible en or, *il ne vaut plus rien*, dit Bataille. La planche à billets fonctionne en roue libre, comme si l'on imprimait de la fausse monnaie ; et en ce sens, dit Bataille, toute monnaie est devenue fausse.

Parler en public aurait dû le paralyser, mais au contraire il éprouvait un plaisir inouï, le même que celui qui animait ses nuits d'écriture ; il avait préparé chaque mot de son intervention, si bien qu'il n'avait pas besoin de ses notes : chaque phrase en entraînait une autre, qui s'enclenchait avec précision.

Il ne voyait plus ses camarades, il ne distinguait même plus le professeur assis au premier rang, un grand type au crâne dégarni qui s'efforçait de leur inoculer les joies du libéralisme : il était entré dans cette dimension grisante où la parole creuse un trou dans le mur.

Il dit que le 15 août 1971 n'était pas qu'un réglage. Il ne s'agissait pas seulement d'autoriser des injections d'argent pour sauver une économie défaillante, c'était un événement considérable qui débordait le cadre de la légalité, et dont la signification était métaphysique : les manuels d'économie n'en parlaient qu'avec embarras, et le plus souvent avec platitude, comme s'ils voulaient maquiller un forfait ; mais si l'on envisageait la décision de Nixon dans son ampleur, on découvrait un crime. Un crime contre l'esprit, un crime contre l'humanité.

Il perçut un soupir au premier rang : le professeur levait les yeux au ciel. Mais Bataille ne se laissa pas intimider :

la solitude de cette année lui avait donné l'habitude de l'adversité.

En détraquant le système qui assurait à l'économie sa cohérence symbolique, dit-il, Nixon avait ouvert la porte au dévoiement intégral du marché : il avait franchi la porte interdite. Un tel acte ne relevait pas seulement de la fraude, mais d'une forme de destruction : avec lui s'inaugurait un processus de perversion de l'économie qui était en train de détruire le monde sous nos yeux. Le krach d'octobre en annonçait d'autres, l'économie serait bientôt avalée dans une dimension purement spéculative, qui avalerait à son tour notre monde, lequel n'était déjà que son esclave.

Bataille dit que cette date du 15 août 1971 ne faisait pas seulement partie de l'histoire du passé, mais qu'en un sens nous étions à chaque instant le 15 août 1971.

Il ajouta que sans doute nous le serions longtemps, car on pouvait estimer que le 15 août 1971 était la date de naissance réelle de la « crise » ; et qu'un tel événement n'avait pas de fin puisqu'il n'était que le masque pervers du système lui-même : à chaque instant nous glissions dans l'abîme que recouvre le mot « crise », et à chaque instant nous tombions dans le trou creusé par le 15 août 1971.

Car la crise, depuis le 15 août 1971, avait pris la place du monde, elle avait pris toutes les places, il n'en existait plus aucune autre, il n'y avait plus que la crise, il n'y avait plus que le 15 août 1971.

Ainsi fallait-il déchiffrer les événements économiques qui tramaient notre époque, et en particulier la dérégulation qui noyait la planète dans son tourbillon spéculatif, à l'aune du geste de Nixon ; car en libérant le monstre qui habitait l'économie, cette décision avait inauguré un système inextricable d'endettement qui torpillait déjà l'économie des États et ruinerait inéluctablement chacun d'entre nous.

Bataille s'échauffait, les mots lui venaient avec fièvre. Il avait découvert, en parlant, qu'il aimait ça. C'était nouveau, c'était inouï : il avait la sensation de tenir la parole bien serrée dans son poing, et il la serra encore plus.

Le système, dit-il, ne vise qu'à nous maintenir dans une insolvabilité qui le renfloue. Le système a inventé ce piège de l'insolvabilité mondiale pour nous y enchaîner. Le système, en ne cessant plus de creuser sa propre dette, nous dépouille en nous la vendant à crédit. Et en laissant sur le carreau des milliards de personnes qui glissent les unes après les autres dans une pauvreté irrémédiable, le marché ne fait lui-même qu'élargir sa propre ruine en un cercle vicieux qui est le lieu même de la finance en train de devenir folle, celui des bulles où l'on siphonne l'argent qui engorge les flux.

Bataille commençait à perdre un peu le fil ; s'il voulait garder le bénéfice de cette performance dont l'intensité lui brûlait les joues, il fallait conclure.

Il dit qu'à la fin le geste de Nixon tranchant le lien entre le dollar et l'or s'apparentait à l'action de la hache du sacrificateur. Une mise à mort ne cesse à chaque instant de s'écrire à travers les flux monétaires, et cette mise à mort rappelait celle de Dieu : de la même manière que les hommes avaient tué Dieu, ils avaient liquidé la valeur, ils avaient ôté toute valeur à la valeur elle-même, c'est-à-dire à l'argent, qui était pourtant leur passion véritable.

Il fallait, dit Bataille, mettre l'événement du 15 août 1971 en rapport avec celui de la mort de Dieu racontée par Nietzsche.

— Dans le récit de Nietzsche, dit Bataille, quelqu'un arrive sur la place publique pour annoncer que Dieu est mort : « C'est nous qui l'avons tué », dit-il – et tous les hommes se mettent à ricaner.

» En un sens, nous étions comme ces hommes qui ricanent, nous étions aveugles et nous ne voulions pas reconnaître notre complicité. Le 15 août 1971, Dieu, ou la valeur, en tout cas ce qui faisait tenir debout le monde, avait été liquidé ; nous avions vidé ce jour-là toute l'eau de la mer et effacé l'horizon d'un coup d'éponge ; nous avions détaché la terre de son soleil et ne faisions plus qu'errer à travers un néant infini. Et si l'on ouvrait bien ses oreilles, on entendait un ricanement, on l'entendait partout dans le monde, on l'entendait même ici.

Et balayant du regard la salle entière, Bataille conclut son exposé par cette question :

— Vous l'entendez, n'est-ce pas ?

Il y eut un long silence. Bataille savoura cet instant qui le vengeait. Les élèves restaient figés : il était probable qu'ils n'eussent rien compris. Le professeur remercia froidement Bataille pour son exposé ; et chacun fut soulagé par la sonnerie.

Seule, au fond de la classe, Eszter souriait. Bataille était aux anges : non seulement il venait de faire un somptueux bras d'honneur à ses camarades, mais il avait plu à Eszter.

Personne ne vint lui parler, ils avaient tous déguerpi, comme si rien ne s'était passé. Mais il s'était passé quelque chose : il avait porté un coup – et il avait non seulement affirmé aux yeux de tous combien sa place ici était justifiée, mais il s'était payé le luxe de déborder cette place, de déborder le cadre de cette école et celui de l'économie elle-même, qui ne serait jamais la science qu'elle croit être parce qu'elle n'entendait rien à la vérité.

Dans la rue, comme il avait du mal à se calmer, il se mit à courir, éprouvant une joie folle qui lui donnait envie de crier. Possible que son exposé manquât de rigueur, et que son propos fût excessif : il avait bien conscience d'avoir produit un discours assez peu orthodoxe, qui lui vaudrait d'obtenir une note faiblarde, et de passer une fois de plus pour un exalté qui prenait de grands airs faute de savoir analyser un objet économique. Mais il avait réussi quelque chose de plus important : il s'était libéré ; en vingt minutes, il était devenu quelqu'un d'autre.

Au restaurant universitaire, Eszter déjeunait avec son petit ami, mais lorsque celui-ci s'éclipsa, elle rejoignit Bataille, qui mangeait seul à une table.

Elle avait aimé la radicalité de ses analyses, et surtout le ton qu'il avait adopté : la vérité, dit-elle, est toujours tranchante. Et c'était pour cette raison, ajouta-t-elle, que la vérité était si sexy (le mot « sexy » avait fait délirer doucement Bataille). On voyait, disait-elle, qu'il n'avait pas peur de la dire, la vérité, et c'est cela qui l'avait séduite (le mot « séduite » se mit à chanter). Elle n'avait pas imaginé qu'il pût être incisif, car il avait un air si ennuyeux, si austère, si vieux, qu'elle l'avait pris pour un être secondaire (elle employa vraiment les mots « être secondaire ») – ceux, précisa-t-elle, qui n'ont accès à rien.

Avait-il donc accès à elle, désormais ? demanda-t-il avec ironie.

— Nous verrons, dit-elle.

Bataille l'invita à sortir le soir même, mais elle ne pouvait pas. Le lendemain, alors ? Ils pourraient aller voir *Mauvais Sang* de Leos Carax, qui passait à l'Arvor.

Au cinéma, sans bien savoir si c'était elle ou lui qui avait fait le premier pas, ils se prirent la main et s'embrassèrent ; il lui caressa longuement les seins, et les yeux braqués sur l'écran où Juliette Binoche et Denis Lavant se poursuivaient en riant dans le bleu d'une nuit électrique, elle guida sa main entre ses cuisses. Sa culotte était chaude, mouillée. Il écarta l'élastique et glissa ses doigts dans son sexe ; il la regardait fermer les yeux, ouvrir la bouche, et ses cuisses elles aussi s'ouvraient et se fermaient, tandis qu'il laissait ses doigts glisser un peu partout. Elle se cambra légèrement pour baisser sa culotte, et la dentelle rouge, tendue entre ses jambes, scintillait toute mouillée dans la pénombre.

Le lendemain, elle lui donna rendez-vous à minuit sur un banc dans le parc, en bas de la cité U, où elle avait sa chambre. Elle ne pouvait pas le faire monter, son dortoir était réservé aux filles, et puis elle avait peur que son copain ne débarquât en escaladant la façade, comme il le faisait parfois.

La nuit était douce, et sur son banc, Bataille pensait à la culotte rouge d'Eszter. C'était très bon d'attendre cette fille sous la lune avec les feuillages des tilleuls qui miroitaient. Il se sentait enfin libre et ouvert ; il avait le cœur frais.

Elle arriva très doucement, et tout de suite ce fut parfait. Les baisers, les caresses prenaient avec elle la forme d'une évidence. Le ciel, la nuit, les arbres : un dieu avait tout préparé, il avait établi des lumières là où il fallait de la lumière et disposé des coins sombres favorables pour que les étreintes fussent les plus secrètes et les plus tendres possible ; il y avait de bonnes étoiles et des petits reflets bleus qui scintillaient dans l'herbe. Les baisers d'Eszter avaient un goût de menthe.

La bretelle de sa petite robe noire avait glissé, elle ne portait pas de soutien-gorge, et ses beaux seins, gros et ronds, brillaient sous la lune. Elle lui dit qu'elle en avait envie, qu'elle ne pensait qu'à ça, à ses mains, à ses doigts dans son sexe et comment il l'avait fait jouir au cinéma. Est-ce qu'il allait la faire jouir à nouveau ? Est-ce qu'il voulait bien ?

Bataille voulait bien, il voulait tout, lui aussi ne voulait que ça, même s'il ne savait pas comment elle avait joui, ni comment il pourrait la refaire jouir (mais cela il ne le lui avoua pas).

Il avait déjà couché avec des femmes, avec Alix surtout, mais c'était comme si rien n'avait eu lieu : il y manquait l'étincelle, il y manquait cette folie qui vous embrase le cœur ; et en serrant contre lui le corps si désirable d'Eszter, en caressant ses épaules, ses seins, ses hanches, en avançant son visage entre ses cuisses et en léchant sa vulve, en la pénétrant et en jouissant avec elle, il eut la sensation que c'était la première fois, et que rien n'était plus beau que de prendre une femme dans ses bras, de toucher sa peau et de partager son plaisir. Il avait trouvé ce qu'il cherchait : c'était ça qu'il voulait vivre.

12

Béthune

Bataille entra à la Banque de France en janvier 1991. Après un stage de trois mois à Clermont-Ferrand où on lui inculqua les rudiments de la caisse et les protocoles du guichet, il fut envoyé dans la succursale de Béthune. Il arriva le 1er avril au volant d'une Mercedes de couleur saumon d'occasion qu'il s'était payée avec son premier salaire ; il avait roulé toute la nuit, sourire aux lèvres, grisé comme un extravagant. En traversant la moitié de la France, avec la musique à fond, chantant à tue-tête des airs d'opéra, et pourtant concentré parfaitement sur sa conduite, les yeux rivés sur l'horizon immuable à quoi ne cessent de nous ouvrir les autoroutes, il s'initiait à sa nouvelle vie, qui promettait d'être aussi exubérante que rigoureuse.

Le plaisir qu'il avait à conduire était amplifié par la musique qui enveloppait l'intérieur de la Mercedes : il avait découvert l'intégralité des enregistrements de Glenn Gould, et en roulant cette nuit-là vers Béthune, avec la pluie qui battait continuellement contre le pare-brise et le mouvement des essuie-glaces qui rythmait son avancée, il lui semblait que le piano de Glenn Gould jouant Bach lui ouvrait le chemin. La crépitation lunaire des *Suites françaises*, la fougue des *Partitas*, des *Toccatas*, des *Préludes et Fugues*, enfin le prodige des *Variations Goldberg*, dans la version de 1981 puis dans celle de 1955, plus véloce, plus adaptée à la vitesse de la Mercedes, ouvraient Bataille au plaisir de cette répétition qui aiguise l'esprit.

La musique que nous écoutons en voiture nous introduit à la clarté d'un mouvement qui nous soulève jusqu'à la joie car il s'accorde aux battements de notre cœur ; un rideau s'écarte et la nuit se creuse : c'est ainsi qu'on glisse, seul vers le seul, et que s'affine une acuité qui nous guide. Vers 4 heures du matin, lorsque l'autoroute est entièrement déserte et que n'existe plus dans le noir qu'une ligne blanche qui scintille comme un filigrane sur votre rétine, vous pénétrez la nuit à cent trente kilomètres heure avec une volupté si calme qu'elle rejoint la matière même du temps. Il vous semble qu'à force d'écouter Bach joué par Glenn Gould, la musique a pris la place du temps ; il vous semble que vos gestes sont devenus fluides et vos pensées idéalement glissantes ; il vous semble que le rétroviseur et le volant, l'autoroute et la ligne blanche ont pris une forme ronde et que tout est devenu musique. La nuit elle-même n'est plus que musique, la nuit est jouée par Glenn Gould qui conduit une Mercedes et vous achemine vers votre vie nouvelle.

En roulant, Bataille réfléchissait de mieux en mieux : la clarté de l'esprit se développe au gré des nuances entre l'espace et le temps, c'est pourquoi la musique la révèle.

Ainsi conduisait-il avec un calme qui absorbe le silence : en avalant des kilomètres, il était concentré comme s'il lisait Hegel. L'éclat des soirs d'étude vient nourrir chaque instant ; et des années plus tard, l'accumulation des nuits passées avec les livres produit un effet magique : Bataille n'avait pas seulement ingurgité des traités d'économie pour réussir son concours, mais parce qu'il entrevoyait à l'intérieur de ce travail une lumière qui s'agrandirait un jour aux dimensions de sa vie. Des siècles de labyrinthe se déchiffrent parfois en une seconde ; alors, l'esprit s'allège, et tout vient en aventures.

Cette nuit-là, Bataille disposa de son esprit avec une liberté qu'il n'avait jamais ressentie, et qui le récompensait de ses efforts. Les mots lui venaient avec une justesse heureuse – *il écrivait dans sa tête*.

Ainsi retrouva-t-il ses pensées favorites, et parmi elles, cette lubie qu'il avait développée concernant l'argent et la mort, sa vieille théorie selon laquelle il y avait autant d'argent en circulation sur la Terre que d'êtres humains morts depuis la création du monde. Cette étrange équivalence le hantait, sans pour autant qu'il parvînt à l'approfondir, comme si en elle se dissimulait une chose terrible qu'il valait mieux ne pas trop clarifier. Il se contentait de laisser son esprit divaguer autour d'un chiffre impossible. Car il est impossible de calculer la somme de tout l'argent disponible à la surface de la Terre, comme il est impossible de dénombrer les morts depuis que les hommes existent. Des milliards de milliards de milliards de milliards ? Cette hécatombe est sans limite : seul le soleil est capable de se dépenser ainsi sans compter. Et tandis que dans la tête de Bataille la colonne des morts tombait en poussière, celle des billets imprimés par la Banque de France partait en fumée ; il lui semblait qu'en s'écroulant en miroir, elles signaient cette ruine qui est la vérité de tous les échanges. La consumation est le secret de l'argent parce qu'il n'est plus indexé sur l'or mais sur les morts.

Cette divagation le poursuivait depuis qu'il avait vu les lingots dans la Souterraine : la salle des coffres d'une banque n'est-elle pas un tombeau ? Dans les cryptes, les fortunes gisent comme des reliques ; et à l'air libre, les billets se multiplient en passant d'une main à l'autre : la mort en vie appelle la dissémination de l'argent. Rien, sur la planète, ne se propage plus vite.

Si l'on en finissait avec l'argent, est-ce qu'il y aurait encore des morts ? Peut-être ne mourrait-on plus ? Cette idée lui paraissait folle, et pourtant rien n'est plus logique. Il avait lu cette phrase dans un traité de mystique : « Le Messie viendra quand il n'y aura plus un sou en poche », et voici qu'en se la répétant, cette nuit-là, au moment de glisser une pièce de un franc dans la machine à café d'une station service, il riait tout seul. Que l'argent coure à sa perte et que, pour le salut du monde, prenne fin le règne de la monnaie : peut-on raisonnablement devenir banquier quand on a de telles pensées ?

En quittant l'autoroute au nord d'Arras, vers 8 heures du matin, il ne pleuvait plus. Sous le ciel couvert du Nord-Pas-de-Calais, d'un gris presque anthracite, la grande plaine de l'Artois découvrait un paysage scandé de montagnes noires qui ressemblaient à des fourmilières géantes. C'étaient les célèbres terrils, constitués de déchets miniers qui lui rappelaient les anciennes houillères qu'il avait vues dans sa jeunesse en Lorraine. La pente charbonneuse de ces immenses cônes, où les jeux de l'ombre et de la lumière révèlent au grand jour la vie qui se joue sous terre – celle des sédiments, des strates et des extractions –, rythmait le paysage jusqu'à Béthune ; et malgré la végétation qui avait poussé sur certains terrils, ce paysage composait une vallée morte, une région éteinte aux nuages épais, dont la beauté grise et funèbre enchanta l'esprit de Bataille, comme si une procession de cratères accueillait son arrivée sur la Lune.

Il fit son entrée dans Béthune vers 9 heures et repéra tout de suite l'emplacement de la Banque de France, dont la majestueuse façade de briques rouges s'élevait rue Gambetta, au numéro 181.

Il sinua entre les rues étroites, longea le vieux bâtiment du Crédit du Nord, pensa que dans cette ville de pauvres il n'y avait que des banques, et se gara sur le parking de la Grand-Place, où trois corneilles picoraient les restes d'une laitue qui pourrissait dans un cageot. Comme il était trop tôt pour entrer dans la chambre qu'il avait réservée à l'hôtel du Vieux Beffroi, il inclina le siège de la Mercedes, et emmitouflé dans une couverture vert et noir, il s'endormit.

Un cliquetis le réveilla : une corneille évoluait à petits pas sur le capot de la voiture. Elle s'approcha du pare-brise et contempla ce type étrange enroulé sur lui-même. Il y eut, pendant quelques secondes, un échange qui parut à

Bataille aussi crucial qu'incompréhensible. Les pieds légers sont inséparables de la notion d'un dieu : ce corbeau, cette corneille (il ne savait pas les différencier, mais opta pour le mot « corbeau »), serait sa divinité. Comme il ne cessait de noircir des pages, entre le corbeau et l'encre, il lui plut d'établir une affinité. Car cet oiseau, en lui indiquant un rivage sombre, veillerait sur son écriture ; dans le coffre de la Mercedes, il y avait un carton entier rempli de cahiers, de carnets, de papiers griffonnés qui s'entassaient sans que Bataille se souciât de leur donner une quelconque forme. Depuis son stage, trois ans plus tôt, depuis sa révélation face à la porte d'or de la Banque de France, il n'avait cessé d'écrire, comme s'il remplissait ce grand trou qui s'était ouvert dans sa vie.

La terre noire du Nord, et puis ce corbeau, était-ce vers cet horizon que se dirigeaient ses phrases ? Il ne s'en préoccupait pas tellement, il lui suffisait d'écrire et de penser, et d'y mettre la couleur d'un désir toujours plus précis : on creuse ainsi vers la vérité, sans que la nature de celle-ci n'ait la moindre importance. Ceux qui ne font pas l'effort d'aller sous terre ne voient rien ; ils se croient préservés, mais ils ont beau rechigner à entrer dans le labyrinthe, ils s'égareront de toute façon ; et ce sera dans la platitude.

La tour du beffroi se découpait comme une potence, le ciel était d'un gris lourd et pierreux, on était sur les remparts d'Elseneur et Bataille, en sortant de sa voiture avec son manteau hamlétien, s'avança dans sa propre féerie, accompagné d'un oiseau médiéval, lequel, d'un long croassement qui sonna comme une trompette, lui ouvrit le chemin jusqu'à l'hôtel, comme s'il pénétrait dans ce royaume où les rois eux-mêmes entrent foudroyés.

Il était midi, les clefs de la 27 étaient décorées d'une tête de cerf, et la chambre, longue et claire, donnait sur la place. Juste à côté du beffroi, la Mercedes saumon ressemblait à un soleil. Le carillon se mit à sonner. Il déjeuna au restaurant de l'hôtel, enfila un costume et se présenta à la banque comme prévu à 14 heures.

À peine avait-il poussé la grande porte en bronze qu'il croisa, dans le couloir d'entrée, le directeur, lequel lui souhaita la bienvenue, lui donna une tape dans le dos et disparut. L'assistante du directeur, les bras chargés de dossiers, était embarrassée : elle n'avait pas de travail à lui donner – au fond, lui dit-elle avec un léger agacement, on n'avait pas vraiment besoin de lui. Le téléphone sonnait dans son bureau, elle s'éclipsa.

Bataille ne broncha pas. Il attendit sagement que l'assistante revînt, mais son coup de fil devait être important, car plus de dix minutes s'étaient passées, pendant lesquelles sa présence dans l'entrée n'avait cessé de gêner le passage des clients. Ainsi commença-t-il à se déplacer timidement dans les espaces de la banque ; et chaque fois qu'il croisait un collègue, il le saluait en espérant que celui-ci lui accordât une attention suffisante pour qu'il pût en obtenir quelque renseignement. Mais aucun d'eux ne faisait attention à ce type un peu lunaire qui tournait en rond dans la salle des guichets : dans les banques, on a l'habitude des hurluberlus.

On lui assigna finalement quelques petites missions pour

la journée, du classement, des photocopies dont il s'acquitta avec sérieux. Les heures qu'il avait passées sur l'autoroute pesaient à présent sur ses épaules ; il aurait aimé s'allonger dans sa chambre d'hôtel, l'après-midi s'annonçait lourd et vide. Il était quand même étonné qu'on n'eût rien prévu pour lui, qu'aucune tâche ne lui fût assignée, qu'aucun bureau ne lui fût attribué.

C'était surtout le bureau qui lui manquait, car il ne savait pas où se mettre : s'asseoir sur une chaise réservée à la clientèle lui semblait inapproprié (on pourrait lui reprocher son inertie) ; mais rester debout n'était pas commode, si bien qu'il avait pris le parti, pour ne pas s'engourdir, de circuler dans les étages de la banque. Il gravit et descendit une dizaine de fois les marches, arpenta les trois niveaux de la banque en se familiarisant avec l'organigramme, traversa les couloirs, ouvrait de temps en temps une porte puis la refermait. La banque s'organisait ainsi : au rez-de-chaussée, le hall du public, avec la caisse, les guichets et le bureau du directeur ; au premier étage, les bureaux des conseillers financiers et ceux de la comptabilité ; au deuxième, les appartements privés du directeur, qui logeait ici avec sa famille.

Lorsqu'on lui avait réclamé des photocopies, Bataille avait pu accéder au sous-sol, qui était composé d'une série de serres et de vestibules menant à la salle des coffres, et d'une enfilade d'armoires d'archives disposées autour de la galerie des recettes.

Il était sorti plusieurs fois dans la cour pour vider des cartons de papiers dans une grande poubelle et avait alors eu l'occasion d'admirer la belle maison de briques rouges qui s'élevait au milieu d'un splendide jardin planté d'arbres fruitiers. Ce pavillon nimbé de lumière se dressait face à la banque d'une manière quasi surnaturelle : il ressemblait à ces demeures chargées de mystère qu'on voit dans les films d'Hitchcock.

C'était étrange qu'une telle maison ne fût séparée de la banque que par un simple muret : ses fenêtres donnaient carrément sur le hall du public, dont Bataille avait fermé la porte derrière lui. À quelques mètres de la banque, un autre monde s'ouvrait ainsi comme son envers lumineux : le soleil, en perçant le ciel hivernal du Nord, illuminait le feuillage des marronniers de doux reflets roussâtres qui composaient un halo de feu autour de la maison. Des oiseaux chantaient dans les buissons (des mésanges, lui sembla-t-il, des moineaux, peut-être aussi des étourneaux) ; et Bataille repéra avec amusement un corbeau qui sautillait dans le jardin, ce qu'il prit pour un signe.

La maison semblait inoccupée : la vitre d'une fenêtre était brisée. Il s'assit sur le rebord de l'escalier de pierre et ferma les yeux, laissant la chaleur envahir son visage. On se sentait bien ici, avec tous ces reflets ; même la fatigue l'envahissait comme une lueur chaleureuse. Pourquoi retourner à l'intérieur ? De toute façon, personne n'avait besoin de lui, il était probable qu'on l'eût déjà oublié. S'il disparaissait, on ne s'en apercevrait même pas.

Ce n'est que vers 16 heures, lorsque le véritable stagiaire, affolé d'avoir raté son train, arriva en courant à la banque, que Mme Vidale, l'assistant du directeur, se rendit compte de son erreur. On chercha partout Bataille, il était aux cuisines, un torchon noué autour des hanches, et penché au-dessus de l'évier, il lavait les tasses à café.

— Mais qui êtes-vous ? demanda-t-elle.

Il se retourna, et sur son visage flottait un sourire extatique, rempli de malice et d'innocence, un sourire désarmant comme celui qu'arbore l'ange de la cathédrale de Reims.

13

Charles Dereine

En le recevant quelques jours plus tard dans son bureau, Charles Dereine, vêtu d'un smoking et d'un nœud papillon, pria Bataille de l'excuser pour l'accueil qui lui avait été fait. Ce quiproquo l'amusait, mais surtout l'attitude de Bataille l'intriguait : pourquoi n'avait-il pas protesté ?

Ainsi le directeur de la Banque de France examina-t-il Bataille avec un sourire carnassier ; il lui confirma qu'il y avait bel et bien un poste pour lui, et qu'on l'attendait de pied ferme : comme il était sorti major du concours, on était curieux de le voir à l'œuvre. Non seulement il était tenu de faire ses preuves, mais il allait devoir aussi convaincre ses collègues qui, eux, n'ont jamais été majors de promotion.

Bataille grimaça légèrement, si bien que Dereine éclata de rire :

— Je vous taquine, mon cher. J'ai été à votre place, il y a bien longtemps, et moi aussi je me suis senti très seul.

Il se voulut rassurant : le climat était rude, la région pauvre et la ville n'offrait que peu de divertissements : pour un premier poste, il n'avait pas été gâté ; mais cette affectation était provisoire, le temps qu'il fît ses armes et qu'une meilleure place se libérât à Paris.

Bataille répondit qu'il n'était pas parisien et qu'il se plaisait bien à Béthune ; non seulement la ville était à son goût parce qu'on y sentait l'habitude de survivre aux ravages, mais il avait parcouru les environs ce week-end et ce paysage immense de terrils avait réveillé en lui un amour des mines dont il avait hérité de son grand-père.

— Famille de mineurs ?
— Houillères de Lorraine.
— Où ça ?
— Saint-Avold. Carreau Sainte-Fontaine.

Dereine alluma une cigarette, en offrit une à Bataille, puis l'invita à le suivre dans un petit salon auquel des moulures, un parquet ancien et des fauteuils Empire donnaient une allure ministérielle.

Il avait la cinquantaine fringante, une tête d'oiseau de proie, les cheveux argentés, cette courtoisie un peu cynique en vogue chez les hauts fonctionnaires et un débit de parole échevelé. On sentait bien qu'une telle pétulance relevait d'une forme subtile de fourberie, et que derrière ce déploiement d'empathie se tissait une toile d'araignée dans laquelle on pouvait s'engluer ; mais l'innocence de Bataille désactivait les rapports de force : il choisit de se sentir en confiance, ce qui plut à Dereine.

Cet homme aimait discourir, c'était un intellectuel qui avait brigué des responsabilités, flirté avec la politique et s'était finalement laissé absorber par ses ambitions sociales.

Vers quarante ans, les hommes veulent un poste de directeur ; ils l'obtiennent, et vers cinquante ans, voici qu'ils regrettent le livre qu'ils n'auront pas su écrire : pour quelqu'un qui a rêvé de gloire littéraire, diriger la succursale d'une institution bancaire se vit à la fois comme un honneur et une blessure.

Ainsi cet homme redoutable, contre lequel Rousselier avait mis en garde Bataille en le décrivant comme un roué vaniteux, prit-il immédiatement ce nouveau venu sous sa protection, sans même se demander comment il pourrait lui être utile. D'emblée, leurs rapports furent *gratuits*.

— Êtes-vous heureux, monsieur Bataille ?

— Pas encore.

Les yeux de Charles Dereine brillaient, il avait apprécié cette réponse.

— Moi aussi j'aime la mine. Et comme vous, j'estime ceux dont la vie est dure. Vous savez qu'ici, il n'y a que des pauvres. La région a été méthodiquement vidée de ses travailleurs ; l'industrie est gérée par des brutes qui ont tout rasé ; ils ont fermé les mines mais n'ont rien mis à la place. Résultat : chômage, alcool, suicide. Et là-dessus : Front national.

Il allait et venait, la main gauche dans la poche de son smoking ; et tandis qu'il parlait, sa main droite s'agitait par saccades, dessinant avec sa cigarette de petits nuages de fumée qui s'élargissaient comme des méduses, puis s'effaçaient. On aurait dit que ce paysage d'effluves sortait directement de ses pensées.

— Je ne devrais m'occuper que d'argent, et ne pas

me salir les mains, n'est-ce pas ? L'argent, c'est tellement injuste : vous l'avez, vous êtes sauvé ; vous ne l'avez pas, vous êtes maudit. Mais la politique consiste à renverser les rapports, non ? Avec la fin du communisme, une guerre vient de s'achever ; mais sachez, mon cher, que cette victoire, ou plutôt les manières qu'elle a prises me déplaisent... Je vais peut-être vous surprendre, car un banquier aurait sans doute intérêt à se ranger du côté de la classe dominante, mais je crois que l'objet de l'argent n'est pas d'écraser ceux qui n'en ont pas. Sur ce point, le capitalisme est extrêmement fautif, car il est impuissant à établir une égalité de l'argent. Certes, le communisme n'y est pas parvenu non plus... Il y a quelque chose d'obscène dans l'argent, vous ne trouvez pas ?

En prononçant cette phrase, il avait planté ses yeux dans ceux de Bataille avec un sourire cruel.

Il lui fit un topo rapide : la région était aux socialistes, ils avaient le pouvoir ici depuis une dizaine d'années, ils régnaient sur le tissu industriel. La dernière mine venait de fermer et les Charbonnages de France n'embauchaient plus personne. Il suffisait d'interroger n'importe qui à Béthune : les socialistes n'avaient plus qu'une image de naufrageurs, ils avaient sombré dans l'affairisme. Quand tout meurt, on fait encore de l'argent avec les cadavres. Depuis la réélection de Mitterrand, ça sentait très mauvais, même le maire de la ville était de mèche avec Tapie. Et quand il y a trop de magouilles, on sait comment ça finit : le Front national se répand comme un virus et un jour il gagne les élections.

— C'est la fin d'un monde, ici, c'est le crépuscule, vous arrivez juste au moment où l'on entre dans la nuit.

Bataille voulut dire qu'il ne s'intéressait pas à la politique, mais Dereine discourait avec une délectation qui n'attendait pas de réponse.

— La Banque de France elle-même n'en a plus pour longtemps, continua-t-il. Nous aussi nous allons nous retirer... Quand je pense à ce qu'écrivait Ernst Jünger – vous connaissez Ernst Jünger n'est-ce pas ? Grand écrivain, antinazi, il ne supportait pas Hitler... Eh bien il disait que pour s'emparer de la France, il suffisait de prendre Gallimard, le Parti communiste et la Banque de France. Amusant, non ? Car enfin que reste-t-il de ces trois symboles ? Le communisme est mort avec la chute du Mur. Gallimard, c'est-à-dire la littérature française, ne vit plus que de sa propre gloire. Quant à nous, l'Europe va nous faire disparaître, et notre succursale fermera probablement d'ici quinze vingt ans. Je pars bientôt à la retraite : je vais enfin pouvoir lire de la philosophie. Mes premières amours, cher monsieur... Nietzsche, Heidegger...

Dereine ouvrit un dossier.

— Vous aussi, vous êtes philosophe, à ce que je vois.

— J'ai fait de la philo. J'en fais encore, pour moi.

— C'est fondamental : on ne comprend rien aux mouvements du capital si l'on n'a pas une tête métaphysique. Les économistes n'ont aucune idée de ce qui se trame à l'intérieur des mouvements de l'argent. Les marchés financiers vont nous absorber entièrement, ils vont tout prendre, il ne restera rien...

— C'est peut-être la vérité de notre monde...
— Qu'est-ce que vous voulez dire ?
— Il y a une phrase de Rabbi Nahman de Bratslav qui dit : « Le Messie viendra quand nous n'aurons plus un sou en poche. »
— Vous voulez donc vider nos coffres, mon cher ? C'est ça votre solution pour nous sortir de la crise : tout dépenser ? Je crains que pour la mission qui nous incombe, une telle idée ne relève de l'hérésie.

Dereine se mit à rire, il tendit une cigarette à Bataille. Il faisait partie de ces hommes qui n'expriment jamais frontalement leur pensée ; qui jouent, testent des idées et sont capables d'énoncer des énormités, juste pour vérifier si en elles une vérité ne serait pas cachée. En tirant sur sa cigarette, les yeux dans le vide, il semblait suivre une pensée qui le faisait sourire.

— C'est vrai que, dans une certaine mesure, le crédit repose sur la ruine... À ce propos, monsieur Bataille, nous allons avoir besoin de quelqu'un qui examine les dossiers de surendettement : ils s'accumulent et l'on s'est rendu compte que votre prédécesseur avait été un peu léger. Je voudrais, pas tout de suite, bien sûr, vous allez d'abord apprendre le métier, que vous vous chargiez de cette mission. Elle est d'autant plus importante que nous allons bientôt nous recentrer sur cette question de la dette.

Dereine s'approcha de la fenêtre, l'ouvrit pour jeter sa cigarette et en alluma tout de suite une autre. Bataille l'avait suivi, et en contemplant le ciel noir, il découvrit que, derrière la maison en briques rouges qu'il avait admirée l'autre jour, s'ouvrait un jardin immense, inespéré, ahurissant, plus qu'un jardin, une véritable forêt dont la masse verte étincelait en bruissant comme une jungle secrète. Il aurait voulu savoir à qui appartenait cette maison, mais il n'osa pas interrompre Dereine, qui parlait tout seul, sans même le voir.

— La crise n'est pas une notion abstraite : personne n'a d'argent ici, alors vous imaginez les ravages que produisent les établissements de crédit ? Quand vous êtes dans la misère, avec tellement de dettes que vous n'avez plus le droit d'emprunter dans aucune banque, il est impossible de résister aux offres de ces prédateurs : vous avez vu les publicités, n'est-ce pas ? Il y en a partout dans la région, au bord de la route, en pleine campagne : *Besoin d'argent ?... Faites-vous plaisir... L'argent n'est plus un problème...* Cofidis, Cofinoga, Finaref, que sais-je...

Dereine s'était assis à son bureau. Bataille avait pris place dans un fauteuil et se sentait soudain exténué, comme si un gouffre s'était ouvert en lui : les efforts qu'il faisait pour écouter Charles Dereine avaient consumé toutes ses forces en quelques secondes. Il vivait si seul qu'il en avait oublié comment se comporter avec les autres. Être attentif, avoir l'air grave, et néanmoins sourire : tout cela impliquait un effort qui lui coûtait plus d'énergie que de trimer dix heures d'affilée sur un dossier complexe.

Il devina que le monde du travail consistait précisément en cela : supporter l'existence des autres. Il faisait chaud, il avait mal à la tête. Cet homme qui lui parlait ne lui déplaisait pas, c'était même une chance d'avoir un interlocuteur d'une telle intelligence, et puis il aurait dû s'estimer heureux d'être ainsi considéré par le directeur, mais il ne pouvait s'empêcher de penser à sa chambre, il aurait voulu courir jusqu'à l'hôtel, gravir les marches quatre à quatre, ouvrir sa porte, hors d'haleine, et se jeter sur son lit. Être allongé en pleine journée, fermer les yeux pendant que le monde s'active : c'était son idéal.

— Vous avez compris que les malheureux qui succombent à de telles offres se mettent sur le dos un crédit qu'ils ne pourront pas rembourser, d'autant que le taux qu'imposent ces établissements est exorbitant. Nous ne sommes pas une banque commerciale, nous ne faisons pas de profits. Nous avons des missions, et parmi elles figure le règlement des contentieux de crédit. Vous êtes capable de bâtir un plan de désendettement, n'est-ce pas ? Des dizaines de malheureux sont pris à la gorge par des sociétés de recouvrement, ils n'ont plus un sou en poche, et croyez-moi, le Messie n'arrive pas pour autant. Vous allez vous occuper d'eux, mon cher, vous allez sauver les insolvables.

14

La gifle

Les premiers mois, Bataille ne pensa qu'à son travail. Il passait dix heures par jour à la banque. Il était le premier arrivé, et le dernier parti. Il plongeait dans les dossiers de surendettement comme dans Hegel, en retenant son souffle. Tout le grisait, même les tâches annexes : relire des lignes de comptes, établir des programmes d'analyse, formaliser des crédits, il s'y consacrait avec une assiduité presque délirante. Ainsi lui arrivait-il de rapporter ses dossiers le soir dans sa chambre d'hôtel, afin d'en peaufiner les moindres détails, et d'approfondir une recherche qui lui semblait essentielle. Quelle que fût la nature du travail qu'on lui confiait, il l'exécutait avec une application dont la nature paraissait incompréhensible à ses collègues, lesquels lui parlaient à peine, car ils voyaient dans son zèle une forme d'arrogance, et s'imaginaient qu'il se comportait ainsi pour plaire au directeur.

Il partageait un bureau, au premier étage, avec Valérie Moignard, une femme d'une quarantaine d'années au beau visage triste, toujours vêtue d'un gros pull de laine qui, selon les jours, était rose ou vert, et sur lequel pendait immuablement un médaillon de la Vierge. Elle n'ouvrait jamais la bouche ; et s'il arrivait que Bataille lui adressât la parole, elle le fixait lourdement, avec un air ahuri, comme si l'idée même qu'on pût s'exprimer lui parût une incongruité, un luxe choquant. Les premières semaines, il s'obstina à manifester de la sympathie à ce sphinx, puis en vint assez vite à oublier sa présence. La mollesse éteint les regards : un jour, en sortant pour aller déjeuner, il éteignit la lumière alors qu'elle était à son bureau – il ne l'avait pas remarquée de la matinée.

Ses autres collègues ne lui parlaient pas non plus : l'histoire du torchon l'avait d'abord fait passer pour un demeuré, et ils le soupçonnaient d'avoir une ambition d'autant plus grande qu'elle se dissimulait. Ils ne supportaient pas sa manière de s'exprimer, en laquelle ils croyaient déceler le snob, l'intellectuel, le Parisien. Sa douceur même, ils l'interprétaient comme une faiblesse, et finalement comme du mépris. Au fond, leurs préjugés visaient juste : cet homme n'était pas à sa place.

Dans la banque, il y avait celles et ceux qui au fil du temps s'étaient noyés dans la routine ; ils étaient mornes et tassés ; et comme toujours chez les salariés qui se soumettent à des ordres, ils ne les exécutaient qu'à contrecœur : ils auraient bien pu tenir la comptabilité d'une épicerie ou d'un zoo, en réalité ils faisaient semblant, rien ne les intéressait – ils tuaient le temps.

Et puis il y avait les petits malins qui n'étaient entrés dans la banque que pour s'enrichir : comme ils étaient les premiers informés, ils bénéficiaient des meilleurs placements ; en manipulant à leur avantage les produits financiers, ils ne cessaient de jouer avec les taux d'intérêt pour multiplier leurs gains, comme au casino. Dereine lui-même fustigeait la « mentalité de croupiers » de ses employés ; mais il leur reprochait surtout de négliger les clients au profit des opérations boursières, qui les obsédaient.

Parmi eux, il y avait un certain Vergnier, un type en blazer, trapu, teigneux, le cheveu ras et les ongles rongés, qui portait une chevalière au petit doigt et ne cessait d'exercer sa virulence à l'encontre de Bataille ; il propageait contre lui les calomnies les plus ignominieuses. Les premiers temps, Bataille avait encaissé les coups comme on supporte un bizutage, mais l'hostilité finit par entamer les esprits les plus endurcis. Ainsi se reprochait-il son flegme, en lequel il ne voyait qu'un déguisement de sa lâcheté. Mais qu'aurait-il pu faire ? La violence le rendait muet.

À midi, alors que ses collègues allaient déjeuner entre eux dans les restaurants de la Grand-Place, il avait pris l'habitude de s'acheter un sandwich qu'il mangeait seul, sur un banc du square Beuvry, un jardin public dont les pelouses enneigées formaient au milieu de la ville une petite steppe qu'il aimait contempler. Lorsque le soleil perçait, ses rayons faisaient miroiter la neige ; et ces longues surfaces blanches allumaient dans le ciel des plages aveugles qui continuaient à vibrer tout l'après-midi dans la tête de Bataille.

Il demeurait là, immobile, emmitouflé dans son manteau, fixant son esprit sur cet espace blanc qui clignotait à l'intérieur de ses yeux. Il n'en tirait pas d'apaisement, mais il lui semblait que s'exposer ainsi chaque jour aux jeux de la lumière était profitable. Au cœur de la solitude, il n'y a rien d'autre que la solitude, mais elle se métamorphose à chaque instant, comme les vagues de l'océan.

L'hostilité de ses collègues le contrariait, mais il avait pris l'habitude, pendant ses années d'école de commerce, de toujours penser à autre chose. La vraie vie commençait bien après les bavardages et les rapports de force. Elle s'ouvrait dans une dimension où le bruit des humains n'avait plus d'importance.

Toute sa vie, Bataille chercha à s'initier. À quel secret ? Peut-être à ce qui brille au bout de la nuit ; à ce qui se donne lorsqu'on se penche. Pythagore n'imposait-il pas cinq années de silence à ses élèves ? Bataille ne rechignait devant aucune tâche parce qu'il discernait dans l'effort pour l'accomplir le filigrane d'un autre accomplissement, plus secret, peut-être ineffable.

Depuis les premières nuits d'étude qu'il s'était infligées lors de son stage à la Banque de France de Paris, il lui semblait qu'en creusant ainsi en lui-même, il finirait par découvrir cette chose qui palpite au cœur de chaque instant, cette fleur inexplicable abandonnée chez les morts, et qu'il nous appartient de faire revenir.

Un soir de février, après que Bataille s'était échiné toute la journée sur un dossier urgent, et que les autres, lui laissant tout le travail, avaient profité du pot de départ à la retraite d'un collègue pour festoyer bruyamment jusqu'à l'heure de la fermeture, ils avaient poursuivi leurs libations à La Pataterie de Béthune, une brasserie où l'on pouvait se gaver joyeusement de moules-frites, et lorsque Bataille avait pu enfin les rejoindre, ils avaient déjà commencé. Arrivé le dernier, il se trouva relégué tout au bout de la table, sans personne en face de lui ; et le hasard fit que son voisin de banquette était Vergnier.

Celui-ci ne lui adressa pas la parole, lui tournant ostensiblement le dos, si bien que Bataille se trouva exclu toute la soirée, sans que personne s'en offusquât. Il avait apporté un cadeau pour le collègue qui partait à la retraite, un beau livre consacré aux œuvres du palais des Beaux-Arts de Lille qui, une fois déballé, passa de main en main, provoquant une hilarité qui crucifia Bataille. Ce collègue, avec qui il avait parlé une fois ou deux à la machine à café, lui avait confié qu'il aimait la peinture, mais voici qu'il riait avec les autres. On brandissait le livre au-dessus de la table en s'esclaffant, et le portrait du Fayoum qui en ornait la couverture – celui d'un soldat romain du IIe siècle après J.-C., dont le beau visage peint sur une momie flamboyait d'éclairs dorés sous les néons de la brasserie – fut d'abord involontairement déchiré, puis chacun, pour rire, tira un peu sur la bande de papier jusqu'à ce que l'image de ce trésor antique qui avait défié la mort fût entièrement déchiquetée. On fit mine d'être désolé et l'on réclama à grands cris du scotch au serveur qui, lorsqu'il revint avec un gros rouleau adhésif industriel, provoqua une nouvelle hilarité.

À force de jouer du coude, Vergnier avait peu à peu repoussé Bataille jusqu'à l'extrémité de la banquette, au point que celui-ci se contorsionnait pour accéder à son assiette. Après avoir fait un clin d'œil au type assis en face de lui, Vergnier poussa violemment Bataille, qui fut éjecté de son siège et s'étala sur le sol.

Sans bien comprendre ce qui lui arrivait, Bataille reprit sa place, et une seconde plus tard, Vergnier recommença.

Tremblant de rage, Bataille se releva et gifla Vergnier, qui saigna du nez. Puis, debout, tâchant de maîtriser son envie de hurler, il leva son verre de vin et le but avec une lenteur de seigneur dédaigneux puis jeta sur l'assemblée un regard terrible, où se lisaient à la fois le dégoût et quelque chose de plus implacable encore, une froideur qu'on ne lui avait jamais vue, qui glaça tous ceux qui avaient ri, comme une condamnation.

Vergnier chouinait pitoyablement sur sa banquette, serrant une serviette tachée de sang sur son nez. Bataille enfila son manteau, jeta négligemment quelques billets sur la table et quitta la brasserie.

Le lendemain, à son bureau, il serrait les poings. Il n'avait pas dormi de la nuit, il n'en pouvait plus, il allait tout casser. Il ferait un beau scandale, puis démissionnerait. De toute façon, il n'en pouvait plus de cette banque : pourquoi s'était-il obstiné à supporter ce tas de minables ? En cherchant leur reconnaissance, il avait agi comme un enfant : personne, absolument personne, n'avait fait le moindre pas vers lui, il avait dû se débrouiller tout seul. Pire : on guettait ses erreurs, on l'avait traité comme un chien.

Oui, « comme un chien ». Il avait hurlé ça dans sa chambre cette nuit-là : « comme un chien ». C'était fini, il avait pris sa décision, préparé ses cartons, il n'attendait plus que Vergnier pour lui péter les dents, puis il quitterait la ville avec sa Mercedes et ses livres et reprendrait la philosophie, il passerait l'agrégation, préparerait une thèse, publierait des livres et rencontrerait enfin des gens qui le comprennent.

Mais personne ne parla de l'incident, ni ce jour-là ni les suivants. On le saluait dans le couloir, comme si de rien n'était ; il reçut des coups de fil de collègues qui étaient présents au dîner, mais c'était pour des suivis de dossier, tout le monde était devenu très professionnel avec lui.

Vers 10 heures, ce matin-là, Valérie Moignard lui demanda s'il voulait un café. Il était stupéfait d'entendre sa voix, il accepta, et lorsqu'elle revint de la machine à café et qu'il lui tendit l'argent pour la rembourser, elle refusa :

— Ça me fait plaisir, dit-elle, puis elle replongea dans son mutisme, avec un sourire qui flotta longtemps sur ses lèvres.

Plus tard, il lui arriva de croiser une ou deux fois Vergnier dans l'escalier, celui-ci se contenta de détourner la tête, puis il disparut de la circulation, sans même que Bataille s'en rendît compte (il apprit des mois plus tard que Vergnier avait obtenu une mutation qu'il attendait depuis longtemps, un poste convoité dans la succursale d'Aix-en-Provence, dont il était originaire).

15

Le miroir tournant

On lui confia enfin la gestion des plans de remboursement. Ce n'était pas lui qui recevait les clients endettés, un tel exercice nécessitant une expérience qu'il n'avait pas encore, et une image rassurante à laquelle son jeune âge ne pouvait prétendre ; cette tâche incombait à Bernal ou à Pellegrin, deux « locaux » qui avaient de la bouteille et connaissaient les problèmes des anciens mineurs.

En étudiant les dossiers, il voyait bien que ceux qui avaient contracté ces prêts étaient déjà si endettés qu'ils ne pourraient pas rembourser leurs mensualités ; il voyait surtout à quel point ces offres qu'on leur avait proposées frisaient l'escroquerie, et que les taux d'intérêt imposés par les organismes de crédit à ces malheureux qui n'avaient pas d'autre solution relevaient du scandale. Ainsi établissait-il le plus souvent des préconisations allant dans le sens d'un effacement pur et simple de la dette.

Il lui semblait évident que les organismes de crédit enfreignaient la loi : d'abord parce qu'ils proposaient à des insolvables – c'est-à-dire à des personnes à qui l'on interdisait tout échange bancaire, et qui n'avaient donc pas le droit d'emprunter – ce qu'ils appelaient joliment des « réserves d'argent », des « facilités de paiement » (autrement dit, ils agitaient de l'argent devant ceux qui n'en ont pas, comme fait le diable) ; ensuite, parce que leurs contrats étaient rédigés de manière à masquer les abus qu'ils contenaient. Bataille traquait ces abus, et s'employait à faire invalider les procédures de recouvrement intentées par ces créanciers qui, sans vergogne, exigeaient de leurs débiteurs, déjà dans le rouge, des pénalités de retard.

C'est Rousselier qui avait expliqué à Bataille comment s'opposer à un tel racket. Ils étaient restés en contact pendant les années d'école de commerce de Bataille ; et depuis l'arrivée de Bataille à la Banque de France, ils s'appelaient plusieurs fois par jour : Rousselier était devenu en quelque sorte son superviseur. Et pour lui souhaiter la bienvenue dans le monde de la banque, il lui avait adressé, avec son humour habituel, une carte postale représentant le jeune Karl Marx, au verso de laquelle une phrase des *Manuscrits de 1844* faisait parler le banquier :

> Je suis méchant, malhonnête, sans conscience, sans esprit, mais l'argent est vénéré, donc aussi son possesseur. L'argent est le bien suprême, donc son possesseur est bon, l'argent m'évite en outre d'être malhonnête, et l'on me présume honnête. Je n'ai pas d'esprit, mais l'argent est l'esprit réel de toute chose, comment son possesseur pourrait-il ne pas avoir d'esprit ?

Bataille avait épinglé le portrait de Karl Marx au-dessus de son bureau, accompagné de la photocopie du texte.

Charles Dereine, un jour, s'était approché pour le lire, mais n'avait pas fait de commentaire ; il avait juste dit, en souriant, qu'il fallait un certain culot pour afficher la tête de Marx après la chute du Mur, mais réflexion faite c'était une excellente idée : il n'y avait pas de meilleur livre d'économie que *Le Capital*.

Il s'était tourné vers Valérie Moignard et vers les deux stagiaires qui s'activaient au fond du bureau devant une pile de dossiers : « Vous l'avez lu ? », et devant leur visage éberlué, il avait déclaré qu'à l'avenir on demanderait aux salariés de la Banque de France d'être capables de réciter une page du *Capital*, puis il avait éclaté de rire et s'était éclipsé.

Entre deux conseils sur les rouages du crédit, Rousselier avait donné à Bataille des nouvelles de Bénédicte. À la simple évocation de son nom, Bataille avait vu scintiller des éclats verts et fauve. L'instant où leurs mains s'étaient touchées dans les reflets de la bibliothèque vitrée miroitait comme une flamme rousse qui revenait parfois embraser son désir. On pourrait dire qu'il ne s'était rien passé entre eux, et pourtant cet instant existait encore, à l'état de lumière, comme existent toujours les désirs, qu'ils aient été exaucés ou non. Les astres durent ainsi, après qu'ils se sont refroidis : leur mémoire les remplace, mais le feu est le même.

Rousselier lui raconta que Bénédicte avait quitté son mari et s'était enfuie dans une communauté dont il était impossible de savoir si elle était politique ou religieuse, les deux sans doute. Bataille n'osait prononcer le mot de

« secte », de peur de blesser Rousselier, mais il se souvenait que le désir de miséricorde était chez elle si intense qu'il exigeait des proportions d'assouvissement illimitées. Il avait tout de suite deviné en elle la femme ardente : c'est à ce point de *furia* du cœur qu'ils s'étaient reconnus tous les deux. La dépense qui habite certains êtres et les pousse à tout donner – à ne plus rien maintenir en eux à l'abri de la consumation – est le nom véritable de la passion. Bénédicte était une amoureuse, comme le sont les saintes. À qui destinait-elle ses richesses ? Bataille rêvait certains soirs, pour s'endormir, de sa peau laiteuse, de sa rousseur et de l'emportement qu'il y avait au fond de ses yeux verts.

S'engouffrant chaque jour davantage dans son travail, et guidé par Rousselier qui lui évitait les faux pas, Bataille découvrit un monde où le crédit joue le rôle d'une transcendance ambiguë. D'un même geste, l'argent sauve et ruine : dans la crypte où se multiplient les bénéfices des uns, s'effondrent les comptes des autres. La société ne cesse de dépouiller ceux qui n'ont rien ; elle veut, en leur prêtant l'argent qui les asservit, que même les pauvres participent au banquet funèbre de la dette : ce fonctionnement s'appelle l'économie.

Dans plusieurs décennies, Bataille découvrirait que des banques américaines allaient profiter de la dette des pauvres pour spéculer dans des proportions telles qu'elles déclencheraient une crise mondiale. Le monde ne se remettrait jamais de cette crise ; et le futur Trésorier-payeur avait vu le spectre de la banqueroute mondiale s'agiter dans les rapports prévisionnels de la Banque de France. Trente ans d'analyse financière menaient à ce constat banal et foudroyant : la dette est le cœur de l'économie, la crise est sa vérité. Tout s'effondre et tient debout. *Tout tient en s'effondrant.*

Bataille continuait d'écrire, le soir, après le travail : il notait tout ce qui lui passait par la tête, il noircissait des dizaines de cahiers. Ce ne sont pas seulement les pauvres gens qui sont séquestrés dans leur insolvabilité, écrivait par exemple Bataille, mais le système lui-même qui est insolvable. L'économie nous *veut* endettés, écrivait-il ; elle *produit* de la dette – *elle nous produit comme dette*. Et les banques commerciales sont complices en cela des organismes de crédit puisqu'elles prennent en otage des débiteurs qui passent leur vie à rembourser un argent qui ne leur a été octroyé qu'afin que leur dette nourrisse les bulles spéculatives qui bientôt les engloutiront.

À la fin, toujours, les riches s'enrichissent et les pauvres s'appauvrissent, écrivait Bataille : c'est la loi du monde, sa consternante ignominie. L'argent qui tourne sur la planète engraisse les corps ou les dépouille : il fait de nous un *bétail hanté*, écrivait Bataille. La crise n'est pas juste un mauvais moment à passer, elle est le nom de tous les moments que nous allons vivre car il n'y aura plus d'autre temps désormais que celui de l'économie, c'est-à-dire qu'il n'y aura plus que la crise : le temps sera devenu la crise, et la crise sera devenue le temps.

Voilà le genre de pensées que notait Bataille, pensées qui ne valaient à ses yeux qu'en tant qu'elles l'ouvraient à un mouvement illimité d'effervescence. Peu lui importait qu'elles fussent ou non judicieuses, elles creusaient une idée, enregistraient un phénomène, pointaient une courbure. Il ne relisait pas ses notes, il n'en avait aucun usage : une fois écrites, il les jetait dans un carton où elles s'accumulaient comme des billets d'une monnaie inutilisable.

Son travail l'absorbait tellement qu'il n'avait pas pris le temps de chercher un appartement. Ainsi vivait-il à l'hôtel, dans cette même chambre où il était entré le premier jour. Il avait un accord avec la patronne du Vieux Beffroi, qui lui permettait de payer sa chambre au mois : ainsi bénéficiait-il d'un tarif spécial, et trois fois par semaine dînait au restaurant de l'hôtel. Les autres soirs, il s'achetait des bières, quelques fruits et des biscuits à la supérette du coin et, à peine arrivé dans sa chambre, enclenchait sur son lecteur de CD les *Variations Goldberg* jouées par Glenn Gould, puis s'allongeait sur son lit, emmitouflé dans son éternel manteau, et fermait les yeux.

Ses livres s'entassaient le long du mur, ils formaient des piles qui débordaient l'une sur l'autre et grimpaient jusqu'au plafond, comme des plantes qui s'épanouissent. Il lui semblait en effet que ses piles vivaient, et qu'elles bougeaient imperceptiblement, comme les pigments des peintures à fresque qui se nourrissent de lumière et respirent. Lorsqu'il avait le cafard, il fixait l'une d'entre elles et en lisait les titres de bas en haut, à voix haute, comme un poème. Si le cafard ne passait pas, il reproduisait l'exercice avec une autre pile, puis encore une autre, de plus en plus vite, jusqu'à ce que les mots aient pris la place de son angoisse.

Alors qu'il mettait de la rigueur dans son travail, Bataille était extrêmement négligent pour ses propres affaires, et plus encore pour les choses matérielles ; ainsi les papiers de sa voiture ou ceux de l'assurance n'étaient-ils pas à jour, et mille autres choses étaient toujours remises au lendemain, jusqu'à leur décomposition dans l'oubli.

Il aurait dû se chercher un appartement, c'était l'évidence : vivre ainsi dans quelques mètres carrés avec ses vêtements accrochés dans la salle de bains et des cartons entassés au bas de son lit relevait d'une aberration dont il avait bien conscience, et chaque samedi matin, lorsque approchait l'heure de fermeture de la banque (ce jour-là elle fermait à 13 heures, libérant ainsi son après-midi), il se disait qu'il allait rendre visite aux quelques agences immobilières que comptait Béthune, mais chaque fois l'inertie était la plus forte : il rentrait dans sa chambre et s'écroulait de fatigue, ou alors il montait dans la Mercedes et fonçait comme un dératé sur les routes de campagne, toutes fenêtres ouvertes malgré le froid, hurlant des airs d'opéra jusqu'à éclater de rire ou exploser de larmes.

Ainsi demeura-t-il presque six mois dans sa chambre de l'hôtel du Vieux Beffroi. C'était un trait de la personnalité de Bataille, peut-être une énigme, du moins une mauvaise habitude : il laissait tout en l'état. Il y a peut-être au cœur de l'inertie des secrets qui valent qu'on y plonge, une approximation de sagesse, une disponibilité au vide, un oui flottant au monde, mais l'on y rencontre aussi un désespoir qui pue la toile d'araignée. Bataille s'en foutait : il faisait par ailleurs tant d'efforts qu'une telle glissade, fût-elle un peu dépressive, lui paraissait nécessaire.

Une fois dans sa chambre, il vivait dans un songe éveillé. Son esprit naviguait entre les piles de livres, la silhouette du beffroi qu'il distinguait par la fenêtre, sa lampe de chevet au globe orangé et le fauteuil de cuir bleu qu'il laissait toujours libre, afin que dans cette chambre surchargée, un espace fût vide, et qu'ainsi tout pût se mettre en mouvement dès qu'il le désirait : dans les chambres solitaires, les objets se soulèvent comme des soucoupes volantes, et en ajustant dans l'air le tracé de leur géométrie, ils planent en silence au-dessus du dormeur enchanté.

Sans doute Bataille aurait-il été capable de ne plus bouger durant des semaines et de vivre avec simplement la lampe, le beffroi et le fauteuil, car il avait ajouté assez vite à ce triangle un petit dessin qui lui donnait vie. Les secrètes aventures de l'ordre sont les plus folles car elles bouillonnent d'un plaisir qui creuse en vous sa vérité. Le dessin, qu'il avait pris soin d'encadrer, représentait un élégant petit oiseau aux plumes jaunes et noires et à la tête rouge – un chardonneret – dressé sur la tige d'une clef introduite dans une serrure.

Ce dessin lui avait été offert par Eszter. Il l'avait trouvé sur son paillasson quelques jours après qu'ils avaient fait l'amour sous les tilleuls de la cité U : un cadeau de rupture, en quelque sorte, car il ne s'était plus jamais rien passé entre eux, Eszter lui ayant préféré son athlète de maths sup. Bataille s'était contenté alors de la fréquenter comme une amie, et de contempler ses formes si sensuelles lorsqu'elle s'éloignait dans les couloirs. Il s'était plu, autant par mélancolie que par fidélité, à sacraliser ce petit oiseau en lequel il voyait l'image exacte de son plaisir ; et voici que des années plus tard, il en avait disposé le cadre sur sa table de chevet.

Il lui suffisait de laisser son regard errer sur lui pour que s'enclenchât une rêverie qui s'allumait au contact de la lampe orange. Tout s'amplifiait avec l'ombre du beffroi se reflétant sur les piles de livres. L'oiseau se posait alors sur le fauteuil vide et le corps d'Eszter se mettait à exister, seins nus, jambes croisées, la bouche ouverte à des baisers qui comblaient Bataille. Il appelait alors à lui le souvenir de ses jouissances, et la douceur de l'unique étreinte avec Eszter ressuscitait entièrement sous ses mains qui lui semblaient caresser cette peau dont il avait été fou. En se concentrant bien, il parvenait à revivre la sensation provoquée par la forme de ses seins, et à retrouver le plaisir de toucher leur colline laiteuse et ferme. Il était déchirant d'en approcher ses lèvres et de les prendre dans sa bouche, puis d'écarter ses cuisses et de lécher sa vulve dont l'humidité formait sur sa langue un petit lac de joie auquel il s'abreuverait toute sa vie. Car il n'existe rien de plus intense que cette joie d'embrasser le sexe des femmes, et rien de plus chavirant que celle d'en recevoir la rosée. Écrivant ces phrases, je la sens humecter ma bouche. Le secret des romans réside dans leur humidité : les phrases imprégnées de cette eau intime sont les plus belles.

Bataille était un homme précis : ces nuances, ces délicatesses, tout ce qui agrandit la volupté, il s'efforçait de les agencer avec une acuité qui lui tirait des larmes. Certains soirs, Bataille ajoutait d'autres détails, d'autres vibrations, d'autres ténuités venues de ses aventures sexuelles (pour le moment très limitées) ; et se composait alors, à partir de ces sourires pâmés, de ces cuisses ouvertes, de ces pubis et de ces fesses, un boudoir, à lui seul destiné, dans lequel se combinaient les postures libertines de cette orgie qu'était secrètement sa vie.

C'était elles qui apparaissaient, c'était bien elles, toutes les femmes que Bataille avait aimées, même le plus fugacement, même à travers des caresses à distance : elles venaient glisser dans sa rêverie, et tournoyaient, nues et brûlantes, au cœur d'un immense baiser collectif. C'était elles, Eszter, Bénédicte, Alix, mais aussi la belle Clara, qui l'avait consolé en deuxième année d'école de commerce, lorsque Eszter l'avait éconduit, et dont il s'était amouraché sans pour autant que son cœur en fût retourné, et toutes celles qu'il avait effleurées, celles qu'il avait juste aperçues dans un café sans oser les aborder, celles qu'il avait croisées dans le bus et admirées de loin comme un troubadour, toutes celles qui existaient hors de sa portée, comme Katia Cremer et tant d'autres, toutes celles qui n'avaient pas de nom, mais auxquelles il pensait, et dont il serrait les hanches en une bienheureuse féerie, sans que personne en sût rien.

Oui, c'était elles, Eszter, Bénédicte, Alix, Clara, mais aussi Florence et Amandine, avec qui il n'avait couché qu'une fois, et dont il conservait dans son cœur la tendresse fiévreuse, et puis des jeunes filles qu'il avait embrassées dans des fêtes, à la faveur de l'ivresse qui rapproche les bouches, même les plus timides. C'était elles dont il adorait la voix et le rire, la ligne des épaules et celle des hanches, les petits cheveux dans la nuque, la forme des ongles, les grains de beauté, la peau, encore la peau, sa fragilité, son velours, sa douceur, la soie des lèvres et le creux adorable des aisselles. C'était elles qui composaient le retable de son désir, elles qui faisaient battre son cœur quand il était seul.

Malgré le froid, Bataille dormait la fenêtre ouverte, et il lui semblait parfois que des lueurs roulaient dans sa chambre, comme une pluie d'étoiles. L'insomnie s'emparait de lui vers 3 heures du matin, il allumait alors une cigarette qu'il allait fumer, les bras croisés, à sa fenêtre.

La place était vide. De petites lumières jaunes et mauves scintillaient au pied de l'hôtel de ville. Le ciel, encore noir, entrait dans la chambre, mais on devinait la silhouette du beffroi qui pénétrait l'obscurité.

Lorsqu'on est concentré, il arrive un moment où l'on ne sait plus si l'on s'approche ou si l'on recule. Bien qu'il fît moins de zéro et que l'air glacial soufflât en tourbillons sur la Grand-Place, Bataille, complètement nu, ne tremblait pas, il était encore tout enveloppé de féerie.

Il lui arrivait d'être ainsi penché à la fenêtre au lever du jour : il souriait. Jamais présence n'est plus limpide que celle qui nous est donnée par l'aube. Le temps et la lumière semblent alors une même chose, qui relève d'un grand silence rond ; et l'on s'emplit d'un air plus vif que toute vie.

Bataille attendait l'arrivée de ce rayon doré qui rasait d'abord paresseusement les toits puis réveillait la girouette en forme de dragon perchée au sommet du beffroi. Ce dragon lui plaisait, tout comme le carillon qui égrenait ses notes ; il indiquait à ses yeux le danger autant que la source, et lorsqu'à la faveur du vent il tournait sa gueule vert-de-gris dans sa direction, son éclat l'illuminait.

Une légende raconte qu'à l'origine les dragons étaient

liés, par métamorphose, aux nymphes ; on dit que leurs anneaux ne s'enroulaient sur eux-mêmes que pour veiller sur une source au cœur de laquelle se nichait une créature qui attendait sa délivrance. Ainsi le vent qui faisait tourbillonner le dragon adressait-il à Bataille un signe prometteur : il y avait, au cœur de la bête, enchevêtrée dans ses mailles, une faveur qui lui était destinée. L'univers naissant surgit de l'éclipse des vieux mondes, comme le vide étoilé s'efface avec la nuit.

En entrant dans la chambre, le jour frappait le visage et le torse de Bataille, qui fermait les yeux pour en jouir ; et la lumière soulevait le lit, le fauteuil, les murs, les livres, jusqu'au lavabo de la salle de bains dont le miroir renvoyait les éclats avec l'exubérance d'un jeune feu qui crépite.

Tout l'espace, traversé par Bataille qui se dirigeait vers le miroir, était alors nimbé d'une transparence nacrée ; il pénétrait à l'intérieur de cette matière aussi fragile qu'une aile de papillon, et les couleurs de l'arc-en-ciel, en tremblant dans l'air, couronnaient alors sa tête.

Après s'être aspergé le visage, il se regardait dans le miroir dont les feuilles latérales, en pivotant, démultipliaient son image. La lumière jouait selon les mouvements, et par instants, lorsque Bataille actionnait l'un des pans du miroir, des éclairs se mettaient à briller comme des comètes.

Cette cérémonie se renouvelait chaque matin, comme un rituel qui donnait à la journée de Bataille une couleur aussi malicieuse que sacrée : une telle fête allume des désirs qui flamboient. Les nuances qu'elle prodigue vous rechargent.

16

Annabelle

En sortant de la banque, un soir, Bataille était allé se ravitailler en livres dans cette librairie, située rue Grosse-Tête, que tout le monde appelait ici Fournier – « Chez Fournier » – bien qu'elle n'eût pas d'enseigne. Il aimait beaucoup cette librairie dont la façade en plâtre, datant des années 20, était surmontée de colonnes décorées de pommes de pin qui lui donnaient l'allure d'un temple Art déco.

C'est là qu'il avait aperçu une jeune femme à l'allure rapide et claire, aux gestes ondoyants et chaleureux, et dont la voix, lorsqu'elle parlait aux clients, piquait légèrement, comme un parfum qu'il n'arrivait pas à définir.

Apparemment, c'était elle qui tenait la librairie car il l'avait vue descendre les volets. Jusqu'à présent, il avait toujours eu affaire à une vieille dame ; sans doute la jeune femme lui venait-elle en aide, ou peut-être l'avait-elle remplacée.

Il faisait froid dans la librairie, qui était immense et traversée de courants d'air, ainsi portait-elle un grand châle de laine beige, et il n'était pas rare qu'elle gardât sur la tête son béret de feutre sombre piqué d'une salamandre, qui lui donnait l'air charmant d'une demoiselle.

Comme Actéon contemplant derrière des roseaux le corps interdit de la déesse Diane au bain, il s'était débrouillé pour la contempler à son aise sans qu'elle s'en aperçût. Il y avait en effet un étage, qu'on rejoignait par un mince escalier en colimaçon, et une fois posté en haut, au milieu des livres de sciences humaines, il échappait à ses regards, mais grâce à un jeu de miroirs, il pouvait suivre ses mouvements lorsqu'elle demeurait en bas, assise à la caisse.

Elle avait de longs cheveux bruns, et les matières dont elle s'enveloppait diffusaient une lumière automnale : bottes en daim, jupes longues crème ou bordeaux, vestes en velours châtaigne. Sur son visage parsemé de taches de rousseur, deux petits grains de beauté aiguisaient le désir de Bataille.

Ils se disaient bonjour, rien de plus, mais il avait désormais cette femme en tête et venait à la librairie tous les soirs ; il y achetait des tonnes de livres, et lorsqu'elle penchait son front sur les volumes qu'il lui tendait, recopiant dans son registre le titre et le nom de l'auteur, et qu'une boucle de ses cheveux dansait le long de sa joue, elle lui semblait adorable, il allait en tomber amoureux, c'était sûr, et le temps serait doux à savourer qui mène d'un cœur à un autre.

Un soir, en sortant de la banque, il pleuvait. Il n'avait pas de parapluie, il avait couru jusqu'à la librairie où trempé, il grelottait, n'osant avancer de peur d'inonder les livres. Elle était branchée toute la journée sur France Musique, qu'elle écoutait en sourdine sur un vieux transistor caché sous le bureau où elle avait posé la caisse, une simple boîte à cigares où elle collectait billets et pièces. Voyant Bataille embarrassé, elle s'était avancée vers lui sans qu'il s'en aperçût, et lui entoura la tête d'une serviette qu'elle se mit à frictionner en riant. Il tomba quasiment à la renverse, sentit des bras qui l'entouraient, et se retournant, aveuglé par la serviette, il lui sembla sentir sur sa bouche un baiser.

Il navigua longuement ce soir-là entre les rayons de livres, avec sa tignasse ébouriffée, et cette fois-ci il ne se cacha pas pour la regarder. Elle soutenait ses regards en souriant.

Il avait envie de lire le dernier Duras, *La Pluie d'été*, parce qu'elle le conseillait : sur une petite bande de papier accrochée au livre, elle avait écrit : « Un enfant qui parle comme la révolution. C'est la vérité de la poésie ! », et tout, dans cette déclaration d'enthousiasme, lui plaisait, les mots « enfant », « révolution », « poésie », l'écriture fine et appliquée, le point d'exclamation, et l'encre bleue qui réveillait en lui ce que la vie de bureau détruisait, justement ça : l'enfance, la poésie, la révolution. Elle avait raison, il allait lire ce livre passionnément, il l'aimait déjà, il allait en prendre plusieurs, cinq, six, une dizaine, afin de les offrir à ses amis.

Mais avait-il des amis ? Il haussa les épaules. Peu importe, il prit deux exemplaires de *La Pluie d'été*, et aussi un drôle de livre à la couverture bleue, *Rimbaud le fils*, de Pierre Michon, qui venait de paraître, et lui aussi entouré

d'une petite bande de papier sur laquelle elle avait écrit :
« Le plus grand écrivain français vivant. »

Voilà, il lui faisait une confiance absolue, il se pliait à son désir : en choisissant les livres qu'elle conseillait, il lui témoignait à quel point elle comptait dans sa vie. Achetant *La Pluie d'été* et *Rimbaud le fils*, non seulement il lui faisait savoir combien son avis lui importait, mais en les lisant, dès ce soir, dans sa chambre, s'arrêtant sur des phrases qu'elle avait forcément lues, il se demanderait si elle les avait aimées elle aussi : à travers la lecture, il se rapprocherait d'elle.

Il se mit en quête d'autres livres avec une frénésie qu'il avait du mal à calmer, et choisit chacun d'eux avec soin, imaginant l'effet qu'ils susciteraient chez la jeune femme, calculant l'image qu'ils donnaient de lui, leur prêtant une séduction qui le rendrait intéressant à ses yeux. En la renseignant sur ses goûts, ces livres dont il avait déjà les bras chargés ne composaient-ils pas son autoportrait ? Ne lui ouvraient-ils pas son âme ?

La jeune fille l'observait avec amusement ; et lorsque tant bien que mal il parvint à se frayer un chemin jusqu'à la caisse avec sa pile brinquebalante, les livres s'écroulèrent l'un après l'autre sur le comptoir, et en se déversant comme une vague, ils emportèrent dans leur flot d'autres livres qui attendaient d'être enregistrés, et le cahier sur lequel elle consignait chaque vente, et les fiches, la calculatrice, les bons de commande, et même la tasse de thé qui était posée là, encore fumante.

Tout dégoulinait, et les livres que Bataille avait choisis si méticuleusement flottaient à présent dans une mare. Une rondelle de citron ornait la belle couverture blanche de *La Pluie d'été* ; et Bataille, consterné, épongeait à genoux la flaque avec un pauvre mouchoir en papier qu'il avait trouvé dans la poche de son manteau.

La jeune femme souriait, elle aussi plia le genou, et ils se retrouvèrent tous les deux à éponger le sol, leurs visages à quelques centimètres l'un de l'autre, celui de Bataille, cramoisi de honte, et celui de la jeune femme, doux et moqueur, plus adorable que jamais.

Elle voulut lui offrir le Duras, qui était complètement trempé ; mais il avait inondé sa librairie, elle n'allait pas, en plus, lui faire un cadeau. Il glissa les livres mouillés dans un sachet, s'excusa encore et encore, et prit congé. Elle retint son bras :

— Je vais fermer. Vous m'aidez ?

Il descendit le volet métallique ; elle éteignit les lumières.

Dans la rue, la pluie avait cessé. Les étoiles dansaient à travers les feuillages sombres ; leurs reflets scintillaient dans les flaques. Elle frissonna et passa son bras sous le sien.

— Au fait, je m'appelle Annabelle. Vous pouvez m'embrasser si vous voulez.

Il l'embrassa, leurs lèvres étaient un peu froides, disons distraites.

— Là, j'ai rendez-vous avec un autre homme, mais invitez-moi à dîner demain soir, vous voulez bien ?

Elle lui sourit avec douceur et s'éclipsa.

Il passa la chercher le lendemain à la librairie. Elle portait un imperméable blanc cassé et ses talons hauts claquaient sur les pavés des petites rues ; ses lèvres rouge vif brillaient dans le vent glacé qui déchaînait la pluie. Elle lui prit le bras et ils traversèrent la Grand-Place sans un mot. Leur parapluie se retourna plusieurs fois tandis qu'ils se dirigeaient vers le café du Paon d'or ; ils se mirent à courir sous la pluie ; ils riaient, ils étaient trempés, ils s'embrassaient.

La grande salle était occupée par deux billards autour desquels s'affairaient des types un peu éméchés qui s'enfilaient bière sur bière. Les murs étaient rouges, la lumière terne et sale. Une tête de cerf pendait au-dessus d'un grand miroir où la silhouette étincelante d'Annabelle ondulait aux côtés d'un type hirsute et flou.

C'est elle qui avait choisi ce bistrot où, semble-t-il, on la connaissait bien. Le patron la salua avec une familiarité qui parut grossière à Bataille, mais Annabelle répliqua avec une insolence canaille qui ouvrait de ténébreux arrière-mondes ; elle s'empara brusquement de la main de Bataille et le conduisit dans une salle un peu à l'écart, moins éclairée, où, protégés par une treille de lierre artificiel, sous une photographie dédicacée noir et blanc de Johnny Hallyday, ils se jetèrent l'un contre l'autre sur une banquette en skaï rouge.

Le patron leur apporta une bouteille de champagne dont il exigea qu'elle fût payée tout de suite. Annabelle lui tira la langue ; Bataille s'exécuta. La radio diffusait des tubes criards, dont les buveurs de bière reprenaient le refrain.

Bataille et Annabelle trinquèrent, ils s'embrassèrent très longuement ; à travers ce baiser un trou se creusait dans l'univers. La tête de Bataille se mit à tourner, il avait enfin retrouvé ce vertige qu'Eszter avait allumé en lui il y avait si longtemps ; il se sentait de nouveau absorbé dans un monde qui le grisait.

Ils commandèrent des huîtres et encore du champagne. Bataille avait lu toute la nuit les livres qu'Annabelle recommandait ; il avait aimé cette histoire d'enfant de la banlieue parisienne qui ne voulait plus aller à l'école parce qu'il était roi d'Israël ; il avait adoré l'idée de ce livre brûlé qui faisait naître en chacun de ses lecteurs un feu où le salut du monde passe par la fantaisie des enfants.

Quant à ce poète écrivant la nuit dans un grenier des Ardennes ou dans un champ, contre une meule, avec les étoiles, recueillant en lui l'histoire entière de la poésie et la signant de sa magnificence, de sa solitude et de son dédain, il le comprenait parfaitement : il était son frère.

Bataille parlait avec une clarté abondante qui le surprenait lui-même : il y avait quelque chose d'heureux dans la parole ; il découvrait que la joie vient toute seule lorsqu'on s'adresse à une femme qu'on désire.

Le visage d'Annabelle rayonnait avec malice : elle voyait bien que cet exalté était d'abord un tendre ; et parce qu'elle était elle-même une timide que l'audace protégeait, elle savait que la soif des êtres sensibles ouvre à une délicatesse océanique.

Et puis elle était ravie que cet homme fût si résolu à la confirmer. Elle avait plutôt l'habitude des types qui confondent leur narcissisme avec le monde, et veulent vous y enfermer. Celui-ci était non seulement attentif, mais tout entier tourné vers elle ; elle devinait en lui un fanatisme : en se concentrant à ce point sur elle, il affirmait un oubli de soi presque insensé.

Annabelle avait fait des études de lettres, mais elle avait arrêté brusquement la fac, et s'était retrouvée par hasard dans ce trou, comme elle appelait Béthune. Elle logeait chez sa tante, ou plutôt une arrière-tante, bref quelqu'un de sa famille, qui était très malade et à qui elle donnait un coup de main pour la librairie. Se lever le matin pour ouvrir le magasin lui cassait les pieds, et plus encore passer les commandes et faire les comptes. Mais recevoir un carton de nouveautés la bouleversait : elle en déchiquetait le paquet comme si c'était Noël et plongeait dans les romans sans même se soucier de les vendre.

La « vieille », comme elle l'appelait, en pointant du doigt l'appartement au-dessus du café, lui hurlait dessus parce qu'on lui rapportait combien la conduite d'Annabelle était désinvolte, mais elle s'en fichait bien, vivre avec des livres était la plus belle des choses, et elle profitait de cette chance qui la renversait : avoir tous les livres pour elle. La librairie était sa caverne d'Ali Baba, son temple, son sanctuaire, elle était folle de littérature et lui vouait un culte qui lui tenait lieu de religion :

— La littérature est mon dieu, ou ma déesse. J'aime aussi les femmes, ça te choque ?

Ça ne choquait pas Bataille. Au contraire, il l'imaginait volontiers nue, en train de caresser une autre femme. Cette vision lui semblait parfaite, comme si Vénus avait un double et qu'elles sortaient du coquillage ensemble.

— Il n'y a rien au-dessus de la littérature, dit-elle, pas même le champagne, pas même le sexe.

— On verra, dit-il avec sérieux, et elle éclata de rire.

Quand elle apprit qu'il était banquier, elle fut sidérée. Il la sentit se raidir, mais il savoura sa surprise. Il comprenait bien qu'elle fût sur ses gardes : comment peut-on aimer Rimbaud et travailler pour la Banque de France ? Mais précisément – et en disant cela à Annabelle, il se sidérait lui-même –, *il était Rimbaud à la Banque de France.*

En vérité, il était philosophe, et pour lui la philosophie était une forme de poésie, la forme que prend le langage lorsqu'il s'expose à la raison. D'ailleurs, la poésie elle-même n'était pas le contraire de la raison : Rimbaud ne cherchait-il pas une « nouvelle raison » ? Quant à lui, il avait choisi de pénétrer l'univers de la banque pour des raisons poétiques. L'univers de l'argent ne l'intéressait pas du tout : il *voulait voir*, comme au poker. Il sentait qu'il y avait là, dans les rouages de ce monstre qu'est la banque, un secret dont dépendait le sort du monde ; il allait trouver le cœur atomique de l'économie et le faire exploser.

— La banque est comme le livre brûlé que déchiffre l'enfant dans *La Pluie d'été* : en lui le monde entier vient s'écrire. La banque, c'est le savoir absolu, tu comprends. Je veux entrer dans le coffre-fort ; et en un sens, je voudrais vider les caisses.

— Cambrioleur ?

— Je voudrais plutôt que tout disparaisse. Peut-on détruire l'argent ?

— Tu as lu *Le Banquier anarchiste* de Pessoa ?

Non, il ne connaissait pas ce livre, alors, elle allait le lui offrir, elle l'avait à la librairie, il fallait qu'ils y aillent tout de suite et qu'ensemble ils mettent le feu au monde. Tout était inflammable, elle l'avait toujours su, et allumer la mèche, elle voulait bien – allumer la mèche, depuis toujours, elle n'attendait que ça.

— Je sais, dit-il.

Il traça quelques croquis sur la nappe en papier, comme s'il conviait son amie à la préparation d'un braquage. Autour d'eux, les murs s'étaient resserrés. Tout était rouge, fébrile, studieux. Et tandis qu'Annabelle, empourprée, se penchait au-dessus des griffonnages de Bataille, la lumière tamisée de leur coin de banquette palpitait comme un feu de cheminée qui s'affole ; on aurait dit que le cerf avait tourné son mufle vers leur table, l'œil curieux et tendre ; sa ramure clignotait dans un buisson d'éclats, illuminée comme un sapin de Noël ; et l'enchevêtrement de ses ombres sur le mur projetait au-dessus de la tête d'Annabelle et Bataille une couronne d'épines qui consacrait leur passion.

Il expliqua que la planète entière était fondée sur l'économie, c'est-à-dire sur l'épargne ; que chacun ne fait que ça, économiser – ses forces et son argent ; qu'on ne cesse d'accumuler, et que l'accumulation est une manière de s'éteindre car la vraie vie réside dans la dépense.

Il raconta que dans certaines sociétés primitives on brûlait les richesses : l'excédent doit se consumer dans la fête, dans les actes sexuels – dans ce qui s'accomplit *sans compter*. Les dieux y veillent, et c'est à eux qu'on offre cette part ; mais le capitalisme ne veut pas qu'un tel reste parte en fumée, il veut tout rentabiliser, il nous emprisonne dans son calcul.

Annabelle était au bord de trembler, ses yeux brillaient : en parlant d'économie, Bataille s'adressait sans le savoir à cette chose obscure qui incendiait son être au plus intime.

— Il y a un feu qui ne cesse de brûler au cœur du capital, continua-t-il, et ce feu alimente la circulation de l'argent tout en accélérant sa ruine. Les capitalistes n'ont absolument pas conscience du versant sacré, nocturne et fou de l'économie. Ils ne comprennent pas que cette part est comme la jouissance sexuelle : elle se dilapide…

— Allons tout dilapider, dit-elle en riant.

— … ils se détournent d'elle, comme si elle était maudite. La société s'imagine qu'elle contrôle tout, mais la part maudite lui échappe : elle a une vie secrète, tourbillonnante…

— La part maudite, c'est moi, dit Annabelle.

— Ça tombe bien : je vais délivrer la part maudite.

Elle le trouvait un peu fou – et en même temps si sérieux qu'il en devenait étrange. Quelque chose l'attirait en lui qui lui rappelait ce qu'elle avait perdu : une candeur, peut-être – ou plutôt la foi : il croyait en quelque chose, il y croyait avec amour.

Quant à lui, il était entièrement sous le charme. Cette femme l'inspirait, et il lui semblait qu'en lui parlant, il comprenait mieux sa propre vie, il entendait de nouveau son cœur. Il avait tellement l'habitude d'affronter des obstacles que tant de facilité le déconcertait. Il avait également retrouvé la joie de séduire et d'être séduit, et rien n'était meilleur. Annabelle lui plaisait car elle était absolue, audacieuse, renversante. En ce sens, elle était son contraire : elle n'avait peur de rien, et à chaque instant pouvait tout abandonner, suivre son désir, changer de vie.

Lorsqu'elle entrouvrit son imperméable, des bas noirs menaient à son sexe nu et rasé où Bataille glissa ses doigts.

Aux toilettes, il la regarda pisser, puis elle s'adossa contre le mur et, agenouillé, il la lécha.

Ils gravirent l'escalier qui menait chez elle, et avant d'arriver à sa porte, elle fit glisser son imperméable. Il baissa son pantalon et elle s'assit sur lui. Les seins nus, en talons et bas noirs, elle était électrisante. Le cul sur le velours du tapis, il entra en elle et poussa un cri de joie. Alors commença la frénésie. La pluie tombait sur un toit de zinc et le bruit des gouttes accompagna durant plusieurs mois leurs étreintes.

Annabelle ne pensait qu'à ça. Quand il venait la voir à la librairie, elle lui montrait des passages érotiques qu'elle avait soulignés dans des livres : « Je veux que tu me baises comme ça », lui disait-elle. Le soir même, ils jouaient la scène, dans l'escalier, sous une porte cochère ou dans la chambre de Bataille, où il n'était pas rare qu'Annabelle restât la nuit entière.

C'était le bonheur. Bataille était comblé, il avait accès, grâce à elle, à cette « brèche opéradique » dont parle Rimbaud (il avait trouvé cette formule dans le livre de Michon). La pesanteur se défait dans les bras d'une amante : Annabelle désintégrait toute lourdeur. Vivre et faire l'amour n'était qu'une seule et même chose ; et il lui semblait qu'en rencontrant Annabelle il avait accédé au grand secret.

La vie la plus intense n'admet aucun frein : Bataille commença à sortir tous les soirs, il s'habitua à boire toujours plus, vin, vodka, champagne, et à chercher l'ivresse pour rejoindre Annabelle. Elle exigeait tout de la nuit : qu'elle lui offrît sa jouissance, c'est-à-dire la transgression de la vie commune, et qu'elle fût sans fin. Après leur journée de travail, ils s'enfuyaient avec la Mercedes et roulaient comme des fous en direction de Lille où elle l'emmenait dans des bars à entraîneuses : Annabelle faisait l'amour avec les hommes et les femmes, « indifféremment », disait-elle, mais il était facile de constater qu'elle préférait les femmes.

Bataille était grisé par cette vie sans limite dont il découvrait la profondeur étoilée : naviguer de bar en bar avec Annabelle était comme une course entre des planètes qui rient. Les étoiles ouvrent leurs cuisses avec amour : c'est une vision qui s'emparait de Bataille lorsqu'il était ivre ; et ces étoiles, c'était l'incendie qui se propageait dans le ventre d'Annabelle, ses yeux qui chaviraient, ses lèvres qui pâlissaient, ses seins qui tremblaient lorsque son corps tout entier se cassait dans l'orgasme.

C'était aussi cette rivière de détails crus qui ne cessait de briller sous la lune comme un rêve de diamants lorsqu'ils faisaient l'amour dans la rue. Annabelle adorait ça, elle voulait s'exposer au danger d'être vue, elle enlevait sa culotte dans les taxis et la fourrait dans la poche du manteau de Bataille ou parfois, au restaurant, la jetait entre les tables, sous les regards médusés des dîneurs qui la dévisageaient avec une réprobation envieuse : Annabelle portait son désir sur son visage.

Les obsédés ont cette chance : ils ne se dispersent pas. Tout, dans leurs gestes, dans leurs pensées et leurs manières d'employer le temps, va dans le même sens. Il n'y a pour eux qu'une direction : le sexe. Et chaque instant de leur vie converge en direction de ce moment où la raison, en s'évanouissant, déchire le rideau.

À 4 heures du matin, la vie tremble au point que l'idée même de vous supprimer frôle votre tête comme un coup d'aile noire. Bataille connut ainsi des tourments nouveaux qui s'accordaient avec la violence du plaisir. Celui-ci l'amenait si loin qu'il s'en trouvait parfois effrayé. En se dénudant dans la nuit, ils se retrouvaient seuls comme jamais, complètement abandonnés de ce monde qu'ils congédiaient en mouillant, en bandant. Ils perdaient conscience, et la terre s'ouvrait sous eux qui tiraient de leurs corps des spasmes à répétition, puis ils se réveillaient, grelottant de froid, lui couché comme un loup exorbité sur Annabelle allongée entièrement nue par terre, dans un jardin, un parc, un ascenseur, dans l'entrée d'un immeuble ou contre le capot d'une voiture. La tête lui tournait, il était au bord du malaise, et Annabelle ivre morte souriait comme une reine qui attend qu'on la serve. Seuls les dieux supportent à ce point la nudité, se disait-il ; et peut-être ces dieux étaient-ils avec eux, partout où ils se caressaient : ils sont toujours là quand on s'aime, quand il y a de l'amour.

Des galeries couraient sous la ville, où l'extraction du grès avait creusé des sous-sols qui excitaient l'imagination des habitants. On racontait qu'un souterrain traversait entièrement Béthune, et que des rencontres étranges, peut-être ésotériques, y avaient lieu. D'après une source médiévale, l'entrée de ce labyrinthe était située à proximité de la Banque de France, dans le périmètre occupé par le couvent des Récollets.

Annabelle voulut que Bataille la prît la nuit dans ces ruines. L'image du corps blanc d'Annabelle écartant les jambes sur des pierres antiques exalta Bataille. Il était plus de minuit, et la lune brillait sur son sexe épilé ; il avait les genoux dans la terre et léchait passionnément Annabelle. Avec ses bas noirs et ses talons, et la fente qui s'ouvrit quand Bataille la pénétra, elle lui semblait une louve offerte à la nuit de Rome.

Ni Béthune, ni le froid, ni la vie ordonnée n'existaient plus : il n'y avait que la foudre d'aimer et le désir qui creuse le ventre. Le corps d'Annabelle était léger, Bataille pouvait la retourner facilement et glisser ses doigts partout ; en la caressant, en lui mordant les épaules, il perdait la tête, égaré dans son univers de salive.

Une voiture était arrivée en trombe, et comme une biche paralysée de frayeur, elle avait gémi, aveuglée, et les phares avaient couru le long de ses hanches, inondant de lumière sa poitrine et son cou, et elle avait joui à cet instant, la bouche déformée, les ongles enfoncés dans la chair de Bataille qui continuait de s'enfoncer en elle. Il se mit alors à jouir en giclant sur son ventre, ses seins, ses joues. Sa robe luxueuse en soie bleue, qu'elle avait déboutonnée sous son manteau, était tachetée d'éclats crémeux, et même ses bas, ses souliers. « Je vais rentrer chez moi couverte de sperme », lui dit-elle cette nuit-là.

Les étreintes comme celles-ci rapprochaient les deux amants de cette grotte dont Bataille avait entrevu la béance lumineuse au fond de la Souterraine. Quand il retournait chez lui, il avait encore sur les doigts l'odeur du sexe d'Annabelle, et ce parfum l'excitait à nouveau : les parois humides de Lascaux frémissent ainsi en ouvrant le temps à son extase la plus lointaine.

Le lendemain, au bureau, examinant ses dossiers tant bien que mal, il ne pensait qu'à cet instant des phares et à la bouche ouverte de sa compagne. Annabelle lui avait dit un soir, à lui, le banquier qu'elle ne cessait de défier : « Quand on jouit, on vide les coffres. » Et c'était vrai : ils se déchaînaient tous les deux comme des enragés, au point que Bataille allait travailler le matin avec les jambes flageolantes. Ce qui se consumait dans leurs ébats effaçait entièrement la logique. Plus rien n'entrait en compte. Les richesses brûlaient, comme dans un potlatch. Des vérités s'écrivent à travers un tel vertige, qui attendent encore d'être déchiffrées. Bataille était assis à son bureau, épuisé, et riait tout seul.

17

La maison

— Vous la voulez ?

À l'issue de la réunion mensuelle avec les membres de la commission de remboursement, Dereine demanda à Bataille de rester.

Il avait conscience que celui-ci avait énormément travaillé depuis six mois : est-ce que tout allait bien ? S'était-il adapté à la vie austère de Béthune ?

Il lui offrit comme à son habitude une cigarette, et tandis qu'il s'avançait vers la fenêtre, Bataille le suivit. Dereine lui dit alors qu'il songeait à tout quitter : il avait envie de vivre sur une île – une île non seulement déserte, mais qui n'existait sur aucune carte.

— Il y a encore des îles invisibles qui se soustraient à tous nos problèmes, dit-il mystérieusement.

Bataille ne répondit pas, il était habitué aux accès de mélancolie du directeur, qui lui paraissaient aussi inquiétants que saugrenus.

Dereine lui demanda à quoi il consacrait ses loisirs. Il répondit qu'il n'en avait pas vraiment, il travaillait toute la journée à la banque, et le soir en rentrant il prenait des notes. Il pensa furtivement aux nuits où il voyait Annabelle, à ce volcan qui s'était allumé en lui, mais il n'en dit rien. Bataille était si réservé qu'il préférait faire croire que sa vie était ennuyeuse. Toute sa vie, il s'avancerait masqué, au point que peu de gens soupçonneraient le tumulte passionnant qui peuplait son existence : il avait cette capacité d'avoir l'air sérieux en toute occasion, même déchiré d'alcool au fond d'un bouge. Sa fantaisie n'aura été connue que de quelques-uns, avant tout des femmes.

Dereine sourit.

— Vous écrivez un livre ?

— Pas vraiment, j'accumule des notes.

— Vous avez un coffre pour protéger ces précieuses richesses ?

— J'ai un carton, au pied de mon lit.

— Il faut que vous vous trouviez un logement, mon cher, la vie d'hôtel, ça ne peut pas durer.

Dereine ouvrit alors la fenêtre, et en se penchant, Bataille retrouva la maison de briques rouges et son parc qu'une lumière poudreuse enveloppait d'un halo bienheureux ; il y avait des éclats pourpres et dorés qui traversaient le jardin, et le bois de noisetiers, au fond, miroitait au gré des feuillages ; tout semblait se donner à lui – là, tout de suite –, les arbres, les pierres, la lumière, comme un cadeau affolant.

Dereine lui dit que la maison appartenait à la Banque de France, dont le patrimoine immobilier était assez important. La conjoncture exigeait qu'on se dessaisît peu à peu de l'ensemble de ces biens : en gros, la banque vendait ses possessions, l'objectif à long terme étant de récupérer le maximum de capital.

Autrement dit, la maison était à vendre.

Bataille rétorqua qu'il n'avait aucun apport. Dereine dit qu'il pouvait lui obtenir des facilités pour un prêt car le transfert s'effectuait en interne : comme le propriétaire du bien était aussi l'établissement qui lui prêterait de quoi l'acheter, on pouvait s'arranger. Pour peu qu'il se décidât, non seulement on lui octroierait de grands avantages bancaires, à commencer par un taux dont il serait aisé de fixer le pourcentage d'une manière attractive, mais en plus la direction se montrerait arrangeante pour le prix de la maison : le « manoir » (Dereine utilisa ce mot à dessein) lui serait vendu bien en dessous des tarifs du marché, et Bataille, en se trouvant enfin un toit digne de ce nom, ferait une bonne affaire.

Dereine était tout sourire, il se frottait les mains, comme s'il acquérait cette maison lui-même : établir des contrats relevait chez lui d'une forme de jouissance. Il accompagna Bataille dans le bureau de Mme Vidale, qui accueillit la nouvelle avec surprise ; elle le félicita froidement, comme si c'était fait, mais Bataille fit remarquer qu'il n'avait encore rien visité, et qu'un tel empressement à faire de lui le nouveau propriétaire de cette maison commençait de lui paraître louche.

Dereine éclata de rire :

— Rassurez-vous, mon cher, la maison n'est pas hantée, il n'y a aucun cadavre dans les placards, c'est juste qu'elle nous tient à cœur : à une époque, nous y avons tous passé du bon temps…

— Vous y avez habité ?

— Non, mais mon prédécesseur y avait emménagé dans les années 80, et il organisait des garden-parties qui sont restées fameuses, vous vous souvenez, Annie ? Tout Béthune était invité, c'était la grande époque...

Dereine souriait en se remémorant ces plaisirs ; il pria Mme Vidale de donner les clefs à Bataille, puis s'éclipsa.

Bataille n'avait jamais compris si Annie Vidale l'appréciait ou pas. Elle était très proche de Vergnier, mais depuis le départ de celui-ci, les cartes avaient été redistribuées ; et puis cette femme à l'allure stricte était à sa manière une énigme : avec son épaisse chevelure coupée au carré et son tailleur gris, avec ses lourdes lunettes à verres teintés dont la monture bordeaux portait la signature d'un grand couturier, elle inspirait un respect mêlé d'un peu de crainte. Le bas de son visage portait trace d'une vilaine brûlure qu'elle dissimulait sous des foulards, et qui, parfois, selon la lumière, semblait lui manger la joue entière. Il y avait plus de trente ans qu'elle travaillait à la succursale de Béthune ; elle avait vu défiler une dizaine de directeurs, et à force d'avoir avec eux, ainsi qu'avec l'ensemble de ses collègues, des rapports strictement professionnels, elle avait pris l'habitude de vivre et de s'exprimer comme si un voile la séparait des autres : qu'elle se tînt à son bureau pour téléphoner ou traversât les étages de la banque avec une pile de dossiers à distribuer, Annie Vidale évoluait *derrière un voile*. Personne n'aurait pu se prévaloir d'accéder à elle, pas même Dereine, dont elle était pourtant l'assistante irréprochable. À sa manière, elle régnait sur lui, car il avait choisi, par sagesse autant que par faiblesse (peut-être même par paresse), de ne lui opposer aucune autorité. En jugeant qu'il était inutile de lui dire ce qu'elle devait faire, Dereine s'était ainsi épargné des rapports difficiles avec une femme qui n'en supportait aucun. Il ne lui imposait rien car il savait qu'elle faisait tout : la banque tenait grâce aux efforts et à la compétence d'Annie Vidale.

Elle fumait, et les seules fois où Bataille avait parlé avec elle, indépendamment des échanges professionnels, c'était dans le jardin de la banque, face à la maison, où elle s'accordait, plusieurs fois par jour, une pause cigarette. Elle fumait alors deux cigarettes de suite, et lorsque Bataille lui avait demandé ce jour-là du feu (on était en février, il neigeait, le col de leur manteau était remonté), elle s'était lancée dans un monologue sur les enfants qui n'étaient pas nés :

— Vous n'avez pas remarqué ? Personne à la banque n'a d'enfant, ni le directeur, ni d'ailleurs aucun autre directeur avant lui.

Elle n'avait pas d'enfant, Bataille non plus, et aucun de leurs collaborateurs n'en avait.

— Vérifiez : personne, absolument personne n'a d'enfant, personne n'en a jamais eu, personne n'en aura jamais.

Bataille se souvint qu'il avait bêtement demandé pourquoi, et qu'Annie Vidale, tirant sur sa cigarette, lui avait alors lancé un coup d'œil goguenard. En esquissant un sourire dont la férocité ouvrait sur un vide qu'il valait mieux fuir, elle lui avait paru d'une étrange beauté.

Elle ouvrit une armoire métallique et entreprit de retrouver le dossier de la « maison rouge », comme elle l'appelait. Tout en cherchant, elle prévint Bataille que la maison n'était plus occupée depuis au moins trois ans. Il allait falloir tout remettre en l'état et s'occuper sérieusement du jardin. Après Meyer (le directeur qui organisait des fêtes), plus personne n'avait voulu de cette maison, jugée trop grande, trop coûteuse – « un gouffre », dit-elle. Meyer avait une femme, ce qui n'était pas le cas de M. Dereine, ni de son prédécesseur : ni l'un ni l'autre n'avaient voulu de cette maison.

Elle se souvenait toutefois qu'un drôle de type, un pharmacien – Lancourt, quelque chose comme ça, Guy Lancourt –, l'avait louée, mais n'y était resté que quelques mois : après des histoires d'impayés, il avait carrément filé avec la caisse de la pharmacie. C'est à ce moment-là, il y a trois ans, que la banque avait décidé de ne plus louer, et que la maison était restée vide.

Bataille n'avait plus envie de la visiter : connaître son histoire lui déplaisait ; et ces noms, Meyer, Lancourt, lui pesaient déjà comme de mauvais souvenirs. Que personne ne voulût de cette maison le glaçait un peu. Au fond, elle n'était qu'une extension de la banque, son prolongement désert, sa ruine peut-être. En vivant dans cette maison, on vivait encore dans la banque, on était son prisonnier, l'otage de la Banque de France de Béthune.

Annie Vidale trouva enfin une enveloppe avec un état des lieux et un trousseau de clefs ; elle ne savait plus exactement quelle clef correspondait à la grille d'entrée, lesquelles ouvraient la maison, l'atelier, le garage et la cave, mais elle confia le tout à Bataille, il se débrouillerait : elle n'avait pas le temps de lui faire la visite, d'ailleurs, dit-elle avec agacement, elle n'était pas agente immobilière. L'adresse, c'était 17, rue Émile-Zola.

Il sortit de la banque et fit le tour du pâté de maisons, trouva immédiatement la rue Émile-Zola, mais pas le 17. Les numéros n'étaient pas écrits sur les façades. Il refit le tour complet pour essayer de repérer la maison du dehors, mais il se retrouva vite devant la banque sans avoir rien vu.

C'était incroyable, elle était là pourtant, juste derrière la banque, il suffisait d'enjamber le muret pour rejoindre son jardin. Comment était-ce possible qu'on ne la trouvât pas dans la rue ? Il y avait forcément une entrée : le précédent locataire ne passait quand même pas par la banque.

Bataille refit un tour en prenant soin de compter afin de tomber sur l'entrée du 17 ; mais avant même d'avoir fini le décompte, il s'était retrouvé à nouveau devant la banque.

Ce mystère l'irritait. Il n'allait quand même pas retourner voir Mme Vidale et lui expliquer piteusement qu'il ne trouvait pas la maison. Si cette maison était pour lui, il fallait au moins qu'il en trouvât l'entrée tout seul. Il alluma une cigarette sous la statuette de saint Éloi, au coin de la rue des Charitables. Sa présence le fit sourire : je ne sais plus à quel saint me vouer, pensa-t-il. Ça tombait bien : le bon saint Éloi allait-il lui indiquer comment trouver sa maison ? Le plus étrange, c'était qu'on n'aperçût pas les arbres et le parc qui, pourtant, vus des fenêtres de Dereine, avaient l'immensité d'une jungle.

Il retourna dans la rue Émile-Zola en fixant le ciel.

Aucun arbre, aucun feuillage ne dépassait des toits, mais une ruelle attira son attention. Elle était si étroite qu'il ne l'avait pas remarquée : sans doute ne menait-elle qu'à un garage.

Il s'engagea dans ce passage très sombre, recouvert d'une toiture mêlée de lierre, qui n'était finalement pas une entrée de garage, mais un boyau creusé entre deux murs de pierre. Le sol était pavé, l'herbe poussait sauvagement. Il faisait froid là-dedans. On n'y voyait pas grand-chose. Ça sentait l'humidité, et même la pisse. Bataille s'apprêtait à faire demi-tour quand il lui sembla apercevoir, tout au fond, un bout de ciel qui s'agitait dans l'obscurité.

Il entendit sonner les cloches de Saint-Vaast, puis le carillon du beffroi. Enfin il se cogna contre un portail métallique qui obturait tout l'espace. Dans le noir, il sortit le trousseau de clefs et essaya chacune d'elles à tâtons. Aucune n'était la bonne, il réessaya plusieurs fois, et voici qu'une des clefs tourna dans la serrure. Le portail grinça, il fallut lui donner un grand coup d'épaule pour qu'il s'ouvrît.

Ce fut comme une apparition. La maison lui fut donnée tout entière en une seconde d'éblouissement. Un voile de nacre enveloppait dans son halo l'étendue d'une prairie parcourue d'herbes folles. La lumière scintillait d'éclats qui faisaient miroiter de petits arcs-en-ciel dans les feuillages. Bataille était bouche bée, le visage tourné vers le ciel : les rayons du soleil convergeaient sur sa tête en l'aveuglant de joie – il vacilla, crut s'évanouir.

En s'avançant dans le jardin, Bataille se rendit compte

de son immensité : il y avait bel et bien une forêt, il y avait des noisetiers, des châtaigniers, des bouleaux. Une allée de graviers bruissait agréablement sous ses pas ; ici un banc couvert de feuilles séchées, là une rangée de troènes menant à un grand cerisier ; et le long des murs du parc, tout autour de la maison dont les briques rouges étincelaient comme l'émail héraldique d'un blason, un alignement de pommiers prodiguait sa fraîcheur à ce grand espace offert aux rayons d'un soleil qui, cet été-là, brilla magnifiquement sur la vie de Bataille.

Combien de temps resta-t-il debout, extasié ? À peine quelques minutes, sans doute, mais cela suffit à sa métamorphose. L'éblouissement relève du fluide : en ruisselant sur lui, la lumière l'avait converti au temps. Il lui semblait, planté en plein soleil, parmi les coquelicots et les pissenlits, que son existence était en train de s'élargir au point que tout venait se vivre ici, en lui, à chaque instant. Il n'y avait plus de différence entre ce jardin et sa personne ; et surtout il n'y avait plus aucune différence entre chacun des aspects de sa vie : ce qu'il vivait, ce qu'il avait vécu et ce qu'il vivrait formait une seule substance tendre et nacrée.

Des tuyaux d'arrosage, dont les couleurs avaient passé, s'étalaient dans l'herbe comme des serpents endormis. Des oiseaux chantaient dans les arbres. Il aperçut des écureuils, des corbeaux, un renard qui filait entre les noisetiers.

Il entra dans la maison par la véranda où s'entassaient, derrière les baies vitrées, des meubles en osier. Il essaya plusieurs clefs, et la porte s'ouvrit sur une cuisine rustique, sur un couloir boisé, sur une chambre claire dont il savait qu'il ferait son bureau, enfin sur un large espace où régnait une antique cheminée. Il s'empressa d'ouvrir les volets et la lumière d'été inonda ce grand salon qui prit aussitôt des teintes jaune pâle. Le cheminement des lézardes sur les murs aux peintures écaillées, les papiers peints défraîchis, les craquements de l'escalier en bois, tout lui plaisait ; il monta au premier étage, au deuxième, et pénétra dans chaque pièce, le cœur battant, le sourire aux lèvres.

En passant de chambre en chambre, respirant la poussière du plâtre et cette odeur d'humidité qui colle au temps, il éprouva une émotion qui lui sembla tout à la fois très ancienne et familière. Les larmes lui vinrent, des larmes de joie pure : il avait retrouvé son intimité perdue, celle d'une enfance que les efforts et la solitude avaient fait disparaître, et qu'une maison allait lui rendre.

Il aurait adoré partager ce moment avec Annabelle, mais elle avait disparu. Il arrivait souvent que la librairie restât fermée plusieurs jours de suite : Annabelle cuvait alors ses nuits folles. Tandis que Bataille bravait sa cuite et, la tête déchirée par la migraine, se rendait quand même à son travail, Annabelle n'était plus là pour personne : on avait beau frapper à sa porte, elle ne répondait pas. Dans ces cas-là, Bataille attendait patiemment qu'elle refît surface. Il la savait imprévisible, fantasque, tourmentée ; il savait aussi qu'elle avait horreur de se justifier. Il ne demandait rien : en général, au bout de trois jours, la librairie rouvrait, il passait voir Annabelle et la fête reprenait.

Mais après une semaine sans nouvelles, il reçut d'elle une carte postale, griffonnée à la hâte et postée d'une petite ville du sud de la France, qui lui disait qu'elle avait pris des « vacances forcées » : elle n'allait pas bien, elle se reposerait le temps qu'il fallait, elle l'embrassait.

Bataille était partagé entre l'exaspération et la tristesse : il était toujours, avec elle, tenu à distance ; et il éprouvait, plus sourdement, sans se l'avouer tout à fait, ce chagrin d'aimer une femme qui fût si compliquée. Mais c'était une maison qui, à présent, lui disait : aime-moi. En refermant ce jour-là le portail, encore ébloui, il comprit qu'une vie nouvelle commençait pour lui.

Tout alla très vite. On était le lundi 1er juillet, il informa Mme Vidale qu'il prenait la maison. Le lendemain, mardi 2, il signa. Deux voyages en voiture suffirent à déménager ses affaires ; il embrassa la patronne de l'hôtel comme s'il disait adieu à Béthune ; fit quelques achats dans un Discount de la zone industrielle de Ruitz : un frigo, un matelas, un canapé, une table, un tapis, des chaises qu'il se fit livrer dans la journée. On n'avait pas encore remis l'électricité. Le soir, il dîna dans le salon à la lueur des bougies ; puis s'allongea sur le divan, avec une couverture et un livre, exactement comme il le ferait désormais des milliers de fois.

Le mercredi 3, il éprouva une joie folle à sortir de chez lui, à fermer le portail, à marcher dans la rue, à pousser la porte de la banque. Ces gestes étaient neufs ; aller au travail serait désormais un jeu amusant et royal : il avait son château.

Il reçut dans son bureau ce matin-là un couple qui avait cumulé tant d'emprunts qu'ils étaient devenus plus qu'insolvables : leur cas était désespéré. Lorsqu'ils s'étaient assis face à lui, Bataille avait immédiatement senti une autre présence, tenace, lourde et sale, une présence qui rôdait comme une mouche autour de ces deux êtres désemparés, et qui avait déjà entamé leur capacité à se tenir debout : en entrant, ils s'étaient aussitôt écroulés dans leur fauteuil, et l'on sentait qu'ils pourraient y demeurer des journées entières, des semaines, sans bouger, sans prononcer la moindre parole, ouvrant simplement la bouche pour se nourrir de chips et de barres chocolatées dont les emballages vides débordaient des poches de l'homme.

Ils s'appelaient les Walski. Lui, Yarek, était un ancien mineur de cinquante ans, qui en paraissait dix de plus et s'appuyait sur une béquille. Massif, les cheveux longs et filasse, une longue barbe négligée, tout enfoui dans sa parka qu'il n'avait pas déboutonnée, il n'ouvrit pas la bouche, sauf pour grommeler, lorsque Bataille lui demanda son nom, que tout le monde l'appelait le Polonais.

Elle, Corinne, était une femme assez frêle d'une trentaine d'années, dont les cernes dessinaient deux poches noires sur un beau visage sidéré de malheur. Elle était de Liévin, une commune minière proche de Lens : à quinze ans, ses parents l'avaient mise à la porte parce qu'elle était enceinte.

Elle raconta que lorsque les mines avaient fermé, Yarek n'avait pas retrouvé de travail, il avait commencé à s'endetter, il allait de petit boulot en petit boulot, des trucs au noir, disait-elle, limite magouilles, et une nuit, alors qu'il faisait du gardiennage à Bruay, dans les entrepôts d'un Leclerc, des cambrioleurs lui étaient tombés dessus à coups de barre de fer et lui avaient cassé les deux jambes. Il avait été viré, n'avait jamais retrouvé de travail, et ses frais d'hospitalisation n'avaient pas été pris en charge parce qu'on lui reprochait une faute professionnelle. Il avait perdu l'usage d'une jambe et traînait en béquille depuis des années. Ils s'étaient rencontrés à l'église polonaise, où elle faisait des ménages : la foi lui faisait supporter le placement de son enfant à la DDASS. Ils avaient commencé à vivre ensemble ; au début, Yarek rapportait un peu d'argent en bricolant, puis ses poumons, à cause de la mine, avaient commencé à le handicaper : il végétait sur le canapé en se noyant dans l'alcool. Quand on lui avait volé la mobylette avec laquelle elle allait travailler, elle avait perdu son salaire, puis leur logement. Elle avait acheté une voiture d'occasion à crédit, et ils s'étaient mis à dormir dans la voiture. Ils étaient garés sur le parking d'Actipolis, à Fouquières, derrière le Decathlon, et ils n'avaient plus d'essence pour fuir lorsque les vigiles les menaçaient.

Bataille avait étudié leur dossier sans trouver de solution. Les chiffres qu'il avait sous les yeux étaient effroyables : en contractant une suite d'emprunts auprès d'organismes qui les avaient encouragés dans leur chute, et qui aggravaient chaque jour leur ruine en leur infligeant non seulement des taux d'intérêt délirants, mais des pénalités qui les acculaient dans une impasse, les Walski avaient glissé inexorablement dans le vide. C'était un suicide : le système, le patronat, le Nord, la logique de la misère, l'obstination de la malchance et la vie elle-même, tout s'était ligué pour les pousser dans une situation qui relevait du suicide. Si la Banque de France n'émettait pas d'avis consultatif en faveur d'un plan de remboursement, le tribunal les condamnerait : Bataille avait devant lui deux morts en sursis.

Il referma le dossier et les observa en silence. Corinne était rivée à ses lèvres, le Polonais releva la tête lentement. Bataille leur dit qu'il allait s'occuper d'eux ; il fallait dans un premier temps qu'ils se reposent, puis qu'ils retrouvent du travail : puisqu'ils étaient dans l'incapacité d'en chercher, et que l'ANPE ne les recevait même plus, il allait leur en trouver, lui. À partir de là, on pourrait élaborer un plan, et prélever sur leurs futurs salaires une somme mensuelle qui, même dérisoire, calmerait juridiquement leurs créanciers. Cela leur donnerait du temps, mais aussi du poids, pour constituer des dossiers en vue d'annuler leur dette. Ce n'était pas gagné, car la juridiction du tribunal d'instance de Béthune n'était pas très favorable à l'idée d'éponger les dettes civiles : même s'il ne le disait pas, le juge actuel protégeait les intérêts des sociétés de prêt, mais il était bien obligé de faire parfois des exceptions, on allait y travailler.

En attendant, il leur proposait de les héberger : il y avait au fond de son jardin une grande buanderie, une resserre, même plutôt un atelier, un assez bel espace, très lumineux, avec une baie vitrée. On était en train d'y remettre l'eau et l'électricité, ce serait prêt dans la journée. Il suffisait d'installer un matelas et un frigo, ils seraient indépendants ; et Bataille leur fournirait de quoi manger une semaine ou deux, le temps de régler leur problème et qu'ils reprennent des forces. Qu'en pensaient-ils ?

Corinne et Yarek Walski le regardaient sans comprendre. Elle gardait la bouche grande ouverte ; quant à lui, ses yeux s'étaient embués, comme si son corps avait senti avant lui qu'il pouvait s'autoriser à craquer puisqu'il était pris en charge.

Elle lui fit répéter plusieurs fois ce qu'il avait prévu pour eux, et tandis que son mari s'était fossilisé, elle pleurait.

Bataille écrivit son adresse sur un papier, et leur demanda de venir chez lui en fin d'après-midi.

Une fois debout, Yarek, pantelant sur sa béquille, ouvrit la bouche :

— On ne signe rien ?

— Non, c'est entre nous. Faites-moi confiance.

Yarek lui serra vigoureusement la main, et le couple sortit du bureau. Bataille les accompagna dans le couloir, et leur indiqua l'escalier. Ils descendirent avec lenteur, Yarek appuyé sur le bras de sa femme, et Bataille entendit le bruit de sa béquille s'éloigner, puis disparaître. Il se pencha par la fenêtre et alluma une cigarette en attendant l'apparition du couple sur le trottoir.

Le soleil brillait sur les toits de la ville, et des éclats dorés flottaient autour de l'église Saint-Vaast et du beffroi comme des pétales de lumière.

Les Walski étaient là, fragiles, lents et sombres. Ils traversèrent la rue sur le passage piéton, et en arrivant sur le trottoir d'en face, dans le soleil de cette journée splendide, tout engoncés dans leur parka d'hiver, ils s'enlacèrent.

Bataille ne parvenait pas à réaliser : qu'est-ce qui lui avait pris ? D'où venait cette impulsion à laquelle il avait cédé ? Pourquoi soudain venir en aide à deux inconnus ? Il avait plongé dans un vertige dont il ne comprenait pas la nature, mais il sentait bien, à présent, qu'il devrait en payer les conséquences : un employé de la Banque de France n'ouvre pas sa maison à ses clients, il entendait déjà ses collègues se foutre de lui, et Dereine ironiser sur son bon cœur.

Mais après tout, il faisait ce qu'il voulait. La maison était à lui, il menait sa vie comme il l'entendait. « Bon cœur » : quelle étrange expression. Sans doute avoir une maison lui tournait-il un peu la tête : il en ouvrait déjà grand la porte, comme s'il n'assumait pas d'être propriétaire. Était-ce de la générosité ? Le mot était bien présomptueux : après tout, il n'avait rien contrôlé, peut-être même avait-il dérapé. Lui qui aimait tant la solitude, et qui venait juste d'obtenir que sa vie s'ouvrît à ce grand espace vide où sa pensée allait trouver enfin sa liberté, voilà qu'il s'empressait de lui trouver un obstacle et de gâcher son trésor.

Il alluma une autre cigarette en tremblant un peu. Il avait confiance, et même il exultait. Ce pointillé d'or au-dessus de la ville soulignait la bordure du ciel ; la fraîcheur des grands jours inondait sa gorge. Il venait de faire quelque chose d'exceptionnel, et en même temps c'était une connerie. Pourquoi une connerie ? Qui sait, il avait peut-être sauvé ce couple ; ou du moins il leur avait offert un peu de répit, même de l'espoir. « Épargner la honte à quelqu'un », n'était-ce pas une phrase de Nietzsche ? Oui, c'était dans *Le Gai Savoir* : « Que considères-tu comme ce qu'il y a de plus humain ? Épargner la honte à quelqu'un. »

Mais sur la même page, il écrivait aussi : « Où sont tes plus grands dangers ? – Dans la pitié. »

Eh bien, ce n'était pas la pitié qui avait suscité ce déferlement en lui : la détresse de cette femme et de cet homme avait allumé autre chose en lui, de plus intime, de plus nu – une chose insaisissable qui, en un sens, échappait à la psychologie. Certes, il avait été sensible à leur malheur : comment ne pas l'être ? Et sans doute avait-il laissé parler son cœur d'une façon qui, pour un professionnel, était surtout imprudente ; mais la ruine qui dévorait ces deux êtres touchait en lui un point dont l'intensité le débordait. Qu'est-ce qui nous porte ainsi vers les autres comme si nous étions en feu ? L'amour ? Il ne connaissait pas Corinne et Yarek Walski, comment pourrait-il les aimer ?

Son regard s'arrêta sur l'angle de la rue qui commençait là-bas, à gauche de la banque, où trônait dans sa niche la statue de saint Éloi. Les Charitables. Il était *charitable*. Il avait plongé dans ce feu, dans cette eau, dans cette avalanche de bonté soudaine par *charité*.

Son cœur battait fort, il riait. Il se sentait à la fois ridicule et glorieux, comme si un événement considérable avait lieu et comme si cet événement n'avait pas le droit d'être fêté, car un cœur charitable ne se prévaut pas de l'être, sinon il ne l'est plus : il doit être intégralement désintéressé au point de ne tenir pour rien son bienfait.

Qu'est-ce qui m'arrive ? se demanda Bataille. J'ai perdu la tête : je me cherche des raisons nobles, je m'écoute un peu trop. J'ai offert l'hospitalité à ces deux misérables pour me débarrasser de ma culpabilité – parce que j'étais pris en défaut, et que je n'avais pas d'autre plan à leur proposer. C'est ça la vérité : je voulais sortir de cette situation, et la seule issue, c'était de leur faire un cadeau qui débordât les mesures, de leur donner quelque chose qui, par son énormité, les sortît – nous sortît, pensait-il – de la logique de la dette. Seul ce qui est gratuit nous sauve. La solution, ce n'est pas l'argent. La solution, c'est la gratuité.

Voilà qu'il retombait sur ses belles théories, celles qu'il ne cessait d'élaborer depuis plusieurs années avec ses griffonnages, sa fameuse conception de la dépense exubérante, de l'argent jeté par les fenêtres comme dilapidation glorieuse, comme énergie libre, comme appel d'air. Mais ils l'auraient bien pris, les Walski, cet argent parti en fumée. La dépense n'était qu'un vice, le moindre flambeur de casino sait cela, la dépense mène à la ruine et la ruine mène à la mort.

Le téléphone sonna, Bataille referma la fenêtre, il répondit. C'était une collègue qui lui demandait conseil pour le calcul d'un taux d'intérêt. La vie de la banque continuait. Le soleil illuminait son bureau maintenant. Après tout, ce qu'il venait de faire ne regardait que lui, personne n'en saurait rien – il était *charitable*, voilà tout. « Un banquier charitable » : il éclata de rire en se répétant ces mots. Il pensa à Rousselier, au communisme, à la soirée si belle qu'il avait passée à Montreuil quelques années plus tôt. Pourquoi n'était-il plus insouciant ?

À la fin de la journée, Bataille retourna au Discount de Ruitz où il était allé la veille. On l'aida à charger le matélas et le frigo, en relevant la banquette arrière de la Mercedes ; puis il acheta des draps, et fit un tour au supermarché.

Les Walski sonnèrent au portail vers 19 heures et Bataille les accompagna jusqu'à la buanderie, où il avait arrangé pour eux un lit et branché un frigo qu'il avait rempli de victuailles. Des oiseaux voletaient d'arbre en arbre et le bruissement des feuillages composait un monde apaisant : les Walski n'avaient pas respiré une telle douceur depuis si longtemps qu'ils en étaient sidérés, comme si la violence du monde s'était arrêtée au seuil de cette riche propriété. Ils ne remarquèrent pas le chaos insensé qui régnait dans le jardin ; ils ne voyaient qu'un beau verger sauvage, rempli de merveilleuses herbes folles, et des arbres fruitiers qui étincelaient dans l'air radieux d'une fin d'après-midi d'été.

Ils semblaient ne pas y croire, et traversaient le parc en se faisant tout petits. Corinne Walski ne cessait de remercier Bataille ; quant à son mari, il avançait silencieusement, chargé de gros sacs en plastique, la tête baissée, voûté, recroquevillé à l'intérieur de sa parka, comme s'il voulait s'effacer. En entrant dans cette grande pièce vitrée que le soleil éclaboussait, il chercha un coin où se calfeutrer. Mais il n'y avait pas de coin : la pièce était entièrement traversée de lumière, et la sombre masse de son corps était paralysée par tout ce blanc, comme un animal effaré.

Il n'y avait pas encore de rideaux, Bataille s'en excusa, on arrangerait tout cela. Il leur donna une clef du portail, leur dit qu'ils devaient faire comme chez eux, pensa que sa phrase était absurde puisqu'ils n'avaient plus de chez-eux, et leur serra la main.

— Reposez-vous, dormez tranquillement, reprenez des forces, je m'occupe de votre dossier.
— On ne vous dérangera pas, lui dit-elle.
— Je sais. Je vous fais confiance.

Cette nuit-là, il ne parvint pas à s'endormir. Pourquoi se donnait-il tant de mal pour ce couple ? Avant cette journée, il ne s'était jamais occupé de personne et se pensait même incapable d'un tel geste : il apportait déjà si peu de soin à sa propre vie que se vouer aux autres lui aurait semblé incongru. Et aujourd'hui encore, sa négligence était telle qu'à coup sûr, et malgré la joie immense qu'il éprouvait à vivre dans cette maison, il allait mettre des mois avant d'en meubler les pièces, des mois avant de clouer quelques cadres au mur, des mois à se décider à nettoyer le jardin : la maison allait demeurer telle quelle – il le savait, il en souriait.

C'était incroyable : à peine avait-il un toit qu'il l'offrait, comme s'il avait besoin de toujours mettre un obstacle à sa liberté. Son hospitalité était extravagante, mais sans doute était-ce cela l'hospitalité : accueillir l'autre sans condition, sans explication, sans raison. Quand même, est-ce qu'il n'était pas en train de gâcher sa jouissance ? Il accédait enfin à une solitude confortable, et voici que, lui-même, il la troublait. Car enfin, ce couple allait forcément le déranger, l'un ou l'autre surgirait à n'importe quel moment de la journée, interromprait ses pensées, lui demanderait de l'aide, lui compliquerait la vie. Et quand bien même les Walski se feraient discrets, leur seule présence serait un poids.

Il rêva d'un cerf accidenté, il était en voiture, il traversait une forêt et percutait un cerf jailli de nulle part qui tournoyait dans les airs et qui, en retombant, pulvérisait son pare-brise. Les bois de sa ramure se dirigeaient droit vers lui, comme des lames aiguisées, comme des banderilles de torero ; et au réveil, il ne parvint pas à se souvenir si ces bois l'avaient transpercé ou s'ils s'étaient arrêtés à quelques millimètres de lui.

Il était en nage, épuisé. Un flot de lumière noyait l'espace autour de lui : où était-il ? Il se redressa brusquement et mit quelques secondes à réaliser qu'il n'était plus dans sa chambre d'hôtel.

En buvant son café dans un grand bol, assis tout nu dans l'un des fauteuils en osier de la véranda, avec son manteau posé sur les épaules, il fermait les yeux, laissant la chaleur du soleil imprégner son visage, et bâilla en s'étirant de tout son long, comme un chat ; il avait bien envie d'aller se recoucher maintenant : des vacances, c'était ça qu'il lui fallait. Oui, quelques jours de congé pour s'occuper de sa maison car le soir, lorsqu'il revenait du travail, il était trop fatigué pour s'y mettre. Et d'ailleurs par où commencer ?

Le jardin déployait sa touffeur comme un buisson gorgé de lumières sucrées, vert et bleu, orange, rouge, jaune. Bataille ouvrit la baie vitrée et fit quelques pas dans l'herbe avec son bol à la main. Les oiseaux piaillaient, une brise légère berçait les feuillages, et on sentait bien la matière du temps, on se sentait accueilli par sa chaleur : il y avait du temps, et c'est à cela, le temps lui-même, que Bataille allait s'ouvrir.

Au fond du jardin, derrière les frondaisons des noisetiers que le soleil faisait miroiter, il aperçut une forme opaque qui bougeait un peu. C'était la tête du Polonais. Son front était appuyé contre la vitre, il regardait le jardin. Bataille lui fit un signe, mais il n'y eut pas de réaction.

18

Le Bon Samaritain

Ce matin du jeudi 4 juillet, un journaliste de *La Voix du Nord*, Yvon Berthier, très connu à Béthune, débarqua à la banque ; il faisait une enquête sur « l'importance de l'économie dans notre vie quotidienne », et après avoir interviewé des « représentants de différentes catégories sociales » – chefs d'entreprise, médecins, artistes, ouvriers, chômeurs –, il voulait, pour achever sa série de portraits, raconter la vie d'un employé de banque :

— Après tout, l'économie, c'est vous, dit-il.

Bataille n'était pas certain que l'économie ce fût lui, d'ailleurs il ne savait pas trop quoi dire, mais Berthier, qui était roublard, le mit en confiance en parlant football.

Bataille suivait un peu le championnat, il venait d'arriver dans le Nord : avant, il était à Rennes – son club, c'était le Stade rennais. Berthier lui apprit qu'ils avaient fini derniers du classement, mais qu'ils n'avaient pas été relégués ; Bataille l'ignorait.

Berthier se mit à comparer les mérites du LOSC (Lille Olympique Sporting Club) et du RC Lens (Racing Club de Lens) – selon lui, il n'y avait pas photo : certes, avec Santini, le LOSC était enfin sorti de la seconde moitié de tableau et avait même réalisé une excellente saison en terminant sixième, mais le RC Lens, emmené par Dos Santos, remontait en D1 et leur jeu était fantastique. Il était un fidèle du stade Bollaert, et il avait même continué à supporter son club fétiche durant les années de D2, quand tout le monde s'en détournait. Il faisait partie des plus vieux abonnés de la tribune Marek, et comme son ami Charles – « Charles Dereine, votre directeur » –, il ne ratait aucun match.

Bataille avait du mal à imaginer Dereine dans un stade de foot, hurlant contre l'arbitre ou criant de joie parce que son équipe avait marqué un but, mais la seule mention de son nom le convainquit de répondre sérieusement au journaliste (et sans doute celui-ci avait-il cité Charles Dereine dans cette intention).

Bataille parla donc de sa vie de « jeune banquier ». Il raconta ses études, il expliqua pourquoi l'économie lui semblait au cœur de tous les rapports : même si l'on ne s'intéressait pas à l'économie, on était rattrapé par elle. En réalité, dit-il, il n'y avait peut-être *que* l'économie : les autres dimensions de l'existence lui étaient secrètement soumises ; il le déplorait, car le bonheur résidait dans ce qui échappait à toutes les déterminations, mais la structure occulte du monde, qu'on le voulût ou non, c'était la circulation des flux monétaires et, plus mystérieusement encore, les fluctuations des marchés financiers, lesquels, selon lui, étaient en train d'avaler l'économie.

Berthier écoutait ce qu'il appela le « topo » de Bataille avec un peu d'ennui. Ce n'était pas cela qu'il voulait entendre :

— Racontez-moi plutôt votre quotidien.

Bataille dit qu'il s'occupait du surendettement : il expliqua comment la Banque de France venait au secours des plus endettés. Il recevait tous les jours dans son bureau des RMIstes qui ne s'en sortaient plus car ils avaient contracté des crédits impossibles à rembourser auprès d'organismes qui, profitant de leur pauvreté, leur avaient fait miroiter des « facilités de paiement ». Leur désespoir était tel qu'ils n'écoutaient rien de ce qu'on leur disait parce qu'ils n'imaginaient même plus qu'il fût possible de les aider ; ils avaient oublié depuis longtemps le montant exact de leur dette car en plus des intérêts, calculés en fonction d'un taux monstrueux, il y avait des pénalités de retard qui ne cessaient de s'ajouter à la somme de ce qu'ils devaient ; et parfois ces organismes, auprès desquels ils avaient signé des contrats sans même les lire, leur envoyaient des types qui venaient les harceler jusque chez eux, si bien qu'ils n'osaient plus sortir, et qu'ils en arrivaient à se baisser lorsqu'ils passaient devant les fenêtres, afin qu'on ne distinguât pas leur silhouette depuis la rue.

Alors il élaborait pour eux un plan en évaluant leurs capacités de remboursement. Il y avait un barème prévu par le code du travail qui permettait de calculer la part des revenus d'un particulier qu'on a le droit d'affecter au remboursement de ses dettes. Une fois établis les pourcentages d'acquittement des impôts, du loyer et des différents crédits à la consommation, on obtenait un chiffre, et on l'articulait à un calendrier de paiement. Le but était de donner quelque chose aux créanciers afin de les calmer : il suffisait, selon le droit, de rembourser ne fût-ce qu'une part bénigne de la dette pour que fût considérée comme nulle et non avenue toute poursuite. Ainsi estimait-on qu'un remboursement a priori modique – par exemple trente francs par mois pendant vingt ans –, s'il ne suffisait pas à combler la dette, permettait d'éviter son aggravation : le débiteur était de bonne foi, il payait, les organismes de crédit étaient dans l'obligation de cesser leur harcèlement.

Ce que préconisait Bataille, c'était l'effacement pur et simple de la dette ; et il y parvenait de plus en plus souvent, au grand dam de Sofinco & cie, qui menaçaient de poursuivre ses clients au pénal, mais qui laissaient tomber. Car de toute façon, dit Bataille (et le journaliste se mit à prendre fiévreusement des notes), le risque d'impayé est couvert par leur assurance, ainsi l'acharnement qu'ils mettent à recouvrer leur argent est-il d'autant plus scandaleux. Le pire, c'est que les établissements de crédit ont à peine 2 % d'impayés, c'est dérisoire. La politique de Bataille, c'était d'accorder à ceux qui n'ont plus rien la possibilité de reprendre leur vie de zéro. Effacer la dette des pauvres, c'était son but – c'était sa politique.

Le journaliste lui opposa que beaucoup de gens profitaient de ces crédits pour s'offrir des voitures, des téléviseurs et vivaient tout simplement au-dessus de leurs moyens : annuler leur dette n'était-il pas une décision dangereuse ?

N'était-ce pas une manière de récompenser les assistés ? D'encourager les profiteurs du système ? D'offrir aux pires flambeurs un chèque en blanc ?

Bataille précisa qu'en étudiant le dossier de chaque endetté, il évaluait son degré d'honnêteté : il était capable de distinguer ceux qui dilapidaient et ceux qui survivaient. Il y a deux sortes de ruines, dit-il, celle qui vient du vice et celle qui vient du malheur.

Selon lui, les endettés n'étaient pas des profiteurs du système, mais au contraire leurs proies :

— C'est le système qui profite des endettés, dit Bataille. Le système encourage ceux qui n'ont rien à s'endetter car il a *besoin de la dette des pauvres pour fructifier.*

Selon lui, le capitalisme reproduisait obscurément à travers son mécanisme la plus antique des procédures, c'est-à-dire le sacrifice. Il lui fallait sa part de victimes. L'objet du capitalisme, c'est le profit ; et la part inavouable du profit, c'est la mise à mort.

Cette question passionna le journaliste ; et Bataille, qui n'avait pas l'habitude des journalistes, s'enflamma. Certes, il ne parla pas des Walski, ne raconta pas ce qu'il avait fait pour eux car il avait l'intuition qu'on allait le lui reprocher, mais il se laissa aller à critiquer les organismes de crédit qui dépouillent sans scrupules de pauvres gens.

Le lendemain, vendredi 5, à peine eut-il poussé la porte de la banque que Mme Vidale, qui l'attendait dans l'entrée, lui fit savoir que le directeur voulait le voir immédiatement.

Dereine patientait, assis dans son bureau, le sourire féroce.
— Alors, c'est vous le Messie ?
— Quoi ?
— Le Messie vient quand on n'a plus un sou en poche : c'est vous-même qui me l'avez appris... Je constate que ceux qui n'ont plus un sou en poche viennent à vous, et que vous les sauvez... Dites-moi, vous allez les renflouer comment, vos protégés ?... Clerval m'a appelé ce matin, il ne décolère pas... vous voyez de qui je parle ?... Clerval, le tribunal d'instance, le juge... eh bien il est furax : il vous a dans le collimateur, croyez-moi, je dirais même qu'il veut votre tête... Il m'a dit : « Votre Bon Samaritain ne serait-il pas un peu coco ? », vous voyez le genre... Ce vieux grigou pense que j'ai téléguidé votre coup d'éclat, et qu'à travers vous, je règle des comptes avec lui... Je vais vous dire, mon cher, ça me fait assez plaisir que ce vieil emmerdeur soit dans tous ses états : ils ont perdu l'habitude ici d'être brusqués, leur impunité est un peu dégoûtante, ils se disent tous socialistes, naturellement, parce que Mellick est encore aux manettes, mais depuis que Tapie les a décomplexés, ils n'essaient même plus de se cacher, leurs manœuvres n'ont qu'un seul but : le pognon... Je lui ai dit naturellement que vous étiez un professionnel, que vous faisiez tout cela pour la banque, et que vous aviez le sens de la justice. C'est le cas, n'est-ce pas ?

Bataille ne comprenait pas.

Dereine s'étonna.

— Vous n'avez pas lu le journal de ce matin ?

Il lui tendit *La Voix du Nord*.

Il y avait sa photo en première page, surmontée d'un gros titre :

LE BON SAMARITAIN
DE LA
BANQUE DE FRANCE

La photo était très réussie : sous un ciel d'une clarté glorieuse, Bataille arborait un costume gris perle qui faisait briller ses yeux bleus, et les mots « Banque de France », gravés sur la façade en lettres d'or, scintillaient au-dessus de sa tête comme une couronne.

La légende disait : « Le Trésorier-payeur de la Banque de France sauve les victimes du surendettement. »

Le cœur de Bataille se mit à battre très fort, il était sidéré ; il parcourut l'article en rougissant : on le présentait comme un jeune banquier atypique et providentiel, un mélange de catho et de gauchiste, qui rejetait l'idéologie capitaliste et en dénonçait les injustices.

Il reconnut certains de ses propos, mais arrangés d'une manière qui en grossissait le sens. Tout dans ses déclarations paraissait ainsi excessif, un peu simpliste, litigieux. L'article se présentait vulgairement comme un scoop : il révélait qu'il existait, à Béthune, un jeune banquier qui défendait les victimes du surendettement et poussait le sens moral jusqu'à les héberger.

Il y avait même un petit encadré en bas de l'article, où Corinne Walski témoignait de la générosité de ce jeune homme qui était, selon elle, « un saint ». Elle expliquait qu'il leur avait ouvert les portes de sa maison, à elle et à son mari, alors même qu'ils étaient au bord du suicide. Une de ses phrases était imprimée en grosses lettres : « Si tous les banquiers étaient comme lui, on serait tous sauvés. »

Bataille comprit qu'il avait été piégé, il serait viré, c'était sa faute, il était allé trop loin, mais c'était lui, pensa-t-il, qui avait vendu la mèche : il avait dit la vérité, il était sincère, et jouer les Don Quichotte quand on travaille à la Banque de France, franchement, c'était ridicule. Il avait honte – il se sentait à la fois flatté par cet article et honteux.

— C'est quoi cette histoire de Trésorier-payeur ? demanda brutalement Dereine. Vous êtes au courant que cette attribution n'existe pas chez nous...

Bataille répondit qu'il n'avait jamais prononcé ce mot, il tombait des nues, d'ailleurs il ignorait ce qu'était un Trésorier-payeur.

Le téléphone n'arrêtait pas de sonner, mais Dereine ne répondait pas.

— Vous savez que nous sommes une institution, dit-il, et jusqu'à preuve du contraire, vous en faites partie. La Banque de France apprécie la loyauté de ceux qui y travaillent, mais aussi leur discrétion.

— Je suis désolé pour cet article, mais je n'ai absolument rien dit contre la Banque de France.

— Je sais, mon cher, vous prenez votre travail à cœur. Mais être exemplaire, puisque vous avez cette ambition, c'est être mesuré. Faire des déclarations sur le capitalisme est plutôt malvenu, vous comprenez ?

Bataille se défendit : cet article n'était aucunement le reflet de l'entretien, le journaliste l'avait manipulé.

— Mon cher, vous ne connaissez pas encore les journalistes, il va falloir vous méfier... Yvon est un ami, je lui avais commandé un article pour mettre notre banque en valeur, j'aurais dû vous prévenir...

Bataille ne répondit rien, mais il était interloqué : si cette interview était téléguidée par Dereine, il l'avait forcément validée. Alors on lui reprochait quoi, au juste ?

Dereine avait allumé une cigarette, il feuilletait des papiers.

— Et donc vous hébergez chez vous tous les damnés de la terre ? dit-il en se levant de son fauteuil.

Il s'approcha de la fenêtre et jeta un coup d'œil à la maison. Bataille se pencha aussi : toute cette lumière, ce vert, ce bleu, c'était chez lui.

— J'héberge effectivement un couple pour quelques jours. Comme ils sont à la rue, j'ai pensé que c'était la chose à faire, mais je ne comprends pas comment votre ami journaliste l'a su...

— C'est tout simple, vos deux malheureux se sont vantés. Protégez-vous, mon cher, car maintenant que toute la région est au courant, vous allez avoir de nouvelles candidatures, ils vont tous frapper à votre porte !

Dereine se mit à rire, cet incident semblait finalement l'amuser, il se passait enfin quelque chose, et d'ailleurs, ajouta-t-il, ce « petit scandale », comme il l'appelait, était en réalité tout bénéfice pour la banque.

— Les banquiers sont les personnes les plus détestées au

monde. On devrait vous remercier car avec cet article vous avez plus fait pour l'image des banquiers qu'une campagne de publicité : grâce à vous, nous avons l'air sympathiques.

Bataille voulut répondre qu'il n'avait pas pensé à la banque, mais aux Walski.

Dereine ne l'écoutait pas.

— C'est une très belle opération pour nous. La direction parisienne se frotte les mains. Une délégation va venir demain vous féliciter, il y aura des gens de la présidence, on fera une petite réception, et je vous présenterai la directrice de la communication, elle est absolument ravie, elle veut vous rencontrer, vous verrez c'est une femme remarquable.

L'image de Katia Cremer surgit aussitôt dans l'esprit de Bataille, et avec elle un parfum acide et capiteux, une longue silhouette, des jambes nues, des talons aiguilles.

Le téléphone n'en finissait plus de sonner, Dereine répondit en faisant un clin d'œil à Bataille, qui s'éclipsa.

Dans les couloirs, ses collègues l'apostrophèrent joyeusement. On le taquina en lui donnant du « Bon Samaritain » ou du « saint Bataille », mais la plupart l'appelaient le « Trésorier-payeur ».

Il reçut un coup de fil de Rousselier, qui le taquina lui aussi ; il était hilare et le félicita pour son « programme marxiste, tendance Babeuf » :

— Ils sont tous sidérés... Bien sûr, ils ont tout de suite noyé le poisson et choisi d'entendre dans tes propos ce qu'ils avaient envie d'entendre. L'effacement de la dette des pauvres, tu parles qu'ils s'en foutent, alors même que c'est notre grande question politique... Ils préfèrent louer ta *performance communicationnelle* : c'est ta chère Katia Cremer qui a parlé de ça en réunion, ce matin : *brillante performance communicationnelle*, elle a dit... Tu es au courant que tu vas la revoir ? Elle débarque avec sa clique de conseillers demain à Béthune. Ils veulent être sur la photo avec toi...

En allant fumer une cigarette dans le jardin, Bataille croisa Mme Vidale, qui lui dit qu'elle avait apprécié l'article, et qu'elle était de son côté, mais qu'il devait faire attention : les jaloux sont pires que les criminels. Au fait, se plaisait-il dans sa maison ? Bataille répondit qu'il était au paradis, et qu'il n'attendait plus qu'Ève. Mme Vidale s'esclaffa : selon elle, la solitude d'Adam était parfaite, « comme toutes les solitudes », et Dieu avait eu tort d'introduire quelqu'un d'autre, en l'occurrence une femme, dans ce jardin : ça avait été le début des ennuis.

Ils rirent tous les deux, et Bataille ajouta que si ses souvenirs étaient bons, ce n'était pas Ève le problème, mais le serpent.

Mme Vidale opina, puis elle dit, en tirant sur sa dernière taffe, que le serpent était en chacun de nous.

Dans les rues de Béthune, on ne cessa de l'arrêter pour le féliciter. On lui savait gré de défendre les injustices, et la plupart des gens disaient que ça faisait chaud au cœur. Ses clients venaient lui serrer la main, ils étaient fiers, parfois émus ; il y avait aussi des personnes plus ironiques, parfois agressives : elles se méfiaient des déclarations de Bataille, car les banquiers, disaient-elles, ne peuvent être sincères.

Le lendemain, c'est-à-dire le samedi 6, la délégation

parisienne arriva vers 18 heures, bien après la fermeture ; on avait demandé à Bataille de rester à la banque, et depuis sa fenêtre, il aperçut en un éclair, au milieu du soleil qui l'aveuglait, Katia Cremer sortant d'une voiture métallisée noire, accompagnée par deux types en costume sombre, et Charles Dereine qui s'avançait les bras ouverts vers elle.

Puis il attendit sagement dans son bureau.

C'est Mme Vidale qui vint le chercher une demi-heure plus tard, avec un sourire ironique :

— Présentation au Temple, dit-elle.

Elle était agacée par cette agitation, « un samedi, en plus ». Elle l'accompagna à travers les couloirs jusqu'au bureau de Dereine, et au moment d'ouvrir la porte, lui glissa tout bas :

— Attention, salope…

Elle était là, c'était bien elle, dressée sur ses talons, altière et fine, comme un flamant rose, et ses yeux bleus braqués sur la proie qui s'avançait vers elle. Tout autour de son corps miroitait cet air qui fait trembler les hommes et les réduit à leur petit désir : c'était électrique, ça ressemblait au faisceau d'éclairs d'une déesse, c'était l'aura sexuelle de Katia Cremer.

Par réflexe, elle essaya d'évaluer en un coup d'œil le potentiel d'un jeune homme dont il était impossible de savoir s'il irait loin, ou s'il n'était qu'un nigaud. Elle n'était pas dupe de la prétention masculine, laquelle lui faisait pitié ; mais elle prenait toujours soin de ne pas passer à côté d'un éventuel talent qui lui serait utile, et qu'elle s'approprierait en le séduisant.

Quant à Bataille, tout en parcourant la distance qui le séparait de la fenêtre devant laquelle elle fumait une cigarette, il essaya, la gorge nouée, de tenir bon face à tant d'éclat, et l'air de rien, déshabilla Katia Cremer du regard, détaillant ses courbes avec l'intensité d'un expert qui scrute les détails d'un Modigliani afin de certifier son authenticité.

Elle était serrée dans une robe écarlate très courte qui moulait ses hanches et sa poitrine : elle semblait nue et en même temps interdite. Dans le ventre de Bataille, le désir se déchaînait : il avait envie de mordre dans cette chair onctueuse. Il remarqua, au bas de ses joues, un léger renflement qui lui faisait le visage moins aigu que durant cet été, quatre ans plus tôt, où sa pâleur l'avait subjugué. Un tel détail, enfantin et délicieux, le combla.

Charles Dereine prit une voix presque mondaine, que Bataille ne lui connaissait pas :

— Je vous présente notre prince Mychkine.

— L'idiot ? dit Katia Cremer, amusée.

— Lui-même, répondit Bataille.

Elle tendit une main inerte et moite que Bataille ne fit qu'effleurer. Ses bras nus, très minces, ses longs doigts aux ongles rouges l'excitaient considérablement. Et puis sa bouche fardée rouge sang, son parfum rose et jasmin, sa merveilleuse chevelure noire et ses bijoux en or, tout cela faisait tourner la tête de Bataille, aussi follement que la première fois.

— J'apprécie l'image que vous donnez de nous, dit-elle. Notre gouverneur m'a chargée de vous transmettre ses remerciements.

Il y avait deux types en costume qui l'entouraient ; c'est l'un d'eux, le plus jeune, qui ouvrit le champagne. On trinqua.

— À la banque ! dit Katia Cremer.
— À l'avenir ! dit Dereine.
— À la confiance ! dit Bataille.

Les deux types étaient des conseillers ; ils travaillaient dans le cabinet de Katia Cremer et se définissaient comme des « communicants ». L'un s'appelait Lozano, il avait une trentaine d'années, l'air sombre et implacable ; l'autre était un jeune homme, plus jeune encore que Bataille, qui faisait son stage de Sciences-Po à la Banque de France, et que tout le monde appelait Karim.

Katia Cremer s'assit dans le fauteuil de Dereine, qu'elle fit tourner sur lui-même ; elle fumait cigarette sur cigarette, et la lumière qui venait de la fenêtre poudroyait adorablement sur son visage.

Lorsqu'ils traversèrent la Grand-Place pour rejoindre Le Cerf ivre, ce restaurant gastronomique où Dereine avait réservé une table, Katia Cremer, qui redoutait de se tordre les chevilles, prit le bras de Bataille. Celui-ci était aux anges : le bruit des talons claquant sur les pavés avait mis le feu à ses nerfs.

La soirée fut très arrosée. Après le champagne, il y eut toutes sortes de vins ; on trinqua plusieurs fois, et Bataille, qui n'avait presque plus dormi depuis son arrivée dans la maison, sombra très vite dans une torpeur où son esprit s'enlisa.

Dereine et Katia Cremer étaient quant à eux survoltés et

ne cessaient de rire ; ils se félicitaient des succès remportés cette année par la Banque de France, évoquèrent la perspective de la « monnaie unique » avec gourmandise, puis parlèrent stratégie. Selon eux, la « révolution financière » en cours mènerait bientôt à l'« unification mondiale des marchés ».

L'étrange Lozano, dont les joues, à cause du vin, étaient violemment empourprées, s'associait par moments à la fête : il estima que le « libre marché » prendrait un jour tournure planétaire, et que tout serait magnifiquement relié : puisque rien n'entravait la libre circulation des biens et des marchandises, l'argent lui aussi circulerait de plus en plus vite, et l'on n'aurait bientôt même plus besoin des banques pour en multiplier la valeur.

À un moment, Katia Cremer se tourna vers Bataille et lui demanda en s'esclaffant si, *sérieusement*, il « hébergeait des pauvres » : il pouvait bien lui dire la vérité à elle, maintenant que l'opération avait réussi, et que tous le croyaient généreux.

Bataille s'efforça de répondre avec un peu d'ironie, et raconta l'histoire des Walski avec juste ce qu'il fallait de légèreté, pour ne pas plomber la soirée, mais il était crispé : le ton de Katia Cremer lui avait déplu. Sa condescendance à l'égard de ceux qu'elle appelait des « bougres », des « losers », ne fit que s'accroître au fil de la soirée ; d'autant que, galvanisés par ses moqueries, Lozano et Karim se mirent à ironiser eux aussi sur la misère.

Dereine avait perçu la gêne de Bataille, et même la honte que celui-ci s'efforçait de masquer : il aimait la sincérité de son jeune employé ; et savait que son innocence était *réelle*. S'il arrivait à Dereine de se joindre au chœur des cyniques, c'était avant tout parce qu'il était prisonnier du monde de l'argent : quand on dirige une banque, on fait taire son cœur.

Bientôt Bataille eut la nausée, et s'éclipsa discrètement. Aux toilettes, il s'aspergea le visage d'eau, ouvrit la fenêtre et s'assit sur la cuvette pour aspirer la fraîcheur de la nuit. Il n'avait qu'une envie : rentrer chez lui, fausser compagnie à ces barbares. Après tout il s'en foutait bien de leurs célébrations, Katia Cremer n'était pas du tout venue pour lui, mais pour passer des consignes à Dereine, car toutes les succursales, comme le lui avait dit Mme Vidale, étaient en train de modifier leurs activités, certaines allaient même fermer. Pourquoi ne pas filer, là, tout de suite, sans même leur dire au revoir ? Après tout, ils s'en fichaient complètement de lui, et s'apercevraient à peine de son absence. Il avait envie de lire, et la seule pensée de son canapé, des lumières douces qu'il avait installées dans le salon, et du livre qu'il avait commencé la veille, *Les Âmes mortes* de Gogol, lui réchauffait le cœur. Le livre qu'il lisait, il y pensait toujours avec amour. À quoi vous destine un tel amour ? Une matière si précieuse miroite entre les livres et leurs lecteurs qu'on pourrait bâtir avec elle des palais de nuances. Le monde devrait scintiller ainsi.

En se faufilant dans l'entrée du restaurant pour récupérer son manteau, il tomba nez à nez avec Katia Cremer, qui cherchait les toilettes :

— Vous ne partez pas, j'espère ? J'ai quelque chose à vous dire.

Il retourna donc à table. Dereine lui demanda s'il avait des nouvelles d'Annabelle, ce qui surprit Bataille : comment savait-il qu'ils se connaissaient ? Et Dereine connaissait donc Annabelle ?

Profitant de l'absence de Katia Cremer, Dereine s'approcha de Bataille :

— Comment trouvez-vous notre directrice de la communication ?

— Euh, très bien...

— Je crois qu'elle vous a à la bonne.

Quelque chose de languissant planait autour de la table où l'on avait débarrassé les assiettes, et où traînaient des serviettes roulées en boule et quelques verres d'armagnac que Dereine, qui avait la carafe près de lui, ne cessait de remplir.

Bataille échangea quelques mots avec Karim. Celui-ci n'avait aucune envie de faire carrière à la Banque de France ; après son stage, il aspirait à intégrer une banque d'affaires. La « chef », comme il appelait Katia Cremer, avait des relations chez Goldman Sachs : s'il restait dans ses petits papiers, il serait pistonné. En tout cas, dit-il avec dédain, il était hors de question qu'il passe sa vie dans une succursale de province.

Katia Cremer revint, très parfumée, en déclarant qu'elle adorait Béthune.

Dereine éclata de rire :

— Qu'est-ce que tu peux bien aimer à Béthune ?

— La thune ! La thune ! Bé-thune !

Elle répéta plusieurs fois sa blague, ses conseillers riaient, et Dereine, hilare, dit que c'était incroyable : il vivait ici depuis plus de dix ans et n'y avait jamais pensé.

— Et pour vous alors, demanda Katia Cremer à Bataille, Béthune, c'est quoi ?

Bataille répondit que pour lui, bien avant qu'il ne vînt y travailler, Béthune avait toujours été lié à l'idée de bourreau, au célèbre « bourreau de Béthune ».

— C'est un personnage des *Trois Mousquetaires*, précisa-t-il. Vous vous souvenez de Milady, j'imagine : cette merveilleuse espionne qui porte une fleur de lys sur l'épaule gauche, comme un signe d'infamie. C'est l'ennemie des mousquetaires et du roi. J'adore le moment où Athos la démasque : « Anne de Breuil, comtesse de La Fère, Milady de Winter, vos crimes ont lassé les hommes sur la terre et Dieu dans le ciel. Si vous savez quelque prière, dites-la, car vous êtes condamnée et vous allez mourir. »

Dereine et les conseillers applaudirent avec enthousiasme, Katia Cremer était très concentrée.

— Milady est amenée sur une barque, non loin d'ici, sur les bords de la Lys. La scène est incroyable : « Où vais-je mourir ? demande-t-elle au bourreau. – Sur l'autre rive », répond-il. Celle qui porte une fleur de lys sur l'épaule meurt sur les bords de la Lys, agenouillée, la nuque tranchée par la hache du bourreau de Béthune.

— C'est effrayant ce que vous nous racontez, dit Katia Cremer.

— Il y a une énigme. On raconte que Milady ne serait pas morte. Je pense qu'elle est trop belle pour mourir. La description qu'Alexandre Dumas fait du supplice est ambiguë. Il n'y a aucun témoin. On voit la lune qui se reflète sur la lame de l'épée, on entend un sifflement suivi d'un cri. Pas de trace, pas de cadavre. Je pense que le bourreau de Béthune, avec son manteau rouge, était un homme de Richelieu, dont il porte les couleurs : il est de mèche avec Milady, cette exécution est une mise en scène. Milady court toujours, avec sa fleur de lys et ses yeux bleus dévastateurs.

En prononçant ces derniers mots, Bataille regarda Katia Cremer droit dans les yeux et rougit un peu.

— Il est gonflé, votre poète, dit-elle en se tournant vers Dereine.

Après le restaurant, Katia Cremer voulut boire un dernier verre. Ils s'installèrent à la terrasse du Vieux Beffroi, qui était très animée, et commandèrent de la vodka. Karim et Lozano étaient allés se coucher, Dereine devait changer sa voiture de place, si bien que Bataille et Katia Cremer se retrouvèrent seuls.

Elle semblait mélancolique, lointaine, presque vulnérable. Des lumières bleutées scintillaient autour du beffroi comme des guirlandes dans la nuit. L'air était doux. Bataille raconta quelques anecdotes plaisantes sur l'histoire de la ville, et elle approcha son visage de lui ; il frémit, sa joue touchait presque la sienne.

— Ne vous donnez pas tant de mal, dit-elle, vous ne me plaisez pas.

19

Le tunnel

En rentrant chez lui, cette nuit-là, il s'était arrêté dans la rue des Charitables ; et pendant qu'il lisait le texte du panneau accroché à la porte du numéro 3, où étaient consignées les règles de la confrérie des Charitables de saint Éloi, il avait senti une présence dans son dos : c'était Charles Dereine, qui marchait à grandes foulées vers l'hôtel du Vieux Beffroi.

Bataille l'avait alors vu entrer dans l'hôtel, puis il avait reconnu sa silhouette à la fenêtre d'une chambre où un peu plus tôt était montée Katia Cremer : on voyait maintenant leurs deux ombres bouger dans la lumière. Cette chambre était celle où il avait vécu ces six derniers mois. Il avança dans les rues de la ville, ivre et furieux.

La nuit dans le jardin était fraîche. Il y avait de la lumière dans la buanderie, et au milieu de cette lumière, une large buée sombre : le Polonais veillait le front contre la vitre. En entrant dans la maison, le Trésorier-payeur – puisque tous l'appelleraient ainsi désormais – n'alluma pas ; ça faisait du bien de se glisser dans l'obscurité, comme une vague, *comme un requin dans l'onde*, se dit-il en marmonnant ces mots.

Il avait mal à la tête, si bien qu'il prit un Efferalgan, et s'installa sur un fauteuil dans la véranda pour regarder fondre le comprimé.

Il était inutile d'épiloguer sur cette soirée, ça avait été un désastre. Il cherchait surtout à ne plus penser à rien, à dormir dans l'oubli. Voilà, c'était ça le vers entier : *Et dormir dans l'oubli comme un requin dans l'onde.* Mais il n'avait pas du tout sommeil : le vin, le corps de Katia Cremer – tout l'énervait. Et plus encore son imbécillité, car il était passé pour un idiot, d'ailleurs elle l'avait dit. Trop de choses avaient eu lieu ce soir qui tourbillonnaient dans sa tête ; et son amour-propre ressassait des détails blessants.

En déambulant dans le noir pour se calmer, il se retrouva dans la cave, où il alluma le néon. Il était déjà descendu une fois ou deux au sous-sol, mais distraitement, et n'avait pas remarqué jusqu'ici que le couloir était muré. Les parpaings, empilés à la va-vite, n'avaient pas été recouverts de crépi, et le ciment s'effritait par endroits.

Il remonta et ouvrit une bouteille de chablis qu'il avait mise au frigo. Il but un verre, se débarrassa de son costume, enfila un jean, un T-shirt et des baskets, puis il sortit dans le jardin et à la lueur d'une lampe torche, il fouilla dans la remise et y trouva une pioche et un maillet. Ses gestes s'enchaînaient avec une étrange précision, comme si l'ivresse l'avait ouvert à une dimension de clarté où les actes rencontrent leur évidence. Il se versa un autre verre de chablis qu'il but cul sec, et redescendit à la cave, où il s'attaqua au mur à grands coups de maillet.

Le vacarme était si grand qu'il en fut effrayé, comme s'il faisait quelque chose de répréhensible. Il n'avait pas de voisins, mais défoncer un mur à 3 heures du matin était une activité si insolite qu'elle le gênait lui-même. Il remonta chercher son lecteur de CD, mit à fond *Doolittle* des Pixies et se déchaîna à coups de pioche contre le mur.

Les parpaings se morcelaient peu à peu, ils s'écroulèrent l'un après l'autre. Une brèche apparut, qu'il parvint tant bien que mal à élargir. Il vacillait, à bout de forces, tremblant de sueur, et braqua sa lampe en direction du trou : une odeur de terre humide émanait du couloir qui continuait là-bas dans le noir. En enjambant les parpaings qui tenaient encore au sol, il s'introduisit dans le trou.

Le Trésorier-payeur ne comprit jamais très bien ce qui s'était passé, cette première fois où il était entré dans le tunnel. Avait-il perdu conscience ? Des heures entières s'étaient écoulées sans qu'il avançât ou s'immobilisât. L'espace absorbe ce qui lui échappe ; le Trésorier-payeur était bel et bien présent, cette nuit de juillet 91, la nuit du dimanche 7 juillet 1991, pour être précis : il était entré, mais sans doute avait-il disparu à ses propres yeux, parce que rien n'existe dans sa mémoire qui pourrait situer l'endroit où il se trouvait réellement. Les extases ont souvent pour trace le plaisir qu'elles ont suscité ; ici, rien – une pure absence, comme si s'introduire dans cette portion du sous-sol l'avait soustrait à l'espace.

Au bout du couloir, il y avait une porte dont il essaya

de tourner la poignée, mais elle était fermée à clef. Il se souvenait d'avoir aperçu un trousseau dans la remise ; il remonta, trouva un jeu de clefs et redescendit.

En parcourant de nouveau ce couloir avec sa lampe, il ressentit une légèreté si grande qu'il s'adossa au mur pour la savourer. Il se sentait bien ici, sous la terre. Il lui semblait respirer un air libre, un air qui vous emplissait les poumons au lieu de les comprimer, qui agrandissait votre joie.

En toute logique, ce couloir menait à la banque ; mais le faisceau de la lampe dessinait des formes qui, en se perdant dans l'obscurité, ouvraient dans les ténèbres un avenir ambigu : il n'aurait pas été étonné de voir apparaître sur ces parois d'argile quelque faille qui recelât une chambre secrète, une nef à peintures ou une galerie qui renfermât à travers ses méandres quelque stalactite millénaire.

La chaleur et le vin alourdissaient son esprit ; il ferma les yeux et, comme la première fois, perdit le sens de lui-même et des choses. S'évanouit-il ? Impossible à dire : il laissa des lueurs tourner dans sa tête. L'air était celui d'une étuve, puis la fraîcheur revint, et dans une demi-conscience il essaya l'une après l'autre les clefs. La serrure s'enclencha, il poussa la porte et se retrouva dans la salle des coffres de la Banque de France.

Qui donc avait creusé ce tunnel ? Avait-il servi pour un cambriolage ? Cette idée lui parut incongrue, même si elle éclairait le trouble qu'il avait remarqué chez Mme Vidale lorsque Dereine lui avait demandé les clefs : ce tunnel était le secret même de la banque, sa faiblesse inavouable, son ancrage dans les profondeurs ; un air faillible et dangereux soufflait comme une haleine sauvage sur la froideur hermétique des coffres, et personne ne devait savoir cela.

Avec la surprise d'avoir percé le mur vient une joie qui augmente en nous la perspective du silence : tout, dans nos vies, est lié aux montagnes et aux sources qui cheminent entre elles ; et nous l'ignorons. Lorsque l'ivresse nous accorde à cette clarté, une région nouvelle s'ouvre à nous, qui ne contient rien, pas même notre vie, mais qui élargit celle-ci à l'importance du secret.

Ce dimanche-là, le Trésorier-payeur, hébété de fatigue, couvert de poussière et de gravats, ne cessa d'entrer et de sortir. C'était moins la découverte d'un passage entre sa maison et la banque (découverte pourtant ahurissante) que l'idée même de passage qui le bouleversait : le fait qu'on pût, sans erreur, aller ainsi joyeusement vers soi-même. C'était le fait qu'il existât quelque part, offerte dans un pli de la roche (mais elle eût pu se donner aussi dans sa tête), une intimité insoupçonnable, proche de l'évanouissement, et qu'aucune inquiétude ne menaçait.

En reconnaissant les damiers sur le sol de marbre de la salle des coffres, il s'était cru dans un rêve. Ouvrir des portes sous la terre est un geste qui dissipe la raison. Il se demanda s'il n'avait pas basculé dans une pure image : l'extase qu'il avait éprouvée dans le tunnel continuait peut-être sous la forme d'une hallucination.

Mais non, c'était bien la salle des coffres, c'était bien le métal et le marbre rose de la banque, c'était bien les grilles qui séparent les isoloirs et le silence glacial qui protège l'or.

Que faire d'une telle découverte ? Charles Dereine

était-il au courant qu'on pouvait, en violant toute surveillance, accéder directement à l'endroit le plus protégé de la banque ?

Le Trésorier-payeur se foutait bien de Charles Dereine et de la banque elle-même ; il se foutait absolument qu'on pût entrer dans cette salle et s'emparer des richesses qui y étaient enfermées. En franchissant cette porte, il avait ressenti un plaisir inouï, comme si tous les coffres s'étaient vidés en même temps dans sa tête.

Car cette nuit-là, ce n'était pas la surprise d'avoir rejoint la banque depuis sa maison qui le passionna, mais *autre chose* – une chose qui débordait infiniment le respect des règles, qui allumait en lui des lueurs plus archaïques. Ce mouvement qui dirige notre esprit vers ce qui le dépasse se nourrit avant tout de l'espoir d'en rencontrer le signe ardent : le souterrain faisait signe vers des activités qui, échappant au monde du travail, ouvrent à l'impossible. Cet impossible faisait exulter le Trésorier-payeur.

Les profondeurs sont une fête ; elles pétillent. On rejoint une vérité en descendant ainsi sous la terre : là, dans ce dégagement qui reliait les deux côtés de sa vie, le Trésorier-payeur accédait peut-être à cette bulle qui en chacun de nous contient la possibilité d'une jouissance inconnue.

Nous le pressentons, nous l'espérons, nous le savons : il existe un plaisir plus grand que nous, si grand que, si nous étions capables de le ressentir, il nous effacerait. Nos corps seraient d'abord soulevés, comme dans les plus belles étreintes, puis entraînés dans une spirale de lumière où, tournoyant sur eux-mêmes, comme des cercles en feu, ils se volatiliseraient. Le poudroiement des étoiles est l'horizon de nos désirs.

Il prit soin de refermer la porte. Du côté banque, elle se doublait d'une grille, et comme la fin du tunnel faisait un coude, si l'on ouvrait la porte depuis la salle des coffres, on ne voyait rien, on n'imaginait même pas qu'il y eût un couloir.

Qu'allait-il faire de ce trou ? Il se sentait un peu perdu. Comme il avait passé toute la nuit dans l'obscurité, la tête lui tourna quand il remonta à la lumière. Il n'en revenait pas : il était presque 16 heures. Il avait faim, il voulait de la viande, il décida de faire un barbecue.

Une fois dans le jardin, il se dirigea vers la buanderie : les Walski étaient affalés dans le canapé, ils regardaient une petite télé posée à même le sol. Corinne Walski était en petite culotte, avec un T-shirt jaune noué haut sur le ventre, et un piercing au nombril. Elle fumait une cigarette et s'esclaffait aux côtés de son mari, lequel n'avait pas quitté son éternel manteau. Il riait aussi, et les grosses lunettes de vue qu'il avait mises pour l'occasion lui donnaient un air saugrenu et navré.

Quand le Trésorier-payeur frappa à la vitre, ils sursautèrent et se redressèrent d'un bond. Corinne s'empara d'un coussin pour cacher sa nudité. Il les salua, leur dit qu'ils n'étaient pas obligés de rester à l'intérieur et pouvaient profiter du jardin ; enfin, il les invita à déjeuner avec lui.

— À cette heure-ci ? dit Yarek.

— L'heure a de l'importance ? Je fais des côtelettes, vous venez ?

Il sortit le barbecue de la remise, il était rouillé, mais semblait en état de marche. Yarek s'approcha, avec sa béquille et son manteau, il tendit la main vers la grille que le Trésorier-payeur nettoyait et dit qu'il allait le faire. Il demanda s'il y avait du charbon quelque part. Le Trésorier indiqua la remise. Yarek dit qu'il allait s'occuper du feu, qu'il aimait bien ça.

Sa voix était sourde, très grave, comme si elle remontait d'un endroit plus éloigné encore que le silence. Il lui manquait un doigt, le pouce de la main droite, et plusieurs de ses ongles étaient complètement noirs.

Le Trésorier-payeur alla chercher la table en osier de la véranda et trois chaises ; puis il mit les couverts pendant que Yarek préparait le feu. Les côtelettes attendaient sur un plat en inox, avec une assiette remplie de tomates, de poivrons et de champignons à griller.

Corinne arriva avec une baguette de pain et une bouteille d'eau ; elle avait enfilé un short et le Trésorier-payeur découvrait sa beauté. Il alla chercher du vin, le reste de chablis qui était au frigo, mais aussi une bouteille de bordeaux, dont il avait acheté une caisse, le premier jour, à l'hypermarché.

Le Trésorier-payeur servit le chablis ; on trinqua. Corinne, en levant son verre, remercia son « bienfaiteur », et le Trésorier lui dit qu'il était heureux s'il avait pu rendre leur vie un peu moins difficile : tout était en train de devenir tellement laid sur Terre. Pendant des décennies, l'écart entre les riches et les pauvres avait diminué, mais la guerre des classes avait repris, et la classe des riches était en train de gagner cette guerre.

Yarek but son verre d'un trait, lentement, le visage tourné vers le ciel radieux de ce dimanche après-midi d'été.

Corinne était inquiète : qu'allaient-ils devenir ? Où en était leur dossier ? Le Trésorier-payeur les rassura : le temps que le tribunal correctionnel rende sa décision, les saisies éventuelles étaient bloquées. Ils étaient tranquilles au moins jusqu'à la rentrée. Le plus urgent était qu'ils profitent de ce répit pour se refaire une santé. Il leur proposa de l'argent pour se nourrir, mais Corinne répondit qu'ils avaient de quoi tenir encore quelque temps.

Le Trésorier dit alors, avec une étrange mélancolie, qu'il était épuisé – pas comme eux bien sûr, il savait que leur épuisement était immense et incomparable –, mais que sa fatigue le protégeait : elle était comme une garantie contre cette avidité qui semblait rendre les gens de plus en plus fous.

— Vous avez vu comme ils ne pensent qu'à s'en mettre plein les poches ? Ce triomphe de l'argent s'est amplifié encore depuis la chute du mur de Berlin. Tout est devenu obscène. Je ne supporte plus le mot *réussir*.

Il dit qu'il ne cherchait qu'une chose : la paix. Il savait qu'eux aussi cherchaient cette chose inouïe, et qu'il ne fallait pas désespérer : la paix était là, au cœur du temps, c'était à la fois le plus grand des mystères et la chose la plus limpide.

Le visage de Yarek s'illumina d'un sourire qu'on ne lui avait jamais vu, et il déclara que, selon lui, le temps des ténèbres était terminé.

Cette phrase était si belle, si surprenante venant d'un

homme aussi ombrageux, que le Trésorier-payeur demeura bouche bée.

Yarek s'accroupit près du barbecue, retourna les côtelettes avec la pince, les apporta à table, et Corinne, le Trésorier et lui se mirent à manger en silence. Corinne rompit le pain pour chacun et distribua les légumes. Quelques moineaux s'approchaient timidement de la table ; il y avait dans l'air une douceur qui caressait les feuillages ; le soleil resplendissait. Dans ce jardin, tout paraissait simple.

Le Trésorier demanda à Yarek pourquoi il avait dit que le temps des ténèbres était terminé, et celui-ci sortit de sa poche un bout de papier plié en quatre, chiffonné, un peu graisseux. Il le déplia avec soin, mit ses lunettes et commença à lire ce qui était écrit d'une manière solennelle et douloureuse. Il prononça les phrases avec une telle lenteur qu'il semblait les sortir de lui-même, et avec une difficulté à laquelle s'ajoutait son accent polonais dont certaines intonations lugubres, et d'autres plus chantantes, brisaient par endroits les syllabes du texte. Il laissa de longues pauses entre chacune des phrases, comme pour s'assurer qu'elles avaient le temps de résonner en eux, si bien qu'on entendit, dans les intervalles de son texte, les oiseaux et le remous des feuillages :

— Judas, le soir où il s'était engagé à livrer le Christ, devait l'embrasser. C'est ce qu'il fit, sur une joue. Le Christ fut arrêté. En bas, des deux côtés, les ténèbres couvraient la terre entière. Le cortège gravit le mont. Lorsqu'ils parvinrent au sommet, on vit l'une des joues du Christ s'illuminer d'une lumière douce, mais immense. Alors, tout s'éclaircit de ce côté-là, vallée, montagne, tout devint clair et lumineux. Cette joue radieuse était celle que Judas n'avait pas embrassée. Mais celle qu'il avait baisée demeurait sombre. Et de ce côté-là le ciel restait dans l'ombre, comme s'il gardait trace de son crime. Depuis ce jour le monde est brisé en deux, et c'est de ces ombres que les hommes ont été faits. Mais la joue radieuse éclaire le monde, et ceux qui aiment la lumière le savent.

Les yeux de Yarek étincelaient, ils étaient rouges de fatigue et d'émotion. Corinne, les mains jointes, avait fermé les yeux. Une larme coulait sur son visage très blanc, où passait un reflet rose pâle. Le Trésorier-payeur avait retenu son souffle.

Yarek but son verre de vin cul sec, et se leva pour faire griller les champignons.

— Qui en veut ?

Le Trésorier ouvrit d'autres bouteilles, ils burent énormément et discutèrent longuement, ils rirent aussi, effrontément, jusqu'à ce que la fatigue les fît taire.

Dans la nuit, chacun rentra de son côté : Corinne et Yarek bras dessus bras dessous ; le Trésorier, tout seul.

Il s'écroula paisiblement sur son canapé.

Les étoiles continuèrent à briller, sans eux, dans la nuit. Et parmi elles, la lune, plus claire, palpitait dans le ciel violet.

20

Extase

Durant cet étrange été 1991 qui devait modifier en profondeur l'existence du Trésorier-payeur, et qui concentra en quelques semaines presque autant d'événements qu'en une vie entière, le temps fut continuellement radieux, presque caniculaire, et les vacances qu'il avait prises à la suite de la recommandation de Charles Dereine élargissaient chacune de ses journées au point qu'elles lui semblaient contenir des dizaines d'heures en plus, des matins à tiroirs qui s'ouvraient sur des clairières de temps encore jamais vécues, des montées d'après-midi dont la lenteur délicieuse découvrait à travers son feuilleté de nuances des trouées soudaines au cœur desquelles se tenait, comme en réserve, gorgée de lumières suspendues, une dimension parallèle du temps.

C'est ainsi que le Trésorier-payeur, en s'ajustant à sa nouvelle vie, entra dans un état de solitude dont l'approfondissement lui parut sans limite. Était-il heureux ? La question lui aurait paru absurde. L'idée de bonheur – pas plus que celle de malheur – ne saurait rendre compte du coup de foudre qui frappa le Trésorier-payeur durant plusieurs semaines et l'ouvrit à une nervure de sensation qui à la fois le fragilisa et lui octroya une acuité extraordinaire.

J'utilise l'expression « coup de foudre » par commodité. C'est bien de lumière dont il s'agit, une lumière aveuglante qui s'abattit sur l'esprit de cet homme comme un printemps de gloire, et qui le souleva. À quoi s'était-il donc exposé ? À rien d'autre, sans doute, qu'à lui-même – à ce feu qui en chacun de nous n'attend que ça : être réveillé. La plongée dans la vie érotique avec Annabelle avait préparé la métamorphose, l'entrée dans la maison lui en avait offert le cadre rituel, la découverte du tunnel l'avait couronné ; et voici qu'enfin seul avec lui-même, protégé par les murs de son jardin, il entrait dans son royaume.

Le déroulé exact des aventures de cet été nécessiterait un roman entier. C'est ce roman qu'en un sens vous tenez entre vos mains ; et s'il est impossible – peut-être même dérisoire – de vous raconter chaque détail de ce qui arriva au Trésorier-payeur, car ces choses relèvent avant tout de l'invisible, il est possible de vous en suggérer le charme, peut-être même de vous transmettre les couleurs d'une telle séduction. Car si les grandes choses se vivent sur un plan de féerie qui échappe à leur inscription dans l'anecdote, elles se propagent à travers les phrases, et il arrive qu'on puisse en sentir le fluide, comme l'amour. Cela ne peut se dire que d'une manière volatile et musicale : l'essentiel relève du parfum désirable de la fiction.

En rentrant chez lui, après le dîner où Katia Cremer avait mis un terme à des années de fantasme, le Trésorier-payeur n'avait plus cessé d'entrer dans le réel. La découverte du tunnel avait agi sur lui comme un événement considérable qui lui avait offert, en même temps que la chance d'une énigme qui ne s'adresserait qu'à lui seul, la faveur d'une jouissance qui affecterait désormais chaque aspect de son existence : les nuances étincelaient comme la matière précieuse d'une vie qui possédait sa propre direction. Le Trésorier-payeur avait maintenant un destin.

Ce qui s'était ouvert en lui irriguait chacune de ses sensations ; le temps et la maison ne faisaient qu'un ; tout avait pris figure lumineuse ; tout baignait dans ce plaisir limpide dont il avait fait l'expérience sous terre. Il vécut plusieurs semaines à l'intérieur d'une extase que rien ne dérangea.

Les cloches de Saint-Vaast le réveillaient avant même que la lumière ne fût parvenue jusqu'à son chevet. Il se faisait alors un café qu'il buvait debout dans la véranda, en contemplant à travers la baie vitrée le jardin qui à ce moment-là semblait encore une prairie endormie. Cette nacre que, le premier jour, en visitant la maison, il avait vu miroiter sur toute chose, il en attendait l'étincellement chaque matin : il courait dans les étages, passant d'une pièce à une autre, afin de ne rater aucune de ses irisations.

En savourant ainsi l'arrivée de la lumière, dont les premiers reflets, côté jardin, étaient toujours orange écarlate, alors que côté banque ils étalaient leurs nuances d'émeraude et de gris perle, il prenait plaisir à observer, depuis la fenêtre de la chambre du deuxième étage, la vénérable façade de la banque, encore fermée à cette heure ; et au trouble d'apercevoir son bureau s'ajoutait le plaisir, plus étrange encore, d'assister à sa propre vie *en son absence*.

En se rendant disponible chaque matin aux prismes de l'aurore, il s'ouvrait à cette douce fiction que nous inventons sans le vouloir, d'une manière évasive et flottante, et qui dédouble nos vies : il se voyait en même temps chez lui et dans son bureau, il vivait des deux côtés à la fois, comme un personnage de roman dont une simple narration ne parvient pas à contenir la riche personnalité.

Ce rendez-vous avec la lumière avait sans doute été présent dans la vie du Trésorier-payeur, sans qu'il en eût jusqu'ici mesuré l'importance ; il prit cet été-là figure sacramentelle et devint sa prière quotidienne. Très rares furent les matins où il manqua ce rendez-vous ; et certaines des femmes qu'il connut dans sa vie – et qui par curiosité, surprises de se réveiller seules, avaient jeté sur leurs épaules une couverture et monté les marches sans bruit – le trouvèrent immobile et nu, au milieu d'une chambre du premier ou du deuxième étage, les yeux clos, la tête inondée de lumière, avec sur les lèvres un sourire dont elles furent presque jalouses : les instants qu'on passe ainsi dans les lueurs sont une étreinte avec l'invisible.

Il passa cet été-là des matinées entières à déambuler à travers le monde clair et poudreux des pièces qui ne sont plus habitées ; et progressant minutieusement de chambre en chambre, il lui arrivait de rejoindre cet état de silence magnétique qui fait ressusciter les greniers qu'on a connus dans son enfance, ceux des villas que ses parents avaient occupées dans les villes de garnison où son père militaire était affecté, celui de la maison familiale de Lorraine, jaune aux volets verts, dont les secrets recoins lui revenaient, larges, sombres et chauds, au travers de chatoiements boisés.

Les rayons du soleil avaient presque effacé le papier peint bleu des chambres, et cette pâleur lui plaisait, tout autant que les moulures délabrées du plafond. Il mit longtemps avant de meubler ces pièces, car il désirait leur conserver ce caractère abandonné, presque désertique, qui lui permettait d'y projeter ce monde intérieur où le temps se déploie.

Il lui arrivait de passer des heures entières dans l'une ou l'autre de ces chambres, allongé sur les lattes du parquet, absorbé tout entier dans la chaleur de l'été, d'abord attentif à la rumeur de la ville, aux voix assourdies des passants et aux moteurs des voitures, aux nuances du vent dans les arbres, aux pépiements des oiseaux ; et à force de se concentrer sur les mille bruissements qui se déplacent avec l'air, allant jusqu'à distinguer les plus infimes sonorités de leur éloignement, il accédait à ce calme où l'on n'entend plus que les vagues du temps.

À ce bain de lumière succédait une plongée dans la lecture. Il n'avait pas encore rangé ses livres, qui s'entassaient dans son bureau d'une manière anarchique, et dont les piles, faute d'étagères, grimpaient le long du mur comme des plantes qui cherchent de l'air. Ainsi venait-il se servir un peu au hasard, empruntant trois, quatre, cinq volumes pour aller lire dehors, d'abord dans la véranda, dont il ouvrait alors la baie vitrée, laissant entrer le parfum du grand mimosa dont les pompons jaunes d'or égayaient sa lecture, puis dans le jardin, lorsque, vers midi, il tirait derrière lui la chaise longue jusqu'à cet endroit idéal, après la remise, où l'ombre et le soleil, à la lisière du petit bois, se partageaient momentanément un espace tranquille et moucheté.

Il allait alors chercher la brouette qu'il remplissait des livres préalablement choisis, mais aussi d'un oreiller, d'une bouteille d'eau, de biscuits et de fruits secs, et de son manteau qui lui servait de couverture, même en été.

Le temps se donnait alors, sans commencement ni fin, et s'il lui arrivait de voir passer Corinne longeant le mur de pommiers en se faisant toute petite, pour ne pas déranger, et d'entendre ensuite le portail s'ouvrir et se fermer, il n'y avait rien, absolument rien d'autre qui pût peupler ses journées : il avait enfin atteint sa solitude.

Il se mit dès lors à sentir à l'intérieur du temps un parfum continuel qui agrandissait son existence ; et grâce à ce parfum, toutes les matinées qu'il avait vécues durant sa jeune vie, et toutes celles qu'il vivrait encore se reconnaissaient entre elles ; elles se saluaient en se croisant dans le jardin, comme des amies enchantées de se retrouver après un long voyage ; et de leur rencontre naissait un autre temps, une manière plus colorée de vivre les instants, plus intense, plus féerique.

Car dans les chambres aussi bien que dans le jardin, il identifiait désormais cette vérité poudreuse et volatile, immémoriale comme la mousse sur les murs des grottes, enchantée comme les lèvres d'une femme, qui venait d'un lieu dont personne ne soupçonnait la réalité, et qui nourrissait chaque instant pour toujours. Ce parfum du temps se distillait dans sa cave, comme une bière aussi rare que lustrale ; et le Trésorier, en vivant ces matins, ces après-midi, ces soirs et ces nuits, n'avait qu'une chose à faire, la plus simple, la plus heureuse des choses : boire le temps.

En se coulant dans cette chaise longue en osier qui était sans doute là depuis des années, il avait senti d'un coup la densité des instants l'envelopper comme un manteau plus doux, plus délicat que le sien, comme si l'on avait ajouté au coton dont il était fait une doublure de soie mauve, laquelle lui prodiguerait une sensation sans égale : des années s'ajoutaient à sa vie, et son corps en éprouvait une profondeur inédite.

Voilà dix ans qu'il était assis sur ce fauteuil, voilà vingt ans, voilà trente ans ; et tout l'avenir, en s'ouvrant devant lui, en clignotant dans la lumière d'été comme les lilas dont les grappes voguaient au gré de cet après-midi parfait, se changeait à chaque instant en présent déjà vécu : le temps qui n'avait pas encore eu prise sur lui avait ouvert ses vannes, le précipitant d'un coup dans cet au-delà de lui-même qu'on nomme l'âge, et quoiqu'il se mît désormais à vivre, tout était déjà vécu, exploré, aimé, et cela s'appelait une existence. Oui, en une seconde, lui tombant dessus, l'existence s'était emparée de lui, lui arrachant sa jeunesse et lui donnant à la place une angoisse et une insouciance nouvelles, l'une n'allant pas sans l'autre, angoisse et insouciance plus sobres, plus larges, plus étonnantes aussi, qui ne se contredisaient pas, et peut-être même se favorisaient :

avoir cinquante ans à vingt-cinq ans est peut-être possible, mais en faire usage pour jouir de l'univers entier est plus rare.

Il arrive un moment où l'on cesse de chercher : on a senti qu'on pouvait baisser la garde ; et même, qu'*il le fallait*. La faveur qui nous est accordée à la suite de ce geste déborde l'espérance qui l'avait suscité. Il est fou de penser qu'une telle chose puisse arriver à quelqu'un de vingt-cinq ans : ressentir en soi la consistance d'un homme de cinquante ans est une chance. La richesse du temps ne se mesure pas ; c'est pourquoi elle déferle soudain sans qu'on ait pu s'y préparer : il y a les oiseaux, les couleurs du ciel, le mouvement des feuillages et les mots qui se tracent sous vos doigts, rien d'autre. Tout se mélange avec douceur, et se modifie continuellement. Les nuances sont des événements. La clarté de l'air vous parle. Le bonheur se dilapide ainsi, à travers une abondance secrète. Des papillons tournent dans cette immobilité ; et la pelouse étoilée de violettes s'élargit jusqu'à l'arrivée du soir.

J'aimerais insister sur ce point, car les romans s'écrivent pour témoigner des sensations les plus rares ; et il est bon d'approfondir ce qui déborde les évidences et rend tellement secondaires les péripéties : durant quelques heures, chaque jour, le Trésorier-payeur avait bel et bien trente ans, quarante ans, cinquante, soixante, soixante-dix ans, mais aussi sept ans, neuf ans, douze ans ; et il éprouvait au cœur du temps pacifié la joie infinie d'une perception attentive. La lumière brille pour tout le monde, mais à l'intérieur de la lumière, une ivresse s'adresse à ceux qui ont rendu possible son arrivée dans leur vie.

Il était devenu un point jaune et gris dans le tapis vert d'un jardin de lueurs. Il n'était qu'une nuance, mais cette nuance se vivait avec une telle intensité qu'elle était absolue. Quelque chose fleurit dans l'âme qui est parvenue à s'embraser de calme : une joie si profonde qu'on ne saurait l'exprimer avec des mots, mais seulement par un chant. L'espace d'un éclair, on se contemple dans l'esprit, et puis tout glisse vers des rivières intimes. La plénitude existe ainsi : *en elle chante le royaume.*

Que lui importaient la banque, les Dereine, les Katia Cremer, les Vergnier, même les Annabelle ? Rien ne valait cette féerie à laquelle la maison et son trésor l'invitaient.

Un orage éclata en pleine nuit, vers 3 heures du matin, et dans le ciel des clartés mauves alternaient avec de brusques éclairs blancs. Les fleurs du jardin prenaient sous la foudre une couleur violente, et le Trésorier-payeur s'était posté contre la baie vitrée pour ne rien perdre de ces visions. Plus tard, en aimant Lilya Mizaki, au prénom si floral, il verra souvent, dans ce jardin où ils ne cesseront de s'étreindre, son visage illuminé par les soirs d'orage, comme une pivoine, un magnolia, une rose blanche.

La pluie s'arrêta, et une odeur merveilleuse s'éleva de la terre qui rappelait le parfum du tunnel. Il lui sembla entendre une sonnerie au loin. C'était une joie de marcher, la nuit, pieds nus, dans l'herbe mouillée. Il ouvrit le portail, c'était Annabelle.

Elle était entièrement nue, avec ses talons. Son pubis

était rasé. Il ne se souvenait pas qu'elle fût si grande. Une lumière crue aplatissait son corps ; elle n'avait plus de joues, ses hanches étaient maigres et ses seins toujours aussi menus. Il remarqua qu'elle avait fait de sa robe un petit paquet et l'avait déposé sous une pierre, dans la ruelle. L'étincelle de joie dans ses yeux était presque insoutenable, folle, douloureuse. Elle lui sourit, et ce sourire mit le feu à son monde. La lune les guidait : il lui tendit la main, prononça son prénom très doucement, et ils se mirent à courir jusqu'aux fougères où ils roulèrent en se couvrant de baisers. Annabelle riait à gorge déployée. L'expression « gorge déployée » lui semblait s'incarner tout entière en cette femme qui dans la nuit lui répétait dans un murmure : « Baise-moi, baise-moi. » Et lui, il disait : « Où étais-tu passée ? Tu m'as tellement manqué. » Et ils roulaient l'un sur l'autre, et la terre mouillée se collait à leurs mains, à leurs épaules, à leurs culs, la lune elle-même était trempée, et ils avaient dans la bouche en mêlant leurs salives le goût poisseux de l'herbe et des fougères. Quand il la pénétra, elle pleura de joie, mais l'on aurait dit qu'elle était morte aussi, et ses doigts pleins de terre s'accrochaient aux fougères. Il observa comme au ralenti une goutte d'eau qui glissait le long d'une tige et tomba sur la joue d'Annabelle comme une perle ardente qu'il s'empressa de boire, et en l'embrassant il lui offrit la perle qui était une étoile et qui était ses pleurs lorsqu'au réveil il frissonna de chagrin dans la véranda où les rayons du soleil commençaient de taper.

C'est durant ces quelques semaines de solitude que l'esprit du Trésorier-payeur se modifia. Sans doute serait-il préférable de dire qu'il se trouva : car il existe un *lieu dans l'esprit* qui est destiné à chacun, et si très peu le recherchent, lui s'était mis en quête depuis longtemps de ce pays qui est dissimulé en nous-mêmes, et nous reste le plus souvent inconnu. Depuis ses premières nuits de lecture, à Paris, puis à Rennes ; depuis les efforts qu'il n'avait cessé de produire pour forcer en lui des portes inconnues, il avait poursuivi cet espace, et les difficultés qui avaient été les siennes depuis qu'il était arrivé à Béthune ne l'en avaient pas éloigné : au contraire, il s'en était rapproché chaque jour, et l'entrée dans la maison avait encore accéléré cette quête, jusqu'à la découverte du tunnel.

Il s'initiait. Sa vie était une initiation. Tout s'écrivait dans l'âme – et pour les âmes. Le feu qui s'allumait sous sa maison en direction de la banque lui disait cela ; et il avait fallu qu'il se vidât entièrement de ses pensées pour en recevoir le message.

Et puis, il écrivait continuellement. C'était une fièvre calme, étoilée, sereine. Tout en parcourant cet été sur sa chaise longue des traités d'économie, tout en s'imprégnant de Keynes, de Kojève et de Spinoza dont il relisait passionnément l'*Éthique*, il poursuivait un travail qu'il avait commencé quelques années plus tôt, à Paris, lors de son stage à la banque ; mais aux notes qu'il prenait alors à partir de ses lectures s'était substituée une méditation plus personnelle, où l'économie et la mystique se rejoignaient étrangement. Ses écrits témoignaient en effet d'un élan nouveau : la vie du Trésorier-payeur était tournée vers le mystère, et celui-ci avait à voir avec le contraire de l'argent, c'est-à-dire la gratuité. En accumulant des pages et des pages d'écriture qu'il balançait négligemment par-dessus son épaule après les avoir noircies, constellant ainsi le jardin de grands nymphéas blancs, il accueillait en lui cet événement qui, ces dernières semaines, à force d'aiguiser ses contradictions, avait bouleversé son travail et l'avait complètement isolé.

Le sourire de Katia Cremer et celui de ses assistants, les rites insensés de la délégation américaine autour de la pyramide de lingots dans la Souterraine, tout cela existait *contre* cet événement : il ne fallait pas qu'il pût encore avoir lieu, il fallait l'ensevelir sous des tonnes d'argent, et que partout les esprits ne fussent occupés que de lui et de la façon d'en avoir toujours plus.

Comment nommer cet événement ? Comment mettre des mots sur cette lumière qui avait grandi en lui, et dont il ne cessait de repousser la faveur ? La solitude est un moment du feu. L'entière lumière est-elle possible ? C'est vers elle que tend cette aventure.

En écrivant, il installait son expérience intérieure. Il faut tout espérer de l'amour et du déchiffrement : le point où ils se confondent est celui où s'écrit ce livre.

Dans la vie sacrée, une ligne de feux délimite l'aura disponible pour chaque existence, et il lui semblait, en écrivant comme un fou pendant des heures, que c'était précisément cela qui s'allumait à travers ses phrases : elles indiquaient une direction si lumineuse qu'il en était ébloui. Il n'était pas possible qu'une telle chose fût pour lui ; il n'assumait pas du tout ce trésor qui étincelait pourtant dans le nom que tous lui donnaient : un *trésorier* n'a-t-il pas des richesses en sa possession ? Ne veille-t-il pas, comme une vestale, sur un feu plus grand que tout désir ? L'argent ne suffit pas à donner forme à ce feu, à cette richesse, à ce trésor. Dans le livre sur Rimbaud qu'il avait lu grâce à Annabelle, il y avait une phrase qui ne cessait de chanter dans sa tête et qui disait : « Je suis mille fois le plus riche. »

Voilà, son âme était un jardin rempli de couleurs qui étincelaient depuis le temps. Ce temps était infini : il s'ouvrait à la terre entière, aux autres, aux visages, aux joues qui se tendent dans la lumière afin que nos baisers en renouvellent la clarté.

21

Emmaüs

Un matin, on sonna. Cette fois-ci, ce n'était pas un rêve, mais le Trésorier-payeur était plongé si lourdement dans ses pensées qu'il ne parvint pas à s'en extirper. Vissé à sa chaise longue, il mit tellement de temps à réagir que la sonnerie avait empli le jardin d'une manière insupportable.

Il se leva d'un bond et, comme il était torse nu, jeta précipitamment sur ses épaules son manteau, puis commença à courir et trébucha, s'étala dans le gravier, enfin ouvrit brusquement le portail.

C'était Charles Dereine, tout habillé de clair.

— Vous allez bien ? dit-il bouche bée.

— Oui, pourquoi donc ?

— Vous êtes sûr ? Ça va vraiment ?

Charles Dereine n'en revenait pas : il avait face à lui un homme à moitié nu, les cheveux longs, hirsute, barbu, et complètement illuminé.

Le Trésorier-payeur le fit entrer, et remarqua alors une autre personne, qui se tenait dans l'ombre, derrière Dereine.

— Je vous présente Nadège.

Elle lui tendit la main.

— Nadejda, dit-elle. Mais vous pouvez m'appeler Nadège, comme tout le monde.

C'était une femme d'une quarantaine d'années, les cheveux roux bouclés, avec des yeux mélancoliques. Il y avait quelque chose d'endormi en elle, un air évanescent, presque lunaire. Son allure, ses boucles, son pull angora blanc, son jean et ses bottines en daim plurent au Trésorier-payeur.

Charles Dereine gloussa de plaisir en découvrant le jardin : la lumière éclaboussait les feuillages des pommiers de sa nacre, la pelouse brillait, tout était large et clair.

Nadège remarqua les pieds nus, couverts de terre, du Trésorier et elle lui sourit.

— Vous habitez seul dans ce paradis ?

— Mais non, je te l'ai dit, coupa Dereine, notre ami vit entouré de pauvres... Il accueille toute la misère du monde... Ils sont où, d'ailleurs, vos protégés ?

Le Trésorier désigna le fond du jardin, il expliqua à Nadège que le couple qu'il avait recueilli ne le dérangeait absolument pas, ils étaient très discrets ; et en leur venant en aide, il continuait d'approfondir sa solitude.

Dereine l'interrompit à nouveau :

— Il a l'air comme ça d'un excentrique, mais c'est l'homme le plus studieux du monde, tu verras, il a tout lu...

— Je te crois, Charles.

Dereine contemplait le jardin avec une joie qui le rendait espiègle ; il montrait du doigt à Nadège les détails qui l'enchantaient.

Le Trésorier leur apporta des rafraîchissements. Dereine ne tenait pas en place, il demanda à Nadège si elle voulait visiter. Celle-ci était gênée, mais le Trésorier sourit et les pria de le suivre ; et après avoir traversé le grand salon où, leur dit-il, il campait en attendant d'emménager vraiment – ce qui, fit remarquer Dereine en riant, n'arriverait pas de sitôt –, il monta en leur compagnie au premier, puis au deuxième étage, où la lumière ruisselait sur les boiseries du parquet.

— Je voudrais habiter ici, dit Nadège, avec un air extatique.

— Eh bien, vous pourriez l'accueillir, non ? dit Dereine en riant. Après tout, vous êtes le Bon Samaritain !

— Et moi, je suis une pèlerine d'Emmaüs !

Dereine et Nadège éclatèrent de rire, le Trésorier ne comprenait pas.

Ils descendirent. Dereine expliqua alors que Nadège venait de racheter la structure d'Emmaüs récemment installée à Béthune : elle allait « dynamiser ce projet », et dans ce cadre, elle serait l'« interlocutrice de la banque ».

— Vous allez vous charger de l'interface avec Emmaüs, mon cher, c'est un dossier très complexe, avec de gros investissements, je compte sur vous... Mais ce n'est pas pour parler de travail que je vous rends visite, je sais que vous êtes en vacances, c'est pour vos petits protégés : Nadège va vous en débarrasser, elle leur a trouvé un travail.

Le Trésorier regarda Nadège avec surprise : son visage, auréolé par sa belle chevelure rousse, brillait dans la lumière de midi, et ses paupières lourdes lui donnaient l'air d'un sphinx à la fois timide et inflexible. Elle avait sorti une cigarette de son sac, que Dereine lui avait aussitôt allumée. Ils se dirigèrent vers le fond du jardin. Nadège s'arrêta près de la chaise longue, elle examina les piles de livres et les feuillets noircis d'écriture.

— Vous n'êtes pas banquier, vous...
— Si si, rassurez-vous, j'ai tous les diplômes.

Dereine avait ramassé une grosse biographie d'Alexandre Kojève, *La Philosophie, l'État, la fin de l'Histoire*, que le Trésorier était en train de lire, et qui traînait dans l'herbe.

— Kojève n'était pas un espion du KGB ?
— C'est possible. Disons que les Russes le font croire. Son nom de code dans le Renseignement aurait été « Philosophe »... Mais je crois qu'il n'appartenait à aucun pays, son secret ne dépendait que de lui...

Dereine lui rendit le livre.

— Kojève était un génie, continua le Trésorier, ses cours sur Hegel me fascinent, et j'aime le fait qu'il ait été à la fois un penseur décisif et un fonctionnaire, tout aussi important, à la Direction des relations économiques extérieures.

— Il s'avançait masqué, un peu comme vous, n'est-ce pas ?

Le Trésorier sourit, Nadège le dévisagea : elle se demandait qui était ce type un peu trop jeune qui possédait une maison de rêve, et que Charles respectait tant. Les intellectuels ne se promènent pas torse nu, ils meublent leur appartement avec soin et se battent pour le pouvoir ; lui semblait flotter comme un ange à l'intérieur du monde des idées.

Nadège dit qu'elle allait parler toute seule aux Walski. Dereine l'avait briefée : ils étaient polonais ; elle aussi. Elle avait besoin d'un couple de concierges pour ses entrepôts, elle savait qu'ils étaient très croyants, et l'église polonaise était à cent mètres d'Emmaüs : ils diraient oui tout de suite.

Elle s'éloigna, et en contemplant sa silhouette qui flottait dans la lumière, le Trésorier la désira.

Dereine essaya la chaise longue, ferma les yeux, et posa une question à voix basse au Trésorier sans même tourner la tête vers lui :

— Vous avez découvert le tunnel ?

Le Trésorier ne répondit rien. Il feuilleta la biographie de Kojève pour se donner une contenance. On entendait le pépiement des oiseaux. Dereine sifflota un air de Mozart.

Nadège revint : tout était réglé, les Walski étaient d'accord, elle les attendait dès le lendemain pour commencer à travailler.

Le Trésorier se proposa de les emmener avec sa voiture. Voulait-elle qu'ils viennent le matin ? Vers quelle heure ?

Nadège allait répondre, mais il se passa quelque chose de curieux : elle ouvrit la bouche sans qu'aucun son n'en sortît, puis s'évanouit.

Dereine et le Trésorier se précipitèrent et l'allongèrent sur la chaise longue, qu'ils prirent soin de pousser à l'ombre. Il y avait une carafe d'eau à côté des livres, Dereine s'en empara et en versa le contenu sur le visage de Nadège, qui se releva brusquement en proférant un juron en polonais.

— Désolé, ma chère, mais vous nous avez fait une de ces peurs !

Elle était encore faible et voulait se reposer. Comme Dereine avait une obligation, il demanda au Trésorier de s'occuper d'elle.

Ils la transportèrent à l'intérieur, où il faisait plus frais. Le Trésorier indiqua le canapé du salon, et Nadège, visiblement épuisée, s'endormit aussitôt. Dereine prit congé, l'air ennuyé. Il dit qu'il appellerait dans la soirée pour prendre de ses nouvelles. Le Trésorier resta seul avec Nadège.

Elle dormait. Le Trésorier, qui s'était installé dans un fauteuil, juste à côté du canapé, se demanda s'il n'aurait pas fallu lui enlever ses bottines : elle serait plus à l'aise ; mais il n'osait pas, car il avait peur de la réveiller.

Il continua sa lecture de la biographie de Kojève, somnola lui aussi par moments, et demeura des heures à regarder cette femme étendue sur son lit dans un paisible abandon.

Avec la chaleur, ses joues avaient un peu rougi, et quelques mèches de cheveux étaient collées à ses tempes. L'éclat de la lumière veloutait son visage, soulignant la ligne boudeuse qui ciselait ses lèvres ; et en contemplant les formes chaleureuses de cette femme qui miroitaient dans la douceur du soir, il se laissait envahir par cet ambre doré dont Rembrandt enveloppe ses intérieurs et qui a le goût du miel brun.

Il s'était approché pour écouter sa respiration : elle n'était pas dans le coma, quand même ? Est-ce que dans le coma on respire ainsi, avec ce petit sifflement qui lui parut charmant ?

Sa respiration soulevait régulièrement sa poitrine et le

Trésorier-payeur observait avec une attention passionnée le mouvement de ses seins qui gonflaient sous le pull angora, et dont il devinait la rondeur bouleversante ; sans en avoir conscience, il régla son souffle sur le sien, et se laissa bercer par la sensualité du reflux.

Le sommeil de Nadège emplissait le salon d'une douceur qu'il n'avait plus connue depuis des années : même s'il avait retrouvé ces derniers temps un peu de calme, même si la solitude lui avait accordé du répit, sa vie n'était absolument pas sereine : il évoluait, depuis l'adolescence, à l'intérieur d'un labyrinthe dont les complications exigeaient de lui des efforts continuels ; il ne faisait que lutter car il savait qu'au moindre relâchement les ténèbres l'absorberaient.

Le téléphone sonna, il courut décrocher et tandis que la voix de Charles Dereine retentissait, il s'assura que la sonnerie n'avait pas réveillé Nadège.

— Alors, cher ami, vous avez réveillé la Belle au bois dormant ?

Le Trésorier parla doucement : Nadège dormait encore, il était un peu inquiet, c'était étrange de dormir autant, est-ce qu'il ne devait pas appeler le SAMU ?

Dereine le rassura à sa manière moqueuse : Nadège était une dormeuse, elle travaillait énormément, elle était déprimée, en plein divorce, et elle se gavait de tranquillisants qui l'avaient sans doute affaiblie, mais on ne pouvait négliger la possibilité qu'elle eût simulé pour rester seule avec lui.

En raccrochant, le Trésorier haussa les épaules : on prenait vraiment sa maison pour un refuge. Bientôt toutes les âmes en peine viendraient frapper à sa porte ; il y avait déjà les Walski, et maintenant cette femme qui squattait son salon : c'était quand même étonnant qu'on lui fît à ce point confiance.

La nuit était tombée. En se penchant sur cette femme inconnue, qui était la première à passer la nuit chez lui, il lui vint une étrange curiosité, plus grande encore que s'il avait voulu la séduire et avait tout mis en œuvre pour qu'elle se retrouvât là, couchée dans son lit. Il était attiré par son abandon, par cette manière qu'elle avait de répondre soudainement à l'appel du sommeil.

Qu'y a-t-il de plus désirable que l'abandon ? Lorsqu'on écoute enfin ce murmure qui ne cesse de ruisseler en nous, on retrouve notre enfance. Ce coin de chaleur, plus intime, plus vivant que nos exubérances, plus subtil encore que les méandres de notre timidité, c'est la part que nous avons perdue, et que l'émotion nous redonne. Au fond, ce n'était pas Nadège qui était abandonnée, c'était lui.

Elle s'agita légèrement et ouvrit les yeux.

— Venez près de moi, dit-elle, et elle lui attrapa la main qu'elle blottit sur son sein.

Le Trésorier s'allongea à ses côtés, et elle se tourna brusquement, lui tordant le bras, si bien qu'il se retrouva pressé contre elle, le bras enroulé à son corps, le bas-ventre collé contre ses fesses.

Elle s'était rendormie, sa respiration était plus forte. Il n'osait plus bouger. La chaleur de Nadège montait en lui, tendre, immense, délicieuse : il souriait.

Dans la nuit, leurs corps s'ajustèrent peu à peu, et dans un demi-sommeil, les jambes, les bras se mêlèrent. Il avait approché sa bouche de son cou : c'était onctueux. Les battements du cœur de Nadège coulaient directement entre ses lèvres.

Le frottement de sa jambe avait peut-être réveillé Nadège : elle se redressa, ôta son pull, ses bottines, et fit glisser son jean. Elle n'avait pas de soutien-gorge, ses seins étaient amples et lourds ; en se blottissant contre le Trésorier, elle glissa la main le long de son torse jusqu'à la bosse du sexe, qu'elle caressa un peu, et se rendormit.

Le Trésorier se déshabilla lui aussi. Nadège se tourna sur le côté. Il lui toucha les seins, les hanches, les cuisses ; lorsque sa main glissa enfin dans sa culotte, elle poussa un soupir, changea de position et ses doigts se posèrent sur le sexe dressé du Trésorier qu'elle tint serré le restant de la nuit.

Vers 5 heures du matin, la lumière entra dans le salon et le chant des oiseaux réveilla le Trésorier, qui voulut se dégager, mais la main de Nadège le retint.

Ce qui chatoie lorsqu'on fait l'amour est aussi doux que le plaisir lui-même ; des ombres chaudes passent d'un corps à l'autre, et la lumière qui pénètre les corps les arrache à la pesanteur : c'est la vraie joie.

Plus tard, dans la véranda, les mains serrées autour d'un bol de thé, Nadège dit au Trésorier qu'il n'était pas question qu'ils soient « ensemble », sa vie était trop compliquée, elle ne se supportait déjà pas elle-même, elle n'allait quand même pas essayer de supporter quelqu'un d'autre.

En voyant la panique monter dans ses yeux, le Trésorier aurait voulu la prendre dans ses bras, mais sans doute ce geste aurait-il aggravé sa défiance : il se contenta de lui dire que bien sûr il ferait comme elle voulait.

Les Walski apparurent dans le jardin, encombrés de leurs bagages, à la fois fébriles et gênés. Corinne avait encore les cheveux mouillés, sa robe jaune enflammait le ciel bleu ; Yarek s'était rasé la barbe, il avait une toute petite tête.

La Mercedes ne démarrait pas, Nadège téléphona à un ami, qui accepta de les convoyer. Ainsi les Walski, Nadège et le Trésorier se rendirent-ils dans une boutique d'antiquités située à deux pas, sur la Grand-Place, juste en face de l'hôtel du Vieux Beffroi.

Lorsque Nadège poussa la porte, la tête d'un automate africain s'anima au son d'une ritournelle : sa bouche et ses yeux s'ouvraient démesurément, comme s'il s'apprêtait à éclater de rire, sauf que la bouche et les yeux se refermaient, et qu'aucun rire ne venait abréger le malaise. La boutique, surchargée de meubles anciens, de bibelots de toutes sortes et de tableaux du XIXe siècle, demeurait dans une pénombre dont surgit soudainement un homme, noir lui aussi, qui avança les yeux fermés.

Le Trésorier et les Walski furent saisis d'effroi. L'homme prononça un « Bienvenue » fracassant et tendit la main à ses visiteurs.

C'était Casabian.

Nadège avait l'habitude de ses plaisanteries ; elle lui fit la bise en lui présentant ses amis. Il salua les Walski et dit au Trésorier qu'il était au courant pour la « maison rouge » et qu'il lui proposait ses services pour la meubler.

Casabian était haïtien, ses parents avaient fui la dictature de Duvalier. Après des études de sciences politiques, il avait galéré dans une société d'agronomie, puis s'était lancé dans la brocante, d'abord le week-end, juste pour le plaisir de chiner, enfin il avait ouvert cette boutique où il entreposait ses trouvailles ; il travaillait avant tout pour des collectionneurs qui recherchaient la pièce rare : ainsi sillonnait-il la région pour satisfaire leurs commandes.

Il était d'une élégance très anglaise, costume trois-pièces, gilet de coton gris, boutons de manchette ornés, mocassins sur mesure en cuir fauve ; et lorsqu'il devint ami avec le Trésorier, il ne cessa de le taquiner sur sa manie de porter des vêtements usés, sur le « pelage moribond » de son éternel manteau à doublure déchirée, sur ce qu'il appelait son « chic négligé » – son « snobisme de pauvre ».

Nadège voulait absolument être à son bureau pour 10 heures ; elle devait y recevoir un appel très important ; elle était à bout de nerfs, au bord des larmes ; et puisqu'il était évident que sa nuit avec le Trésorier y était pour quelque chose, celui-ci voulut lui épargner sa présence : après tout, pourquoi continuer à la mettre mal à l'aise ? Il n'était pas nécessaire qu'il accompagnât les Walski : il pouvait très bien leur dire adieu ici même.

Les Walski n'y voyaient pas d'inconvénient, ils commencèrent même à le remercier avec beaucoup d'émotion, mais Nadège interrompit cette scène : elle voulait que le Trésorier vînt, elle avait quelque chose à lui montrer.

Casabian les conduisit donc jusqu'aux entrepôts d'Emmaüs, qui étaient situés à la sortie de Bruay-la-Buissière. Sous le soleil, les terrils semblaient des pyramides ; et tout au long de la plaine d'Artois, les chevalements des mines qui scandaient le paysage comme d'étranges beffrois entraînèrent le Trésorier dans une rêverie où l'extraction du charbon se mêlait à l'Égypte et au Moyen Âge flamand.

Le Trésorier-payeur était assis sur la banquette arrière, en compagnie des Walski, qui regardaient les champs de betteraves en souriant. Il contemplait la nuque de Nadège, dont le silence obstiné le contrariait.

Casabian s'arrêta sous la pancarte « Dépôt-vente EMMAÜS », et Nadège sortit de la voiture en courant. Casabian dit au Trésorier qu'il avait une course à faire dans le coin, mais que si ça l'intéressait, il pouvait le ramener à Béthune : il repasserait dans une heure. Avant de redémarrer, il se roula un joint et en proposa une taffe au Trésorier. Un corbeau se dandinait sur les graviers, il observa le Trésorier qui tirait une longue bouffée en fermant les yeux. Casabian lui laissa le joint :

— Cadeau, dit-il, et il démarra.

Les Walski étaient aux anges, ils traînèrent leurs bagages le long des noisetiers, jusqu'au préfabriqué où Nadège s'était engouffrée. De grands chapiteaux de toile blanche alternaient avec des entrepôts en dur sur lesquels s'affichait la photographie de l'abbé Pierre. Des types en salopette entraient et sortaient. Le ciel était vaste et bleu, comme un lac où le Trésorier nageait, béat : il s'était allongé sous un des noisetiers qui bordent le chemin, et vit bientôt repasser devant lui les Walski, qui le saluèrent et ouvrirent la porte d'un bâtiment dont on leur avait confié la clef.

Manifestement, c'était là qu'ils allaient vivre et travailler. Le Trésorier ne savait pas s'il devait être content pour eux ou triste de ne plus les voir. Le feuillage des noisetiers lui faisait une ombrelle, il y avait une douceur dans l'air qui lui donnait envie de s'abandonner, comme Nadège s'était abandonnée chez lui cette nuit. Et au moment où il pensait à elle, elle sortit du préfabriqué et s'avança vers lui. Il était impossible de voir son visage car elle était à contre-jour. Le Trésorier prit conscience qu'il était affalé dans l'herbe comme un clochard et s'imagina qu'elle venait lui demander de dégager. Mais elle pencha son beau visage plein de lumière vers le sien et l'embrassa furtivement, avec une timidité qui l'emplit de joie : elle était soulagée, son mari n'avait pas téléphoné.

Elle lui montra les chevaux, au loin, dans une prairie bordée de pommiers : l'un d'eux était à elle. Elle avait enfilé ses bottes de cheval ; ils prirent le chemin du haras et elle lui raconta qu'elle avait longtemps vécu avec son mari dans une maison de garde forestier avec une vingtaine de chevaux de course en pension. Elle avait tout laissé tomber pour s'occuper d'Emmaüs, mais elle avait conservé un cheval, dont elle s'occupait personnellement. Quant à son mari, dit-elle, il lui mettait des bâtons dans les roues pour Emmaüs. C'est lui qui avait l'argent, lui qui avait investi, mais maintenant qu'ils étaient séparés, il voulait récupérer son bien, une bataille d'avocats était engagée, c'était une période difficile pour elle.

Elle monta son cheval alezan, et le Trésorier-payeur, accoudé à la barrière, regardait avec émotion le spectacle de leur beauté. La chevelure de Nadège scintillait dans la lumière du matin, rousse comme la robe de son cheval ; elle souriait, heureuse.

22

Les Charitables

En septembre, Annabelle revint. C'était précisément le jour où le Trésorier avait repris le travail. Il avait perdu les clefs de son bureau, la porte était fermée, et plutôt que d'appeler un serrurier, se souvenant que son vasistas fermait mal, il avait appuyé une échelle contre la façade de la banque afin d'entrer par la fenêtre.

Il avait à peine gravi quelques degrés de l'échelle qu'il entendit un rire.

— Ça y est, tu la cambrioles enfin, ta banque ?

Annabelle l'embrassa sur la bouche, mais il sentit la même froideur que la toute première fois, le soir où il l'avait aidée à fermer la librairie.

Ils allèrent boire un café juste à côté de la banque.

Elle ne cessait de rire, mais d'une manière presque grimaçante ; elle avait des cernes très noirs, et les ongles rongés jusqu'au sang.

Le Trésorier lui dit qu'il s'était inquiété : il l'avait attendue tout l'été, il ne comprenait pas.

Elle lui raconta qu'elle avait rencontré quelqu'un : Judith

– *Jude* (elle prononça à l'anglaise). C'était vraiment dingue, lui dit-elle, c'était l'harmonie, la fusion : elles vivaient dans une chambre, à Paris, sous les toits, « comme des sœurs jumelles ».

Il lui dit qu'il était heureux pour elle ; il n'était pas jaloux ; il aimait sa liberté.

Elle lui sourit tristement : elle était revenue pour chercher ses affaires ; elle reprenait le train dans deux heures : Jude et elle partaient s'installer à New York, Jude avait de la famille à Brooklyn, on leur prêtait un loft, elles allaient peindre et faire de la musique, c'était le rêve.

Le Trésorier n'entendit plus rien, juste un sifflement, comme si ses oreilles s'étaient bouchées. Il regarda Annabelle enfiler son manteau au ralenti, et lorsque son visage se pencha vers le sien pour l'embrasser, il n'y avait plus qu'une ombre – un buisson de cernes qui avait tout avalé, Annabelle, le Trésorier et l'intensité merveilleuse de leurs nuits.

Il grimpa à l'échelle comme un somnambule, poussa la fenêtre et entra comme dans un rêve dans ce bureau qui lui sembla ne pas exister réellement : sa vie n'était-elle pas une fiction ? Il s'assit devant sa table et resta figé, comme un personnage en attente des décisions de son auteur.

Il y avait un double des clefs dans le tiroir, il allait pouvoir ouvrir cette fichue porte. La vie continuait, même sans Annabelle.

D'ailleurs il n'avait même pas essayé de la retenir. Certes, elle était *déjà* partie, mais s'il n'avait pas lutté, c'était parce que, d'une manière folle, il sentait que quelqu'un d'autre

– quelqu'un qu'il ne connaissait pas encore – faisait battre son cœur.

Voilà : malgré sa passion pour elle, il n'avait jamais ouvert son cœur à Annabelle – il n'y était pas parvenu. Il n'avait encore ouvert son cœur à personne, il attendait, il espérait, il savait que quelqu'un viendrait et que cet être s'égalerait en lui au tunnel, à cette place vide qui se réserve en nous pour l'absolu.

Il se mit à pleuvoir sans interruption pendant des semaines. À 4 heures de l'après-midi, il faisait nuit, c'était pire que l'hiver. Après sa journée de travail, le Trésorier se postait sur sa chaise longue, dans la véranda, et emmitouflé dans son manteau, la tête enrubannée d'écharpes, il écoutait la pluie tomber sur la verrière. Ces moments lui apportaient-ils de l'apaisement ? C'est possible, mais le Trésorier ne s'arrêtait jamais de creuser, si bien que ses tourments comme ses joies n'avaient pas le temps de s'imposer.

En observant le jardin se gorger d'eau, il se demandait si la terre parviendrait à la boire tout entière ou si au contraire le jardin allait devenir un lac, un étang, une mare où l'on pourrait se baigner, la nuit, à la clarté des étoiles, et devenir une fleur d'eau, un nénuphar, un nymphéa.

C'est en contemplant la nudité de la lune, après ce merveilleux été, qu'il comprit à quel point il était seul. Dans cette maison trop grande pour lui, où les étages lui apparaissaient maintenant comme une planète lointaine, où le chauffage ne marchait pas (mais peut-être ne savait-il pas le mettre en marche), il se mit à errer comme le prince d'un royaume vide.

Jusqu'ici, sa vie s'était tendue en ligne droite : il avait toujours fait des efforts, et peu lui importait que l'horizon fût absurde ou qu'il fallût souffrir, il se donnait tout entier aux gestes qui devaient contribuer à la réalisation de son idée. Même si celle-ci lui échappait en partie, il y vouait toutes ses forces ; ainsi était-il parvenu à dominer ses aversions l'une après l'autre, et à se glisser dans un monde qui n'était pas le sien. Et s'il lui arrivait certains jours de ne plus comprendre les raisons de son sacrifice, il préférait confier ses incertitudes à la fatigue, qui se charge toute seule d'éliminer vos troubles.

Mais lui qui avait paru si zélé, il commençait à s'ennuyer dans son travail. Son esprit ne parvenait plus à se concentrer sur ses dossiers : les analyses, les chiffrages, tout lui semblait fastidieux, sans intérêt ; même les simulations de remboursement pour les grands endettés l'ennuyaient : il se demandait de plus en plus souvent ce qu'il fichait dans cette banque où, dès le matin, assis à son bureau, son esprit s'émiettait dans la rêverie.

Lorsqu'il avait confié ses doutes à Nadège, elle lui avait proposé de venir travailler chez Emmaüs. Il avait longuement hésité : après tout, les valeurs sociales et solidaires étaient plus proches des siennes que celles de la banque. Le mot « CARITAS » qu'il voyait inscrit partout dans les bâtiments du dépôt-vente, la présence des bénévoles et l'humilité des personnes réinsérées, l'esprit ouvrier qui animait cette communauté, tout cela faisait résonner en lui une très ancienne mémoire et s'accordait à son cœur, à son âme.

Il se répétait le mot « CARITAS », comme s'il contenait

la clef de l'existence. Rien ne lui était plus clair ni plus obscur à la fois : il lui semblait que sa vie même émanait de ces sept lettres limpides, mais qu'il était impossible de s'en prévaloir. Parfois, il se sentait sauvagement étranger à cette lumière qui vivait en lui ; et parfois son esprit s'y accordait en un ruissellement incompréhensible. Comment savoir ce qu'est pour chacun de nous un tel amour ? Rien, peut-être – ou alors tout. Le mouvement qui pousse à la charité comme celui qui en éloigne compose exactement notre solitude.

Et justement, le Trésorier sentait bien que sa solitude s'était chargée au fil des années d'un mystère qui ne se mesurait pas. Depuis son arrivée à Béthune, une énigme était apparue, qui ne s'était pas ajoutée à sa vie, qui lui avait plutôt ôté quelque chose, mais quoi ? Un ruisseau coule ainsi dans nos veines, inaperçu, comme les oiseaux qui dorment sans que personne les découvre.

Rien n'est plus important que la charité, se répétait-il, mais mon destin est à la banque. Entre Emmaüs et la Banque de France s'ouvrait un espace où lui seul était capable de circuler – un intervalle apparemment contradictoire, où *il était chez lui*. Peut-être était-ce en ce lieu impossible que sa vérité se donnait à entendre, mais il avait bien conscience qu'elle était presque inconcevable, car elle n'appartenait ni à l'argent ni à la gratuité, mais à cette dimension transparente qui glisse entre les deux.

Après un été si intense, il se sentait extrêmement seul : la rupture avec Annabelle avait été brutale. Quant à l'aventure avec Nadège, elle avait tourné court : cette femme souffrait tellement qu'il était impossible qu'une place s'ouvrît en elle à l'amour. Elle était venue plusieurs fois chez lui, tard, le soir, et ils avaient chaque fois passé des moments d'exultation, mais son malheur la rivait à elle-même et ruinait toute éclaircie.

Le Trésorier-payeur se sentait si seul qu'il lui arrivait, certains soirs, de vérifier si, là-bas, de l'autre côté du petit bois, Yarek n'avait pas collé son visage contre la vitre.

Au fond, il n'avait plus que son tunnel, mais celui-ci lui inspirait maintenant de la peur, comme s'il sentait que quelque chose d'irréversible devait s'y jouer, qui menacerait sa raison.

Pour la première fois, le Trésorier-payeur se sentit prisonnier. Il regardait le ciel avec une désespérance d'enfant. On a fermé les mines, se disait-il, mais le charbon s'est jeté dans le ciel : le monde s'est renversé sur lui-même – le trou noir est en haut.

Il était en train de lire un livre sur la vie des frères Lehman : ces banquiers, les plus célèbres de l'histoire du capitalisme avec Goldman Sachs, avaient commencé dans le charbon ; ainsi repensa-t-il à une phrase qu'il avait soulignée dans le livre, et même recopiée dans ses notes : « Les mineurs extrayaient des profondes parois de la Terre non du charbon mais une avalanche de lingots d'or, et des billets de banque, que Lehman Brothers s'appropriaient. »

Une phrase qui résumait bien ce processus halluciné : l'alchimie par laquelle on faisait de l'argent avec ce qu'on sortait de terre. Il y avait eu des mineurs, et ils étaient morts pour que s'inventent les coffres-forts.

C'était ça qu'il lui fallait penser, ça qu'il lui fallait écrire : la fermeture des mines impliquait en principe la fin de l'économie. Alors pourquoi l'argent continuait-il à prospérer quand tout sombrait ? Par quelle magie, noire elle aussi, noire comme le charbon volatilisé dans le ciel, l'argent parvenait-il à se reproduire, à faire de l'argent avec lui-même, comme un monstre qui pond ses œufs de monstre ?

Il écrivait à toute allure sur la petite table de la véranda, et en déroulant ainsi ses réflexions, en couvrant une dizaine de pages d'affilée de sa petite écriture à l'encre noire, il se déchaînait. Il lui arrivait de prononcer les phrases à voix haute, mais c'était avec rage, comme pour tirer de lui une matière qu'il voulait à tout prix expulser. Cette matière lui semblait incessante, elle saturait tellement son esprit qu'elle l'empêchait, certaines nuits, de s'endormir : il lui fallait alors revenir à sa table, et se purger d'un tel flot.

Conseillé par Casabian, il avait fait l'acquisition d'un certain nombre de meubles, dont il se fichait complètement, mais qui avaient rendu sa maison moins aride. En entrant la première fois chez lui, Casabian lui avait demandé quelle sorte de loup vivait ici ; ainsi s'était-il employé à lui rapporter de ses tournées dans les brocantes régionales de beaux tapis anciens, des commodes, des tables basses, des vases et des tableaux, enfin une série de quatre fauteuils Voltaire, en velours bleu et jaune, que Casabian avait lui-même rempaillés, qui formaient un arc de cercle autour d'une table basse en noyer, face au canapé où il continuait à dormir.

Les lampes aussi, les tentures, les rideaux, tout avait été

déniché par Casabian, qui se plaisait à jouer les décorateurs. Le Trésorier et lui étaient devenus de bons amis ; l'un et l'autre étaient surpris d'une telle entente, et ils partageaient un goût pour le vin qui les avait amenés à tester à peu près tous les bars de la région, et qui les poussait à écumer les « bonnes tables » entre Lille, Béthune et Lens, où les restaurants gastronomiques commençaient à fleurir. Leur camaraderie faisait du bien au Trésorier : chaque week-end, il accompagnait Casabian dans ses virées de brocanteur ; les deux amis roulaient ainsi de village en village, de ferme en ferme, à l'affût d'une pièce rare que Casabian s'empressait de négocier, sortant de la poche intérieure de sa veste des liasses de billets qu'il retenait par des élastiques.

Ils chargeaient alors le meuble convoité dans la camionnette et allaient fêter leur acquisition en déjeunant dans quelque relais routier, dont Casabian avait au préalable repéré la qualité sur son *Guide Michelin*.

Casabian habitait une petite maison de ville, à la sortie de Béthune, le long du sentier qui menait au port de plaisance ; et contrairement au Trésorier-payeur qui était à la fois austère et négligent, il avait, en plus d'une cheminée et de bons fauteuils, une cave à vin.

Les deux amis parlaient toute la nuit en écoutant de la musique et en ouvrant des bouteilles ; ils fumaient et buvaient jusqu'au fou rire, jusqu'à se rouler par terre ; et le Trésorier, repu d'alcool et de cannabis, sombrait alors dans une douce torpeur. Si cette amitié n'avait pas l'intensité de celle qui avait lié le Trésorier à Jean Deichel, elle lui procurait la douceur d'une consolation : quelque chose s'absentait en lui qui demandait à être comblé.

De son côté, Casabian, qui vivait très seul (Nadège avait confié au Trésorier qu'il avait perdu un être cher), se plaisait dans la compagnie de ce camarade fantasque qui, en lui confiant ses espérances, en lui racontant ses difficultés aussi bien que ses frasques, lui rappelait que vivre était une aventure ardente, remplie de lumières inattendues et fourmillant de détails jusqu'à l'infini.

Une nuit, vers 3 heures, le téléphone sonna. Le Trésorier se leva d'un bond. C'était Casabian : Charles Dereine était mort.

Casabian ne savait pas combien cet homme et le Trésorier étaient liés ; d'ailleurs le Trésorier ne le savait pas non plus : c'est en apprenant sa mort qu'il réalisa à quel point Dereine comptait dans sa vie.

Si Casabian l'appelait, c'était avant tout parce que la confrérie des Charitables de saint Éloi avait besoin de quelqu'un pour l'enterrement, il fallait qu'on se décidât sur le nom de ce nouveau membre cette nuit même : la règle de la confrérie exigeait qu'il y eût continuité, sinon la charité serait rompue.

Le Trésorier ne comprenait pas.

Casabian lui expliqua : Charles Dereine faisait partie de cette confrérie, très célèbre à Béthune, qui, à sa manière laïque, s'occupait des œuvres de miséricorde. Parmi elles, il y avait le soin accordé aux morts. Pour enterrer quelqu'un, lui dit Casabian, il fallait être onze, et avec la mort de Dereine, il manquait désormais une personne : Casabian, qui non seulement en faisait partie, mais en était pour une année encore le prévôt, avait pensé au Trésorier, lequel accepta immédiatement, sans trop savoir ce qu'il faisait.

Casabian le remercia par une formule latine, dont le Trésorier ne comprit que le mot *caritas* ; il lui donna rendez-vous le lendemain au 3 rue des Charitables, à midi, pour son « intronisation », puis raccrocha.

Le Trésorier ne dormit pas cette nuit-là. Il s'allongea sur la chaise longue de la véranda, remonta sur lui la couverture, et fuma cigarette sur cigarette jusqu'au matin.

La mort de Charles Dereine l'affectait à un point qui le surprit lui-même. Étaient-ils amis ? Ni l'un ni l'autre n'auraient accepté ce mot, car leur pudeur était extrême, mais il était évident que leurs rapports n'avaient pas été seulement professionnels.

Le Trésorier comprit l'importance que Charles Dereine avait eue dans sa vie : cet homme avait été son protecteur. Il avait cru en lui. Au fond, personne d'autre n'avait jamais pris soin du Trésorier, de ce qu'il pensait, de ce qu'il estimait juste et vrai. Outre le chagrin d'avoir perdu un être cher, c'était aussi cela qu'il découvrait : il était seul. Ce qu'il ressentait depuis quelques semaines n'était que l'avant-goût d'une solitude maintenant bien réelle.

Que cet homme brillant ne l'eût pas considéré, dès leur première rencontre, comme un simple employé, mais comme quelqu'un qui pouvait réaliser de grandes choses, cela l'avait sidéré, comme si Dieu lui-même était descendu jusqu'à lui pour lui affirmer, comme à Thomas d'Aquin : « Ce que tu fais est bien. »

Maintenant, plus personne ne lui dirait si ce qu'il faisait était bien ; il allait devoir se battre, plus encore que durant ses débuts, parce qu'il n'était plus protégé.

Vers 5 heures, des bandes roses s'allumèrent dans les feuillages avec des crépitements orangés, comme si le ciel, par-delà ses chers noisetiers qui dressaient vaillamment leurs feuillages dans le sale hiver de Béthune, brûlait doucement au-dessus des forêts de l'Artois.

Une vibration dans l'air enveloppait des maisons blotties, là-bas, vers le bois des Dames, chez Nadège, où sa pensée l'entraînait ; et il lui semblait apercevoir au travers de cette lueur rouge qui transperçait la nuit le signe que la mort émanait d'un conte. C'était une histoire qu'on se racontait depuis la nuit des temps, et qui mettait chaque fois les vivants au défi pour que les morts continuent à vivre dans la mémoire de ceux qui pensent à eux.

Il avait mal à la tête. La lézarde au plafond de la véranda le regardait. Les formes s'engourdissent, il faut réagir afin que l'instant de la présence soit remis à tous les temps.

Il se leva, enfila son manteau, descendit les marches qui menaient à la cave, alluma le néon qui jeta une lumière trouble sur le trou qui s'ouvrait au fond, là-bas, et puis il s'engouffra dans le noir.

À la banque, l'émotion fut très vive : Charles Dereine était aimé par tout le monde car bien qu'il fût directeur, il ne se prenait pas pour un notable. Les employés appréciaient sa manière de gérer la banque, et soulignèrent ce matin-là sa bienveillance, qui était déjà légendaire : dans les conflits, il prenait toujours leur parti contre les intérêts de la direction parisienne ; il en avait d'ailleurs payé le prix : on lui avait toujours refusé le poste dont il rêvait, à Bordeaux, où il était né. Sa manière de fuir le monde du pouvoir dénotait peut-être une modestie sociale qu'il avait tenue secrète : personne ne savait très bien d'où il venait, ni même comment il vivait. Politiquement, c'était une sorte d'anarchiste, ce qui est très curieux pour le directeur d'une succursale de la Banque de France. Beaucoup de banquiers sont de gauche ; ils dédaignent le profit, et la finance est leur ennemi. On peut le concevoir, car ils travaillent dans des lieux d'où le commerce est exclu : la Banque de France est une institution, pas un casino. Ainsi ces banquiers pensent-ils régulation, pas spéculation ; il arrive qu'ils rêvent d'égalité et certains parviennent même à changer, un peu, le système.

Mais anarchiste – même anarchiste bourgeois –, c'est plus étrange. On imagine mal qu'un type en costume-cravate soit un réfractaire, mais Charles Dereine, sous ses dehors ondoyants, et derrière cette indulgence qui lui donnait son air de séduction mondaine, rejetait violemment l'autorité : il était fâché avec toutes les personnalités politiques de la ville ; et ses rapports avec les juges du tribunal d'instance de Béthune étaient désastreux.

Qu'il fût célibataire avait beaucoup fait parler : on le soupçonnait d'avoir une inclination pour les hommes, mais sans doute était-ce un masque dont il jouait. Le Trésorier avait fini par s'imaginer qu'il y avait quelque chose entre Annabelle et lui, et aussi avec Nadège, avec sans doute beaucoup d'autres. Cet homme avait aimé les femmes outre mesure, et s'il avait tenu à garder une telle passion secrète, c'est d'abord parce qu'elle était excessive, et donc injustifiable aux yeux de ceux qui voient la vie sentimentale comme un simple moyen de se rassurer. La société ne comprend rien à l'amour ; elle en parle sans cesse, mais en réalité elle lui est contraire, et blâme ceux qui lui consacrent leur vie, réduisant leur comportement à du donjuanisme. Le Trésorier-payeur se plaisait à croire que Charles Dereine avait vécu scandaleusement sans faire de scandale : en se passionnant avec tant d'ardeur pour des femmes, il s'était rendu disponible à une forme d'adoration.

Après une triste matinée au bureau, le Trésorier-payeur se rendit à la chambre des Charitables de saint Éloi. Elle était située à deux pas de la banque, et lorsqu'il arriva, il fut accueilli par Casabian, qui le mena dans la salle où les membres de la confrérie l'attendaient autour d'une longue table au centre de laquelle était posée une chandelle de cire.

Ils étaient tous vêtus de la cape noire, du bicorne et des gants blancs propres à la confrérie et le dévisagèrent avec gravité. Sur les murs, des tableaux représentaient d'anciens Charitables, et on y avait fixé également des photographies de la fontaine de Quinty, où chaque année on rendait hommage aux deux maréchaux-ferrants à qui saint Éloi était apparu pendant l'épidémie de peste, au XIIe siècle. Celui-ci leur avait demandé d'établir une charité vouée à aider les pauvres et à ensevelir les morts, qui gisaient alors partout sans sépulture, aussi bien dans la campagne que dans la ville. Il leur avait également demandé de faire bénir une chandelle en son nom, qui préserverait de la contagion tous ceux qui lui accorderaient leur confiance.

C'était ce que racontait le parchemin sous verre, daté du 26 octobre 1317, et signé Pierre de Nogent, prieur au monastère clunisien de Saint-Pry à Béthune, que Casabian lui avait solennellement tendu, et dont il devait s'imprégner en préalable à son intronisation. Le texte avait été écrit en roman mêlé de flamand, mais une traduction était jointe.

Le Trésorier-payeur écouta ensuite un chant, qui fut entonné par le doyen des Charitables, et dont les paroles furent reprises en chœur par les autres ; il n'y comprit pas grand-chose, à cause de l'accent que tous y mettaient, sauf les derniers mots, qui furent prononcés plus doucement : « Et la terre s'ouvrira. »

Ces quatre mots lui convenaient, et il sourit à l'assemblée. La chandelle de cire passa de main en main jusqu'au Trésorier-payeur qui fut chargé d'en allumer la mèche, après quoi il la fit passer à nouveau aux autres, renouvelant ainsi le geste des fondateurs de la confrérie, le *partage de la lumière*, qui ne s'interrompt jamais. C'est pourquoi la charité n'a pas besoin de rites : elle est à elle-même son propre sacrement. Le mystère d'un tel amour déborde l'idée même de générosité, il appelle un dévouement sans limite.

Casabian se plaça derrière le pupitre et commença son discours par une question :

— As-tu déjà reçu l'existence des autres ?

Une telle question faisait partie du protocole, mais elle provoqua une grande émotion chez le Trésorier-payeur.

Casabian dit que la suppression des souffrances était impossible, mais qu'on pouvait recevoir tout en donnant : c'était cela la charité. Puis il énuméra les sept œuvres de miséricorde, c'est-à-dire les services auxquels étaient astreints les Charitables, et auxquels le Trésorier serait désormais astreint lui aussi.

Le Trésorier repensa à Bénédicte et au tableau du Caravage qu'elle était allée voir à Naples ; et il se souvenait en particulier d'une phrase qu'elle avait prononcée, à savoir que le tableau possédait « la clef de cette histoire ». Cette histoire était en train de devenir la sienne ; et la charité en était bel et bien la clef.

Casabian dit que le vrai savoir consistait à trouver les bons gestes pour accompagner les morts ; il ajouta :

— Quiconque n'a pas porté un cercueil ne connaît pas le poids des choses.

Il raconta qu'il y avait plusieurs siècles, les Charitables procédaient à la toilette mortuaire et préparaient la mise en bière. Avant d'être placés dans la caisse, les pauvres étaient roulés dans de la paille, les autres dans un drap de lin ; les plus fortunés étaient roulés, quant à eux, dans la peau d'un chevreuil ou d'une biche.

Les Charitables, assis autour de la table, écoutaient très attentivement leur prévôt énoncer les préceptes. Seuls Casabian et le Trésorier étaient debout face à face. Entre eux, la poussière dansait dans la fine lumière qui passait à travers les vitraux de l'entrée.

Casabian continua l'instruction : il dit que les Charitables avaient reçu l'autorisation de lever les morts, et que le rabat bleu qu'ils portaient sous la cravate en faisait foi ; il brandit vers le Trésorier une baguette ornée de buis, de fleurs et de thym et dit qu'elle était en bois de coudrier parce que celui-ci éloignait autrefois la contagion ; enfin il expliqua qu'ils avaient obligation de porter des gants, et que c'était en souvenir des feuilles de chou que les premiers Charitables se nouaient autour des mains pour toucher le corps des lépreux.

Le Trésorier-payeur s'attendait à devoir faire un serment ou à jurer fidélité, mais on ne lui demanda rien.

On lui apporta des vêtements, c'étaient ceux de Charles Dereine. Casabian lui ajusta la cape, déposa sur sa tête le bicorne et lui enfila les gants ; puis on lui remit la baguette.

Le doyen, un vieil homme bourru, s'avança vers lui.

— As-tu déjà creusé une fosse ?

Le Trésorier pensa furtivement à son tunnel. La tête lui tournait, il avait le vertige.

Le doyen lui dit qu'il avait de la chance car il n'aurait pas à creuser, mais qu'avant les fossoyeurs existaient les *fossiers*, et qu'à l'époque la charge de fossier appartenait à la confrérie.

Puis il éclata de rire et donna l'accolade au Trésorier ; tous se mirent à rire et vinrent l'embrasser.

Ils lui demandèrent de faire un discours. Le Trésorier-payeur fut bref :

— Je m'occupais de l'argent, et voici que je vais m'occuper des morts.

Ils applaudirent, se remirent à chanter, débouchèrent des bouteilles de mousseux et servirent des tourtes aux champignons. Le Trésorier-payeur but plusieurs coupes, et, avec les tourtes, s'en donna à cœur joie. Casabian vint le voir pour le serrer dans ses bras. Il le remercia d'avoir accepté de succéder à Charles Dereine. Le Trésorier fondit en larmes.

Il y a des douleurs qui existent en nous depuis toujours sous une forme vide, et voici qu'un jour un tel vide se remplit de chagrin. Lorsque le Trésorier se rendit au domicile de Charles Dereine pour présenter ses condoléances à la famille, il ne rencontra personne : la maison, qu'il ne connaissait pas et qu'il eut du mal à trouver tant elle était éloignée du centre-ville, était déserte. Seule une femme brune le fit entrer et l'accompagna jusqu'à la chambre de Dereine. Elle s'éclipsa, et le Trésorier-payeur se retrouva seul avec le cadavre de Charles Dereine. Il était couché sur son lit, vêtu d'un costume blanc qui lui sembla complètement incongru. Le Trésorier ne lui avait jamais vu un tel costume, ni même ces chaussures, qui étaient blanches elles aussi. À cause de cet accoutrement, il ne parvenait pas à se concentrer : il aurait voulu se recueillir auprès de cet homme qui avait tant compté pour lui ; il aurait aimé prier ou méditer à ses côtés, en tout cas lui rendre hommage, mais il n'y parvenait pas à cause de ce satané costume. Il s'approcha du lit et se pencha vers le visage de Charles Dereine. Alors, en regardant fixement sa bouche morte, en regardant ses yeux morts, son nez mort, ses joues mortes, ses cheveux morts, il récita en silence un poème qu'il avait appris par cœur, la veille au soir, spécialement pour Charles Dereine. Il essaya d'ouvrir les lèvres pour le prononcer à voix haute, mais rien ne venait, le silence était préférable.

En sortant de la chambre, il ne recroisa pas la femme brune ; il l'attendit un peu dans l'entrée, dans l'espoir de lui dire au revoir, mais personne ne vint, si bien qu'il s'en alla.

Le lendemain, en portant le cercueil à travers les rues de Béthune avec cinq autres Charitables, il avait mal au dos, mal aux reins, mal partout. La distance entre le domicile de Charles Dereine et le cimetière était énorme, et il avait été décidé par la confrérie que les plus âgés seraient exemptés de cercueil et qu'ils marcheraient derrière afin de ménager leurs forces.

La pluie était glaciale. Le cortège avançait avec une lenteur qu'il s'était imaginée solennelle, mais qui était due ce jour-là aux voitures qui obstruaient le passage : un embouteillage paralysait le centre de la ville.

Les Charitables firent du surplace, et le Trésorier-payeur bouillait de colère : comment était-il possible qu'on enterrât quelqu'un dans de telles conditions ? N'étaient-ils pas là pour « maintenir la dimension du sacré », comme il avait entendu un membre de la confrérie le dire le jour de son intronisation ? Prisonniers d'un embouteillage, ils ne maintenaient rien du tout.

Lorsqu'il était arrivé, quelques heures plus tôt, dans la maison de Charles Dereine avec les autres Charitables, il avait aperçu la femme brune qui l'avait accueilli la veille. Elle avait une vingtaine d'années, un visage très pâle, les cheveux noirs très longs. Il s'était alors rendu compte de son extrême beauté, mais il n'avait pas eu le temps de penser à elle, encore moins de se demander qui elle était, parce que ses camarades et lui devaient procéder à la levée du corps. Lorsque tout fut prêt, Casabian alla la prévenir : elle précéda le cortège dans le couloir et c'est elle, encore, qui ouvrit la porte afin qu'on pût sortir le cercueil.

Il avait pensé que la ville serait en deuil, et que le parcours qu'ils emprunteraient jusqu'au cimetière serait tout entier tendu de drap noir, mais la vie continuait, indifférente, et les passants ne se retournaient même pas vers ces étranges personnages dont le mantelet noir et le bicorne ruisselaient de pluie.

Lorsqu'ils parvinrent au cimetière, seules quatre ou cinq personnes attendaient sous des parapluies. Il émanait d'une telle nudité un sentiment de tristesse poignant : Charles Dereine s'était-il à ce point arraché aux autres qu'à la fin il ne restât plus rien ? C'était encore faux de penser cela : il y avait cette femme brune qui attendait au bord du trou vers lequel se dirigeait le cortège. Les autres baissaient les yeux ; pas elle. Elle fixait le cercueil qui s'approchait d'elle avec une intensité qui parut au Trésorier-payeur un signe de souveraineté. Avec son imperméable blanc qui contredisait superbement le noir que portaient ses voisins, elle semblait clamer son isolement comme une insolence.

Les Charitables déposèrent le cercueil sur des tréteaux disposés à côté du trou, et la femme s'avança. La pluie s'était arrêtée, elle déplia une feuille de papier, la page déchirée d'un livre qu'elle lut avec lenteur et d'une voix parfaitement claire :

> C'est seulement dans l'amour qui les embrase qu'un homme ou une femme sont aussitôt, silencieusement, rendus à l'univers. L'être aimé ne propose à l'amant de l'ouvrir à la totalité de ce qui est qu'en s'ouvrant lui-même à son amour, une ouverture illimitée n'est donnée que dans cette fusion, où l'objet et le sujet, l'être aimé et l'amant, cessent d'être dans le monde isolément – cessent d'être séparés l'un de l'autre et du monde, et sont deux souffles dans un seul vent. Aucune communauté ne peut comprendre cet élan, véritablement fou, qui entre en jeu dans la préférence pour un être. Si nous nous consumons de langueur, si nous nous ruinons, ou si, parfois, nous nous donnons la mort, c'est qu'un tel sentiment de préférence nous a mis dans l'attente de la prodigieuse dissolution et de l'éclatement qu'est l'étreinte accordée. Et si tout porte dans la fièvre à anticiper sur l'étreinte en un mouvement de passion qui nous épuise, celle-ci, à l'image des nuées d'étoiles qui tourbillonnent dans l'ivresse du ciel, nous accorde enfin à l'immensité contenue dans l'amour d'un être mortel.

Un long silence fut observé, pendant lequel l'assemblée garda la tête baissée. Le Trésorier-payeur était bouche bée, comme si une trappe venait de s'ouvrir en lui. Le cercueil fut descendu dans le trou, les Charitables se placèrent des deux côtés de la tombe, et chacun vint y jeter une rose. Le Trésorier reconnut alors quelques employés de la banque, dont Mme Vidale, qui portait un voile de dentelle noire sur son visage déchiré de pleurs. Lorsque enfin ce fut au tour de la femme de s'avancer, le cœur du Trésorier-payeur se mit à battre très fort. Son regard était braqué sur elle. Après avoir jeté sa rose, elle resta quelques secondes les yeux fermés, au bord de la tombe. Quand elle les rouvrit, ce fut pour dévisager le Trésorier-payeur. Leurs regards se croisèrent.

III

La mort de Charles Dereine avait ouvert un gouffre dans la vie du Trésorier-payeur. Ce gouffre existait déjà, mais la solitude qu'il s'était infligée dès son retour de l'enterrement en avait aggravé la profondeur. Si cette mort produisit en lui un choc – et déclencha une tristesse qui l'accompagna pendant des années –, elle n'interrompit rien de cette expérience qu'il menait avec sa propre vie, et qui lui faisait refuser les facilités. Au contraire, il continua d'avancer dans son tunnel, mais à reculons, comme s'il lisait un texte à l'envers. Que déchiffre-t-on alors ? Aucun texte ne se donne avec tant d'éclat que celui qui vous résiste. Le soleil vu de face vous aveugle, mais les rayons qu'il projette derrière vous tracent aussi votre silhouette. Lire dans son dos, c'est entrer dans cet impossible qui vous consacre. Sans doute est-ce cela qu'on appelle *vivre avec la mort*.

D'ailleurs, comment Charles Dereine était-il mort ? Le Trésorier-payeur ne se posait pas la question : lorsque la mort surgit dans votre vie, elle récuse toute explication. Et que lui importait de savoir : il était sans doute plus brûlant, pour quelqu'un comme lui, de s'accorder à cela qui, venant de la mort, ouvre à l'inconnu.

Ainsi entra-t-il dans une période douloureuse que ses proches (disons Mme Vidale et Casabian) qualifièrent de « dépressive ». Mais si le Trésorier souffrait, si son esprit s'empêtrait dans une inertie qui le cloua un certain temps au lit, il ne put s'empêcher d'endurer cette mauvaise passe comme un chapitre d'une plus grande expérience. Car il n'y a pas de question ultime, il n'y a pas de *dernière pensée* ; tout se vit à hauteur d'une soif qui ne cesse d'élargir en vous la capacité de la rejoindre.

Le Trésorier-payeur commença par s'ennuyer mortellement au bureau ; puis très vite, sa volonté se figea, il ne parvint plus à mobiliser son esprit et se mit à faire semblant de travailler, comme font beaucoup de gens. Ses dossiers traînaient, il en bâclait certains, et les autres restaient en plan, sans que personne en sût rien. Il pensait aux termites qui attaquent le bois en y perçant des trous minuscules : un jour, la poutre s'effondre, et sur le sol ne s'éparpillent que des miettes. C'était ainsi qu'il se figurait son cerveau, ralenti, voilé par une tristesse qui le rongeait.

Un jour, en sortant de la banque, alors qu'il se rendait à la supérette où il avait ses habitudes, il s'immobilisa. Il lui sembla soudain qu'il vivait à l'intérieur d'un corps qui n'était pas le sien : il avait cent ans, il était somnambule, il allait tomber. Il demeura une éternité au bord du trottoir, le pied levé, suspendu à l'instant qui ne venait pas, les yeux exorbités, la bouche ouverte. Il s'effondra.

On lui prescrivit un arrêt de travail, puis deux, puis

trois, qui se transformèrent en arrêt longue maladie. Il prit des médicaments, et son traitement l'abrutissait si bien qu'il traversait ses journées et ses nuits sans rien sentir, comme s'il était allongé sur un tapis volant. Il resta cloîtré pendant des mois, se dégoûta de la claustration ; puis sortit et s'enivra, se dégoûta d'un tel enivrement. Il traversa ainsi tout un hiver, collé à son divan, perdu sous des épaisseurs de couvertures qui l'isolaient de toute sensation, de toute pensée, de toute véritable vie ; et lorsqu'il lui arrivait de revenir à lui, il contemplait l'avancée merveilleuse de ce rai de lumière qu'il aimait tant, et qui, tôt le matin, pénétrait dans le salon après avoir franchi la véranda et parcourait le corridor qui mène jusqu'à son chevet.

Une telle lumière le ravissait comme un ami fidèle, mieux, comme un amour, son seul et véritable amour : la lumière, dont il avait lu qu'elle était une fleur dans l'espace. Il souriait et refermait les yeux : elle était là, elle existait sans lui, sans rien, sans pourquoi, comme la rose qui fleurit parce qu'elle fleurit. Alors il pouvait bien replonger dans sa nuit : un jour, il serait de retour, et le couple qu'il formait avec la lumière reprendrait ses aventures.

Au fil des mois, il se remit à écrire et remonta peu à peu à la surface. Il lui semblait que les phrases venaient d'un endroit qui était sous la terre ; et qu'en écrivant, il les appelait dans une langue intraduisible, cette langue de sommeil où des algues remuent.

Il écrivait au lit, jusqu'à ce qu'il n'eût plus de forces et se rendormît. Il vécut alors constamment avec ses phrases, dans leur compagnie enchantée : en se réveillant, que ce fût en pleine nuit, le matin ou l'après-midi, il reprenait exactement là où l'épuisement l'avait interrompu, finissant une phrase, en commençant une autre, si bien que durant l'hiver 91-92, le temps n'exista plus qu'à travers l'arborescence de ses écrits.

Casabian lui avait offert une armoire flamande en chêne sculpté, qu'il avait dénichée dans la grange d'un fermier, près de Quinty ; elle datait, selon lui, du XVIe, et il l'avait eue pour une bouchée de pain.

Il avait remarqué que le Trésorier ne prenait aucun soin de ses manuscrits ; les feuillets s'étalaient un peu partout dans la maison ; ils formaient des tas où se mêlaient des factures, des magazines, des listes de courses ; il y en avait plusieurs piles effondrées sur le sol de la véranda et l'on en trouvait aussi sous son lit, où il les laissait glisser dès qu'ils étaient couverts de son écriture, et même dans le jardin, presque illisibles, souillés d'herbe et de boue séchée.

Le Trésorier lui avait dit que la conservation de ses écrits n'avait aucune importance à ses yeux : ce qui comptait, c'était d'extraire les phrases qu'il avait dans la tête – il écrivait pour les oublier.

Casabian avait beaucoup veillé le Trésorier pendant ces longs mois ; il avait la clef de la maison, venait le voir une fois par jour, lui apportait de quoi manger. Après avoir retapé l'armoire, il l'avait installée dans le salon un jour que le Trésorier dormait, puis avait entrepris de rassembler tous ses manuscrits pour les déposer sur les étagères de ce coffre seigneurial, non seulement les centaines de pages qui traînaient par terre, mais aussi le contenu de ce carton qui servait au Trésorier de table de chevet, dans lequel étaient rassemblés ses feuillets de Rennes et de l'hôtel du Vieux Beffroi.

Lorsque le Trésorier s'éveilla cette fin d'après-midi de janvier, Casabian était à ses côtés : il lui présenta l'armoire, ses deux vantaux articulés, ses ferrures en fer forgé, son décor en relief orné de bustes d'hommes et de femmes sculptés dans des médaillons de feuilles de laurier, entourés de rinceaux feuillagés, qui lui rappelaient l'ornementation de certains ouvrages italiens de la Renaissance.

— Les seigneurs y conservaient leur trésor, dit-il : linge, argenterie, papiers. J'ai pensé que tu pourrais y empiler tes parchemins.

Le Trésorier sourit : la lumière auréolait cette énorme pièce de bois, donnant aux petits visages sculptés sur les vantaux un air d'enfant.

— Ils sont combien ?
— Douze, comme les Apôtres.
— Où est le Christ ?
— Ça, c'est à toi de le trouver, répondit Casabian en riant.

L'armoire plut énormément au Trésorier. Il y voyait une sorte de retable et adorait en ouvrir les vantaux, les refermer, les rouvrir. Il lui semblait que cet acte recelait un sens mystique : chaque fois qu'il glissait de nouvelles pages dans l'armoire, celle-ci se modifiait, comme le monde ne cesse de changer à chaque naissance, à chaque parole que prononcent les humains.

— Où est passé le Christ ? demandait-il chaque fois.

C'était devenu un jeu. Un soir, Casabian avait émis l'hypothèse que si les Apôtres composaient la surface de l'armoire, le Christ en était l'intérieur. Que l'armoire fût pleine ou remplie, elle était le dieu, car peu importe qu'un dieu soit présent ou absent, il n'existe qu'à travers la croyance que nous avons en lui.

Le Trésorier ne se vouait à l'écriture qu'afin de dépenser ce qui, dans son esprit, était *en trop*. En un sens, il consumait par des phrases une chose qui n'existait qu'à travers le mouvement qui la jetait au-dehors de lui. C'était comme un sacrifice. On dira que le véritable sacrifice eût été de brûler tous ces feuillets, mais lorsque le Trésorier les couvrait d'encre, il y voyait réellement des flammes : son écriture effaçait ce qu'elle y déposait. Après avoir écrit, il ne se souvenait de rien ; et d'ailleurs, il n'aurait pas été surpris qu'il n'y eût rien sur ces pages : écrire, c'est vider les coffres. Alors quelle importance que les feuillets fussent conservés ? Il n'y touchait pas, il ne les relirait jamais. Il remplissait l'armoire comme on enfouit un secret dans le coin le plus ardent de son cœur. Le silence et l'oubli protégeaient ce meuble ; et comme pour le tunnel, il en avait seul les clefs.

Lorsqu'il retourna travailler après sa longue absence, personne ne vint lui parler. D'ailleurs, à part Mme Vidale qui lui avait téléphoné à plusieurs reprises, et qui l'embrassa avec émotion, aucun de ses collègues n'avait pris de ses nouvelles.

Il retrouva son bureau couvert de poussière. Les plantes étaient mortes ; des cartons de matériel usagé s'amoncelaient comme dans un débarras ; et comme la photo de Marx était déchirée, il la jeta à la poubelle.

Mme Vidale avait maigri, ses yeux s'étaient creusés ; elle envisageait de partir à la retraite et ne parlait que de sa maison en Bretagne. Un nouveau directeur était arrivé, qui se nommait Verdun, un technocrate que Mme Vidale décrivit au Trésorier comme étant désagréable, pédant, autoritaire. On ne le voyait jamais : il n'était préoccupé que des stratégies du directoire, et passait son temps en réunions à Paris ; ne resta que deux années en poste à Béthune ; et comme tous les directeurs qui lui succédèrent, n'accorda aucune importance aux employés de la succursale.

Le Trésorier le voyait une fois par semaine, le lundi en fin de matinée, lorsqu'il était convoqué dans son bureau pour le suivi des plans de sauvetage des surendettés ; mais si Verdun consentait à l'écouter, c'était uniquement parce que Rousselier lui avait vanté ses compétences : la jeunesse du Trésorier l'avait d'abord étonné, mais comme le travail était effectué, il s'était complètement désintéressé de ce « secteur des sinistres », comme il l'appelait avec mépris, car il avait senti que ces histoires d'entreprises en liquidation et de particuliers insolvables relevaient avant tout de la misère locale, et ne le rendaient pas intéressant auprès de Paris.

J'accélère. Au fil des années, on avait confié au Trésorier l'élaboration d'analyses et de rapports qui concernaient l'emprise progressive de la finance sur l'économie. La situation mondiale avait pris une tournure inquiétante, et il était très lucide sur la perversion dont témoignaient les marchés financiers.

Katia Cremer avait rapidement grimpé dans l'organigramme de la Banque de France ; elle occupa le poste de directrice technique au Cabinet du gouverneur puis intégra le Conseil général, où elle travaillait aux côtés de Jean-Claude Trichet, qui venait juste d'être nommé gouverneur ; et même si le Trésorier ne lui était pas sympathique – même si elle avait senti en lui une *altérité réticente,* comme on la nommait dans les formations de management qu'elle avait suivies comme tous les cadres –, elle n'avait pas oublié qu'il avait été très efficace lors d'une opération de communication, et elle avait fait appel à lui plusieurs fois pour piloter des projets d'expertise globale.

Il avait rédigé alors des notes sur la crise mondiale, sur l'accélération des échanges spéculatifs, sur les répercussions bancaires de la globalisation des flux. Ce qu'on appelle « note » à la Banque de France peut aller jusqu'au mémoire de cent pages : c'est le genre de synthèse auquel on se donne à fond, durant plusieurs mois, et qui atterrit sur un bureau du cabinet du ministère de l'Économie et des Finances, où un stagiaire la met en fiches laborieusement ; le jour où il est prévu qu'il en rende compte, le chef de cabinet a une urgence qui l'oblige à quitter la réunion ; l'exposé, remis à plus tard, n'a jamais lieu et la note finit aux oubliettes.

Avec les années, le Trésorier-payeur avait acquis une expérience du système économique qui rendait ses analyses particulièrement aiguës : il avait toujours analysé la logique d'un tel monde en termes de krach. Selon lui, le krach n'était pas une anomalie du système – un problème qui aurait appelé comme tel sa solution –, mais le cœur de son fonctionnement. Le système produisait régulièrement des krachs car il n'était lui-même qu'un krach à retardement. L'économie ne gérait plus rien depuis que le vaudou de la finance s'était jeté sur elle. Le système s'était alors lancé dans une fuite en avant spéculative ; et le krach était inéluctable car une telle mutation du capitalisme avait endetté la terre entière. Ce n'étaient plus seulement les pauvres qui se trouvaient engloutis sous la masse de leurs crédits, mais les États, devenus les uns après les autres insolvables, et surtout la machine économique elle-même, qui avait besoin, pour ne pas s'écrouler, d'augmenter sans arrêt le volume des prêts, qu'elle convertissait en Bourse, spéculant ainsi jusqu'à l'explosion sur une dette qui ne faisait que s'amplifier.

Ainsi le Trésorier-payeur éprouva-t-il de plus en plus de répugnance pour ce monde qu'il s'était forcé à intégrer. Il ne supportait plus l'expression « rassurer les marchés financiers ». Il ne supportait plus les agences de notation qui multipliaient les AA+, les A–1, les B+ et les B– pour évaluer les créances négociables. Il ne supportait plus qu'on rationalisât le crédit alors que la dette des pauvres nourrissait les capitaux financiers. Il ne supportait plus cette monstrueuse combine qui permettait de fabriquer, jour et nuit, de l'argent fou en spoliant celui de tous les emprunteurs. Certains soirs, il ne supportait plus les chiffres qui polluaient son cerveau, et il descendait dans le tunnel pour se calmer.

Comment un Charitable pouvait-il travailler dans une banque ? Casabian avait lancé plus d'une fois cette question au visage du Trésorier-payeur. Celui-ci souriait alors avec douceur, et ce sourire ressemblait à celui d'un ange – à cet ange qui, sur le portail de la cathédrale de Reims, semble avoir atteint ce point où l'empathie vous donne une capacité d'aimer sans mesure.

Une telle capacité manque sans doute au monde : le *pur amour* est un secret perdu. Vous le retrouverez pour le perdre à votre tour, et d'autres le transmettront après vous. Il arrive que des phrases vous en accordent le filigrane car elles sont avant tout tissées par l'attention. Qui prend le temps de bien écouter, de bien regarder, sinon le langage lui-même ? Les phrases contiennent ce trésor, et à votre tour, en lisant un livre, en vous ouvrant à l'éclat de ses nuances, vous entrez en possession d'un tel amour : aimer le temps est un secret qui vous illumine.

Le fardeau que porta le Trésorier-payeur durant toutes ces années ne lui avait été imposé par personne : qui pourrait vous confier le poids du monde ? Un tel fardeau vous vient de l'âme ; il vous ouvre aux autres, et plus qu'aux autres, à ce qui, en chacun de nous, erre dans ce labyrinthe qu'est l'existence et rêve à un chemin clair.

Je crois que le Trésorier n'aura cessé d'interroger sa contradiction. C'était cela, son fardeau. Et s'il lui a compliqué la vie, il lui a facilité aussi l'envie de tout laisser tomber – et même de se perdre.

Il avait revu Jean Deichel à l'occasion de la publication de son premier roman, intitulé *Couronne*, qu'il était venu dédicacer au Furet du Nord, à Lille. Assis parmi les spectateurs, en écoutant son ami parler de la littérature comme d'une mise en liberté du langage, et comme d'une aventure où la recherche de l'absolu coïncidait avec la jouissance érotique, le Trésorier avait mesuré avec émotion les différences qui s'étaient creusées entre eux, mais aussi la communauté d'esprit qui les unissait depuis si longtemps.

Après que Jean Deichel avait dédicacé son roman, ils étaient allés boire un verre dans un bar à vin, sur la Grand-Place, et leurs retrouvailles avaient été l'occasion d'une « fiesta à tout casser », comme ils disaient à l'époque de Rennes.

Jean Deichel était devenu professeur de lettres ; il avait longtemps enseigné dans les collèges de la banlieue parisienne et il vouait toujours sa vie à la littérature, comme au temps de la khâgne ; ce précieux espace en lui qu'il avait gardé vide pour écrire n'avait cessé de s'élargir, au point qu'il avait finalement tout lâché pour ne plus se consacrer qu'à l'écriture. Il avait pris la décision sur un coup de tête : un matin, il n'était pas monté dans le train qui l'emmenait à son collège, il était resté au lit, et sa vraie vie avait commencé.

Avec l'ivresse, le Trésorier-payeur et Jean Deichel avaient renouvelé leur fraternité, et leurs fous rires avaient ouvert dans la nuit des trouées de joie où se lisait leur innocence.

Ce qui étonnait le plus Jean Deichel, c'était que le Trésorier n'eût pas encore accompli la grande œuvre que, depuis

Rennes, tout le monde attendait de lui. Car il ne s'était engagé dans une voie si contraire à son esprit qu'afin d'y reconnaître ce qu'une voie plus facile lui aurait masqué : cela, Jean Deichel l'avait compris. Mais alors qu'avait-il donc trouvé ? Où sa recherche l'avait-elle mené ? Il savait qu'à sa manière le Trésorier était pris dans le grand jeu d'une expérience intérieure, mais il s'étonnait qu'il n'en témoignât pas.

— Où est le grand livre que tu écris ?

Le Trésorier, complètement ivre, et soudain grave comme on l'est alors, lui confia quelque chose qu'il n'avait fait qu'entrevoir confusément et qui, ce soir-là, se dévoila en quelques phrases, comme une vérité limpide : il lui dit qu'il ne faisait que ça, écrire, mais qu'un tunnel s'était creusé en lui qui était devenu son véritable livre. Au fond de ce tunnel, une voix s'adressait à lui en silence : ce silence l'exprimait.

— Lorsque je me rends dans ce tunnel, dit-il, plus rien ne vient encombrer mon esprit, plus rien n'asphyxie mon cœur. J'ai découvert un point qui se situe en dehors de tout échange, un point qui récuse le moindre usage. C'est un point de solitude ; et son silence ne cesse de ruisseler, comme une source qui s'écoule sous la terre. Je me baigne dans ce filet d'eau qui suinte sur les parois, j'y trempe un doigt à chaque instant.

Le Trésorier-payeur dit à son ami que le silence était comme cette eau qui glisse sur nos lèvres quand nous commençons à parler ; et que la vérité du langage résidait selon lui dans ce silence, dans cette eau légère qui humecte nos lèvres comme la rosée du matin. Il déclara que tous ceux qui parlaient, tous ceux qui écrivaient, cherchaient en un sens à faire entendre ce silence à travers leurs phrases, et que l'important n'était pas ce qu'ils disaient, mais ce silence, cette eau, cette rosée qu'ils transportaient secrètement avec eux.

— C'est la même chose, dit le Trésorier-payeur, lorsque nous embrassons un être aimé : nous buvons sur ses lèvres un peu de cette eau, nous accédons au silence intérieur du langage, nous approchons de la source.

En disant tout cela, d'une voix douce, à Jean Deichel, il se souvint de la femme brune qui avait parlé d'amour à l'enterrement de Charles Dereine, qui en avait parlé comme de l'unique chose qui valait la peine d'être vécue, comme du secret même de l'existence.

Jean Deichel, les yeux brillants, commanda une bouteille de champagne et lui avoua en riant qu'il l'avait longtemps cru fou, mais qu'il venait de comprendre qu'il était bien pire : *il était sage.*

Le Trésorier cita alors cette phrase de l'épître aux Corinthiens de saint Paul : « Que personne ne s'y trompe : si quelqu'un parmi vous pense être un sage à la manière d'ici-bas, qu'il devienne fou pour devenir sage. »

Jean Deichel éclata de rire, il l'avait lui-même glissée dans son roman en la réécrivant à sa façon : « Sois donc fou pour devenir sage, et tu te verras illuminé par le mystère », c'était la phrase, quasi mystique, qu'il avait écrite.

Il était clair qu'aucun d'eux n'était fou : leur tête était des plus solides. Mais en chacun d'eux persistait cette disponibilité aux étincelles qui, au milieu de la folie du monde, les vouait à participer à cette fête que se donnent les étoiles.

Le Trésorier raconta à son ami qu'il avait été initié à une confrérie où, sans qu'aucun des membres ne se prévalût d'avoir la foi, s'exerçait une forme de charité. C'était à sa manière une folie – « une folie d'amour miséricordieuse », dit-il. Et Jean Deichel aurait aimé savoir où la folie d'une telle sagesse allait entraîner son ami.

Quant au Trésorier, il mettait tant d'espérance dans les livres de son ami qu'il lui semblait en déchiffrer à l'avance le filigrane sacré : il lirait chacun d'eux depuis cette intuition.

Ils se quittèrent dans la nuit de Lille, ivres sous les étoiles, comme deux saints qui rejoignent leur cœur. Ils riaient sur la Grand-Place de Lille ; et sans doute, en les voyant tourner sous les réverbères, les avait-on pris pour deux idiots. Mais, à cet instant, l'amitié les accordait à une joie dont personne n'a idée, même pas eux ; et sans doute oublieraient-ils un tel moment de grâce, et ne sauraient-ils jamais rien de ce qui les avait portés ce soir-là au-delà d'eux-mêmes, mais chacun, à sa manière, continuerait à vivre selon ses étincelles.

Le Trésorier-payeur explora son tunnel pendant des années. Non seulement il ne s'en lassait pas, mais il y descendait tous les jours et y passa de plus en plus de temps. Qu'y faisait-il réellement ? On dit que ceux qui ont vu les Mystères d'Éleusis rient et pleurent comme avant d'avoir été initiés, mais qu'à travers leurs rires et leurs larmes une *autre lumière* brille, aussi discrète que cette teinte rose qui colore les ailes des tourterelles ; et cette lumière change tout.

Et peut-être était-ce ce décalage léger dont le Trésorier-payeur faisait l'expérience, et qui suffisait à faire de sa vie une aventure sacrée. Rien, dans ces matières étranges, ne relève du spectacle ; rien n'y est grandiose ou véhément. Tout y ressemble, au contraire, à une aurore de printemps, lorsqu'une brise imperceptible passe dans le jardin sur les roses et qu'il vous semble lécher en secret la perle humide qui glisse entre les pétales. En écrivant ce livre, je partage avec le Trésorier des secrets qui me dépassent ; je me laisse guider par leur douce folie ; je n'ai jamais été aussi heureux.

Je vois cet homme s'avancer sans fin à travers un voile nacré. A-t-il réussi à se soustraire à la pesanteur qui nous accable ? Je ne sais pas. Chacun mène comme il le peut le mystère de sa propre existence ; notre blessure s'apaise ou s'infecte, selon la manière dont nous considérons notre âme. Mais il arrive un moment où chacun de nous parvient à se cacher non plus dans l'obscurité, mais dans la lumière, et il ne faut pas rater ce rendez-vous.

On dépasse un seuil, et comme à travers une éclipse, des reflets tournoient ; ils s'ajustent, jusqu'à la transparence. La nature des larmes se confond avec les délices. Il est 5 heures du matin, et à force d'écrire, on se glisse exactement *entre* les choses – entre chaque instant qui s'évanouit, entre deux brins d'herbe. On se confond alors un peu avec la rosée. On s'écoule doucement sur la terre. Un sillage de bandelettes flotte dans l'air et c'est le parfum d'une étreinte qui monte depuis un jardin. Le Trésorier-payeur marche nu, la nuit, entre des arbres fruitiers ; et comme un émissaire, il murmure auprès des violettes et des pivoines que ce qui remue dans la pénombre, là-bas, prépare l'arrivée de l'amour fou.

C'est sans doute parce qu'il avait le tunnel que le Trésorier-payeur supportait son travail dans la banque : cet homme qui paraissait la rigueur même, et qui au fil des années se mit à incarner aux yeux de ses collègues plus jeunes l'histoire de la banque, sa continuité, son esprit de sérieux, en réalité n'adhérait à rien d'autre qu'à ce feu qui brûle dans les sous-sols du monde.

On le croyait assis à son bureau, arbitrant des protocoles de financement, mais à chaque instant il évoluait dans sa nuit, soustrait à ce piège qui nous réduit aux apparences ; et s'il effectuait parfaitement les gestes de sa profession, c'était parce que au même instant il en effectuait d'autres, plus obscurs, et peut-être contraires, grâce auxquels son esprit se tenait en équilibre au-dessus du vide.

C'est dans le sommeil que nos contradictions se dissipent ; et en un sens le Trésorier-payeur avait l'air de traverser ses journées en dormant. Il avait le comportement d'un somnambule, comme s'il transportait un flot d'absence. Ses paupières semblaient lourdes, mais en réalité ses yeux étaient grands ouverts : il était toujours en train de s'initier.

Je le vois sans vraiment le comprendre : dans une région qui appartient à l'esprit, le Trésorier-payeur longe à pas de loup la mince cloison qui le sépare de lui-même. Le tunnel ouvre un espace où ni la banque ni la maison n'ont besoin d'exister. Il chemine à l'intérieur de ce couloir que nous voyons parfois dans nos songes ; il s'approche d'une paroi couverte de signes obscurs et tend la main vers une fente qui lui sourit.

Il quitta rarement Béthune : en douze ans, il ne fit qu'un petit voyage pour aller voir la grotte de Lascaux et un autre, plus long, qui le mena en Italie, à Rome et à Florence ; ses vacances, il les prenait dans son jardin, parmi les arbres fruitiers dont il contemplait les feuillages. Il fut très seul, parfois des mois entiers, mais n'en souffrait pas car sa solitude était sa compagne. Et s'il sortait fréquemment, le soir, c'était dans les bars de Béthune et à Lille, où il allait festoyer jusqu'à l'ivresse.

Il but beaucoup, tomba souvent malade, et travailla toujours plus.

Il n'avait cessé durant toutes ces années de penser à Annabelle : des images lui revenaient de ces nuits où ils s'étaient aimés dans la rue, dans des cafés où elle montait sur les tables, dans les parcs dont ils enjambaient les grilles pour s'étreindre dans les buissons. « Nue dans les bois, elle court vers le sexe et risque la mort » : c'était une phrase qu'il avait écrite à son propos, et si d'habitude il oubliait tout ce qu'il notait, ces mots s'étaient gravés dans sa mémoire, y fixant pour toujours l'allure impétueuse d'Annabelle.

Son image revenait en particulier chaque fois qu'il rencontrait une femme, car s'il était facilement enclin à être charmé, s'il était vite séduit et cherchait tout aussi vite à séduire, il se rendait bien compte qu'aucune de ces femmes ne parvenait à l'intensité où Annabelle avait placé l'amour ; et c'est aussi pour cette raison que sa recherche était sans fin.

Le Trésorier-payeur n'était pas un collectionneur ; c'était un homme très seul qui était libre et qui plaisait aux femmes, voilà tout : il y eut certaines périodes de sa vie où il tombait amoureux toutes les semaines ; il s'enflammait, et tout retombait très vite.

Peut-être n'avait-il besoin que de ces flammes, et de leur retour continuel dans son existence : le fantôme d'Annabelle reprenait alors vie quelques jours, un soir ou deux, parfois toute une nuit, et le Trésorier se jetait chaque fois dans son hallucination avec une joie désespérée.

Ainsi eut-il beaucoup d'aventures, plusieurs liaisons longues, et il arriva même qu'il partageât sa vie avec quelqu'un. Cela se produisit deux fois, et les deux fois il ne fut pas heureux.

Il y avait eu Pauline, la merveilleuse Pauline, si brillante, qui était artiste et peignait avec du noir et du blanc des accidents, des collisions, des chocs ; elle s'ennuyait avec lui, le trouvait trop cérébral, lui reprochait d'être « coupé de la vie » : elle se demandait surtout ce qu'il fichait enfermé dans sa cave. Elle se trouva vite quelqu'un d'autre et ne donna plus de nouvelles.

Et puis Clarisse : le Trésorier adorait cette femme aux yeux noisette qui faisait de la moto, s'habillait comme un garçon manqué et dont le sourire se creusait d'une irrésistible fossette. Ils s'étaient approchés ensemble d'une sorte d'harmonie ; et quand elle revenait de son travail aux Archives départementales de Lille, où elle gérait le fonds des Affaires générales du XVIIe siècle, les soirs avec elle avaient une douceur subtile.

Ces soirs d'amour auraient pu s'étendre à leur vie entière, mais elle semblait toujours se poser des questions sur le Trésorier-payeur, comme si elle n'avait pas confiance en lui ; elle avait la manie de fouiller, et quand, trouvant la clef de l'armoire flamande, elle tomba sur ses manuscrits, elle se mit à les lire en cachette, pendant que le Trésorier-payeur était au travail ; et en fut, paraît-il, horrifiée. Elle lui avoua son indiscrétion, prétendit qu'elle ne pouvait pas rester dans une maison où vivait un monstre, et enfourcha sa moto sans plus jamais donner signe de vie.

Le Trésorier regretta longtemps Clarisse, il se foutait bien qu'elle ait ouvert l'armoire et lu ses textes : il ne lui serait jamais venu à l'esprit de les interdire ; mais sa réaction si véhémente le troubla, il crut à une mauvaise blague et ne prit pas au sérieux son départ : que pouvait-il y avoir de si monstrueux dans ses écrits ?

Il se souvenait avant tout de ratiocinations interminables sur Dieu, l'argent et le sexe : il y avait des pages et des pages sur l'état économique du monde, sur le trou que l'argent creuse dans le monde et que les hommes s'imaginent colmater avec toujours plus d'argent ; sur la crise mondiale qui détruit notre âme en même temps qu'elle désintègre nos conditions de vie ; sur la spéculation et l'avidité ; sur la dépense, enfin, en laquelle il voyait une exubérance semblable au rayonnement du soleil qui – seul dans l'univers – brille sans compter ; il y avait sûrement des pages sur l'obsession sexuelle, sur l'enchantement minutieux qui anime les obsédés, sur le puits de nuances que leur accorde le désir ; et à coup sûr c'était sur ces passages qu'elle était tombée.

Il voulut en avoir le cœur net, ouvrit l'armoire et se saisit d'une liasse, qu'il lut assidûment puis replaça sur l'étagère en haussant les épaules. Enfin, il s'allongea sur sa chaise longue, se mit à écrire avec frénésie, et oublia tout.

Et puis il pensait souvent à la femme brune qui avait lu ce texte stupéfiant à l'enterrement de Charles Dereine. Il ne parvenait plus à se souvenir de son visage, mais il entendait encore sa voix, et s'il l'associait à la pluie et au froid, elle était pourtant claire et chaude. À l'époque, il avait mémorisé ces phrases où l'amour et la vie des astres étaient magiquement rapprochés : l'« ouverture illimitée » des amants s'accomplissait à travers la « prodigieuse dissolution » et l'« éclatement » d'une étreinte qui prenait les proportions de l'univers ivre.

Il avait eu beau mener des recherches sur la femme brune, personne n'avait pu lui apprendre quoi que ce soit : elle avait quitté ce jour-là Béthune juste après la cérémonie, on ne la connaissait pas, on ne savait pas quels rapports elle avait eus avec Charles Dereine, on ne les avait jamais vus ensemble, on ignorait même son nom.

Mme Vidale, qui était présente à l'enterrement et qui avait entendu elle aussi la lecture, ne voyait pas du tout qui pouvait être cette femme, mais vu la tonalité du texte qu'elle avait lu, il s'agissait forcément d'une amante, et Charles Dereine, dit-elle, n'en manquait pas.

Le Trésorier-payeur continua à héberger tous ceux qui lui demandaient de l'aide : des naufragés du surendettement, mais aussi des mendiants qui faisaient l'aumône à la sortie de l'église, des malheureux qui vivaient dans la rue, et dont le nombre augmenta considérablement dans les années 90.

Il se prit d'amitié pour certains ; d'autres lui restèrent complètement inconnus. La plupart s'installaient une semaine ou deux, puis repartaient. D'autres campèrent pendant des mois, comme cette femme d'une soixantaine d'années, Marie L., que son mari battait et qui avait carrément frappé à sa porte. Elle cherchait un refuge, on lui avait donné son adresse ; le Trésorier-payeur veilla sur elle et défendit l'entrée de sa maison au mari, ce qui donna lieu à de multiples embrouilles ; il l'aida à porter plainte, à constituer un dossier de divorce, et à reprendre ce qu'elle appelait « une vie normale ».

La buanderie du Trésorier-payeur devint célèbre à Béthune ; et il n'était pas rare qu'on frappât à sa porte, comme l'avait fait Marie L. Mais s'il était, parmi les Charitables de la confrérie, celui qui accomplissait le plus d'œuvres de miséricorde – car il donnait à manger aux affamés, à boire à ceux qui ont soif, et accueillait ceux qui n'ont rien –, il était aussi celui qui refusait le plus vigoureusement que la vertu devînt une contrainte.

Ainsi agissait-il comme bon lui semblait, et s'il observait pendant des mois une charité inconditionnelle, au point de faire taire toutes ses réticences et d'accorder une attention absolue à tous ceux qui la sollicitaient, il pouvait très bien s'en défaire du jour au lendemain et se plonger dans sa solitude : « La charité n'est pas une obligation », disait-il à Casabian lorsque celui-ci le taquinait.

D'ailleurs, il éclatait de rire quand on parlait à son propos de bonté ou de générosité ; ces mots le gênaient ; il estimait que de tels mystères échappent au langage, et même à la compréhension. L'amour pour les autres est ce qui touche en chacun de nous à l'inconnu ; c'est la chose la plus incertaine qui soit, et aussi la plus précieuse. Une pluie légère glisse ainsi sur nos visages et nous rafraîchit. Le secours ressemble à cette pluie, à cette fraîcheur.

Mais lui, qui donc venait à son secours ? Était-il même encore secourable ? Avec le temps, les solitaires aggravent leur cas. Il y a une perfection dans l'idée fixe et dans l'*incognito* ; si les deux se confondent, la solitude approche de l'effacement.

Je ne crois pas que durant ces années le Trésorier soit parvenu à disparaître, pas même à ses propres yeux. Les contradictions vous retiennent : n'avait-il pas choisi de les vivre passionnément ? En tout cas, l'étrangeté de sa conduite ne s'émoussa pas avec le temps. Il lui arrivait de rêver qu'il mettait le feu à la banque. Cette exaspération lui venait de la routine et ne fit que s'aggraver au fil de ces années où la finance, en devenant folle, absorba la planète.

Crise après crise, des vies humaines étaient sacrifiées comme du bétail, et il lui semblait les entendre crier à travers les chiffres qui passaient chaque jour devant ses yeux. Il se mit à associer les chiffres avec les morts, et le soir, en sortant de la banque, il lui fallait plusieurs heures pour que sa tête se vidât.

S'il était désormais hanté par de tels chiffres, ses envies de profanation lui semblaient pourtant dérisoires, car il est impossible de détruire l'argent, et vider les coffres relève d'un fantasme naïf : ce n'est pas en escamotant quelques billets de banque qu'on pourrait faire vaciller le système. D'ailleurs, les marchés financiers ne s'employaient-ils pas eux-mêmes à faire partir en fumée des sommes d'argent sidérales ? La ruine était désormais automatique : sur les places boursières se consumaient à chaque instant des milliards de dollars comme autrefois on sacrifiait des humains sur les temples aztèques.

Une telle consumation ne débordait même pas le capitalisme ; elle ne faisait que l'accomplir. Que les bulles spéculatives vident elles-mêmes les banques, le Trésorier-payeur le savait depuis longtemps : *dans la salle des coffres, il n'y a plus rien.*

Sa passion, déjà ancienne, pour Hegel s'aiguisa : le savoir est ce qui vous porte à des extrémités qui ne se maîtrisent pas. Mais de telles extrémités sont peut-être elles-mêmes le maître, c'est-à-dire la mort. Et précisément, la mort, le Trésorier en voyait maintenant les signes dans l'argent : à travers l'argent, c'est la mort qui est en vie. Il n'existe pas de virus qui circule plus vite.

À la banque, son bureau devint progressivement la proie du chaos. Plus personne ne pouvait y entrer, pas même les femmes de ménage, à qui il avait demandé de ne rien toucher. Les murs étaient saturés jusqu'au plafond de classeurs d'archives ; il y avait aussi des étagères entières croulant sous les rapports, les notes annuelles, les études économiques. Le sol avait disparu sous les entassements : comme le Trésorier-payeur aimait disposer autour de lui les documents sous forme de piles, celles-ci, en s'écroulant les unes après les autres, avaient envahi tout l'espace, formant un océan de papiers, ou plutôt un désert qu'il lui arrivait de parcourir avec une satisfaction presque béate. Le mouvement des dunes est semblable aux marées : il obéit aux étoiles et gouverne secrètement notre plaisir.

Il arrivait qu'en se faufilant parmi les alluvions, le Trésorier se retrouvât immobile au milieu de son capharnaüm et fermât les yeux. Rejoignait-il alors, au cœur de l'entassement, ce point où le vide nous délivre ? Entrait-il dans son tunnel ?

J'imagine l'un de ses collègues le surprenant dans cette attitude où l'extase l'avait figé. À cette époque où le Trésorier se déchaîna, on le prit souvent pour un fou, ce qui ne fit qu'ajouter à sa légende.

Il avait établi chez lui, dans cette pièce qui aurait dû être sa chambre, mais qu'il avait délaissée pour dormir dans le salon, un bureau qui était l'exacte réplique de celui qu'il occupait dans la banque. Le sol en était tout autant jonché de papiers, et des piles de livres grimpaient semblablement jusqu'au plafond. Seule différait la nature des volumes qui couvraient les murs : non plus des traités d'économie, mais de la littérature et de la philosophie. C'est ici que le Trésorier-payeur avait déposé ses livres préférés ; c'est ici qu'il s'absorbait dans Gogol, Hegel, Kafka, Lamarche-Vadel.

L'idée d'emprunter des couloirs à l'intérieur de son propre bureau conduit à une forme d'esprit pour le moins singulière : on se trouve alors obligé de projeter dans l'espace les méandres de son cerveau. Il est clair qu'en faisant communiquer les deux bureaux dans sa tête, le Trésorier se plaisait à imaginer qu'il passait de l'un à l'autre. Est-ce là qu'il rencontrait sa jouissance ? Il y a un point qui s'allume dans la pensée lorsqu'on occupe un intervalle. Je crois que le Trésorier-payeur se glissait dans son tunnel pour bénéficier d'une telle lumière, mais aussi pour *faire se joindre les feux.*

Croyait-il réellement qu'on n'existe qu'entre les lignes ? Lorsqu'on se dédouble et qu'on descend vers soi, on rejoint les morts. Plus d'une fois, dans sa crypte, le Trésorier-payeur se crut englouti. Il aurait dû y perdre la raison ; et s'il endura ce vertige, c'était avant tout grâce à l'écriture qui chez lui conjurait l'abîme. Une certaine rage aussi, qui lui venait de sa répugnance envers l'argent fou, le préserva.

Car cet homme qui avait la vocation se mit à détruire en lui les liens qui le retenaient à la banque. En un sens, il maudissait ce jour d'été 87 où, face à la porte dorée de la Banque de France, il avait éprouvé cette extase qui avait changé sa vie ; il maudissait ses efforts, ses choix, les idées qu'il avait eues, des idées complètement ridicules, dont il ne parvenait même pas à croire qu'elles aient pu animer son esprit : avait-il vraiment cru que l'économie était à la base de la poésie et qu'elle allait *réaliser la philosophie* ?

Il s'était piégé lui-même, et il marmonnait la nuit ses récriminations dans un boyau humide, au fond d'une cave qui avait moins l'air d'un temple que d'un tombeau ; il pourrissait dans une bourgade malheureuse du nord de la France, où il crevait de froid et de solitude, lui le jeune surdoué de la Banque de France, l'anarchiste charitable, le mystique en costume-cravate, le vieillard de trente-cinq ans.

Le monde saturé dont il était l'ordonnateur était tout proche de rompre, et pourtant son extase ne s'arrêtait pas ; elle lui intimait, encore et toujours, de tenir le cap.

Il fallait que quelqu'un occupât cette place impossible ; il fallait qu'il y eût de l'impossible : car à la fin, lui seul nous comble.

Douze ans avaient passé depuis la mort de Charles Dereine.

Si j'accélère ainsi pour arriver en 2003 – et plus exactement au 17 avril 2003 –, c'est parce qu'un événement d'une importance considérable eut lieu ce soir-là dans la vie du Trésorier-payeur, événement auquel je ne cesse de penser avec impatience depuis le début de ce livre.

Le directeur de la Banque de France, un certain Blagnac, avec qui le Trésorier-payeur avait de très mauvais rapports, organisait, le premier vendredi de chaque mois, un dîner dans ses appartements.

Il y conviait des notables de la ville avec leurs épouses, plus ennuyeux les uns que les autres, si bien que tout en ayant pour vocation de resserrer des liens d'intérêts, voire de fonder quelque cercle d'influence béthunois – et plus prosaïquement d'améliorer le carnet d'adresses de Blagnac –, ces vendredis prenaient surtout la forme empesée d'un de ces salons bourgeois à l'ancienne, où chacun, par peur de perdre son avantage, se satisfait d'une médiocrité partagée.

Parfois, quelques connexions s'opéraient, mais la « société choisie » dont Blagnac se piquait d'entretenir le mirage s'étiolait dans un ennui que les ragots politico-financiers ne parvenaient même pas à égayer.

Ces soirs-là, un domestique venait ouvrir la porte de la banque aux invités, les accompagnait dans l'ascenseur jusqu'au second étage, puis les menait jusqu'aux appartements où Blagnac et sa femme recevaient.

Le Trésorier-payeur s'entendait bien avec Charlotte Blagnac, une grande femme aux longs cheveux roux, toujours de bonne humeur, qui s'amusait de la brouille entre lui et son mari. Celle-ci avait commencé lorsque le Trésorier avait quitté sans le prévenir le CNE, ce fameux Comité national de l'euro présidé par Laurent Fabius, ministre de l'Économie, des Finances et de l'Industrie, où il avait été nommé, deux ans plus tôt, afin de préparer le passage à l'euro.

Blagnac avait alors accepté, non sans jalousie, que le Trésorier fût détaché de ses fonctions. Il ne comprenait pas comment cet « intello hermétique », comme il le qualifiait, et qui n'était jamais qu'un employé de banque, pût être apprécié à ce point par la direction : sans doute avait-il des soutiens très haut placés (de fait, il était le joker de Katia Cremer) ; ainsi lui en voulait-il d'autant plus.

Bref, lorsque le Trésorier, vers l'automne 2001, se retira du Comité, Blagnac en fut doublement vexé : non seulement un de ses employés avait accès au prestige qu'on lui refusait, mais il se permettait de le dédaigner. En réalité, le Trésorier était tombé gravement malade, et il avait dû être hospitalisé pour une crise hémorragique aiguë, à laquelle Blagnac n'avait jamais voulu croire malgré les certificats médicaux. Il était allé jusqu'à initier une procédure de blâme envers le Trésorier pour « faute professionnelle », et pour le pénaliser, avait procédé à des retenues sur salaire.

Leurs rapports s'étaient envenimés l'année suivante, après le passage à l'euro, début 2002. Blagnac, en effet, ne cachait pas sa sympathie envers une droite qui avait trouvé en Jacques Chirac son modèle. Mais la France n'en finissait plus de s'assoupir dans le conservatisme le plus gâteux, et le Trésorier-payeur ne perdait jamais une occasion d'en souligner l'abjection. Il ne votait plus, et même à l'occasion du second tour de la présidentielle de 2002, lorsque, contre toute attente, le Parti socialiste avait été éliminé et que Jean-Marie Le Pen s'était retrouvé face à Jacques Chirac, il avait refusé de souscrire à cette escroquerie du « sursaut républicain » auquel tous les démocrates du pays avaient appelé afin de faire barrage au Front national.

Le Trésorier-payeur n'était évidemment pas d'extrême droite : il estimait que la politique n'était plus qu'une farce criminelle visant à mettre à mort la pensée. Ainsi n'avait-il pas voulu souscrire à cette comédie de la respectabilité, ce qui lui avait valu une altercation haineuse avec Blagnac, lequel, en appelant à voter Chirac, s'achetait à peu de frais une intégrité. Le Trésorier-payeur avait à cette occasion exprimé des idées anarchistes qui avaient si profondément déplu à Blagnac qu'il était désormais tenu à l'écart des décisions internes.

Mais Charlotte Blagnac avait jugé que la présence du Trésorier aux dîners était indispensable car il mettait de la fantaisie et savait raconter des histoires.

Ce soir-là, Blagnac avait invité Victor Malanga, un industriel récemment nommé à la direction locale de Bridgestone, la célèbre usine de pneumatiques qui avait fusionné avec Firestone, cette firme américaine implantée à Béthune au début des années 60, alors même que la récession de l'industrie minière frappait la région. Elle employait plus d'un millier de personnes, la Banque de France gérait ses intérêts, la rencontre s'imposait.

Charlotte Blagnac et le Trésorier discutaient au salon, entourés des autres invités, lorsque apparut Victor Malanga. C'était un homme plein d'assurance, mâchoire carrée, chevelure poivre et sel, la cinquantaine un peu lourde, serré dans un large blazer marine qui lui donnait une allure de yachtman. Il était accompagné d'une femme d'une trentaine d'années, sublime, qui laissa Charlotte Blagnac pantoise : elle serra par réflexe le bras du Trésorier et lui dit à l'oreille :

— C'est Charlotte Rampling.

Elle lui ressemblait en effet d'une manière troublante : outre l'élégance absolue de ses traits, outre la finesse de sa silhouette, un charme émanait de son regard aux paupières à demi fermées comme celles d'un chat. Mais les yeux de

Charlotte Rampling sont verts, et ceux de cette femme éblouissante, dont les boucles d'oreilles en aigues-marines étincelaient tandis qu'elle entrait dans le salon, étaient très clairs, d'un bleu qui vous aveuglait.

Charlotte Blagnac s'était précipitée aux côtés de son mari pour accueillir le couple, et pendant qu'ils échangeaient des amabilités, le Trésorier-payeur ne cessa de contempler cette femme.

Elle était brune, et portait une robe noire décolletée dans le dos. Son visage, très blanc, avait une noblesse doublée d'un air enfantin qui piquait son teint pâle. C'était celle qui dans le Cantique invente un royaume à travers ses caresses.

Il lui sembla qu'il l'avait déjà aperçue, peut-être même suivie, sur la Grand-Place, à la pause de midi, à ce moment de la journée où l'interruption du travail jetait des dizaines de femmes inconnues dans les rues du centre et que la plupart d'entre elles convergeaient vers ce grand espace où le beffroi aimante les promenades, où l'air est toujours plus ensoleillé ; et il avait alors remarqué, plus encore que son visage qu'il n'avait pu voir de près, cette allure frêle et décidée qui était la sienne encore ce soir, cette démarche ondoyante qui produisait dans la lumière vaporeuse et presque transparente un « intervalle d'élégance », comme l'écrit Proust à propos d'Odette de Crécy, la femme de Swann, car non seulement elle tranchait par sa beauté sur les autres personnes qui traversaient la place, mais tout en elle captait, comme le feuillage pâle des hêtres et des bouleaux, ces miroitements qui font passer de la matinée à l'après-midi, et qui donnent à ce moment intermédiaire sa qualité subtile et presque tragique : le temps n'existe jamais plus fort qu'à midi.

Ainsi, lorsqu'elle traversa le salon pour se diriger vers lui, le Trésorier fut pris d'une crise de timidité qui embarrassa ses gestes. L'apparition de cette femme illuminait cette ennuyeuse soirée, qui avait pris des couleurs étincelantes. Le Trésorier avait compris tout de suite l'importance de ce moment : vivre n'a d'intérêt que pour ces instants où la poussière de l'existence est mêlée de sable magique.

En serrant la main du Trésorier, elle lui dit : « On m'a beaucoup parlé de vous », et un sourire gracieux, légèrement voilé de tristesse, s'épanouit sur ses lèvres. Le Trésorier n'en revenait pas, sans doute la phrase qu'elle avait prononcée relevait-elle d'une simple politesse, mais elle demeura à ses côtés et lui parlait, à lui plutôt qu'aux notables, et c'est encore avec lui qu'elle trinqua après que le domestique eut rempli sa coupe de champagne.

Ils firent tinter leurs coupes l'une contre l'autre, sous un lustre à perles dont la présence au-dessus de leurs têtes les fit rire, et toute la volupté contenue dans le pétillement des bulles métamorphosa cette gorgée – la première qu'il partageait avec elle – en une rivière de délices.

Leur conversation fut immédiatement limpide. Le Trésorier, sous le charme, était doux, enveloppant. Quant à cette femme, elle était concentrée tout entière sur l'instant qu'elle partageait avec lui, et sa manière absolue d'être présente, directe, rieuse, lui semblait presque insolite : quand ils parlent avec vous, les gens semblent ailleurs – elle, elle était là ; et le Trésorier aussi.

Ils prirent place devant la cheminée de marbre rose où trônait un grand miroir de Venise ; et grâce à la lampe de porcelaine dont l'abat-jour en verre orange teintait d'un halo chaleureux la surface du miroir, il pouvait profiter tout à la fois du visage de cette femme et de son reflet en feu.

Car dès les premières secondes de cette rencontre, le Trésorier avait senti qu'il se baignait dans une eau familière et pourtant très lointaine, celle qui émanait du tréfonds de sa vie et se contentait la plupart du temps de flotter comme une doublure de soie au gré de ses aventures ; mais ce soir, il ne faisait pas que s'ébrouer en solitaire dans ces eaux devenues au fil des années de plus en plus dormantes : il lui sembla, en la voyant si proche de lui dans le miroir, que c'était par là, en plongeant dans cet étang piqué de nymphéas, qu'il allait disparaître avec elle.

Ils allaient quitter cette soirée, fuir la compagnie des hommes, et se baigner ensemble dans une matière scintillante qui accueillerait sensuellement chaque nuance de leur vie ; et comme dans son jardin, les lumières, en se mélangeant, formeraient en ce lieu intérieur un tapis de féerie où les couleurs miroiteraient selon leur cœur et leur désir ; et ils trouveraient ensemble cet espace, ce palais, cette grotte où l'on est enfin seuls, nus et libres à deux, et qui s'appelle le temps.

Un papillon voletait à travers le salon, tacheté d'or et de noir, et se posa sur un bouquet de roses : la fenêtre était ouverte, sans doute venait-il du jardin du Trésorier.

Elle voulut voir le jardin, ils se penchèrent tous deux à la fenêtre, et dans la nuit très claire d'avril, sa maison était auréolée d'une clarté lunaire qui donnait aux arbres, aux buissons, à la pelouse et aux fleurs une lumière amoureuse. Lorsqu'elle se tourna vers lui, il lui sembla qu'elle avait tout compris : il eut envie de l'embrasser.

Elle s'appelait Lilya Mizaki, elle n'était pas japonaise, contrairement à ce que laissait penser son nom, mais sa mère venait du Japon ; elle était dentiste, lui dit-elle avec amusement, elle travaillait au CHU de Lille, au service d'Odontologie Caumartin, mais elle avait ouvert un cabinet à Béthune, où elle habitait depuis presque un an, rue du Carillon, juste à l'angle de l'église Saint-Vaast.

En écoutant Lilya Mizaki, en se laissant porter par les intonations de sa voix, le Trésorier avait commencé à sentir sa gorge se serrer ; déjà le prénom de Lilya infusait en lui sa douceur florale, et des bouts du Cantique lui traversaient l'esprit : « Comme un lys entre les ronces / voilà mon amie parmi les filles » – et aussi : « Ton nom est un parfum qui se répand » et « ses lèvres sont des lys ».

Ils furent rejoints par Blagnac et Malanga, qui trinquèrent avec eux. Malanga lui demanda si c'était bien lui qui « hébergeait les pauvres », il répondit « C'est moi » d'un ton sec, si bien que Malanga le félicita avec un peu de sarcasme. Son téléphone portable n'arrêtait pas de sonner, et il s'éloignait alors pour répondre à voix très haute.

Lilya Mizaki fut littéralement kidnappée par Charlotte Blagnac, qui la complimentait sur sa robe ; puis ce fut le dîner. Le Trésorier était relégué dans un coin, mais il pouvait contempler à loisir la belle Lilya, qui était entourée par les Blagnac. Elle le regarda plusieurs fois, et lui sourit ; quant à lui, il la mangea du regard toute la soirée, en oublia les viandes rôties de chevreuil et de perdrix que les domestiques apportaient à grands plats, et qu'elle ne toucha pas non plus, sans doute parce qu'elle était végétarienne (les Blagnac, qui étaient chasseurs, ne prenaient jamais soin de s'enquérir des goûts de leurs invités).

Le repas fut poussif, et Blagnac ne parvenait pas à susciter l'intérêt de Malanga, qui passa une partie de la soirée le téléphone collé à l'oreille.

Charlotte Blagnac eut alors la mauvaise idée de demander que le Trésorier racontât une histoire. À chaque dîner, elle lui réclamait sa « friandise », comme elle la nommait, et si un tel mot irritait particulièrement le Trésorier, il s'exécutait néanmoins, rapportant des anecdotes sur les grandes heures de la Banque de France, par exemple l'épopée rocambolesque des lingots d'or sortis des coffres pour échapper aux nazis et acheminés par bateau depuis la rade de Brest jusqu'au Soudan, ou la descente qu'il avait faite dans la Souterraine avec le président Reagan – histoire dont il s'appliquait à donner une version diplomatique et qui rencontrait chaque fois un vif succès.

Mais ce n'est pas de Reagan qu'il choisit de parler ce soir-là, plutôt de Bonaparte. Le Trésorier-payeur raconta en effet l'origine de la Banque de France. Il dit qu'elle avait été créée le 18 janvier 1800 par Napoléon Bonaparte afin de perpétuer la machine à faire des riches avec le travail des pauvres, et de donner un contenu légal à cette éternelle spoliation. Bonaparte avait été porté au pouvoir par un groupe financier qui n'était pas disposé à s'arrêter de s'enrichir ; et une fois à la tête de l'État, il décida de conférer une légitimité nationale à ce consortium d'hommes d'affaires privées ; son tour de force consista à faire en sorte que l'État français se mette au service d'une banque d'intérêt privé, à l'inverse de ce qui s'était toujours pratiqué. C'était la première fois dans l'histoire de France, dit le Trésorier-payeur, qu'un gouvernement donna de l'argent à une banque d'escompte afin qu'elle puisse exploiter un privilège lucratif, au lieu d'en demander à ses actionnaires pour prix de ce privilège.

— Depuis, on a vu pire, dit-il, mais dans ce cas, il ne s'agit de rien de moins que de la fondation de notre vénérable banque, ajouta-t-il en jetant un coup d'œil à Blagnac. À l'origine de la Banque de France, il y a tout simplement un montage crapuleux et Bonaparte maquilla cette escroquerie à l'aide d'un de ces tours de passe-passe juridico-financiers qu'on appelle un décret.

» Il faut toujours avoir en tête, dit le Trésorier-payeur, que la Banque dont monsieur le directeur et moi-même sommes les humbles serviteurs a été fondée sur un détournement de fonds. Il y a quelque chose de pourri au royaume de la finance, vous ne trouvez pas ?

D'habitude, Charlotte Blagnac applaudissait, et l'assemblée entière faisait de même. Mais ce soir-là, un long silence succéda au monologue du Trésorier, suivi d'un fou rire : c'était Malanga.

Il y eut une coupure de courant, les domestiques apportèrent des bougies qu'ils disposèrent sur la table, mais après un peu de confusion, certains des invités voulurent rentrer chez eux. Malanga lui-même en profita pour s'éclipser au prétexte d'un coup de fil à donner.

Lilya Mizaki était restée : elle conversait avec Charlotte Blagnac, toutes les deux confortablement assises dans le canapé qui jouxtait la cheminée, avec un verre d'armagnac à la main ; et lorsque le Trésorier-payeur, portant une chandelle qui lui rappelait son intronisation chez les Charitables, les rejoignit, la flamme s'éteignit.

Il s'assit à tâtons dans le noir, et lorsqu'il ralluma la chandelle, le visage de Lilya était éclairé par ses lueurs. Alors, il la reconnut : c'était la femme brune.

En la raccompagnant chez elle, dans la nuit, il s'arrêta devant la porte de la chambre des Charitables. Le visage de Lilya était grave, le Trésorier s'avança vers elle, et en la regardant dans les yeux, il récita d'une voix très douce le texte qu'elle avait lu lors de l'enterrement de Charles Dereine et que depuis douze ans il connaissait par cœur :

> C'est seulement dans l'amour qui les embrase qu'un homme ou une femme sont aussitôt, silencieusement, rendus à l'univers. L'être aimé ne propose à l'amant de l'ouvrir à la totalité de ce qui est qu'en s'ouvrant lui-même à son amour, une ouverture illimitée n'est donnée que dans cette fusion, où l'objet et le sujet, l'être aimé et l'amant, cessent d'être dans le monde isolément – cessent d'être séparés l'un de l'autre et du monde, et sont deux souffles dans un seul vent. Aucune communauté ne peut comprendre cet élan, véritablement fou, qui entre en jeu dans la préférence pour un être. Si nous nous

consumons de langueur, si nous nous ruinons, ou si, parfois, nous nous donnons la mort, c'est qu'un tel sentiment de préférence nous a mis dans l'attente de la prodigieuse dissolution et de l'éclatement qu'est l'étreinte accordée. Et si tout porte dans la fièvre à anticiper sur l'étreinte en un mouvement de passion qui nous épuise, celle-ci, à l'image des nuées d'étoiles qui tourbillonnent dans l'ivresse du ciel, nous accorde enfin à l'immensité contenue dans l'amour d'un être mortel.

Les yeux de Lilya Mizaki s'emplirent de larmes. Elle porta son index à sa bouche, pour intimer silence. Le signe s'adressait autant à elle qu'au Trésorier : ils n'en parleraient plus jamais.

Elle s'approcha de lui et, très émue, l'embrassa sur la joue ; puis elle s'enfuit dans la nuit, et il la regarda disparaître au bout de la rue.

En rentrant, le Trésorier fut apostrophé par Blagnac, qui sortait de la banque en traînant un paquet volumineux.

— Vous auriez pu vous abstenir de cracher votre fiel… vous me le payerez cher !… Et débarrassez-moi de cette horreur, dit-il en jetant le paquet dans la rue.

Blagnac rentra dans la banque, et à la lumière du réverbère, le Trésorier découvrit le tirage grand format d'une photographie en noir et blanc : un hibou tout blanc dressé sur un perchoir.

Il rentra chez lui avec le hibou, qu'il posa sur sa cheminée. Cette nuit-là, il n'avait pas envie de dormir : le visage de Lilya, son nom, sa voix, ses gestes – tout le passionnait ; et il voulait continuer à y penser toute la nuit, car il n'y a rien de plus beau que de songer à une femme qu'on aime.

Il l'avait donc enfin retrouvée, cette femme qui était entrée dans sa vie pour en sortir aussitôt, celle qui avait ouvert dans son cœur, un jour affreux de septembre, une brèche aussi imprévue que profonde. Il s'allongea sur la chaise longue, dans la véranda, et pensa toute la nuit à elle.

Le lendemain, il croisa Charlotte Blagnac dans l'escalier de la banque. Elle était épuisée par les récriminations de son mari, qui s'était senti humilié par ce dîner catastrophique. Le Trésorier était désolé et lui fit ses excuses. Charlotte répondit que ce n'était pas sa petite histoire de la banque qui avait atteint son mari – il la connaissait aussi bien que lui –, mais le comportement de Malanga, sa vulgarité, son insolence : Blagnac n'en pouvait plus de composer avec de tels bandits.

Charlotte lui demanda si par hasard il n'avait pas vu hier soir un cadre avec une photographie sous verre, c'était un cadeau de Lilya Mizaki.

— Le hibou ?

Il lui raconta la scène avec Blagnac : il avait rapporté le hibou chez lui et l'avait accroché dans son salon.

— Ce n'est pas un hibou, lui dit Charlotte en souriant, mais une chouette, plus précisément une dame blanche.

Elle avait appuyé exprès sur les mots « chouette » et « dame blanche » : elle ne faisait que répéter, avec amusement, les mots de Lilya.

En tout cas, il fallait que le Trésorier prît soin de cette œuvre : Lilya Mizaki l'avait achetée à une de ses amies à elle qui exposait en ce moment dans une galerie à Paris ; il pouvait la conserver ; mais surtout qu'il n'en dît rien à Lilya.

Charlotte s'éclipsa. Le Trésorier grimpa jusqu'à son bureau et s'isola. Impossible de travailler, il ne pensait qu'à cette photo : le fait qu'elle vînt de Lilya Mizaki le comblait. Mais n'était-il pas étrange, n'était-il pas fou que ce cadeau qui venait d'elle se retrouvât chez lui ?

Il trouva facilement l'adresse du cabinet. On était samedi, la banque fermait à 13 heures, et à peine la grille avait-elle claqué derrière lui qu'il courut jusqu'à la rue du Carillon, passant devant la chambre des Charitables, traversant la Grand-Place, en direction de l'église Saint-Vaast.

La journée était radieuse, un grand soleil aveuglait les rues de la ville. Son cœur hurlait de joie. Il découvrit le nom de Lilya Mizaki sur la plaque et en fut bouleversé : c'était incroyable de penser qu'elle était là depuis si longtemps. Il sonna. Pas de réponse.

Sur la plaque, les horaires disaient qu'elle recevait sur rendez-vous de 9 heures à midi, puis de 14 heures à 17 heures du lundi au mercredi inclus. Et le samedi matin, de 9 heures à 13 heures. Trop tard, il était 13 h 10, elle était déjà partie.

Il attendit devant la porte : les médecins ont toujours du retard, elle allait surgir. Il ne savait pas du tout ce qu'il allait lui dire, et en l'attendant, l'angoisse montait en lui.

D'ailleurs, il ne savait plus s'il préférait qu'elle fût là, derrière la porte, ou déjà partie : l'idée même de son apparition lui faisait battre le cœur si fort qu'il se sentait mal.

Mais si elle avait déjà quitté son cabinet, qu'allait-il faire ? Il ignorait où elle habitait. Certes, la ville était petite, mais à moins de tomber sur elle par hasard, il lui serait difficile de la trouver.

Ses forces l'abandonnèrent, la tête lui tournait, il n'en pouvait plus. Depuis quand n'avait-il pas trouvé le sommeil ? Il s'assit sur la marche du perron et s'assoupit.

Durant le week-end, il ne cessa d'arpenter les rues de la ville en espérant la croiser ; il crut la voir plusieurs fois, comme il arrive souvent quand on est obsédé. Il marcha pendant des heures, revenant sur ses pas, bifurquant sur un coup de tête ; à la sortie de la ville, il longea le canal de la Lawe qui menait au parc de la Gare d'eau et en fit plusieurs fois le tour, imaginant que peut-être, par ce temps radieux, elle se promènerait sous les peupliers ; puis il continua jusqu'au port fluvial, et son itinéraire se perdait dans des méandres ensoleillés qui avalaient ses forces, comme si le bleu du ciel s'enivrait de son idée fixe.

Ces heures qu'il passa à chercher Lilya Mizaki figurent parmi les plus heureuses de sa vie : il était tout entier tendu vers une femme ; la foi et l'espérance coïncidaient en lui comme jamais.

Il avait accroché la photographie face à son lit, de manière à pouvoir la contempler tout en restant couché ; il s'endormait et se réveillait avec elle. À force de tendre son regard vers la dame blanche, il s'était mis à discerner en elle des traits qui la rapprochaient du visage tant espéré de Lilya. Cet éclat de lune qui passe dans les rêves sur le corps aimé produit une clarté désirable : c'est elle qui éclairait la dame blanche pour le Trésorier-payeur.

Il lui semblait que cet oiseau ne cessait de faire retour

dans sa vie : il avait d'abord incarné la philosophie ; et maintenant il faisait signe vers l'amour.

C'était bien le hibou de Minerve qui l'avait mené jusqu'ici, cette confiance dans la philosophie qui l'avait jeté dans les affres de la banque. Mais en poussant toujours plus loin son expérience, sans doute avait-il défié les limites du vieil animal : *Minerve peut-elle entendre le hibou jusque-là ?*

C'était la question qu'il s'était posée tout au long de ces années où, explorant les arcanes de l'économie, il avait creusé son tunnel : *entendre le hibou jusque-là*, c'est-à-dire jusqu'à des extrémités folles.

La raison ne voit plus rien dans la nuit : à partir d'un certain point, c'est la folie qui vainc les ténèbres ; elle seule ouvre les yeux sur des régions qui s'embrasent. La sagesse de Minerve n'est jamais entrée dans le tunnel du Trésorier-payeur ; elle n'en est pas capable car il faudrait supporter de longer ce couloir où notre voix, en s'effaçant, endure sa propre mort.

Je crois que la philosophie ne va pas si loin : en elle, quelqu'un, depuis le début, ne cesse de reculer. Le savoir a peur de l'inconnu ; il ne supporte aucun risque. Au contraire, les êtres solitaires qui entrent dans la nuit accèdent au point où le savoir meurt. Le trou va plus loin que le système.

Au-delà de l'économie, il y a cette faille qui en s'ouvrant éclaire le monde comme le fait la lune. À cette place où seule la folie survit (où le système du savoir s'éteint), je reconnais la vie des amants.

L'instant suppose son propre excès comme le désir appelle le sexe.

La chance ici brûle comme une chandelle imprévue.

Les yeux de la dame blanche s'ouvrent sur l'amour de Lilya Mizaki.

Voici enfin de l'alchimie : je regarde le corps blanc du hibou se lever ; il traverse le salon et survole au clair de lune ce jardin où depuis douze ans le Trésorier-payeur ne fait qu'affronter sa nuit. À mesure qu'il bat des ailes, le hibou se métamorphose en chouette et prend la forme d'une dame blanche : ainsi s'ouvrent, dans ce récit, de nouvelles portes.

Le lundi matin, il ne put se rendre au cabinet dentaire : ses horaires de travail coïncidaient en effet avec ceux de Lilya Mizaki, ainsi fut-il obligé de prendre une demi-journée de congé. Peu avant 14 heures, il se dirigea enfin vers la rue du Carillon. Il la chercha aux terrasses des restaurants qui avec le beau temps s'étaient multipliées sur la Grand-Place ; il espérait la trouver à son retour de la pause, mais alors qu'il l'attendait devant la porte du cabinet, c'est une jeune femme aux cheveux frisés, vêtue d'un body rose fuchsia, et serrée dans une minijupe noire, qui arriva et lui demanda s'il avait un rendez-vous. Il répondit qu'il voulait voir Lilya Mizaki. Elle ouvrit la porte et lui fit signe d'entrer ; puis elle s'installa derrière un petit bureau, rempli de plantes vertes, où le téléphone sonnait. Le temps de ranger son sac et de disposer ses affaires sur le bureau, la sonnerie s'était arrêtée.

— Vous voulez un rendez-vous, c'est ça ?
— Oui, le plus vite possible.

Elle ouvrit un cahier, dont elle tourna lentement les pages.

— Il y a un créneau libre le jeudi 30 avril, à 10 h 15...
— Quoi ? Si loin ?... C'est urgent, vous savez...
— Il n'y a pas de place avant le 30. Peut-être si quelqu'un se désiste, on pourra vous rappeler...
— J'ai une rage de dents. Je n'en peux plus... Je connais Lilya, si vous lui donnez mon nom, elle acceptera peut-être de me prendre tout de suite...

La jeune fille demeurait impassible, elle avait évidemment l'habitude des gens qui forcent le passage, et sans doute l'avait-on formée pour leur résister : elle dit que ce n'était pas possible, et que ça ne marchait pas comme ça.

Mais le Trésorier-payeur savait résister, lui aussi : il ne bougea pas, et dit qu'il allait attendre ici Lilya, et qu'il attendrait s'il le fallait jusqu'à la fermeture.

— Elle prend parfois les urgences à la fin de sa journée. Je vais lui demander, repassez à 17 heures, vous verrez si elle peut vous prendre.

Le Trésorier-payeur laissa son nom et rentra chez lui ; il s'allongea dans le jardin, à l'ombre des noisetiers, où il écouta les *Partitas* de Bach jouées par Glenn Gould. Le pépiement des oiseaux se mêlait aux notes du piano. En fermant les yeux, il voyait le visage de Lilya Mizaki s'avancer vers lui dans la lumière du printemps.

Un peu avant 17 heures, il sonna au cabinet. La porte s'ouvrit automatiquement. Le petit bureau était vide. Une lumière très vive entrait par la fenêtre, et sur les deux murs qui se faisaient face, l'image d'un temple japonais diffusait une clarté sereine. Les deux temples n'étaient pas les mêmes : en s'approchant, il reconnut le Pavillon d'or et le Pavillon d'argent, qui se trouvent tous les deux à Kyoto, où, bien qu'il ne voyageât pas, il avait eu plus d'une fois l'envie de se rendre.

Le Trésorier ne savait parcourir que des étendues intérieures ; l'étude prépare-t-elle à des expéditions plus subtiles ?

Entre les deux chefs-d'œuvre de Kyoto, la petite salle était inondée de lumière, comme si l'or et l'argent des deux temples se réverbéraient l'un l'autre, formant une rivière d'étincelles. L'éclat du jour, les proportions, la densité calme : tout faisait effet sur le Trésorier, qui se sentait bien, comme s'il avait glissé son corps dans un interstice où il recevait la faveur d'un soleil double.

Yeux fermés, bouche entrouverte, il avait presque disparu. Une porte coulissante s'ouvrit à l'intérieur des deux temples et Lilya Mizaki fit son apparition dans un flot de lumière blanche. Elle portait une blouse étincelante, ses yeux bleus miroitaient, son sourire était immense ; et comme dans ces rêves où des clartés sans logique ouvrent les espaces, il pénétra dans le cabinet sans plus rien maîtriser, s'allongea sur le fauteuil où tandis qu'il ouvrait la bouche, un bras articulé s'approchait de sa tête.

Une lampe à miroirs l'aveuglait, et il sentait qu'on touchait ses dents. Lilya Mizaki lui parlait, semble-t-il, et d'une manière très douce, mais il était impossible de savoir ce qu'elle lui disait ; d'ailleurs ça n'avait pas d'importance : il s'était entièrement abandonné à la lumière. L'or et l'argent coulaient dans ses yeux. Il ne sentait plus ses dents, il ne sentait plus rien. On était à l'intérieur du pavillon, une femme au sourire blanc l'avait fait entrer, et il n'avait aucune raison de vouloir en sortir.

Il revint le lendemain à la même heure, puis le mercredi, enfin le samedi, à 13 heures. La lumière était toujours aussi intense, et le sourire de Lilya Mizaki chaque fois plus doux.

Le Trésorier-payeur ne comprenait pas du tout ce qui se passait : à chaque séance, il glissait dans un monde délicieux, il lui semblait gravir la pente d'une colline dans un pays de neige et se baigner dans un lac de fleurs.

Il revint de cette étrange passivité lorsque Lilya Mizaki lui dit, au terme de la séance du samedi, qu'elle avait fini de soigner ses dents et qu'ainsi, il n'avait plus besoin d'elle.

Le Trésorier se leva précipitamment du fauteuil et lui déclara, avec une audace assez brouillonne, qu'au contraire c'était à partir de maintenant qu'il avait besoin d'elle.

Lilya Mizaki rangeait ses outils, elle se tourna vers lui et ôta sa blouse. Le Trésorier avait envie de ses lèvres, de son sourire, de ses doigts fins ; il voulait serrer ses hanches, embrasser ses épaules et caresser ses seins qu'il devinait lourds et pleins de joie sous son chemisier de satin gris. Elle était en tailleur et portait des talons ; il bandait.

Son grain de beauté près de la bouche lui sembla un fruit ; il aimait ses longs cils et ses boucles gracieuses, ses poignets si maigres, l'ovale de son visage, ses mains, sa peau : tout. Elle avait la minceur et la légèreté d'une biche, et dans sa tête défilaient ces mots : « Tes seins sont comme deux faons » et aussi : « Que tu es belle, mon amie, que tu es belle ! »

Elle lui demanda pourquoi il avait besoin d'elle.

— Je ne sais pas au juste, je n'ai jamais eu besoin de personne, j'ai même cru pendant longtemps que le besoin n'était pas noble, mais depuis que je vous connais, je pense le contraire : j'ai besoin de vous. Je ne parle pas de vos soins dentaires, vous m'avez soigné, je n'ai plus mal aux dents. Mais maintenant j'ai mal partout, sauf quand je vous vois. Je veux que nous continuions à nous voir, je voudrais vous voir toujours. Êtes-vous libre demain ?

Lilya dit oui.

— Je vais vous montrer la source de la Lys.

— Ma rivière donc, dit-elle en souriant.

Le lieu de promenade préféré du Trésorier-payeur s'appelait Argent-Perdu (regardez sur une carte si vous ne me croyez pas) : c'est là, sous les saules pleureurs, près d'un moulin en ruine, à cet endroit plein d'ombres et de mousses que la Lawe prend sa source, et s'écoule en canal jusqu'à la Lys, qu'elle rejoint à La Gorgue.

J'imagine que le Trésorier savourait cette ironie : qu'une source fût nommée Argent-Perdu, que l'argent volatilisé fertilise plutôt qu'il n'assèche, cette idée devait le combler.

Le lendemain de sa déclaration à Lilya Mizaki, c'est là qu'il l'invita à un pique-nique.

Il vint la chercher en voiture vers midi. Elle habitait un pied-à-terre juste au-dessus du cabinet, si bien que les jours où elle consultait, elle passait de chez elle au bloc en deux minutes.

Le ciel était clément, d'un bleu léger, et Lilya portait une robe du même bleu azur, très décolletée, dont les bretelles glissaient. C'était un dimanche d'avril, et sur les berges de la Lys, en plus des habituels pêcheurs, des jeunes gens se prélassaient, des familles pique-niquaient. Le Trésorier se gara derrière le moulin, et ils trouvèrent un endroit tranquille, à l'ombre d'un saule pleureur.

Elle enleva ses chaussures, et il admira l'impeccable apparition de ses orteils vernis rouges. Il se mit pieds nus lui aussi et ils s'allongèrent dans l'herbe au bord de la rivière. Des reflets verts, bleus, gris chatoyaient entre les branches, au-dessus de l'eau.

Lilya raconta que depuis l'enfance elle aimait nager dans les torrents, et qu'elle avait longtemps vécu dans la montagne, d'abord dans le Massif central, sur les flancs du Mont-Dore, puis dans les Hautes-Pyrénées, au val d'Azun, où elle accompagnait sa mère, qui était médecin généraliste, dans sa tournée à travers les petits villages perchés de la haute vallée. Arrens-Marsous, Estaing, Sireix, Gaillagos : elle se souvenait encore de ces noms qui brillaient comme des silex. Quand la tournée était finie, sa mère et elle se baignaient dans le lac de Suyen, qui était bordé de grands pins.

Le Trésorier ouvrit une bouteille de chablis qu'il avait pris soin de garder au frais dans la glacière. Ils trinquèrent aux torrents, aux lacs, aux vallées, et comme ils avaient soif, ils burent très vite, et se resservirent plusieurs verres. Lilya dit que l'avenir serait comme ce vin clair qui miroite ;

elle voulait que tout dans sa vie fût comme ce moment où l'on glisse dans l'eau d'un lac et que la baignade s'élargit au point que le ciel entre dans l'eau, et alors on ne sait plus si l'on nage dans un lac ou dans les nuages.

Il y avait des cuisses de poulet froid, des petites tomates, du raisin, du melon et des abricots. Ils y touchèrent à peine. Le Trésorier avança sa main vers le visage de Lilya, et ils s'embrassèrent.

En entrant dans l'eau, ils riaient, et la lumière enveloppait leurs silhouettes ; un peu de nacre brillait sur les épaules de Lilya – ils se caressaient.

Ils se voyaient tous les jours, se croisaient plutôt ; et s'embrassaient en cachette, furtivement, comme des adolescents. Ils faisaient très attention car Malanga pouvait débarquer à n'importe quel moment chez Lilya, tant il était jaloux.

Ils étaient surpris de se retrouver liés par un désir qui les débordait : leur vie s'en trouvait perturbée, et ce trouble était délicieux.

Ils étaient prudents, et soudain pleins d'imprudence ; fougueux et subitement timides. Leur vie était désormais peuplée d'éclats sensuels et ils n'attendaient que ça : se retrouver pour jouir ensemble.

Il y avait aussi entre eux le souvenir, et en un sens le fantôme de Charles Dereine, qui les séparait autant qu'il les unissait : il avait été celui par qui tout avait commencé, et c'est à travers lui que *l'amour pour un être mortel* s'était transmis à Lilya et au Trésorier.

C'était aussi grâce à lui qu'ils avaient connu tous les deux la confrérie des Charitables ; et le Trésorier ne savait pas encore à quel point Lilya était pieuse, à quel point la charité abreuvait sa vie.

Un matin, il reçut d'elle un mot à la banque : elle lui donnait rendez-vous le lendemain à Lille à 14 heures. Il y avait une adresse, les mots « Villa des Violettes », et un nom de code à donner à la réception : *Ada*, en clin d'œil au livre de Vladimir Nabokov qu'il lui avait offert le jour de leur baignade aux sources de la Lys.

Il prit sa journée, et s'y rendit avec la Mercedes. Les trois heures que Lilya et lui passèrent dans cette chambre sont gravées au plus secret de la mémoire du Trésorier. Sur la toile de Jouy, un couple faisait de la balançoire, puis s'égayait dans les bois. Quand pour la première fois il pénétra le corps de sa bien-aimée, le Trésorier sut qu'il avait trouvé le paradis.

Les jours suivants, leurs étreintes prirent des formes intrépides. Ils ne s'arrêtaient plus. Le corps de Lilya était fait pour lui, et le sien pour elle : dans les bras l'un de l'autre, ils s'étreignaient durant des heures. Le Trésorier s'étonna d'être aussi endurant : à peine avait-il joui qu'il recommençait. Lilya était si langoureuse avec lui qu'il lui arrivait de jouir cinq fois en deux heures. Dans l'amour, elle était aussi tendre qu'entreprenante ; ses gestes étaient délicats et follement crus. Elle était capable de s'abandonner merveilleusement, comme seules les vraies amoureuses ; puis de s'activer sur le plaisir du Trésorier avec une lubricité passionnée. Quand elle jouissait, de petits soupirs s'échappaient de ses lèvres qui prenaient une couleur pâle, celle qui m'obsède depuis que j'ai commencé à écrire ce livre – celle, un peu laiteuse, que prend le ciel au moment d'un orage.

À chaque flash du plaisir entre les bras du Trésorier, et sans doute en solitaire, deux doigts glissés entre ses cuisses, Lilya rejoignait un point qui la hantait. En s'absentant ainsi, mieux qu'à travers l'ivresse ou le sommeil, elle voyait passer furtivement le sourire de ses grands-parents bien-aimés que la bombe tombée sur Hiroshima avait effacés. Elle disait « effacer » parce que leurs corps avaient disparu. Il lui était impossible de se figurer cet affreux prodige : qu'un corps ait pu exister et qu'il n'en restât nulle trace, qu'en une seconde il passât de la présence à l'absence, cela l'obsédait.

Lorsqu'elle en parla au Trésorier, il lui sembla que sa voix retrouvait les accents qu'elle avait eus devant la tombe de Charles Dereine. Que faisaient ses grands-parents le lundi 6 août 1945 à 8 h 15 du matin sur la plage d'Hiroshima, juste en face de l'île sacrée Miyajima ? Ils avaient vingt ans, se tenaient la main, s'embrassaient sur la plage ; ils venaient d'avoir un enfant, une petite fille qu'ils avaient laissée quelques jours à la famille afin de se purifier selon le rite shinto. On avait dit à Lilya que le sanctuaire gardait la mémoire des bénédictions et que leur nom y était inscrit.

Lilya dit que cette petite fille était sa mère. On envoya celle-ci en Europe, elle grandit à Londres, puis à Paris sous la protection d'un oncle qui travaillait à la Maison de l'UNESCO. Elle rencontra un chirurgien, avec qui elle eut une fille ; le chirurgien était marié, il ne reconnut pas l'enfant et décampa. C'est ainsi que Lilya ne connut jamais son père, et qu'elle vécut dans le culte transmis par sa mère, celui de ses grands-parents dont les cendres s'étaient évanouies dans la poudre du temps.

Sa mère lui avait donné leur photographie ; et elle confia ce soir-là au Trésorier qu'il lui arrivait de voir leur visage au moment de jouir : l'éclair du plaisir était parfois si déchirant qu'il ouvrait en elle une brèche où elle les rejoignait.

Et puis, Lilya était tourmentée par l'emprise que Malanga exerçait sur elle. Cet homme à qui rien ne résistait, et qui dirigeait la filiale française d'une firme leader mondial de la fabrication de pneumatiques, avait jeté son dévolu sur elle, l'avait demandée en mariage, et lorsqu'il s'absentait de Béthune pour aller à Paris ou à Nashville, où Bridgestone avait son siège social, il la faisait surveiller.

Il avait rencontré Lilya un an plus tôt, le soir de l'inauguration de La Piscine, le musée de Roubaix, lors du spectacle des derviches tourneurs de l'orchestre Al-Kindi, venus de Damas, dont Bridgestone avait assuré le mécénat ; et ils avaient alors entamé ce que Lilya appelait une « relation tumultueuse ».

Elle avait refusé la demande en mariage de Malanga, ce qui rendait celui-ci furieux : la violence de cet homme n'avait fait que grandir au fil des mois, et s'il ne la dirigeait pas contre Lilya, elle prenait néanmoins des formes dangereuses, car Malanga ne mettait jamais aucune limite dans ses désirs, et imposait depuis le début ses choix à Lilya : ainsi, quand il revenait de ses séjours autour du monde, devait-elle se plier à sa volonté. Cet homme s'était entiché de la plastique de Lilya et n'avait qu'une obsession : pouvoir disposer d'elle à sa guise.

Elle avait bien essayé plusieurs fois de mettre fin à cette relation qui la rendait malheureuse, mais les histoires où l'un domine l'autre n'en finissent jamais, et ainsi ne pouvait-elle accéder réellement à la liberté qu'elle convoitait : toujours cet homme pouvait surgir et réduire à néant son indépendance.

La rencontre avec le Trésorier était donc une belle surprise ; et si, au début, elle avait imaginé qu'elle ne partagerait avec cet homme que des moments agréables, elle fut vite intriguée par sa douceur, sa délicatesse, sa manière limpide et attentive d'aimer. L'absence de rapports de force l'avait d'abord déconcertée, car elle était tellement habituée à la violence qu'elle ne pouvait que trouver inconsistante une personne qui lui voulait du bien. Mais très vite, la joie sexuelle s'était élargie à tout son être, et chaque fois qu'elle faisait l'amour avec le Trésorier, elle y trouvait non seulement un plaisir qui s'amplifiait à chaque rendez-vous, mais une vérité : elle découvrait que les matins, les après-midi, les soirs, les nuits, tout pouvait prendre couleur de flamme et scintiller comme un poème ; elle comprenait que l'amour pouvait rendre heureux.

Depuis sa rencontre avec le Trésorier, elle enchaînait les soins à Béthune et les cours à Lille avec une ardeur qu'elle n'avait jamais connue ; et quand elle priait, le soir, enfin seule face au Christ auquel elle vouait une adoration secrète, son oraison, qu'elle avait longtemps remplie de ses souffrances, s'ouvrait peu à peu à ce vide où la joie est chez elle.

Je crois qu'il est impossible d'entrer dans la prière des autres, chacun s'y prend selon son propre feu, et s'il arrive que celui-ci, par exemple à travers l'amour, embrase le corps et l'esprit d'une autre personne, les révélations qui se font au travers de la solitude ne sont pas transparentes. Ainsi Lilya passait-elle, certaines nuits, des heures à parcourir les espaces de sa propre dévotion en veillant, allongée sur le dos, les yeux ouverts dans l'obscurité, sans jamais fixer quoi que ce soit, ni une croix ni une image, pas même celle de la jeune Vierge en extase de Zurbarán qu'elle avait épinglée sur le mur à côté de son lit. Ces nuits de prière, elle entrait dans un espace où tout en elle s'ouvrait à la délivrance : la douleur reste dehors, les autres aussi.

Est-il possible de diminuer le mal ? C'est à quoi s'efforce la prière. Les pensées qui visent à rencontrer Dieu sont les plus incertaines ; elles engagent ce point en vous où la mort fait silence. Lorsque Lilya priait, il lui semblait descendre dans la mort, comme le Christ, le samedi saint, était descendu dans le plus grand des abandons et avait poussé la porte des Enfers.

Lilya n'avait plus jamais parlé de sa foi depuis la mort de Charles Dereine ; mais avec le Trésorier, elle ouvrit son cœur, elle lui dit un soir que l'abandon où Dieu nous avait laissés était sa manière à lui de nous caresser.

Cette phrase avait sidéré le Trésorier : on considère plutôt que l'absence de Dieu justifie nos détresses, et que les humains s'enfoncent dans leur misère parce que le divin s'est détourné de leur sort ; mais voici que la phrase de Lilya retournait le sentiment commun avec la fulgurance d'une éclaircie : elle disait que le contenu de chaque instant, regardé comme une caresse, nous rend libres.

Je pense que la caresse est le nom secret du temps, sa vraie substance, sa matière éblouie. Il y a une douceur intérieure du langage, qui est sa richesse cachée. C'est ce que Lilya et le Trésorier découvraient à travers leurs étreintes.

Les amants qui ont à la fois l'ivresse charnelle et les ravissements de l'esprit sont les plus heureux du monde. Ils creusent un secret qui lui-même s'achemine vers le secret. Ils sont absolument séparés des autres, comme on l'est quand on aime.

Pendant quelques mois, Lilya et le Trésorier se cachèrent. Ils ne se donnaient pas la main en public, et ne s'embrassaient pas. Lilya craignait qu'on ne la suivît, si bien qu'elle ne voulait pas rester dormir chez le Trésorier, ni que celui-ci vînt chez elle. Ainsi se voyaient-ils dans des endroits discrets, voire clandestins.

Ils aimaient particulièrement faire l'amour dans la voiture. Au sortir d'un restaurant de Bruay-la-Buissière, où ils avaient bu énormément de champagne, et où ni l'un ni l'autre n'était en état de conduire jusqu'à Béthune, ils passèrent la nuit sur le parking.

Blottis l'un contre l'autre sur la banquette arrière, d'abord emmitouflés dans une couverture bleue que le Trésorier conservait dans la Mercedes, ils observèrent le ciel en s'embrassant ; Lilya était doucement ivre, elle souriait avec une tendresse déchirante ; le Trésorier, épuisé d'alcool, riait aux éclats comme s'il avait enfin quitté la terre des hommes.

La nuit près des anciens terrils est épaisse comme le charbon, comme si les mines avaient avalé les nuages et teinté l'univers de noir. Il y avait un réverbère planté au bord du parking où stationnaient une dizaine de voitures ; il diffusait une lumière blafarde, où les contours s'estompaient. L'église se dressait dans l'ombre, et la route de Béthune passait juste derrière les platanes près desquels la voiture était garée. Les baisers réchauffèrent les amants ; ils se touchaient sous la couverture ; leurs mains glissaient entre les cuisses, Lilya ouvrit la braguette du Trésorier et le suça passionnément. Sa tête, sous la lune, ondulait comme une colline. Les doigts du Trésorier écartaient la culotte de Lilya et la branlaient. En quelques minutes, ils furent entièrement nus et s'agitaient comme de folles créatures. Ils étaient *seuls, libres et nus* : ces quatre mots étaient devenus leur mantra.

Rien d'autre n'existe à côté d'un désir qui vous sépare du monde qui dort ; et s'étreindre à 3 heures du matin, dans une voiture, sous un ciel qui rugit, appelle un bonheur fou. Lilya chevauchant le Trésorier, la pointe de ses seins enfoncée dans la bouche de son amant, et ses ongles plantés dans sa peau ; le Trésorier léchant le sexe de Lilya, et mêlant sa salive à l'humidité de son cul, ses doigts appuyant sur son clitoris, frottant ses lèvres, et de nouveau sa bouche lui léchant tout : voyez comme les amants s'éloignent du monde justifiable. Rien ne peut leur donner raison, rien ne peut leur donner tort, car ni le tort ni la raison n'existent quand on aime : on passe dans une dimension où l'on ne reconnaît que sa fantaisie ; et si vous trouvez celle-ci indécente, c'est que vous ne supportez pas l'innocence.

Car ces deux-là, en s'aimant, ouvrent un monde intact. Et si, comme cette nuit-là, ils s'enroulent avec leurs gémissements dans une trouée d'étoiles, c'est parce que le plaisir les protège. En même temps, ils sont lourds et concrets, dans une voiture, aussi incongrus que des panthères allongées sur un canapé ; et personne n'est plus *là*, personne n'est plus au monde que deux amants qui chavirent de jouissance.

Ils ne virent pas l'aube arriver, ils s'étaient assoupis. Aux premières lueurs du matin, les oiseaux chantèrent dans les platanes. En se réveillant, Lilya et le Trésorier recommencèrent à s'agiter l'un contre l'autre.

Un homme longea la voiture et se retourna un instant, continua sa route, se retourna encore, se demandant s'il n'avait pas rêvé, puis monta dans sa voiture et, en démarrant, rompit le charme de cette nuit qui avait encore approfondi chez les deux amants la chose la plus inconnue en eux, la seule vraie chose, celle qui miroite au fond des yeux comme un lac interdit.

Est-il possible que la vie entière prenne une couleur passionnée ? Les amants vivent à l'intérieur de la joie qu'ils se donnent. Tous ceux qui aiment la poésie savent qu'elle prend sa source ici : la féerie sexuelle est le secret de ces phrases.

En juin 2004, Malanga fut congédié par la direction de Bridgestone. Lilya trouva enfin la force de rompre ; il quitta définitivement la ville.

Le Trésorier lui ouvrit les portes de sa maison. Le printemps était splendide. La glycine et le lilas avaient envahi le jardin ; tout était radieux et sauvage, gorgé de sève et de lumière. Il y avait de la nacre qui brillait dans les feuillages, et comme le Trésorier ne tondait que rarement sa pelouse, l'herbe était si haute et si fleurie de coquelicots et de violettes qu'on aurait dit une prairie, celle où les dieux, dans Homère, se baignent de rosée sous le regard d'Aphrodite.

Ce jardin stupéfia Lilya qui ôta ses sandales et courut comme une enfant se rouler dans l'herbe et enfouir son visage dans le feuillage des noisetiers en fleur.

En entrant dans le salon, elle découvrit la dame blanche et se tourna vers le Trésorier avec un sourire qui lui disait qu'avec lui elle ne s'étonnait plus de rien.

Elle aima tout de suite les boiseries, les parquets, les tapis, la véranda et ses meubles en osier, la vie de la lumière et la palette immense des crépuscules qui variaient selon les pièces et les étages. Elle adora ces amoncellements de livres qui grimpaient jusqu'au plafond et s'empilaient sur chaque marche de l'escalier, et monteraient encore, toujours plus haut, jusqu'au grenier, jusqu'au toit de la maison. Et c'était pour elle une joie presque déchirante que de s'ajuster à ce monde qui l'accueillait comme si elle y avait toujours été attendue.

Elle apporta peu de choses, des vêtements, des boîtes d'archives et de souvenirs qu'elle stocka dans une chambre du haut, des cartons de livres qui s'ajoutèrent aux piles du Trésorier et quelques petits meubles, comme ce paravent japonais ornementé de jade qu'elle disposa dans le salon et derrière lequel elle aimait, le soir, enfiler des bas de soie et se parer de dentelles noires.

Ils firent l'amour dans chaque pièce, au premier étage, au deuxième étage, dans la véranda, dans la cuisine, sur chaque table et chaque fauteuil ; et le premier soir ce fut, à la lueur de la bougie, dans l'escalier, où le bruit des talons aiguilles de Lilya surexcita le Trésorier. Il s'en souvient encore : les mains de Lilya serrent la rampe, elle cambre les hanches, et tandis qu'il couvre sa nuque de baisers, leurs ombres s'agitent au plafond avec de petits éclats orange, comme un brasier.

Lorsque le Trésorier lui montra ce qu'il n'avait jamais montré à personne – ce tunnel qui était, lui dit-il, son « sanctuaire », et dans lequel il l'invita à descendre avec lui –, elle comprit la nature du sacré qui habitait cet homme. Elle comprit que, dans le tunnel, il vivait sa propre mort, pas celle que nous inflige à chaque instant la société, mais celle qu'on traverse – celle qui nous fait *franchir le pont*. Une fois de l'autre côté, l'innocence revient.

Qu'y a-t-il au fond du trou ? Le Trésorier s'était occupé d'argent parce qu'il avait toujours deviné en celui-ci la forme du néant. Le calcul qui quadrille la planète subordonne nos vies à la quantité qui leur octroie une supposée valeur ; mais le calcul n'est qu'une fumée : l'argent se soustrait à lui-même en un endroit où plus rien n'existe que sa disparition.

— Un jour, dit-il à Lilya, on se réveillera et les neiges du Kilimandjaro auront fondu. En découvrant le vide à la place du plein, on dira que l'argent a disparu, mais il sera encore à sa place, *sauf que cette place se révélera enfin vide*.

Qu'on soit riche ou pauvre, on le sait tous : ce qui est gratuit est plus fort que l'argent. L'argent n'a pas d'existence, seule la gratuité existe.

J'ai envie d'écrire cette phrase : les rosiers, les lys, les figues poussent tout autant dans le jardin du Trésorier-payeur que dans sa tête, c'est-à-dire dans mes phrases.

J'aime le *y* dans le nom de Lilya et dans le mot mystère. Il est gratuit, comme la volupté.

Est-il possible de ne faire que l'amour, de ne plus avoir d'autre usage du temps que celui de s'aimer ? Durant des années, Lilya et le Trésorier ne firent que cela : ils partaient au travail le matin, Lilya s'occupait de dents, le Trésorier s'occupait d'argent, et lorsqu'ils rentraient le soir, ils s'aimaient. Ils avaient l'air absolument normaux tous les deux : quoi de plus *normal* qu'une dentiste et un banquier ? Et pourtant ces deux-là avaient la plus belle des vies secrètes : ils se consacraient à l'amour fou.

Eux, qui paraissaient au-dehors si convenables, si sérieux, se déchaînaient dans leurs étreintes : le sexe les rendait précis, insatiables, sans limite. En jouissant, ils riaient ; jamais ils n'avaient tant ri. Ils attendaient tout l'un de l'autre, et ils se donnaient tout.

Avec Lilya, le Trésorier assouvit enfin ce vieux rêve d'accomplir la dépense absolue, de *tout dépenser*, et pas seulement son argent – car lui, le banquier, n'avait jamais *épargné* –, mais ses forces : depuis toujours il se dépensait sans compter, et en toute chose allait jusqu'à l'épuisement.

Il avait longtemps vu dans cette notion de dépense le secret paradoxal de l'économie – et même sa gloire. Il avait écrit, dans l'un de ses feuillets les plus anciens : *La notion de dépense ne peut en aucun cas se restreindre aux conditions du capitalisme ; en elle se prodigue une effervescence inconditionnelle qui donne la plus grande liberté.*

Plus jeune, il avait voulu assigner des fins splendides à l'économie ; et maintenant, il s'en foutait. Peut-être son indifférence venait-elle précisément du fait qu'une telle splendeur s'était réalisée dans sa vie : il l'avait trouvée dans l'érotisme, il la vivait dans l'amour.

Ce que produisent les étreintes, elles le dilapident en même temps : voilà l'économie glorieuse.

Il écrivit sur une feuille cette phrase : *La vraie richesse est sexuelle car en elle tout se dépense,* puis il ouvrit l'armoire flamande et la glissa sur l'une des piles.

Le 26 mars 2005, ils se marièrent. Lilya avait beau être croyante, elle ne voulait pas que la cérémonie eût lieu à l'église. Elle n'aimait ni les curés, ni l'idée de paroisse ; elle trouvait les églises lugubres. La foi, au contraire, avait besoin de lumière : elle la vivait en solitaire, comme l'expérience simultanée d'un désert et d'une oasis. Qu'au ciel il y eût quelqu'un ou personne ne changeait rien à ses yeux : l'absence de Dieu est plus divine encore que sa présence.

Lors d'une promenade en voiture du côté d'Olhain, alors qu'ils allaient voir le dolmen de Fresnicourt, ils étaient tombés, en pleine forêt, sur une petite chapelle en ruine qui servait d'abri contre la pluie. À l'intérieur, quelques pierres formaient un banc et la mousse avait envahi le sol ; il n'y avait rien d'autre, et ce rien leur plut : sur un coup de tête, ils voulurent se marier là.

Que ce mariage ne fût reconnu ni par l'État ni par l'Église leur plaisait encore plus : les amants ne peuvent s'accorder à un ordre de choses qui les ignore ; la passion ne se subordonne à rien – et puis *l'immensité contenue dans l'amour d'un être mortel* ne les ouvrait-elle pas à la totalité de l'univers ? Dieu sourit chaque fois que les amants s'étreignent et les étreintes mènent à la lumière : c'était leur foi.

Il fallait deux témoins, le Trésorier appela Casabian, et Lilya demanda à Nadine, une amie et collègue du CHU. Casabian proposa d'aller chercher, pour la bénédiction, un moine franciscain, ami des Charitables, qui se nommait Lupo et vivait au couvent de la rue Berthollet, à Lille.

Ce Lupo était doucement illuminé, on n'aurait su dire s'il était jeune ou vieux, il vint à moto et leur dit qu'il y avait quatre manières de recevoir la parole. La première consiste à recevoir la semence *le long du chemin* : c'est quand on ne la comprend pas – le malin vient et enlève ce qui a été semé dans le cœur. La deuxième manière consiste à recevoir la parole *parmi les pierres* : c'est quand on entend la parole et qu'on la reçoit avec joie, mais sans qu'il y ait en nous de racines – alors elle ne pousse pas. La troisième consiste à recevoir la parole *parmi les épines* : c'est quand on entend la parole mais que les préoccupations du temps et la séduction des richesses étouffent cette parole. La quatrième consiste à recevoir la parole *dans la bonne terre* : c'est quand on entend la parole, qu'on la comprend et qu'elle pousse en nous ses fruits.

Une lumière blonde entrait dans la petite chapelle. Lupo, Casabian, Nadine, Lilya et le Trésorier souriaient dans cette lumière. Où sommes-nous, se demandaient-ils : le long du chemin, parmi les pierres, parmi les épines ou dans la bonne terre ? La vie de chacun est exposée au dévoilement, et dans l'amour le cœur et l'esprit sont nus. Le point le plus vivant ne se déchiffre pas.

Casabian et Nadine lurent des extraits du Cantique des Cantiques, on ouvrit du champagne et les mariés dansèrent pieds nus dans la clairière autour de la chapelle.

Puis ils partirent en voyage de noces au Japon où, séjournant le long de la rivière Kamo dans de petites auberges de bois dont le dénuement les grisait, ils rendirent visite au Pavillon d'or et au Pavillon d'argent.

En gravissant les pentes des collines boisées de Kyoto, entre les deux temples, ils avaient l'impression que leur voyage ne faisait que commencer ; dans leurs têtes, à chaque instant, un sable fin se ratisse, et comme dans ces jardins qu'on prépare afin qu'ils accueillent le reflet de la lune, une clarté entre eux ne cesse de grandir et reçoit des lueurs de plus en plus ardentes : il y a en chacun de nous un espace libre où n'entre rien d'autre que la lumière ; c'est là que le temps revient et que nous-mêmes, avec lui, nous revenons. L'attente des lèvres aimées promet un embrasement qui nourrit ce feu.

Durant la semaine qu'ils passèrent à Kyoto, les cerisiers fleurirent, et le soir ils allaient s'allonger dans le parc

Maruyama où au-dessus de leurs têtes les feuillages constellaient le ciel en un treillage d'étoiles rose pâle. Une nuit de plein vent, ils sortirent dans le jardin de l'auberge, et offrirent leurs visages aux cerisiers dont les fleurs avaient éclos. Lilya courait d'un arbre à l'autre, la tête jetée en arrière en un mouvement de joie qui lui arrachait des rires, et son visage fut bientôt couvert de pétales. Le Trésorier s'avança vers elle et l'embrassa : leurs baisers avaient le goût de ces rites qui préludent aux actes sacrés.

Ils prirent le train pour Hiroshima, et se dirigèrent en bateau vers l'île de Miyajima. Dans la salle aux Trésors du sanctuaire, Lilya s'inclina devant le coffre qui contient la mémoire des vœux écrits par les pèlerins. Un coffret de laque fut retiré du grand coffre et lui fut apporté ; il contenait les vœux de ceux qui, après avoir prié ici, étaient repartis au matin du 6 août 1945 à Hiroshima et avaient péri dans l'explosion.

Elle s'agenouilla et sa prière ouvrit un monde de silence qui dura l'après-midi entier. Ce silence dure encore : écrire ces phrases est une manière de ne pas l'interrompre.

Ils firent ensuite l'ascension du mont Misen au sommet duquel, parmi les cèdres et les pruniers, Lilya se recueillit au pied du *Kiezu-no-hi*, qui est le feu sacré.

À l'intérieur du grand miroir qui ouvre l'espace au-dessus de la cheminée, l'image d'interminables soirées d'amour devant le feu s'est déposée comme une buée indélébile. Chaque étreinte de Lilya et du Trésorier s'est gravée dans cette eau qui en réfléchit la mémoire, et leurs reflets cette nuit sur les murs du salon racontent une histoire qui ne finira jamais. Il suffit d'avancer le regard vers ce miroir pour les voir tous les deux qui sourient dans le temps, comme le font les époux allongés sur les tombeaux étrusques. J'ai toujours pensé, comme Lilya et comme le Trésorier, que sous le manteau qui les dissimule, les époux millénaires dont le sarcophage est au Louvre ont emboîté leurs sexes. C'est pourquoi leur sourire est infini. Ils sont allongés tous deux sur le côté, elle devant lui, et l'on devine, même si le temps a effacé un peu son geste, qu'elle verse du parfum dans la main de son époux. Une longue arabesque enveloppe leurs jambes : ils sont enlacés tendrement, et leurs manteaux recouvrent leurs caresses. On ne voit pas la main de l'homme qui se glisse entre les cuisses de sa femme : leurs yeux en amande brillent d'autant plus que leur plaisir se cache. Ainsi Lilya et le Trésorier se mêlent-ils au temps à travers leurs étreintes : depuis leur retour du Japon, ils approchent, en faisant l'amour, d'une transparence qui les guide vers ce pli où l'éclair les absorbe. Leurs corps tremblent, et avec le plaisir qui monte, un peu de transpiration vient perler à leur front comme de la rosée. Si l'on se penche vers le miroir, on distingue très bien ces gouttes ; on pourrait les boire : en chacune d'elles, baignées de nacre, se dessine le détail de leurs ébats. Et voici qu'à l'intérieur de ce cadre qui s'éloigne, là-bas, sur la cheminée, et dont les reflets vous parviennent avec des lueurs qui ressemblent à des soupirs, les deux amants traversent une forêt : c'est le bois des Dames. Je le reconnais parce que dans la clairière trois chemins se croisent en un triangle d'herbes où surgit une fontaine. Le Trésorier approche ses mains qu'il tient l'une contre l'autre, une eau de source coule d'un rocher. Lilya vient boire au creux de ses mains ; et l'eau dépose à nouveau quelques gouttes sur le miroir où le visage des amants s'efface à travers la jouissance qui les délivre. Lilya rejoint ce point qu'elle espérait, le Trésorier sourit.

NOTE

La première partie de ce livre s'inspire des préparatifs d'une exposition à laquelle j'ai participé :

La Traversée des inquiétudes
Une trilogie librement adaptée de l'œuvre de Georges Bataille
« Dépenses » (2016-2017), « Intériorités » (2017-2018), « Vertiges » (2018-2019)
LaBanque, centre de production et diffusion en arts visuels, Béthune
Commissariat d'exposition et écriture du projet : Léa Bismuth

Je tiens à remercier toutes les personnes citées, et en particulier Léa Bismuth, Anne-Lise Broyer, Philippe Massardier et Lara Vallet.

Mes remerciements vont aussi à Dominique Foult, Maren Sell, Olivier Rubinstein et Victor Depardieu pour leur aide précieuse.

Œuvres de Yannick Haenel (suite)

DRANCY LA MUETTE, avec des photographies de Claire Angelini, Éditions Photosynthèses, 2013.

LA SOLITUDE CARAVAGE, Éditions Fayard, 2019 (« Folio » n° 6835). Prix Méditerranée de l'essai.

TOUT EST ACCOMPLI, de Yannick Haenel, François Meyronnis et Valentin Retz, Éditions Grasset, 2019.

VÉNUS. Où nous mènent les étreintes, avec des photographies de Linda Tuloup, Éditions Bergger, 2020.

DÉCHAÎNER LA PEINTURE. ADRIAN GHENIE, Actes Sud, 2020.

DIANE ET ACTÉON. Le désir d'écrire, Éditions Hermann, 2020.

JANVIER 2015. LE PROCÈS, avec des illustrations de François Boucq, Éditions Les échappés, 2021.

LE DÉSIR COMME AVENTURE, Éditions Mille et Une Nuits, 2021.

NOTRE SOLITUDE, Éditions Les échappés, 2021.

L'INFINI

Dans la même collection

Daniel ACCURSI   *Le néogâtisme gélatineux – La nouvelle guerre des dieux – La pensée molle*

Louis ALTHUSSER   *Sur la philosophie*

Dominique AURY   *Vocation : clandestine (Entretiens avec Nicole Grenier)*

Frédéric BADRÉ   *L'avenir de la littérature*

Julien BATTESTI   *L'imitation de Bartleby*

Olivier BAUMONT   *« À l'Opéra, monsieur ! » (La musique dans les* Mémoires *de Saint-Simon)*

Frédéric BEIGBEDER   *Nouvelles sous ecstasy*

Pierre Alain BERGHER   *Les mystères de* La Chartreuse de Parme *(Les arcanes de l'art)*

Emmanuèle BERNHEIM   *Le cran d'arrêt*

Frédéric BERTHET   *Journal de Trêve – Felicidad – Daimler s'en va – Simple journée d'été*

Victor BOCKRIS   *Avec William Burroughs (Notre agent au Bunker)*

Amélie de BOURBON PARME   *Le sacre de Louis XVII*

Pierre BOURGEADE   *L'objet humain – L'argent – Éros mécanique – La fin du monde*

Judith BROUSTE   *Le cercle des tempêtes – Jours de guerre*

Antoine BUÉNO   *L'amateur de libérines*

Alain BUISINE   *Les ciels de Tiepolo*

François CAILLAT   *La vraie vie de Cécile G.*

Emmanuel CATALAN   *Prolégomènes à une révolution immédiate*

Brigitte CHARDIN   *Juste un détour*

Frank CHARPENTIER   *La Dernière Lettre de Rimbaud*

Collectif *Poésie hébraïque du IV*^{e} *au XVIII*^{e} *siècle (Choix de poèmes)*

Collectif (sous la direction de Yannick Haenel et François Meyronnis)   *Ligne de risque (1997-2005)*

Béatrice Commengé *Et il ne pleut jamais, naturellement – L'homme immobile – Le ciel du voyageur – La danse de Nietzsche*

Gilles Cornec *Gilles ou Le spectateur français – L'affaire Claudel*

Michel Crépu *Lecture (Journal littéraire 2002-2009 – La Revue des Deux Mondes)*

Catherine Cusset *La blouse roumaine*

Marc Dachy *Il y a des journalistes partout (De quelques coupures de presse relatives à Tristan Tzara et André Breton)*

Joseph Danan *Allégeance*

Mathieu David *Barcelone brûle*

René Defez *Méditations dans le temple*

Raphaël Denys *Le testament d'Artaud*

Marcel Detienne *L'écriture d'Orphée*

Conrad Detrez *La mélancolie du voyeur*

Jacques Drillon *Sur Leonhardt – De la musique*

Bernard Dubourg *L'invention de Jésus,* I et II *(L'Hébreu du Nouveau Testament* et *La fabrication du Nouveau Testament)*

Hélène Duffau *Combat – Trauma*

Benoît Duteurtre *Tout doit disparaître – L'amoureux malgré lui*

Alexandre Duval-Stalla *François-René de Chateaubriand – Napoléon Bonaparte : une histoire, deux gloires (Biographie croisée) – Claude Monet – Georges Clemenceau : une histoire, deux caractères (Biographie croisée) – André Malraux – Charles de Gaulle : une histoire, deux légendes (Biographie croisée)*

Raphaël Enthoven *Le philosophe de service (Et autres textes) – L'endroit du décor*

Hans Magnus Enzensberger   *Feuilletage – La grande migration* suivi de *Vues sur la guerre civile*

François Fédier   *Soixante-deux photographies de Martin Heidegger*

Jean-Louis Ferrier   *De Picasso à Guernica (Généalogie d'un tableau)*

Michaël Ferrier   *François, portrait d'un absent – Mémoires d'outre-mer – Fukushima (Récit d'un désastre) – Sympathie pour le fantôme – Tokyo (Petits portraits de l'aube)*

Michaël Ferrier et Kenichi Watanabe   *Notre ami l'atome*

Alain Fleischer   *Petites histoires d'infinis – Prolongations – Immersion*

Philippe Forest   *L'enfant éternel*

Hadrien France-Lanord   *La couleur et la parole (Chemins de Paul Cézanne et de Martin Heidegger)*

Philippe Fraisse   *Le cinéma au bord du monde (Une approche de Stanley Kubrick)*

Jean Gatty   *Le président (Dialogue) – Le journaliste (Dialogue)*

Henri Godard   *L'autre face de la littérature (Essai sur André Malraux et la littérature)*

Romain Graziani   *Fictions philosophiques du « Tchouang-tseu »*

Camille Guichard   *Vision par une fente*

Cécile Guilbert   *L'écrivain le plus libre – Pour Guy Debord – Saint-Simon ou L'encre de la subversion*

Pierre Guyotat   *Vivre*

Yannick Haenel   *Le Trésorier-payeur – Papillon noir* suivi de *Longer à pas de loup – Tiens ferme ta couronne – Je cherche l'Italie – Les Renards pâles – Jan Karski – Cercle – Évoluer parmi les avalanches – Introduction à la mort française*

Yannick Haenel et François Meyronnis   *Prélude à la délivrance*

Martin Heidegger   *La dévastation et l'attente (Entretien sur le chemin de campagne)*

Jean-Luc HENNIG   *De l'extrême amitié (Montaigne & La Boétie) – Voyou suivi de Conversation au Palais-Royal par Mona Thomas – Femme en fourreau – Apologie du plagiat – Bi (De la bisexualité masculine)*

Friedrich-Wilhelm von HERRMANN et Francesco ALFIERI   *Martin Heidegger (La vérité sur ses Cahiers noirs)*

Jean-Louis HOUDEBINE   *Excès de langage*

Nicolas IDIER   *La musique des pierres*

Alain JAUBERT   *La moustache d'Adolf Hitler (Et autres essais) – Val Paradis – Palettes*

Régis JAUFFRET   *Sur un tableau noir – Seule au milieu d'elle*

Christine JORDIS   *L'aventure du désert*

Alain JOUFFROY   *Conspiration – Manifeste de la poésie vécue (Avec photographies et arme invisible)*

Jack KEROUAC   *Journaux de bord (1947-1954) – Vieil Ange de Minuit suivi de citéCitéCITÉ et de Shakespeare et l'outsider*

Alain KIRILI   *Statuaire*

Julia KRISTEVA   *Histoires d'amour*

Bernard LAMARCHE-VADEL   *Tout casse – Vétérinaires*

Louis-Henri de LA ROCHEFOUCAULD   *La Révolution française*

Lucile LAVEGGI   *Le sourire de Stravinsky – Damien – Une rose en hiver – La spectatrice*

Sandrick LE MAGUER   *Portrait d'Israël en jeune fille (Genèse de Marie)*

Bruno LE MAIRE   *Musique absolue (Une répétition avec Carlos Kleiber)*

Philippe LIMON   *Phallus – Scène de la vie conjugale*

Gordon LISH   *Zimzum*

Jean-Michel LOU   *L'autre lieu (De la Chine en littérature) – Corps d'enfance corps chinois (Sollers et la Chine) – Le petit côté (Un hommage à Franz Kafka)*

Pierre MARLIÈRE   *Variations sur le libertinage (Ovide et Sollers)*

Éric MARTY   *Une querelle avec Alain Badiou, philosophe – Bref séjour à Jérusalem – Louis Althusser, un sujet sans procès (Anatomie d'un passé très récent)*

Gabriel MATZNEFF   *Les Demoiselles du Taranne (Journal 1988) – Calamity Gab (Journal janvier 1985-avril 1986) – Mes amours décomposés (Journal 1983-1984) – Les Soleils révolus (Journal 1979-1982) – La passion Francesca (Journal 1974-1976) – La prunelle de mes yeux*

Jeffrey MEHLMAN   *Legs de l'antisémitisme en France*

François MEYRONNIS   *Tout autre (Une confession) – Brève attaque du vif – De l'extermination considérée comme un des beaux-arts – L'Axe du Néant – Ma tête en liberté*

Catherine MILLOT   *Un peu profond ruisseau… – La vie avec Lacan – O Solitude – La vie parfaite (Jeanne Guyon, Simone Weil, Etty Hillesum) – Abîmes ordinaires – Gide Genet Mishima (Intelligence de la perversion) – La vocation de l'écrivain*

Claude MINIÈRE   *Encore cent ans pour Melville – Pound caractère chinois*

Emmanuel MOSES   *Rien ne finit – Ce jour-là – Le théâtre juif (Et autres textes) – Le rêve passe – Un homme est parti*

Stéphane MOSÈS   *Instantanés* suivi de *Lettres à Maurice Rieuneau (1954-1960) – Rêves de Freud (Six lectures)*

Philippe MURAY   *Le XIXᵉ siècle à travers les âges*

Marc-Édouard NABE   *Je suis mort – Visage de Turc en pleurs – L'âme de Billie Holiday*

Alain NADAUD   *Voyage au pays des bords du gouffre – L'envers du temps – Archéologie du zéro*

Dominique NOGUEZ   *L'homme de l'humour – Le grantécrivain (& autres textes) – Immoralités* suivi d'un *Dictionnaire de l'amour – Amour noir – Les Martagons*

David di NOTA   *Ta femme me trompe – Bambipark* suivi de *Têtes* subtiles et têtes coupées – J'ai épousé un Casque bleu suivi de Sur la guerre – Projet pour une révolution à Paris – Traité des élégances, I – Quelque chose de très simple – Apologie du plaisir absolu – Festivité locale

Rachid O.   Ce qui reste – Chocolat chaud – Plusieurs vies – L'enfant ébloui

Jean-Luc OUTERS   Hôtel de guerre – Le dernier jour

Marc PAUTREL   Le peuple de Manet – L'éternel printemps – La vie princière – La sainte réalité (Vie de Jean-Siméon Chardin) – Une jeunesse de Blaise Pascal – Orpheline – Polaire – Un voyage humain – L'homme pacifique

Marcelin PLEYNET   Le Déplacement (Journal des années 1982-1983) – L'expatrié – Le retour – L'étendue musicale – Chronique vénitienne – Le savoir-vivre – Rimbaud en son temps – Le Póntos – Les voyageurs de l'an 2000 – Le plus court chemin (De Tel Quel à L'Infini) – Le propre du temps – Les modernes et la tradition – Prise d'otage – Fragments du chœur

Olivier POIVRE D'ARVOR   Les dieux du jour (Essai sur quelques mythologies contemporaines)

Jean-Yves POUILLOUX   L'art et la formule – Montaigne, une vérité singulière

Lakis PROGUIDIS   Un écrivain malgré la critique (Essai sur l'œuvre de Witold Gombrowicz)

Jean-Luc QUOY-BODIN   Un amour de Descartes

Thomas A. RAVIER   L'œil du prince – Éloge du matricide (Essai sur Proust) – Le scandale McEnroe – Les aubes sont navrantes

Valentin RETZ   Une sorcellerie – Noir parfait – Double – Grand Art

Alina REYES   Quand tu aimes, il faut partir – Au corset qui tue

Jacqueline RISSET   Les instants les éclairs – Petits éléments de physique amoureuse

Alain ROGER   Proust, les plaisirs et les noms

Dominique ROLIN *Plaisirs* suivi de *Messages secrets (Entretiens avec Patricia Boyer de Latour) – Plaisirs (Entretiens avec Patricia Boyer de Latour) – Train de rêves – L'enfant-roi*

André ROLLIN *Quelle soirée*

Clément ROSSET *Route de nuit (Épisodes cliniques)*

Jean-Philippe ROSSIGNOL *Vie électrique*

Wanda de SACHER-MASOCH *Confession de ma vie*

Guillaume de SARDES *L'Éden la nuit*

Jean-Jacques SCHUHL *Les apparitions – Obsessions – Entrée des fantômes – Ingrid Caven*

Bernard SICHÈRE *L'Être et le Divin – Pour Bataille (Être, chance, souveraineté) – Le Dieu des écrivains – Le Nom de Shakespeare – La gloire du traître*

Philippe SOLLERS *Poker (Entretiens avec la revue* Ligne de risque*) – Le rire de Rome (Entretiens avec Frans De Haes)*

Leo STEINBERG *La sexualité du Christ dans l'art de la Renaissance et son refoulement moderne*

Mathieu TERENCE *De l'avantage d'être en vie*

Bernard TEYSSÈDRE *Le roman de l'Origine* (Nouvelle édition revue et augmentée)

Olivier-Pierre THÉBAULT *La musique plus intense (Le Temps dans les* Illuminations *de Rimbaud)*

François THIERRY *La vie-bonsaï*

Chantal THOMAS *Casanova (Un voyage libertin)*

Guy TOURNAYE *Radiation – Le Décodeur*

Jeanne TRUONG *La nuit promenée*

Jörg von UTHMANN *Le diable est-il allemand ?*

R. C. VAUDEY *Manifeste sensualiste*

Philippe VILAIN *L'été à Dresde – Le renoncement – La dernière année – L'étreinte*

Arnaud Viviant *Le Génie du communisme*

Patrick Wald Lasowski *Dictionnaire libertin (La langue du plaisir au siècle des Lumières) – Le grand dérèglement*

Bernard Wallet *Paysage avec palmiers*

Stéphane Zagdanski *Miroir amer – Les intérêts du temps – Le sexe de Proust – Céline seul*

Composition : Nord Compo
Achevé d'imprimer par Normandie Roto Impression SAS
À Lonrai, en juin 2022
Dépôt légal : juin 2022
Numéro d'imprimeur : 2202695

ISBN : 978-2-07-299309-1 / Imprimé en France.

544942